无罪 著

剑王朝

第六卷 旧事 JIUSHI

SWORD DYNASTY

长江出版社
CHANGJIANG PRESS

长江·大风堂书系

她将手中这柄天下间最凶最寒的剑轻柔地往前划出,就像用眉笔画了一道,这道剑式的名字,便是画眉。

217	207	198	186	177	167	157	145	136	129	120	111
第二十四章	第二十三章	第二十二章	第二十一章	第二十章	第十九章	第十八章	第十七章	第十六章	第十五章	第十四章	第十三章
剑是知己	神秘军队	破境无痕	原来是你	灵虚门争	斩破脸面	各有图谋	风中故人	迎来新生	向死而生	符器兵人	秋意孤单

Contents 目录

1	第一章 必须一试
10	第二章 獠牙光华
20	第三章 演一场戏
29	第四章 以智取胜
38	第五章 身后之人
49	第六章 天凉祖山
58	第七章 万兽汇潮
66	第八章 知己相见
74	第九章 以剑破敌
82	第十章 梅子黄时
90	第十一章 通计熟筹
101	第十二章 两生之花

228	第二十五章	胶东来人
236	第二十六章	天一生水
247	第二十七章	实为家变
258	第二十八章	谁来领军
268	第二十九章	以剑服众
278	第三十章	教学清河
288	第三十一章	由我来收
296	第三十二章	末花旧事
305	第三十三章	伐心为上
314	第三十四章	以何胜之

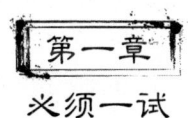

第一章
必须一试

宿卫军在这片草原的中部驻扎。草原之上有秦国的十二座边城，这十二座边城分别相距较远，就像是散落在草原里的十二颗明珠。距离这片草原最近的一座边城，叫上牢城。这座城原本是秦国最外的边城，由昔日发配到这里的犯人修建而成，平日有诸多秦兵把守，此刻却被乌氏国所占。日出时分，一名身材高大的男子出现在上牢城的城门楼上。他名叫凌山，是乌氏最强将领之一。

此刻他身穿青铜色的铠甲，其上密布着深深浅浅、或新或旧的剑痕。阳光下，一些金属的断面不断闪耀着金光，就像有一条条冷电在里面游动。有些剑痕的深度达数寸，却依旧没有穿透铠甲，可见这铠甲厚度惊人。

凌山的脸很大，比关中男子看上去还要粗豪。他的背上交错负着的不是剑，而是两柄长刀。刀鞘是皮质的，缝制简单，连上面的长毛都没有褪去，应是草原上的狼皮。刀柄是淡黄色，不像是金属，却像是某种玉石。

他知道那支宿卫军至少要在今日午后才能赶到。他因为那名身处宿卫军中的少年而来到此处，然而他有种预感，他的战斗会在那名少年到来之前就结束。

一阵带着寒意的晨风吹来，为上牢城凭空添了些肃杀之意。凌山的眼睛微眯，只见一抹青色身影从枯黄的草叶间出现。身穿岷山剑宗青玉色袍服的邵杀人，正沿着平日里奔马践踏形成的道路，走向城门楼。上牢城的中央有块很大的空地，原本用于处决犯人。此时那块空地上却密密麻麻地跪了很多人，其中大多数是妇孺。那些妇孺都在小声抽泣，自从凌山等人来到上牢城后，上牢城上方的高空里连一只鹰和秃鹫都没有。

从高空中往下看，这座边城的城墙内里黑色与红色混合：黑色的是身穿黑甲的秦军遗体，以及飞翔在上空的黑色秃鹫的尸体；红色的是鲜血。

放眼看去，除了这些妇孺之外，这座边城里再无活口。

在妇孺的旁边，唯有一名面容英俊的男子站立着。他身上穿的白色狐狸毛大衣沾满了灰尘，眼神中也带着长途跋涉的疲惫感。他的腰间横着一柄长剑，剑柄上镶嵌着很多华贵的呈骷髅头状的宝石。

就在此时，空地的那一端出现了一名面容普通的男子，这男子身上也穿着一件青玉色袍服。身穿狐狸毛大衣的男子抬头，随意地看了一眼前方跪着的那些妇孺，然后淡淡笑道："都说你视人命为草芥，没想到这招竟对你有效？""谁能真正视人命为草芥？"耿刃面容平静，并无多余的情绪流露，"倒是你，耶律苍狼，东胡三太子，乌氏举足轻重的人，却冒险出现在这里，到底是视他人之命为草芥，还是视自己的命为草芥？"

耶律苍狼收敛了笑容，流露出一丝冷意，说道："我是乌氏军中最重要的人，自然要出现在最重要的地方。难道还有什么比阻止岷山剑宗的人进入战场更重要的事儿吗？若是能让岷山剑宗的人不在战场出现，我死在这里又何妨？"耿刃看着他，说了一句此时只有他们两人才能理解的话："如果你决意这样做，我们很有可能成为别人的猎物，全部死在这里。"

"我没有杀死他们，就是想和你谈谈。"耶律苍狼指着老弱妇孺接着说道，"你们想要护送那弟子去东胡，我可以让他平安到达。我甚至可以和你们一起去东胡边境，但是一旦确定了他平安到达后，你们岷山剑宗的修行者必须马上离开，以后不许再踏入我乌氏半步。"

耿刃沉吟了片刻，说道："其实我们并不想进入乌氏。只是因为要保护弟子才不得不去。如果失去我们的保护，他在东胡会很危险。""我和凌山都到了这里，如果今天我们决一生死，他会更危险，甚至你们岷山剑宗也会很危险。"顿了顿之后，耶律苍狼继续说道，"他去了东胡，我可以保证，我们乌氏将不会有人去对付他。"

耿刃慢慢说道："你就如此放心他在东胡边境？""那是东胡和楚的事情。"耶律苍狼微讽道，"如果连一名失去岷山剑宗保护的五境修行者都可以改变那里的一切，那东胡和楚本身便无法对我们和秦国的征战造成任何影响。"耿刃没有说话，陷入了沉思。

耶律苍狼催促道："你没有多少时间做决定。我没有想到你们对这少年重视到这种程度，连邵杀人都来了。"

耿刃很清楚他的意思，再过数十息，不是凌山杀死邵杀人，便是邵杀人杀死凌山。只是，任何一方活下来的人，恐怕都不轻松。于是他没有再犹豫，点了点头说道："我们一起去东胡，然后回来。"

耶律苍狼微微一笑，接着发出了一声清啸。

此时邵杀人已经到了城门前方。城楼上的凌山双手已经握住了刀柄，这声清啸让他不由得遗憾道："这一战先欠着，下次再打。"然后，邵杀人、凌山、耿刃和耶律苍狼的身影，顷刻间全部消失在上牢城。当丁宁所在的队伍抵达上牢城时，上牢城内除了妇孺们震天的哭声，毫无生机。"这些尸体必须马上处理掉。"站在城门楼上，丁宁缓缓说道。"怎么处理？"南宫采菽几乎咆哮着喊道。

她并非想向丁宁发泄情绪，然而第一次亲眼看到屠城这种事儿，震惊和愤怒让她情绪失控。她在心里愤愤地想，那些军士怎么能那样践踏生命呢？而且她无法理解为什么丁宁在看到这样的画面时，还能保持平静。

"不要让愤怒和悲伤左右自己的理智。"丁宁面容渐冷，一字一顿地说道，"别人只是屠了我们秦国的一座城，至少还留下了妇孺。但被我们秦国的军队屠过的城又岂止一座？秦国的军队又何曾留下活物？这是战争，伤亡在所难免。作为将领，如果一味沉溺于悲伤，只能让你做出更加冲动的行为，从而导致更大的错误。"

南宫采菽的脸色变得异常雪白，紧紧咬住嘴唇，从牙缝里挤出声来："你让我不恨屠了这座城的敌人？"丁宁沉默片刻后才接着说道："你要明白，引起战争的并非这些率军打仗的将领，而是那些身居高位的人。追根究底，发动战争的人才是罪魁祸首！"

南宫采菽的呼吸渐顿，的确，若是没有战争，也不会发生屠城这样的事情。

"仇恨不能解决问题。你方才只听到了一些妇人的口述，对方采用这样的方式，无非是想要逼岷山剑宗不介入乌氏的战争罢了。"丁宁嘴角浮现出了一丝苦涩，"况且现在不处理这些尸体，恐怕会引起很多严重的疾病，这些妇孺里的很多人也会死去。"

"一名成功的将领还要学习冷漠？"南宫采菽惨笑道。丁宁摇了摇头，道："为活着的人考虑，才是一名将领所需学习的事儿。"南宫采菽陷入了深深的沉默中，她觉得丁宁的话很残忍，但却很有道理。

下一刻，上牢城内黑烟四起，宿卫军燃起熊熊烈火，焚烧城里的所有尸体。"这场仗不好打。"丁宁抬头看向已经显得不远的阴山，缓缓说道。南宫采菽还未从巨大的悲伤中抽离出来，猛然听到丁宁这句话，不由得转头看向他。"乌氏能以一己之力屠城的修行者不多，而且动作这么快，便应该只有耶律苍狼能做到了。"丁宁顿了顿之后，不自觉地握了握拳头，"他是乌氏国的大元帅，有着'草原苍狼'之称。既然连大元帅

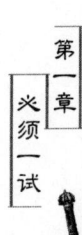

第一章 必须一试

都以身犯险来到这里，便说明他们不会按照我们预料的方式来战斗，他们或许不会拖到下雪之后再行动。"

南宫采菽刚刚恢复些血色的脸庞又变得煞白，问道："你是说他们有可能会突袭，或者迎头猛击？"丁宁点了点头。南宫采菽浑身都涌起了寒意，艰难出声道："那如何才能尽快将消息传过阴山？"丁宁摇头道："没用的。即便我们现在马上将消息传递出去，也来不及了。更何况那些前线的大将军什么身份，会轻易听从我们的建议？耶律苍狼他们或许是想用一场大胜来给东胡和楚国信心。不管会付出多惨重的代价，只要能将秦国阻挡在阴山之外，而不是让他们变成和月氏一样的存在，他们都会极力去做。"

谁都并非神灵，不可能料准一切事情。丁宁在出发前对于乌氏国的判断已然出现了错误，但至少此时的判断十分准确。

秦王十二年秋，就在丁宁所在的这支宿卫军到达边城后不久，乌氏以闪电般的速度纠集三十余万人，然后兵分三路对跨过边境的秦军发动了猛攻。乌氏自古游牧，被关中秦人当作草原蛮子。这些草原蛮子擅长捕捉野兽和驯马，骑术精湛，来去如风。在草原中作战，他们最大的优势便是速度和射术。而对草原蛮子而言是城池的广阔草原，却令秦国军队很头疼。秦国军队的优势在于符车和战阵之术，由修行者和军士组成的大型作战部队威力惊人，因而在平地上作战时，阵地推进和大军交战的能力天下无双。但在草原上，浓密的绿草却严重拖慢了符车的推进速度。在战场上，速度与时间等于抢占先机。这意味着秦国与乌氏还没开战，便失却了地利。

秦军人数众多，声势浩大，大家都以为乌氏会以游击战的形式攻打秦军。然而令秦军没有想到的是，乌氏的大军竟直接和秦国的边军展开了正面交战！

这些以骑军为主的乌氏军队来势凶猛，又对草原无比熟悉，毫无意外地旗开得胜。秦国军队遭遇了溃败，损失极为惨重。

乌氏付出了七万多将士的生命，杀死了秦国六万多边军，夺取了秦国先前遣部队几乎所有粮草和辎重，并继续追击秦国边军的残部！

这样的胜利是惊人的。即便是在秦国和韩、赵、魏三国交战时，秦军和其余三国的军队伤亡比例，也一直维持在一比三以上，也就是说，要杀死一名秦军，他国至少要付出三名军士为代价。

乌氏军队的优势在于速度，当追击开始时，便意味着秦军会面临更大的伤亡。这很有可能是秦军历史上最大的一次惨败。

略微改变了这一战命运的,是第一批援军,尤其是第一批从长陵赶到阴山外的大量修行者。比马蹄更快的是修行者的剑。但随着许多修行者被人海战术或者乌氏的修行者杀死,整个战争的局面对大秦而言异常不利。

虽只是正式入秋,但关外北地已呵气成霜。粮草紧缺,对于一些军队,尤其是已经被打散了的军队来说,形势更为严峻。

草甸低洼处,杂树早已黄叶落尽,被削断铺成毯的长草上,躺着许多受伤的秦军士兵。

一名佩剑的圆脸少女正神色严峻地和数名将领商议军情。就在此时,草甸上骤然响起了一道凄厉的尖哨示警声,一息之后,哨音变成了呜呜的陶笛声。这意味着到来的不是敌人,而是自己人。

接着,一名少年出现在大家的视线之中。他的装束和普通的乌氏军士差不多,虽是秋季,却穿着异常厚实的皮毛袍子。细看其脸面,却并非乌氏国人的特征。他的左手往前微微平伸着,手指上垂着一块苍白玉牌,上面刻着一个厉字。

他正是刚返回到关外的厉西星。

"不要试图袭击十里外的那座小瓮城。"厉西星直接道,"那里是陷阱,至少已经有两支像你们一样的秦军在那里被歼灭。"

数名秦军将领互望一眼,目光里都充满了惊怒。像他们这种残部,被乌氏军队追杀时,永远只能采取躲藏或迂回的方式。他们想要退到阴山的边城,但那需要很长时间,而他们所带的粮草最多只能维持数日。乌氏的小瓮城里有着充足的粮食,是他们最终能否活着离开这里的关键。但此刻厉西星的一席话,无异于给他们浇了一盆凉水。

"你们一共有多少人?"厉西星没有去管这几名将领脸上的表情,冷漠问道。

"连伤员一共三百五十七人,能够战斗的三百二十一人。"圆脸少女此时最为镇定,毫不犹豫地回答道。

"人太少了。"厉西星沉默数息,道,"乌氏一支三千人左右的骑军,会在天黑前包抄这里。"

除非全部是修行者组成的军队,否则在双方的人数比例将近一比十的情况下,秦军绝对不可能战胜乌氏的骑军。在没有强大军械的情况下,寻常的剑师很容易便被那些马上的射手活活射死。

"现在只有一个选择。"厉西星接着说道,"让伤员留在这里,其他人尽快离开。"

一名四十余岁的将领目光变得沉冷,缓缓说道:"这或许是最理智的选择,但不是

第一章　必须一试

最佳选择。"

厉西星没有强辩,他对着这名将领深深地躬身行了一礼,随即转身离开。这名将领既然选择在这里战死,他没有必要留在这里陪他们一起死。

"等等。"就在他转身的瞬间,圆脸少女的声音响起,"一定还有别的选择和方法。"

厉西星没有回头,只是冷漠地看着远处那比人还高的荒草,天黑之后,那里面随时会有对方的骑军冲出来。

"我们或许可以引开那支骑军!"圆脸少女说道。

"我们?"厉西星冷笑了起来,用手指了指胡京京,然后又指了指自己,"就凭你和我?"

圆脸少女道:"我是宝光观的修行者,是宝光观唯一得了真传的弟子。"

"不久前,我听说了你们宝光观的事儿。"厉西星沉默了片刻,问道,"这么说,你就是胡京京?"

"是。"圆脸少女点了点头。

厉西星转过身来,看着她说道:"你和宝光观其他修行者一样,都是被逼到这里的,你难道就不恨吗?而且就算你有些独特的师门手段,只凭我们去引开那支骑军,其实和送死没有太大区别。"

胡京京摇了摇头,道:"当我每天看到很多人战死的时候,才感觉到和平是多么重要。个人恩怨和国家兴盛比起来,终究不值一提。"

厉西星还没有来得及说话,胡京京已经转头去看那些躺着的伤员,缓慢而低声说道:"像我们这种修行者,在战争中总是格外引人注目。那里躺着的人里面,有很多是因为我而负伤。"

厉西星瞬间明白了她的意思,言简意赅道:"如果你确定要试试能不能引开那支骑军,我可以帮你。但如果在引开骑军的过程中你我二人受困,只要有一丝逃生的机会,我都会先逃走。"

厉西星的这句话听起来有些拗口,且有些不仗义,但胡京京却明白了他的意思,她认真地对他行了一礼,道:"多谢!"

胡京京的感谢发自内心,她没想到厉西星会同意自己的请求,毕竟厉西星原本没必要做这么危险的事情,现在却必须和她一起去搏命。

"跟上我!"厉西星说道。

胡京京沉默地跟在厉西星的背后,两人步伐很快,转眼就消失在草甸里这些军士的视线之外。

看着这名和所有人相处不久,但却给他们留下深刻印象的圆脸少女消失的方向,所有军士都异常庄重、肃冷地行了一礼。

阴山外的草原不靠近任何的居住地,无比荒凉。胡京京跟在厉西星的身后,好像绝世而行,越走越无人声。她看着厉西星的背影,忍不住想到,他也只是个少年,到底是如何做到独自在荒原中行走的。

"如果你我二人遭遇不测,你能走的话,便一定要走。"厉西星的声音突然响起。

胡京京微微一怔,问道:"为什么?"

"这片地区的主宰不是我们秦人,也不是乌氏国人,而是狼群。它们嗅觉灵敏,能追寻鲜血的气息。而乌氏国的骑军善于与野兽交战,他们会顺着狼群留下的痕迹走,这样一来他们便可以不费吹灰之力将我们一网打尽。"厉西星少有地耐心解释道,"若在草原上负伤后遇到狼群,一定赶快寻找附近的大型水源地。"

"可是水也洗不掉身上的血腥味道啊!"

"不是让你洗掉身上的气味,而是将敌人从一群变成一个。"厉西星摇了摇头,继续解释道,"荒原里的大型水源地同样是其他猛兽的饮水处,有些猛兽比狼群还要凶猛,所以狼群的活动会非常谨慎。当然,那种比狼更可怕的猛兽也可能会攻击我们,但它们不一定会成群结队,多半会单独出现。对我们而言,那些单独的猛兽比狼群好对付得多。"

胡京京点了点头。

"我和你说这些不是要吓唬你,而是提醒你这件事很危险,多学点艰难的逃生之术有益无害。"厉西星冷漠的声音接着响起,"你既然是宝光观唯一的真传弟子,那你应该领悟了宝光离空剑的剑意吧!"

胡京京淡淡地回应道:"嗯。"

"以你的修为,恐怕最多只能施展宝光离空剑一次。"

"是的。"

"你是想以这样的剑意,帮助我一举刺杀这支骑军的主将,从而造成这支骑军的混乱,拖延住他们的脚步,对不对?"

"不错。"

"你不够了解乌氏的军队。"厉西星沉声道,"乌氏人口比我们秦国少许多,此次

第一章 必须一试

7

能迅速纠集三十万大军，已是史无前例。若是相应我们秦国的建制，他们的三千人大军，便是相当于我们两三万人的军队。他们的将领绝对不会比我们修为差，而且身旁肯定还有不少保护者。贸然偷袭，几乎不可能成功刺杀对方主将。"

胡京京脸色微白，道："你有别的办法吗？"

厉西星声音微冷道："你不能只出一剑，至少要出三剑，而且每一剑都要显得修为不同。"

胡京京下意识地咬紧牙关，然后才慢慢松口，问道："要让对方觉得至少有三名宝光观的修行者在这里？"

厉西星点了点头，说道："这些蛮子可能不那么了解宝光观，但他们绝对可以分清这是什么样力量的剑意。一两名修行者不可能拖延住他们的脚步，但若是有三名以上这样的修行者在这里，他们所做的选择就会不一样。"

胡京京很清楚强施三剑会付出什么样的代价，但她深吸了一口气，诚恳道："我会尽力做到。"

厉西星眼睛微微眯起，不容置疑道："不是尽力，而是一定要做到。"

胡京京改口道："我一定会做到！"

厉西星转头看向某一个方向，感知着风中的凉意，道："一般而言，这样建制的骑军会有三批斥候部队，总数在三四百人左右。只有很快杀光这些人，才能有机会靠近主军。在我对付这些斥候部队时，你不能动用丝毫真元。"

胡京京毫不犹豫地点头："我做你的近侍。"

"不要做我的近侍，你最好在外围穿梭而不要杀人。同时，我们不要杀光所有的蛮子，要让他们留下几个跑回去，好让他们觉得这条线路上的确有很多的修行者在等着他们。"厉西星依旧看着那一个方向，"这支骑军会比我想象的来得快一些。"

听着这些话，胡京京内心深处对这少年越来越尊敬。

阴山的一些峡谷口无时无刻不在刮着风，那些风听起来似乎不烈，但其中的寒意却如刀刺入人的身体，尤其是当最前沿的军情终于传递到这里时，人心变得更寒。

"怎么办？"郭锋看着最新传递到手中的军情急件，无助地发问。这急件他已经连续看了数遍，纵使他经历过很多征战，但此刻他的双手仍旧止不住地颤抖。

阴山过后是谷狱关，那是秦国边军的一处关口，是关内关外的进出要道，同时那里还是秦军储存军粮的粮仓。此时一支乌氏国的骑军绕路急行，正朝着这处关口突进。而另一边，那几支秦军残部准备撤到此关口，等待援军的到来。若是后路被断，那数万秦军恐怕将会全部战死在荒原里。

乌氏国骑军至少上万，而谷狱关守军两千不到。此时距离谷狱关最近的，只有这一支途经的宿卫军！

一切紧急的军情，都需要将领做出判断和处理。现在郭锋的选择只有两个，一是将这宿卫军中的三千人全部填上去守护谷狱关，二是按照原计划尽快到达东胡边境。

"必须要试一试。"丁宁给出了答案。

南宫采菽沉默不语，身上的剑却慢慢发出了颤音。

宿卫军开始继续行军，只是随着战争局势的骤然改变，他们的行军路线有些调整，从赶往东胡改为赶往谷狱关。

丁宁回到长孙浅雪所在的马车旁，随即长孙浅雪清冷的声音便传入他的耳中："他其实是想听到你拒绝，毕竟你们所受的命令是赶往东胡边境。"

丁宁的脸色忽然变得凝重，说道："若是不能拖延到援军到来，那么丢失的就不只是阴山周围的控制权。如此一来，我们就算如期赶到了东胡边境，结局恐怕比这些战败的残部更惨。"

长孙浅雪开口道："行军打仗的事情我一直都不喜欢，也不明白，我只想知道你到底想怎么做，装死吗？借着大战抹灭我们的踪迹，让郑秀以为我们死了，然后等你到了七境之上再回长陵？"

丁宁轻声道："你不需要知道我的打算，也没必要明白行军打仗的事情。我身上有郑秀需要的东西，所以想要借着大战逃离她视线的机会很渺茫。"

"《续天神诀》？""是。"长孙浅雪清冷的声音里带着一丝愤怒："那现在不是相当于被她利用？""准确地说，我们是在相互利用。"丁宁抬头，慢条斯理地说分析道，"失去阴山会导致天下格局诸多变化，甚至直接让秦国失去对三国的战略优势。在相对不变的长陵内布局，比在变数很多的长陵外布局要简单多了！"

"若是最后我们没有成功报仇呢？"长孙浅雪说道，"反而送一个盛世王朝给她？"

丁宁抬头看向远处的萋萋荒草，道："若是最终不能成功，那么有一个盛世王朝也很好，就当还了很多人的债。反正这世上没有人能够长生，再大的野心，最后还不是要化为泥土，化为荒草。"

长孙浅雪没有再出声。

第二章
獠牙光华

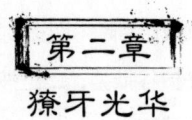

黄昏将至，荒原上的光线变得越来越昏暗。就在此时，上百骑乌氏军士出现在距离厉西星和胡京京百余丈外的草甸上。

和秦军惯用的阵列不同，这上百骑即便只是斥候军，也拉成了一道屏障。在这些高大的马匹和鞍上的骑士遮掩下，厉西星和胡京京看不出他们身后到底还有多少骑军，一种强烈的威压感油然而生。

和秦军善用剑不同，这些乌氏军士善用长刀，而且很多都是双刀。长年累月的对抗，他们早已习惯了一种令人畏惧的打法——在对方的剑刺中自己时，他们会拼尽最后一口气刀斩对方。当剑技与军械无法和秦军抗衡时，这些草原人便将更多的时间花在磨炼自己的蛮力和那一挥刀的决然上，即便与敌人同归于尽也在所不惜。

沿着一条早已经开辟的通道，厉西星开始在草丛中穿行。他的身影隐没在荒草之间，没有发出任何声音。

自从厉西星行动的那一刻起，胡京京便在心中细数着数字，数到五十时，她开始往后方的草丛退却，同时吹响了厉西星交给她的一根骨哨。随即一声和狼群嘶鸣没有两样的狼嚎骤然响起。

那一声狼嚎真假难辨，只见乌氏军士原本整齐的队伍开始出现变化，有三骑军士越众而出，以迅雷般的速度冲出阵营，来到队伍最前方。而后方剩余的骑军，却是慢慢小跑，整齐划一。

"嗤！嗤！嗤！"三支羽箭破空而出，落向胡京京后退的方向。

胡京京停顿下来，距离她最近的一支羽箭只有数尺。

就在这时，一声沉重闷响传来。那后方剩余的骑军之中，突然有一骑连人带马重重地坠在荒草之中，溅起无数碎草屑，战马嘶嚎着却无法站起，而那军士则立马没了气息。

紧接着不断有沉重的闷响和怒吼声响起，又有十余骑军极为凄惨地坠落在地。

胡京京的眼瞳剧烈收缩起来，在短短的十余日里，她已经经历了很多次惨烈的战阵，但她却从未见过这么快的杀敌速度。

当第一匹马坠倒时，厉西星的身影已出现在第三匹马的下方。他直接用佩剑从马鞍下方斜向上刺出，杀死那名骑者的同时，左手用力扯起了几根埋在泥土里的铜线。随着他的身体急速游走，这些铜线快速割断了沿途马匹的蹄足。

还在马上的骑士震骇地大叫着，随即纷纷拔出挂在马腹两侧的长刀，奋力地往下方泥土中插落。即便无法知道这些埋于地下的铜线的走势，这些插入泥土中的长刀也可以缠绕住铜丝，避免这些铜丝的游走绊倒更多的骑士。

厉西星发出一声凄厉的低吼，然后用尽全身力量，将手中一物朝着身体前方一侧投掷出去。

那是一个普通的铁环，上面缠绕着坚韧的铜丝。然而这个普通的铁环在他全力一掷之下，却带着惊人的力量，瞬间割断了许多马匹的蹄足，导致那些骑士的身体无法保持平衡。

接着厉西星以极为恐怖的速度开始杀人。当他将真元无所保留地涌入道这柄剑的符纹里时，剑身上显现出一条极长的如獠牙般的光华。

"獠！"斥候军里一人骇然大吼出声。

此时，剑身上冲出的一道微弯的剑光，在空中画出一道诡异的弧线后，从这名骑者的下颌刺入，直接洞穿了他的天灵。

厉西星的动作精准到了极点，与此同时，他的身体往上跃出，双脚踢飞了两柄斥候军的长刀。这两柄长刀旋飞出去，将两名来不及闪避的骑士直接切开。

接着他的左手五指弹出了五颗赤红色的铜珠。铜珠在空中加速后爆开，变为无数飞散的细小铜片，溅射着刺入斥候军的血肉之中。斥候军内顿时一片混乱，人仰马翻。

而厉西星的身体却像狼一样在这些人之中穿梭，那些长刀或被他的左手丢掷而出，或是被他用脚踢飞，最后全都精准地飞向骑者。

片刻之后，除了前方那三名孤零零的骑者之外，其余人都已落马。不是被杀死，就是随着身下的马匹一同坠倒在地，无法爬起。

第二章 獠牙光华

胡京京眼中的震惊尽数化为赞叹。

这些乌氏国的军士已经无法再对厉西星造成威胁，因为其中唯一的修行者已被他杀死。

空中喷洒着的猩红鲜血导致厉西星的衣袍尽湿。长陵的许多年轻才俊都觉得他是异类，因为他在长陵依旧穿着厚厚的皮毛衣袍，然而却无人知道这是他在血腥之中形成的本能。当长陵刚刚入秋时，关外已入冬，再过半月，便会降雪。当鲜血浸润了衣衫之后，会如铁一般贴在身上，湿冷难耐。而粗糙但厚实的皮毛衣袍不仅可以抵御寒冷，还可以避免不断喷洒在身上的鲜血渗入衣袍内里。

黏稠的鲜血如糖浆一样顺着他的衣袍滑落，即便早已习惯这种情况，他的心中还是不由得产生嫌恶之感。

此时，厉西星忽然感觉到了地面的震颤！定睛看去，远处有一支骑军在朝着这方快速涌动。那支骑军依旧步伐整齐，犹如一道移动的屏障，毫无疑问，这是那支骑军大部！

按理说，在这支骑军大部到来之前，会有两批斥候小队探路，而这骑军大部应是在天黑时才会到来。但现在，他们却一反常态。

乌氏的骑军可以很快变换阵型，当屏障般的整齐队伍朝两侧拉伸时，可轻易地形成一个圆筒形的包围圈。而且由三千骑军组成包围圈两侧可以齐射箭矢，即便是七境的修行者也不可能冲出重围，更何况是厉西星和胡京京。厉西星必须要尽快做出选择，然而就在这时，胡京京已经出手。

只见那三名乌氏骑军的后面，无数根枯黄的草叶突然梦幻般亮了起来，一道黄色剑意悄然出现。厉西星身体僵硬，不明白胡京京要做什么，但他没有出手阻止，任凭黄色的剑意在草原上蔓延。

三千乌氏骑军的中央，有一名身材相对瘦小的骑者。他戴着虎头骨面具，虎头骨上虎牙尚在，凶煞之气惊人。他的背上横负着五柄血色弯刀，刀刃上串着几颗灵骨，刀身荡漾着天地元气。他身体两侧分别有四名骑士，但骑士身上背着的不是兵刃，而是赤铜色的巨大盾牌。

戴虎头骨面具的骑者也看到了草原上亮起的黄色亮光，眼眸深处充斥着不解，他喉间发出了一个简单的音阶，原本在狂奔的骑军骤然减速。

黄色剑意的范围越来越大，"嗤"的一声，随着草叶的晃动，那道剑意以迅雷不及掩耳之势向前冲出，直接斩向那三名乌氏国的骑者。

三名骑者拦腰而断，鲜血飞洒。

"你想要做什么？"厉西星已来到了胡京京的面前问道。

他之所以能这么快来到胡京京身边，不只是因为他如狼般伏地在草丛中急剧穿梭而回，还因为胡京京也在急速地朝着他靠近。

胡京京身上强大剑意的余韵还未消散，令身畔脆弱的枯叶不断折断。

"还有两剑。"胡京京看着全身披血的厉西星，急剧喘息着说道，"我想赌一赌。"

厉西星看着她眼睛里闪耀的光芒，沉默下来。连对付那三名普通的斥候军都用这样"奢侈"的一剑，她是想要让那支大军觉得这里有很多像她这样的修行者。

"且不说我们两个未必逃得了，就算我们能够逃掉，他们还是会搜索到我所在的那支残部，并杀死所有人。"胡京京深吸了一口气，"这是我自己的选择，你可以先走。"

厉西星看人的目光一直像这草原里的狼，冷漠而警惕，此刻却多了一分坚定，他说道："我陪你赌！"

语毕，他拔出了另外一柄剑，那是一柄捆缚在腿部的纯黑色小剑。

胡京京感动之余，咬着牙继续凝聚剑意。她让体内真元再度狂暴地流动起来，那些真元冲过经脉，导致原本已到极限的经脉瞬间出现了些许断裂。她的嘴角溢出鲜血，手中黄玉色的剑身上流淌出晶莹润泽的光芒，召唤着周围的天地元气。

厉西星也开始出剑，只见一道黑色的剑光像箭矢一般向外飞出，速度超乎寻常的快！那道剑光落下时，天空中骤然出现了许多肉眼难见的黑色剑丝，多如牛毛。

胡京京感受到了这一道剑意，眼睛里瞬间充满难以置信的光芒。

"这就是天铁剑院的黑毛风剑意。"厉西星冷声道，"在被逐出长陵之前，我就已经是天铁剑院历史上最年轻的学生。"

就在这时，一道厉啸声在昏暗光线里炸响。只见那名带着虎头骨面具的骑者双手合十，好似祈祷一般。然后背上斜插着的五柄弯刀齐齐飞向空中，发出了耀眼的红光，瞬间仿佛变成了五轮血月挂在天空。

接着这五柄弯刀迎着黑色剑丝急剧飞出。"嗤嗤嗤嗤……"那五柄弯刀挡住了大多数坠落的黑色剑丝，但仍旧有少许黑色剑丝坠向那些骑军大部。数十名骑者连同身下的马匹一齐倒地，带出了一蓬蓬血雾。

那些黑色剑丝刚刺穿他们身体的时候，只留下一个极为细小的创口，但在下一瞬间，那些创口却越来越大。

第二章　獠牙光华

"还有一剑。"厉西星看着嘴角还在滴血的胡京京,深吸一口气,说道。

胡京京不断咳嗽着。她知道,要让敌方相信这里有数名强大的修行者,她必须令每一剑都有不同,且每一剑都变得更强。

凭借她的修为,施展出一道宝光观的秘剑已耗费体内部分真元,此刻她要毫无保留地释放出体内的所有真元,才能施展出比上一剑更强的剑意。

这一瞬间,她将真元尽数压入了自己的经络,顷刻间体内响起一连串的爆裂声,然而她手上握着的剑却是越来越亮。她挥动手中的剑,只见天空中突然多了一堵无形的墙。

厉西星放下了手中握着的剑。一股股玄奥的剑意,却从他的身体里疯狂地喷涌出来。

下一瞬间,胡京京口中鲜血狂喷。而天空中那道无形的墙,却已经朝着那支骑军落了下去。

那名戴着虎头骨面具的骑者惊怒地厉啸起来,身体上方飞绕的那五柄弯刀笔直地往前冲出,狠狠斩击在那堵无形墙上。无形的墙断裂开来,掀起一阵具象的狂风,墙体化为锐利剑气狠狠冲向地面。

这些剑气只杀死了二十余名军士。但受残余剑气的波及,这支骑军大部急剧后退,引发了强烈的混乱。混乱中掀起更多血浪,分外触目惊心。

"守城剑!"胡京京力气已经用尽,她拼着最后一丝心念说完这三个字,然后往前栽倒在地。

在她的所知里,黄真卫才是墨守城的传人。但是这样的剑意,为什么没有在黄真卫的手中出现过,反而此时出现在了厉西星手中?

厉西星没有去管她此时的疑问,他极为迅速地将一颗药丸塞入她的口中,然后有些粗暴地一拍,直接将药丸逼入她的腹中。

骑军大部竭力控制着阵型,但始终不敢前进。

厉西星知道胡京京这次赌赢了。他深吸一口气,伸手一抓,将胡京京背在身上,在草丛中穿梭片刻,手指深深刺入泥土,再度扯出了一根铜线。铜线的下端连着更多的铜线。随着他的发力,这些原本不是笔直铺设的铜线甩动起来,他身侧荒原的草间出现了十数条波浪般的线路,就像有很多名修行者在快速穿行。

然后他开始后退,只是这次他并未刻意掩饰自己的身影。最好的迷局是亦真亦假,当敌人的注意力被一些真实的画面吸引时，才会忽略有些明显的痕迹。

骑军大部连续后退了五十丈后，才重新稳住了阵脚。

看着前方荒野里那些草浪，尤其是厉西星后退时带起的一道烟尘，那名戴着虎头骨面具的骑者沉默了片刻，然后发出了几个意义难名的音阶。他身旁数名骑者似是反对，然而却换来了他更为严厉的呵斥。

骑军大部开始后退，直至消失在夜色里。

这名戴虎头骨面具的将领下了马，他的战马也被撤退的骑军大部带走了。

当马蹄声近乎消失时，这名将领背上的一柄弯刀如血月般飞了起来。弯刀越升越高，接着荒原里传来了枯草折断的声音，一头巨狼出现在他的身边。这是一头体型远超寻常野狼的青色巨狼。巨狼的背上有鞍座，甚至还捆绑着食物和厚毛毯。

这名将领拍了拍巨狼的头颅，然后坐上了鞍座。

狂暴的药力冲入胡京京体内，虽然无法迅速令她经络中的破损处重生，却深入她的骨髓，刺激着身体滋生大量的气血。新生的痛苦让胡京京很快醒来，然后她又吐了一口血。

"不要抬头，否则随便一根草叶都有可能划瞎你的眼睛。"在她想抬头看清周围的景物时，厉西星的声音传入了她的耳中。她彻底清醒过来，感觉到厉西星背着她在草丛中快速奔行。

"我们成功了？"她没有抬头，虚弱地问道。

厉西星沉默了数息，道："骑军退了。"

胡京京很欣喜，感知到体内的药力后，却不由得震惊起来："这是什么丹药？"

"白骨生血丹。"厉西星答道。

"这是韩……"胡京京不可置信。

"这是昔日韩王宫里的最强疗伤丹药。"厉西星替她说完了这句话，"正是有这样的丹药在身，父亲才放心我在这里生存。"

胡京京更加震惊，几乎说不出话来。

厉西星接着说道："但这是最后一颗。"

胡京京呆了须臾，艰难说道："谢谢。"

厉西星沉默片刻才说道："不用谢，那骑军大部出现时，我也没有想到两全之法。"

胡京京的脸贴在他的背上。袍子上的皮毛已然被鲜血浸透，早已冻结成冰，但在他

第二章 獠牙光华

快速奔跑之下,却有一些热意散发出来,令重伤的胡京京感到温暖。

她犹豫许久,终于问出心中疑问:"你怎么会守城剑?"

厉西星没有正面回答她的问题,他不擅长与人沟通交流,然而,此刻他却试图想向胡京京解释道:"不要恨墨守城,他所做的事情并不是为他自己。"

"只要不是为了自己,这个人就是高尚的吗?"胡京京声音微冷,带着些许怨恨。

"可你就算再恨,他也已经死了。"厉西星理解她的感受,却还是坚持说出了自己的看法,"在我看来,其实他才是最懂得置身事外,控制长陵平衡的人。"

胡京京不明其意,只好沉默地听下去。

厉西星接着说道:"以我的修为和天赋,原本应该比端木净宗更快进入岷山剑宗,但我却被逐出了长陵。作为补偿,墨守城教会了我守城剑,同时也是对我在这里做事的奖赏。他设法弥补了一些人的错误。"

胡京京艰难地呼吸着,慢慢说道:"对你而言,他是一个好人。但对我们宝光观而言,他却是个罪人。不过既然他已经死了,我就不会再对他做什么评价了。"

夜色深沉,一切都像得到了洗刷一样,终究归于黑色。

一直垂着头,弯腰疾行的厉西星忽然停了下来。

"接下来我们要去哪里?"胡京京问道。

厉西星慢慢转身,冷漠道:"可能哪里都去不了了。"

听到他异样的语气,胡京京抬起了头,看着远方的黑夜。

"有人追来了?"她轻声问厉西星,"比我们厉害得多的修行者?"

厉西星没有回答。

"你走吧!"胡京京深吸了一口气,像做了某个重大决定般说道,"你一个人应该走得掉。"

"不要说话,不要妨碍我思考!"厉西星蛮横地冷声说道。

胡京京的眉头深深蹙起,厉西星已将她放了下来,并握住了长剑的剑柄,只是身体依旧凝立在她身前不动。

黑夜里终于出现了一丝异样,一条青色的影迹夹着无数枯黄碎草带着狂风从黑夜中冲出,强行闯入她的视线!

"獠!原来你就是獠!"一道奇异嘶鸣声在黑夜里响起,带着些许隐怒。

厉西星的眼睛微微眯起,看着那头代表着乌氏王室的青色巨狼,身体里开始泛出阵阵寒意。

在外人看来,乌氏在荒原里能生存得衣食无忧,主要是依赖牛羊和马匹。然而乌氏人自己很清楚,他们主要依赖的是捕猎。荒原里的鹿曾是他们主要的食物来源,而狼则曾是他们的最大敌人。但乌氏人骁勇善战,在征服了最强的一支狼群后,狼和鹿一样,便成为了他们图腾里最重要的两个圣物。而乌氏的王族则可以拥有一头苍狼作为坐骑。

厉西星早就看出这名戴着虎头骨面具的人是那三千骑军的主将,然而他并没有想到,这人竟会是乌氏的王族。

"我没有想到一支三千人的骑军,主将会是乌氏王族。"厉西星缓缓抬头,迎着虎头骨面具内里的威严目光,道,"我更没想到你居然敢脱离大队独自追过来。"

苍狼落地,随着它剧烈的喘息,身前好像刮起了一阵阵大风。鞍座上静坐的乌氏将领目光森冷,身体却纹丝不动。他看着厉西星和胡京京,用很纯正的关中话说道:"你们没想到的事情太多,所以才遭受此败。"

"战争才刚刚开始,你们已经倾巢而动,而我们只是先锋军。"厉西星冷漠地摇了摇头,讥讽道,"不论如何寄希望于别国,乌氏都不会有什么好结果。"

"那玉石俱焚如何?"乌氏将领冷笑起来,"哪怕我们乌氏只剩下几千人,千年以后我们还是这片草原上的王。但你们若是损失惨重,别国就会乘虚而入,或许百年之后就没有了秦国。"

厉西星沉默片刻,才真诚地说道:"其实我并不希望打仗。"

乌氏将领寒声笑道:"这句话从獠的口中说出来,是不是有些可笑?"

厉西星说道:"我杀死的,只是一些劫掠边贸商队的乌氏人。"

乌氏将领冷笑道:"若不是你们秦国刻意远交近攻,限制边贸,我们乌氏又怎么会去劫掠经过边境的商队?"

胡京京看着厉西星的后背,眼睛里震惊和尊敬的神色越来越浓烈。听着这些对话,她开始明白厉西星这些年在这里做了什么样的事情,有着什么样的名声。只是这些事情,乌氏国人知道,长陵的大多数人却毫不知情。

"这种事情不是我能决定的。"厉西星看着乌氏将领,无奈道,"我只是一个微不足道的修行者,我能做的事情,只是保护那些商队不被随意屠戮。"

"其实我很佩服你,尤其当我发现你们两个人便诱退了我骑军大部的时候。"乌氏

第二章 獠牙光华

将领接着说道,"我决定给你勇士的礼遇。我是乌潋紫,乌氏五王子。我想和你来一场堂堂正正的公平对决,然后摘下你的头颅。"

"我同意。"厉西星看着乌潋紫,平静地说道,"前提是你先散去体内大半的真元。"

乌潋紫微微抬头,并未说话,只是将体内的部分真元从双手指尖逼出。他的双手在发光,一道道红色的真元,带着清香落在身旁两侧的枯黄草地上,似有数十朵好看的灵花在盛开。

就在此时,胡京京感觉到自己手臂上有些微微的刺痛。原来是厉西星的发丝飘到了她的手臂上。当她觉察出厉西星刺的是些什么字时,愈发不可置信,甚至有些羞愧。

"差不多了。"乌潋紫的神情凛然而专注,语气缓慢而坚定,透露着强烈的信心与骄傲。他明明比厉西星要低矮一些,此刻却偏偏给人一种居高临下俯瞰的感觉。

"差不多了。"厉西星也重复了一句同样的话,然后横剑于胸。

此时他握在手中的是那柄苍白的长剑,剑身内里有三条倾斜的直线毫无规则地延伸到剑尖。夜风骤然狂暴起来,在他身前发出恐怖的轰鸣声,冷血气息四处弥漫。接着,一道如獠牙般的苍白剑光亮起,在空中走着诡异的弧线,狠狠地切向乌潋紫。

当白色剑光亮起时,乌潋紫开始狂奔。他的脚尖轻点着黄叶,整个人就像风一样在空气里穿梭。背上的五柄弯刀飞了出来,犹如五轮血月般围绕着他飞舞。

白色剑光落在五柄弯刀上,火光四溅,他面上的虎头骨面具也开始出现蜘蛛网般的细微裂纹,但是他的目光依旧自信、骄傲到了极点。

他发出一声霸道的厉喝,唇角外的虎骨碎片随之激射出来。五柄围绕着身体的血月弯刀如士兵列队般整齐地竖立在他的身前,然后渐渐贴合在一起,变成了一柄大而厚的血色长刀!

下一刻他便用双手握住了这柄长刀的刀柄,任凭体内真元疯狂地奔流而出。他举刀向上,迎接那道白色剑光。下一瞬间,天地之间便发出雷鸣般的巨响。

面对如此可怕的一刀,厉西星的面容反而越发冷漠。他手中的剑没有任何的后继动作,但是身体里流淌出来的真元,却让上方的天空里多了一道无形的巨墙,然后他就将这道巨墙直接朝着身前砸了下去!

乌潋紫脸上的虎骨面具彻底裂碎成片后纷纷掉落,他手中的长刀没有往前斩出,而是像一根棍子般往上捅去。

"轰"的一声巨响，那道巨墙被捅出了一个窟窿，乌潋紫恰巧就处在那个窟窿里。地面震动起来，他的身体两侧同时出现了一道如墙般的深痕，宽约一丈。这一剑就此被破，然而在下一瞬间，并未受任何损伤的乌潋紫却愤怒地尖叫起来。

因为就在他将巨墙捅出一个窟窿的瞬间，厉西星身后的胡京京已经出剑。一道如微黄烛火般的剑光并未落向他的身体，而是贴着地面从他的身侧经过，落到了不远处的那头青色巨狼身上。

这一剑对于修行者而言并不强，尤其胡京京身受重创之后，能使出的力量极其弱小。但是对付一头巨狼，却绰绰有余。

感知到危险的青色巨狼往上拼命掠起，然而剑光依旧扫在了它的两条后肢上。后肢齐断，血雾喷涌。

厉西星后退几步，直接抓住了胡京京的身体，像背沙包一样甩在背上，然后极速地躬伏身体，穿入后方的草丛。

"不要！"看着痛苦哀嚎的青色巨狼，乌潋紫愤怒到近乎歇斯底地喊道。

"抱歉。"在乌潋紫尖叫出声时，厉西星在疯狂的疾掠里垂低了头，轻声自语道，"这始终是战争，不是两个人的恩怨。"

乌潋紫俊眉修目，即便在长陵，也算得上是一名美男子。然而，他的双瞳是淡灰色的。只有乌氏国的男子娶了月氏的女子，才会生出拥有这种眼瞳的后代。

月氏早就被秦征服，成为秦国属国，在这片荒原里，他们是懦弱和低贱的象征。

"无耻！"乌潋紫再次愤怒地喊道，他万万没想到厉西星答应和他公平对决之后，竟然还会暗中让胡京京乘机出剑！

"为什么？"紧紧趴伏在厉西星背上的胡京京也不能理解。

"名声比生死更重要吗？你一定认为我这样做会令所有的秦人蒙羞，对吗？"厉西星连续反问她两句，才冷漠着说道，"可你知道吗，只有在极度愤怒的情况下，他才会想着继续追杀我，而不会马上回去找他统御的那支骑军。他把所有的精力都放在了我的身上，自然无暇去顾及你的那支残部。"

胡京京沉默许久，不知为何，她忽然想到了死去的师尊，和同样已不在人世的墨守城。

第二章 獠牙光华

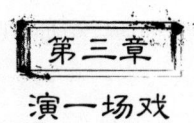

第三章
演一场戏

　　从极远处看，秦国疆域最西北处有道模糊黑线，走近才发现，那模糊黑线竟是一座巍峨冷峻的山峦。

　　这座山峦四周都是枯黄荒原，愈发显得这座巨山壮阔威严不可触及。它高大、神秘，让人觉得仿佛有神灵居于其中。这便是阴山，是世代生活于周遭的牧民心中的神山。

　　对许多人来说，第一次穿过自然形成的巨大峡谷，看着威严和壮观的风景，体验着大自然的鬼斧神工，都会不由得生出朝圣般的感觉。然而此刻那三千宿卫军却无暇欣赏这些美景，充斥身体的只有疲惫和茫然，以及对未知事物的恐惧。

　　阴山有七条适合军队通过的豁口，谷狱关是其中一条。同时谷狱关也是距离阴山后腹地最偏远的一处关城。别处的关城不仅建造得和峡谷两端完全接壤，宛若一道铁闸，且两侧山梁上一些低处，只要是军队有可能通得过的地方，都建立了城墙和角楼与关城连接。然而谷狱关的北侧有很长的一段都未能和山体连接，这使得它最多算个依靠山坡而建的城池。

　　从战略角度而言，若是乌氏或东胡军队从这里通过，只要他们进入阴山后的荒原，且秦国军队有足够的时间调度的话，就能布下包围圈等着他们。

　　此时有数万秦军残部，被乌氏的骑军大部故意驱赶到这座关城，同时又有骑军切断其后路。看来，乌氏不只是想要一举尽歼那数万秦军残部，更是要一口吃掉谷狱关。

　　就算乌氏的军队不入阴山，等到东胡援军到来，形成联军之后，秦国军队也会完全陷入孤立状态，被歼灭是早晚的问题。

　　谷狱关原本守军一万五千余，此时守军却不足两千。纵使三千宿卫军到达，再加上一些平日里并不战斗的杂役和工匠，也只是五五之数。

留守在这里的最高将领吴栖梧和郭锋同阶。当郭锋率领宿卫军到来时，这名尚值壮年但面容看上去却有些沧桑的清瘦将领，亲自率众迎接。他沉默地将郭锋、郭锋的副将、丁宁、南宫采菽等人迎上谷狱关的城楼最高处后，才开始说话。

"你们赶得很及时，最多还有大半天他们的先锋部队就会到这里。"吴栖梧一脸寒霜地看着远处的袅袅炊烟，"即便是先锋部队，至少也有五千余众。按照常理，他们应该早半日到达。但为了不与大军脱节，他们并没有全速前行。乌氏的大军速度如此缓慢，应该是带了很多军械……他们先前和我们战斗，缴获了很多军械。"

郭锋寒声道："我们那数万残部什么时候能到？"

"两天半。"吴栖梧咬了咬牙，小声说道，"这意味着乌氏的先锋部队，有两天的时间对付我们。"

大家的脸色都很难看，除了丁宁。

丁宁平和出声道："先锋快骑有五千余，大部带着军械辎重，必定还在五千之上，所以这支乌氏军队的总数至少在一万以上。我们加起来只有五千余，而且还不是精锐大军，如何能挡得住？"

吴栖梧和他身旁的将领都不清楚丁宁的身份，但他紧随郭锋身后，而且拥有一般年轻修行者无法比拟的气质，吴栖桐便不敢小看他，耐心解释道："谷狱关的矿山里还有两千五百余劳工，其中一大半是流放到此地的案犯。"

丁宁微讽道："你的意思是给予这些苦力和犯人自由，让他们拿起武器抵御外敌？"

吴栖梧的眉头皱了起来，十分不喜丁宁此时的态度。

"能够流放到此处的一般都是重案犯，平时你们为了让他们听话，恐怕没少让他们吃苦头。现在若是放出来，他们首先对付的会是你们，而不是乌氏的军队。"丁宁淡淡说道。

"若有人反抗就先杀。"吴栖梧寒声道，"清点之后，即便只剩一千余，总还是会有点作用。"

"恐怕反而先将自己杀得累了，把将士们杀得心寒了。"丁宁嘲笑道。

听着一个后辈毫不掩饰地嘲讽自己，吴栖桐恼道："那依你看应如何做？"

"不若弃城。"丁宁平静地看着眼神中已经蕴含杀气的吴栖桐，转身指了指一侧的山坡接着说道，"全军驻扎在那山坡高处，占据了居高临下的优势。哪怕他们占了这城，那片山坡至少可以让我们的大军残部到来时，得以从山坡上退入阴山之后。我们所要做

第三章 演一场戏

21

的，只是要坚持两日，在这两日内始终占住那片山坡而已。"

大家都望向丁宁所指的那片山坡。

吴栖梧愣了片刻，旋即愤怒地冷笑道："荒谬！那片山坡地势颇高，军械很难运送上去。等到这支前锋骑军大部和他们的军械到来之时，我们连一丁点还手的机会都没有，何以坚持得住两日？"

"我并不在意你的意见。"丁宁转身看着郭锋，认真说道，"希望你还能像上次一样无条件地信任我，让宿卫军完全听从我的命令。"

吴栖梧和郭锋都愣了，吴栖梧的脸色红一阵白一阵，面色顿时难看到了极点。而郭锋却在思考这重大的决定应该如何做，毕竟他身后还有若干将士的性命。

丁宁并没有给郭锋犹豫的时间，急促地说道："若是他们不弃城，那我们宿卫军就驻扎到那片山坡上去。你必须要听从我的安排，才有可能赢得这一战。"

郭锋犹豫很久，以他以往的经验而言，战前分裂不利于大战，然而他最终还是深吸了一口气，点了点头。

"就算是岷山剑会的首名又如何！不过是一名未经战阵的无知少年而已，那郭锋也是糊涂了，竟然真的让宿卫军听从他的指挥！"

"自乱阵脚，即便是最愚蠢的将领都不会犯这样的错误！"

待丁宁和郭锋等人转身离开后，数名边军将领看着他们的背影，脸色阴沉地讨论着。

吴栖梧眼眸深处全是凌厉的杀意，若是有绝对的把握，方才他便会毫不犹豫地杀死丁宁。

刚刚进城的三千宿卫军开始离城，行向一侧地势较高的山坡，着手扎营。

到来的援军因为意见不合而离城，在很大程度上降低了城中军队的士气。对于在行军中无比疲惫的宿卫军而言，同样如此。若非之前丁宁已经展现过令他们信服的能力，恐怕在搬运一些沉重的军械上山时，略遇些困难，这些军士便会爆发哗变。

郭锋跟着丁宁登上一块高处的山石，看着远处那些炊烟，终于将心中的疑问说了出来："其实我到现在也没想明白为什么你一定要弃城。"

丁宁轻声应道："其实我不是真的想弃城。只是谷狱关很特殊，关城里很多人都是月氏国人和阴山一带的边民。"

郭锋猛地抬头，若有所悟。

丁宁接着说道："谷狱关建立的时间最晚，建立时用的许多劳役都是附近召来的，很多劳役最后还成了军士，所以这座关城里的各色人等十分复杂。"

南宫采薇反应过来，问道："你是担心关城中有奸细？"

丁宁将视线从远处的地平线收回，转过身来，看着郭锋和南宫采薇，点头道："乌氏这支骑军大部有恃无恐地朝着这里来，肯定对这关城里的情况十分清楚。兵不厌诈，我说要让他们弃城，只是演戏给对方看。演戏这种事儿，知道的人越少越真实，尤其是连自己人都被蒙在鼓里时，才能让敌军彻底相信。"

南宫采薇看着丁宁，越发感到敬畏："那我们接下来该怎么做？"

丁宁道："我们要继续演戏，让那支先锋军先来进攻我们。另外，我要你送一封信给吴栖梧，让他配合我们演好这场戏。"

远处的炊烟已熄，地面渐渐震颤起来。五千余骑乌氏骑军在日落之前，正式出现在谷狱关边军的视线里。

这支乌氏骑军的服饰和盔甲都不统一，也没有固定的阵型。然而这些骑军的兵器都垂挂在马鞍两侧，所有马匹的步伐惊人的一致。随着马匹的奔行，这些兵器自然敲击着马鞍，发出极有节奏的声响。这整齐划一的声音不断响起，带着一种致命的魔力，让所有人的呼吸都难以顺畅，心跳得越来越剧烈。

丁宁坐在一块凸起的大石上，沉默地看着这支在夕阳下到来的骑军，微蹙着眉头，不知道在想些什么。

谷狱关的城楼上，吴栖梧的背心开始止不住出汗。随着如雷的马蹄声临近，他的视线渐被这支骑军充斥，而地面的震颤使得整个谷狱关似乎跳动起来，城墙中缝隙里积年的尘土在寒风中噗噗掉落。

半个时辰之前，他得知了丁宁对付这支骑军的计划。不得不说，这是一场豪赌。

当那些骑军马镫子上的光亮映入他的眼帘时，他再看了一眼那侧山坡上的宿卫军，便知道自己已经没有了选择的余地。他对身旁的一名副将轻声耳语了几句，然后副将眼睛里满是震惊，但随即在他的厉喝中恢复平静。

"何以确定这支骑军先锋会先攻击我们？"南宫采薇出现在丁宁身后问道。

现在那支骑军依旧保持着笔直的行军路线，还未显示出偏向关城还是偏向这边山坡的动向。但不知为何，她却有着强烈的预感，这支骑军会像丁宁预想中的一样，首先进攻他们这里。无形之中，她就像净琉璃一样，自然而然地以丁宁为师，向丁宁学习。

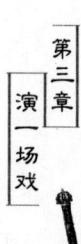

第三章 演一场戏

"我们宿卫军刚经过长途跋涉到达这里,很多军械都没准备好,况且军士们一路舟车劳顿没来得及休整,战斗力会比关城中弱许多,所以他们一定会最先攻打我们这里,这样他们就能以最低的损失占领谷狱关。"丁宁平静地解释道。

南宫采菽道:"他们认为剿灭我们不费吹灰之力,这样便可赶在秦军残部退到这里之前,再去攻打谷狱关。拿下谷狱关便相当于断了一万余秦军的后路,这样便能一举两得,既吞并了谷狱关,又消灭了一万余秦军,他们的如意算盘打得可真响。"

丁宁用赞赏的眼光看着南宫采菽,道:"然而,一旦他们如意算盘里的第一步落空了,他们就会陷入恐慌之中。"

南宫采菽看着他极为平静、自信的眼神,心跳再次加速,道:"所以你一开始就觉得我们能够打赢这一战?即便对方的兵力比我们多得多。"

丁宁道:"能否打赢,关键要看吴栖梧是否愿意将关城里所有的修行者,和最擅长战斗的剑师全部砸出来。"

南宫采菽抬头,看着远处那支越来越接近的恐怖骑军,漫天烟尘遮住了夕阳的余晖。她知道对于吴栖桐而言,的确很难做出决定。毕竟修行者和擅长战斗的剑师是秦国军队里最为重要的力量。若是将这些人全部抽离出城,这关城和一座空城没什么区别。

铁蹄有节奏地敲打着地面,谷狱关城楼的震动越来越强烈。空气里突然爆出"唰"的一声响,城门楼上所有秦军军士眼前骤然一片雪白。

这支乌氏骑军的军士全都拔出了斜挂在马鞍上的兵刃,只待一声令下便会如离弦的箭一般冲出去。

在这令人窒息的气氛里,谷狱关的军士们都忍不住扭头望向吴栖梧,心想怎么直到此时他还没下达任何军令反击呢?

吴栖梧看着那座山坡,隐约可以看到丁宁安静地站在高处的山石上。在大军压境之下还能保持镇定,说明丁宁的确非常人可及。

这支骑军中远程武器随时会射到城门楼上,在这千钧一发之际,这支骑军为首的数十骑略微偏转了方向,转向宿卫军所在的山坡。

吴栖梧霍然扭过头去,惊喜溢于言表,那少年赌对了!

紧接着,那些乌氏骑军全都随之略微偏转方向,速度骤然变缓。而那马蹄声反而变得沉重起来,空气里响起一阵裂帛般的声音。

谷狱关内所有秦军的心脏开始剧烈收缩,对方正在施展"暴石马"!

所谓"暴石马",指的是四匹马为一组,前两匹是负重较轻的拐子马,后两匹是负重较重的铁浮屠,前后马匹之间依靠韧性和弹性极高的皮革制具来连接。依靠前两匹马的冲势,将这种特定的皮革制具拉到极限,然后再将一些重石投出去!

这些重石原本是荒原中异常坚硬的风化玛瑙石。经过乌氏国人简单火焙之后,愈发坚硬且极易碎裂。在落地的瞬间,便会溅射出无数锋利的石片。

秦军的寻常制式军械,射程大多在三百步之内,但这"暴石马"却能将重石抛出四百步之外!

"暴石马"这种战斗方法,需要器械、马匹、骑者三者协调才能完成。在乌氏,也只有少数精锐的骑军才会使用。稍有不慎,不是前马倾倒,便是后马坠地,骑军便会陷入混乱之中。然而现在,只听着这密集如雷的声音,谷狱关里知晓个中厉害的秦军便知道,这支骑军中大部分的乌氏军士,都能熟练掌握"暴石马"!

那些秦军只猜对了一半,殊不知这支骑军,本身就是乌氏最精锐的骑军之一!

两军对战不是决斗比剑,自然不需要举剑相邀。当这支骑军到来之时,战斗便已经开始。

丁宁静静地看着这支精锐的乌氏骑军,在无数皮革拉紧到极致,发出一阵阵爆炸般声音的瞬间,他只是覆掌往下做了个轻按的手势。

"侧!卧!"数声凄厉的军令响起,划破长空。

此刻听到军令,宿卫军军士全都迅速地将身体侧着往下卧去。他们身前都有一条并不深的坑道,能够勉强将身体侧着嵌进去。

与此同时,伴随着一阵尖利的啸鸣,乌氏骑军的上方骤然出现了一片闪耀着晶光的雨。下一刹那,这片雨已漂移到了宿卫军的上方。

"噗、噗、噗……"一团团尘土如浪花铺满宿卫军的阵线,接着无数"嗤嗤"和"叮叮"的撞击声响起,整个阵地几乎被飞舞的尖锐晶石所覆盖。所有侧卧在沟中的宿卫军军士骇然色变,只觉得天地间有无数锐气在穿行。然而,他们发现自己竟安然无恙。

当这些锐石冲起的烟尘和碎屑撒面一样落下,覆在他们身上时,他们之中绝大多数人才清醒过来。原来这种侧卧能够最大限度地减少身体被这些锐石直接击中的可能,而锐石炸开成的碎片,并不能对人体造成多少威胁。且这些浅坑,从远处根本看不到。

在战斗爆发之前,大家都不理解丁宁为何让他们浪费时间挖出既不能阻拦马匹,又

无法蹲卧其中的坑道。直到现在，他们才明白，这些浅坑道便是为了应付乌氏骑军的"暴石马"！

他们并非边军，大部分人都不知道乌氏骑军拥有这样恐怖的手段，丁宁是怎么知道，并预料到来的会是这样精锐的骑军？这些清醒过来的宿卫军士对丁宁生出更多敬意的同时，心情也更加紧张。地面暴烈的震颤提醒着他们，对方的骑军已经开始冲坡，距离他们不足四百步。

即便他们此时不顾军令跳起，恐怕也来不及做出任何有效的防御。而且只要再过百步，这支乌氏骑军的箭矢就会发挥威力。在连射之下，即便他们侧卧着，那些密集的箭矢也会形成惊人的杀伤力。

在谷狱关城楼上看着这样画面的秦军军士更是旁观者清，了然于心。

这支乌氏精锐骑军还在如潮水般涌上山坡。这些秦军军士都很清楚，除非那石上的少年能有什么手段让这支骑军迅速停下来，否则这肯定是场一面倒的屠杀。

乌氏骑军阵中最前首的数十骑之中，有一名身材高大的骑者早已注意到了站在山石上的丁宁。他身下的马匹四蹄骤然一沉，踏起四朵尘花。与此同时，他的双手之中多了一柄深青色的巨弓。只见一道青色的箭光带着白色的涡流，精准无误地奔向丁宁的身体。

丁宁没有任何动作，他身后的南宫采菽却眼睛微眯，发出一道低沉的厉喝声，然后出剑。"咚咚咚！"空气里连续三声爆响，她的剑光狠狠撞上那道青色箭光，劈柴一般，硬生生地将这支带着强大力量的箭矢劈落在了前方。

此时，那数十骑前方两侧的马车里，却亮起了剑光。

"起！"丁宁翻掌往上，再次发出一道凄厉的军令。

侧卧于坑中的军士纷纷跃起，同时，更为凄厉的破空声已在乌氏骑军的最前沿响起。

一道绯红色的轻薄剑片自一辆马车的后方飞出，瞬间加速至寻常人眼睛根本无法捕捉的地步，随即落向那名刚刚射箭的骑者的咽喉。

这骑者身旁一名瘦削的骑者愤怒地低吼了一声，也施展出一道飞剑，"叮"的一声响，撞开了这道绯红色剑片。

与此同时，一柄朴实无光的土色小剑无比阴险地从泥土里钻出，刺穿马腹，接着洞穿马鞍，刺向射箭骑者的身体。他发出一声惊怒的嘶鸣，身体往上方掠起，双手牵住青色的弓弦一绞，硬生生地将下方袭来的小剑缠住。这名骑者双臂上的皮甲不断爆开，气浪如龙般在臂上涌动，蕴含着强大真元力量的飞剑在他的弓弦之中剧烈震颤着，一时却不得脱。

就在此时，他的后方却落下了一道透明的剑光。他霍然转头的瞬间，这剑光便在他颈间一划而过，脖颈上顿时出现了一道红线，下一刻他的头颅往上跃起飞离他的身体，一股热血如喷泉般从脖颈间喷洒而出。

乌氏骑军中响起无数惊呼声，不仅仅因为那射箭骑者惨烈的牺牲方式，还有乱入军中的飞剑。

从表面上看，这一刹那出现的只是三道飞剑；然而，实际上至少有数十道剑气引聚着天地元气，在乌氏骑军最前沿的阵中切割。

刚刚从地上跃起的宿卫军军士看着那些从马车里闪现出的剑光，全都震惊得瞪大了眼睛。

显而易见，冲在最前沿的数十名乌氏骑者都是强大的修行者，即便是数百军士，恐怕也无法阻挡住他们的冲势。然而，此时他们身前，竟悄然出现了近百名修行者！

丁宁的手掌已经握成拳，往前伸出，铿锵有力。

"放！"他又发出一道铁血军令。

数名传令官被这种气势所感染，浑身的鲜血沸腾起来。

"放！"他们犹如丁宁的传声筒般，齐刷刷地将军令传递出去。

宿卫军开始尽情施射，同时将许多重物，努力朝着前方的骑军砸去！

此时乌氏骑军距离山坡近三百步。秦军的箭弩和重型军械的射程，正好能落进这支乌氏骑军的阵中！

无数马匹的惨嘶声和血肉的割破声连成一片。马匹之间互相冲撞，马上的骑者陆续坠亡，胜负立显。

眼看着这支骑军就要遭受灭顶之灾，为首那数名骑者中，一名如巫师打扮的乌氏骑者双手连挥，口中不断发出晦涩难言的厉吼。

又有数名骑者冲到队伍最前方，直面数倍修行者的剑。从上方坠落的箭矢和符器将他们覆盖其中，然而这数十骑却是伤亡最小的一部。

数十名骑者前方的空气里骤然弥漫起浓厚的黑雾，瞬间遮掩住了上方宿卫军的视线。下一瞬间，箭矢坠落其中的速度明显减缓。与此同时，这名巫师身侧的十余名骑者忽然加速，如闪电般穿入不断往上弥漫的黑雾之中。

"这是什么手段？"南宫采菽震惊地问道。

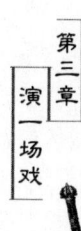

第三章 演一场戏

　　"乌氏的巫师能够利用灵骨改变局部气候。究其理，是这荒原之中有些强大的异兽身体骨骼内积蓄了天地灵气，这些修行者将其骨骼碾轧成粉，再配合自己的真元，形成的一些独特的手段。这些巫师早前并不杀人，只是想要改变荒原上的极端气候，想不到现在他们竟然也都成了乌氏杀人的修行者了。"丁宁面容平和地解释道。

　　在他低沉的声音里，十余匹奔马的坠地声传了过来，显然那些乌氏骑者已被宿卫军和前沿的那些修行者杀死。然而厉啸声、金铁的震鸣声，以及血肉切割声还在不断响起，黑色雾气已经往上弥漫至宿卫军全军。

　　郭锋脸色异常难看地凝立在丁宁的另外一侧,他知道这些乌氏修行者的目标是丁宁。丁宁是这场大战的真正指挥者，若是丁宁被刺杀，那他根本没有信心赢得这一战的胜利。

　　前方突然传来一声沉闷的爆响，接着前方的黑雾骤然分开。映入秦军眼帘的却不是修行者的身影，而是一架沉重的符文战车。

　　看着这辆被巨力抛来，整体兀自震动不息的战车，郭锋的脸色更加凝重。然而丁宁的眼睛却微微眯起，转过头轻声对着南宫采菽说道："就用我先前和你所说的那几剑。"

　　自战斗开始，南宫采菽就成为了丁宁的近侍，她很清楚丁宁所受的伤太重，直到此时还未完全恢复。能够震飞这辆战车的力量远不止五境，她根本没有信心和这种等级的力量对敌，然而此时，她还是选择了相信丁宁。

　　她全力出剑，剑光却不像平时那样刚猛。随即便有一股晶莹的水流出现在她的身体四周，如一条晶莹的蛟龙，朝着前方飞去。这是云水宫的至柔剑意！

　　晶莹的水流未与抛飞而来的战车正面相撞，只是飞旋着缠绕了上去。"当"的一声，这辆符文战车发出巨钟敲击般的震鸣声，然后缓慢落地。而晶莹水流则直接被震碎成无数晶莹的水滴。

　　"巫山雨。"丁宁微微一笑，说道。

　　南宫采菽没有犹豫便斩出了第二剑。震碎的晶莹水滴温柔地飘向前方的高空，坠落为雨。雨水似乎没有多少威力，然而却轻易地洗掉了空气里的黑雾。

　　黑雾尽散，一片清明。

第四章
以智取胜

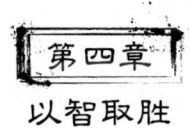

黑雾散而视野清,当一名宿卫军赫然发现一名身穿狼皮衣袍的乌氏修行者背影时,几乎是下意识地抬剑刺了过去。

"噗……"等他的剑从乌氏修行者的腹部穿刺而过时,乌氏修行者才反应过来,凄厉地惨嚎出声,随即空气里有一柄黑色无柄小剑呜咽落地。

对于整个战局而言,个人的死亡是为了成就集体的胜利。就如此刻,这名乌氏修行者被一剑穿腹,肠穿肚烂必死无疑,然而在他生命里的最后时刻,他并没有对身旁这名宿卫军军士发动致命的反击,而是将所有力量都注入那柄无柄黑色小剑之中。

黑色小剑骤然获得新生一般,急剧飞起,挑开了一道正落向另一名乌氏修行者后背的绯红色飞剑。

夕阳的余晖散尽,但在剑光的映射下,天空中仿佛出现了一道鲜艳的彩虹。那名乌氏修行者纵身飞起,落向山石上的丁宁。

他身穿一件灰色的棉袍服,体态颇为轻盈,灰色头发松散地落于身后。此时他微微抬头,看着丁宁,暗叹此人果真拥有一军统帅的气度。

"水云纱!"丁宁对着身旁的南宫采薇说道。

南宫采薇手中的长剑在迎面而来的寒风中划出了数道晶莹的线条。上方的天空里出现了层层水雾,水雾朦胧如纱,折射着战场中的光华,又形成了一道道彩虹。

这名乌氏修行者凌空飞舞,身体已经和丁宁所站的山石齐平。

丁宁负着双手,面色平静,没有任何动作。

这名乌氏修行者平视着丁宁,身体里的真元疯狂地从他的肌肤表面透出,身前出现了一道圆弧形的灰色光华,如一道灰色的弯月,且面积还在不断扩大。

丁宁身后的郭锋兀自震惊,不理解为何丁宁会让南宫采薮施剑,自己却不出手阻挡。丁宁暂时没有动静,郭锋只好出手,随即一柄黑色的三尺宽剑从他腰间飞出,"轰"的一声,迎面轰向穿阵而来的乌氏修行者。

乌氏修行者冷漠地看了一眼这柄黑色的宽剑,然后身前那道圆弧形的灰色光华猛然绽放。空气里又是"轰"的一声爆响,以这名乌氏修行者为中心,爆开的元气形成了一个灰色圆球,将他护在中间,而他的身前,一片肉眼可见的气浪在空气中剧烈涌动着。

郭锋一声闷哼,整个人连着黑色宽剑往后弹飞出去。丁宁和南宫采薮受气浪波及,二人也站立不稳。

乌氏修行者双足稳稳落地,脚尖落在山石上。

"嗯?"他轻咦了一声,"想不到你居然能受得住这一击?"

在外人看来,一击震飞宿卫军的主将,着实厉害。然而在他自己看来,方才那一击足以杀死郭锋,而不是震飞和令对手受伤那么简单。

"水云纱。"丁宁重复道。

南宫采薮毫不犹豫地再次施展出同样的剑意。

乌氏修行者余光扫到那片水雾,他不知道这样的剑意为何会对他凝聚天地元气造成剧烈影响,但他无暇深思,只想立即杀死丁宁。于是他深吸了一口气,垂在身侧的右手开始剧烈颤抖,接着五根手指在虚空之中轻点,体内的真元全部从指尖涌出。

天空里流散的天地元气再次聚集,产生了更为强大的奇异力量。只见他身前出现了数道灰色的涡流,就像是数道旋转的灰色长枪在生成。

丁宁依旧负手凝立,但他的那柄末花残剑却毫无声息地从水雾中飞出,无比阴险地落向那名乌氏修行者的后颈。

乌氏修行者的嘴角微露嘲讽,他没有回头,右手五根手指快速地点动了数下。"嗤……"凝聚于他身前的一道涡流往后飞去,准确无误地击中了末花残剑。

在他的想象之中,这一击足以让丁宁失去对这柄飞剑的控制,同时强大的力量会使丁宁遭受重创。然而出乎他意料的是,他这一击却像扑了个空。末花残剑上根本没有任何力量,被击之后直接化为一道光线暗淡的流星;丁宁也没有受到震荡,只是身周好像有细微的风吹过。

出现这种情况只有一种可能,便是方才丁宁已经断绝了和这柄飞剑的联系。这柄剑只是吸引他注意力的幌子而已。那真正的杀招在哪里?

就在这时,他感觉到了身后凌厉的杀意。那是一柄绯红色的飞剑。从之前谷狱关传出的情报里,他知道这柄飞剑的主人是一名商队的供奉,刚刚才从阴山后边城赶到这里。这名供奉出身于凉山剑院,是此时谷狱关里最强的修行者。可是,这些修行者不是该在谷狱关内才对吗?

他脑海中闪过很多念头,但却来不及去仔细思索。他只知道这柄飞剑虽然强而快,却不足以阻拦自己杀死对面那名少年。此时那少年岿然不动,难道是用自己的生命做诱饵?

他右手五指微弹数下,数道灰色涡流便凝聚成剑往前冲出。然而他未留意到自己的脚下,坚硬的山地上没有任何真元波动,却有一道细缝,可容一柄剑穿过。就在此时,一柄剑的剑身没有和这道缝隙产生任何摩擦,极为稳定地从下方刺了出来。

在这柄剑刺破他的靴底,刺入血肉之前,他没有感知到任何热力和生命迹象。这一剑,就像是死人刺出的剑。当脚底的痛感传入脑海时,他才反应过来。锋锐而冷漠的剑意散发着浓烈的杀意,随着真元喷发而出。"噗"的一声,剑意还在继续往上,他听到自己体内发出了一道奇异的声响。他想要反击,然而却瞬间失去了意识!

这一剑,便是岷山剑宗邵杀人的死人剑!

"噗通"一声,他倒在了丁宁的前方,就这样无声无息地死去。他刚刚凝聚而成的数道灰色剑光,也随着他的倒下,在距离丁宁数丈远的地方化为飞散的元气,冲得丁宁的衣袍猎猎作响。

下方激烈绞杀之中的两军都顿了一顿。丁宁微微抬起头来,与此同时,乌氏骑军中响起尖利的哨声,整支骑军如潮水般往后退去,一直退向荒原深处。

这支乌氏骑军一冲一退,至少留下了六七百具尸体,而宿卫军的伤亡却是极少。宿卫军阵中及谷狱关的城墙上,响起一阵阵抑制不住的欢呼声和呐喊声。

然而丁宁却眉头深皱。

南宫采菽此刻也非常兴奋,同时她第一时间发现了丁宁的异常,随后不解地问道:"怎么了?"

"对方有一名强大的将领,就在这支先锋骑军里面。"丁宁凝视着退入草原中的那支骑军,凝重地说道,"一般的将领,此时肯定会选择退而进攻谷狱关,毕竟谷狱关里所有的修行者都在这里。即便折损了这么多人,他们对付谷狱关依旧绰绰有余。"

南宫采菽怔了怔,背心陡然生出一层密密的冷汗,心中瞬间被恐惧占满了。

丁宁接着说道:"但这名将领并没有进攻谷狱关。他不是被我们杀寒了胆子,而是

第四章 以智取胜

不想再冒险，再折损更多人。"

南宫采薮深吸一口气，随着冰冷的空气进入肺腑，她的身体也越发寒冷，问道："所以他是在等待大部的到来？"

丁宁点了点头，目光垂落在面前不远处那名乌氏修行者的尸体上，说道："这名乌氏修行者的修为不低，但能够率领这支大军的将领，肯定比这人厉害得多。"

南宫采薮的脸色再度变得苍白，若是一支先锋军就有如此杰出的将领，那么整支大军的最高将领会何等强大？

"但我们仍有可能会赢。"丁宁转过身来，轻声对着南宫采薮耳语了几句，然后示意她不要跟随。

南宫采薮点头，目视着他走向不远处的数辆马车旁。这些马车里待着的都是一些不擅长战斗，却擅长军械修理的匠师，以及长孙浅雪。

此时宿卫军已开始整理战场，并等待着丁宁下一步的命令。

就在这时，一名身穿和枯草色泽袍服的中年修行者，正庄重地缓步朝丁宁走来。他的手中正握着坠落在战场中的末花残剑。

"你，停下来。"丁宁抬头看了他一眼，毫无征兆地说出这句话，与此同时右手做出了一个手势。

宿卫军的军士迅速做出反应，将这名中年修行者围住，闪耀着森冷金属光泽的兵刃全部对准那人。

中年修行者震惊道："这是？"

丁宁没有回答，用手指了指站在中年修行者身后的一名身穿边军甲衣的将领。

"还有你。"他语气森寒地说道，"你们两个有没有什么话说？"

风似乎更寒冷了些，山坡上一片寂静。许多宿卫军军士愣了片刻，将那名身穿边军甲衣的将领也团团围住。

被围住的将领抬头，面色冷峻异常，寒声道："你疯了吗？"

丁宁平静道："在所有从谷狱关抽调过来的修行者里，你们两个杀敌最少，但偏偏你们又不是修为最差的修行者。你们只杀死了两名敌军，而且还是无关紧要的两名寻常骑军。在最后对方陷入激烈的厮杀中时，你们只是做出战斗的样子，却没有杀死对方一人，你们能告诉我这是为什么吗？"

此言一出，被围住的二人面色渐渐苍白起来。南宫采薮等人也愈发震惊，大战之中丁宁竟然还能注意到这些细节。

"这只是你的片面之词！"这名将领看着丁宁，厉声道，"你怎么知道我们只杀敌两人？"

"你应该是鱼龙剑观的修行者，施展的第一剑是鱼龙变，然而剑意却指向无人处。最令人生疑的是回游剑，那道剑意你明明可以刺入一名乌氏修行者的腹部，你却偏偏刻意偏转了剑身，只是擦着对方腹部而过。"丁宁缓缓道来。

繁乱的战场上，他能将军士们的每一道剑意都看得如此清楚，简直不可思议。

这名将领的身体不可遏制地颤抖起来，随即发出一声疯狂的尖啸，拔出了腰侧的长剑。就在此时，有两道停留在他身后不远处的飞剑落在了他的身上，他刚冲出一步便狠狠坠跌在地，溅起一蓬血浪。

两道飞剑之中，有一道便是在之前战斗中显得最为锋锐的绯红色飞剑。这道飞剑的主人，即这名面容枯瘦的瘦高男子，敬佩地看着丁宁，心中响起一个声音，他是如何做到的？

丁宁看向那名拿着末花残剑的中年修行者，认真而诚恳道："是生是死，就看你自己。"

黑暗的夜色里，损失惨重的乌氏先锋骑军并没有退出太远，只退到可勉强看清谷狱关影迹的一处草甸上。

其中一名骑者的马匹刚刚站稳脚步，立刻就有数名骑者围了上去，将他困在中间。

"为什么？"一名壮硕的乌氏将领愤怒地看着这名骑者，厉声喝问道。他身穿虎皮袍子，背负着一柄巨型弯刀。

面对着这名将领的愤怒喝问，穿着极其普通，面上蒙着一层黑巾的骑者却是冷静地反问道："什么为什么？"

这样的回答顿时让乌氏将领眼眸中的怒火燃烧得更加旺盛。

"为什么要付出如此惨痛的代价去刺杀那名少年？"他从牙齿间挤出无比冰寒的声音，"为什么又要退？你明明知道即便刺杀成功，我们那些修行者也不可能回得来，然后呢？还是要退吗？"

一片马嘶声响起，只有骑者手中的力量发生改变时，这些久经训练，和主人出生入死的军马才会发出这样的声音。而这声音也代表着所有骑者都想质问同样的问题。

很显然，若是这名骑者不能给出令这些人满意的回答，那他就会变成这片草原上的血肉碎片，用来血祭那些因为他的决策而死去的乌氏军士。

然而这名面蒙黑巾的骑者却毫不在意，只是淡漠地抬起头，看向远处那片山坡，道：

第四章 以智取胜

"在质疑我之前,你们首先要明白一件事情,不是我要来做你们乌氏的将领,而是你们的完颜王后请我来的。耶律大将军也很认同。你们现在怀疑我,就是在怀疑完颜王后和耶律大将军。"

他语气不善,所说之话更是毫不客气,以至于一片更为响亮的马嘶声响起。这些马上的骑者双手不自觉地用力,但却拿他毫无办法。

"你们觉得我指挥有误,是因为你们根本不知道那少年是谁。"蒙黑巾骑者的目光落在身前的乌氏将领身上,接着说道,"别说是方才那些修行者,就是再多数倍,也抵不上那少年的一条命。"

"为什么?"众人皆大惑不解,但语气已平和不少。

"因为那少年就是丁宁,秦国岷山剑会的首名。从某种意义上来说,他代表着岷山剑宗。而你们的耶律大将军之所以没有亲自率军,就是为了不让岷山剑宗的人参与到这场大战里来。"这名骑者淡淡地说道,"纵使我们这支骑军全军覆灭,只要能够杀死他,也是值得的。因为他是迄今为止,整个修行者世界里修为进境最快、领悟力最强的人。"

岷山剑宗,耶律大将军,还有几个最字,就像一道道闷雷,轰得周围所有骑者的身体都不由得一震。

这名骑者继续说道:"像他这样的人,即便没有岷山剑宗修行者保护,也不会轻易死去。至少以我对秦王和郑秀的了解,对于一些真正的强者,尤其是还算可控的强者,他们都会物尽其用,必定要让这些人如烛火燃尽之后才会让他们去死。我故意营造出有许多机会刺杀这少年的局面,便是想看看他身后还有什么强大的修行者。但是我没有想到他会这样强,也没有想到他身边的那些年轻人都这么强。"

"我可以肯定,他绝对是我目前所遇见的最可怕的对手。我们能否顺利完成这次任务,将那数万秦军留在这片荒原上,取决于我们能不能杀死那名少年。若能杀死他,再消灭秦军的那支残部就轻而易举。若是不能,那我们就折返回去,能杀死多少秦军残部,便杀死多少。"

想将数万秦军逼得如同丧家之犬,需要什么样的人才能扭转局面,这些乌氏人自然清楚。只因为一少年便彻底放弃最后的围杀,听起来有些荒谬,但那少年的强大却是不争的事实。

"为什么方才不将我们全部填上去?"乌氏将领道,"我们不怕死。"

"我知道你们不怕死。"这名骑者看了他一眼,"但若是杀死不了他,反倒白白地让五千骑者丢了性命，而且让数万秦军安然返回阴山，那我们的损失岂不是更大？"

"那我们接下来该怎么做？"乌氏将领继续问道。

"等着。"这名骑者冷声道，"我已经传讯给大部，让大部派出足够多、足够强大的修行者过来。我们现在要先试试能否杀死那少年，若是杀不死，便只有退军。"

黑暗的山坡上，丁宁没有再和那些宿卫军及谷狱关中的将领们交谈，而是在长孙浅雪的马车旁坐了下来。

"一会儿工夫你就来了两次。我刚刚提醒过你那两个人不正常，已经没有什么可以告诉你的了。你到底想要做什么？"一名军士送来食盒和炭盆之后，丁宁将食盒递入马车的瞬间，长孙浅雪清冷的声音便传入了他的耳中。

丁宁微微犹豫，然后说道："我想让你不要出手。"

长孙浅雪反问道："我为什么要出手？"

丁宁将炭盆放在车头，道："很显然，方才对方军中的那名将领想试着杀死我。与其被动地等待着对方的下一步动作，不如我主动出击。所以，我想先试试能不能杀死他。"

长孙浅雪没有出声。

丁宁抬起了头，深吸了一口气，轻声道："你不要生气。我太了解郑秀了，她一定会安排人跟着我。只有我真正地面临死亡时，她的人才会出现。不逼出她的人，我们永远不会安全，也永远不可能逃离她的视线。"

马车内又沉默了数息，长孙浅雪冰冷的声音响起："好，我答应你，不出手。"

丁宁沉默地点了点头，站了起来，缓步沿着坡势往下走去。

乌氏先锋骑军在草甸上停留了下来。这些号称"永不下马背"的男子都下了马，倚靠在马身旁开始休憩。

那名面蒙黑巾的骑者独自一人坐在骑军的一侧边缘。看着远处熄灭了灯火的谷狱关，他的嘴角渐渐泛出一丝微嘲。

这些乌氏军人虽然粗鄙，修行者数量很少，但在他看来，却比天下其他国家的军队更容易打败秦军。因为他们之前没有和秦军大规模地战斗过，还未被秦军杀破胆，并不知道当秦国大量的修行者投入战斗之后，他们会遭遇何等残酷的血肉绞杀。

如果说利用，那一开始举国之力发动大战，便已经是利用。这一战乌氏绝对不会赢。但对秦国而言，郑秀想赢，也不会这么简单。

天下各国的军队被真正打败，是在巴山剑场鼎盛时期。秦王即位之后，秦国和天下

第四章 以智取胜

各国的大规模交战，便是收复阳山郡。然而那场战斗也只是靠偷袭才得以成功，若是真正地正面交战，天下各国反倒都想要看看失去了巴山剑场和"那人"之后，现在的秦国会交出一份什么样的答卷。

乌氏的战场，就是天下各国看着的考场。偌大的棋盘里，正好能够遇到长陵那名传奇的酒铺少年，着实是一种荣幸。

对于一名将领而言，操控万千将士生死，和真正的大人物斗，是乐趣。而能够改变整个时代，对于后世产生具有深远意义的影响，那便是成功，是真正的喜乐。

微嘲的笑意渐渐在这名骑者的嘴角泛开，变成真正的欢喜。然而这欢喜只维持了短短数息，天地间骤然降临的凌厉杀意让他霍然一惊。他似乎犯了一个可怕的错误，且这错误已被对方发现！

在乌氏军士们都没反应过来之前，这名骑者身侧已然出现了一个透明的气团。气团接近他的身体时，远处才传来如浪潮拍击的轰鸣声。

乌氏军士醒觉，纷纷呼叫起来，人马嘶鸣的声音直冲云霄。

这名蒙着黑巾的骑者右手两根手指剧烈地颤抖，体内真元急剧破空而出。一片扁平如龟甲般的黑色细小铁甲从他的指间飞出，射出了无数怪异的黑色光线，周围的天地元气里产生了奇异的折光。

"咚！"这名骑者身前好似被天神的巨拳袭击了一般，溅射出大团大团的泥土。

一声闷哼在不远处的黑夜里响起，破碎的透明气流中，一柄飞剑摇摇摆摆地倒退飞回，夜空里散发出新鲜的血腥味。很显然，飞剑的主人已经在这暴烈的一击不成中受了重创。

这名骑者的身体微微一晃，继而不动如山。他的眉宇间没有任何得色，左手往后一点，随即射出一道黯淡的荧光。那荧光一闪而没，"叮"的一声，在黑暗里不知道击中了什么微小之物。这声音虽然细微，却震得整个地面都晃动起来。

"我没想到你居然敢主动送上门来。"骑者身前那片如龟甲般的铁甲坠落在地，接着从他右手中发出一道纤细而短小的绿色剑光。

马蹄声响了起来，乌氏骑军在数名将领的厉喝声中开始朝着四处射出火箭。火光里，这些骑军只看到数道快速突进的残影。那些残影太过接近乌氏骑军，而且速度极快，箭军已经毫无作用。

在一声声愤怒的厉吼中，乌氏骑军中的修行者全部掠向那名骑者的身周。骑者手中握着绿色短剑，反而沉默地停顿了下来。这些人里面必定有那名少年，而且这寥寥数人面对五千骑军简直就是送死。

"噗！"一道盛开着洁白细花的飞剑和一道绯红色的飞剑，突然无比阴险地出现在一名乌氏将领的身旁，且出现之时只隔了一瞬。在那名乌氏将领厉啸着对付那道绯红色飞剑时，那道盛开着洁白细花的飞剑便从他的背心处刺入，从前胸飞出。

那名骑者知道那道盛开着洁白细花的飞剑来自于那名少年，他忍不住抬起头，看向前方远处左侧。那一侧原本有很多燃烧的箭矢，有的正在落下，有的已经落地，引得枯草熊熊燃烧。然而，定睛看去，那里好像被一片灰色阴影覆盖的地方，没有任何火焰，仿佛是在大火中掏了一个空缺。

身材壮硕的那名将领已经手持巨型长刀守护在这名骑者身旁。但此时，这名骑者却感觉到那抹蔓延的灰色阴影里，好像有一个魔王在降生。

"申玄，竟然是你？"他的语气里，包含着数不清的震惊。

但那震惊只持续了一瞬，因为有数名乌氏将领正扭身看着他，等着下一步指令。只听他从喉咙里发出了一串古怪的乌氏话语，随即地面轰然响起如雷般的马蹄声，所有的乌氏骑军都开始朝着那片灰色阴影覆盖之地发起冲锋。

这名骑者知道这些人的冲锋无异于以卵击石，但他此刻只希望这些骑军的死能够拖延到大部修行者到来。

当乌氏修行者开始冲锋时，这名骑者将身体往后方的黑影里掠出。就在这时，一丝寒意出现在他的咽喉之前，他快速地侧转了身体，但脖颈侧的肌肤上仍出现了一道淡淡的血线。

在他转头回望时，那道割破他肌肤的森冷飞剑才开始显露在空气里，绽放出洁白的细花，并以恐怖的速度脱离他的周围。

方才这柄飞剑，没有展露任何气息，便停留在他逃遁的路线上，对准了他的咽喉。若是一般的修行者，怕是要迎头撞上去了！

他赶忙调转方向，纷乱的战场上，那数道身影依旧快速朝他追来。而另外一侧，狂奔在铁骑部队最前的数十名骑者，好像失去了重力一般，纷纷飞向上方天空，继而变成破碎的血肉往外飞溅开来。

第四章 以智取胜

第五章
身后之人

　　长陵之所以是整个世间风云变化的中心,是因为长陵是天下修行地最为密集之地。
　　七境之上为一代宗师,然而七境之上亦有长短。长陵虽然出了不少七境,但能够和赵四、白山水这样的大逆抗衡的七境却没有几个,而申玄却是足以抗衡大逆的人之一。
　　这名骑者知道秦国不会轻易让丁宁死去,然而他并不知道郑秀竟会将申玄这样的人物派了过来。他想要用刺杀丁宁的方式逼出秦军中隐藏的强者,然而现在丁宁却用送死的方式破了他的局,反而让他陷入必死之局。温热的鲜血还在他的颈间流淌,他的嘴角泛起难言的苦意。
　　后方那些乌氏骑者发出了更为愤怒的厉吼声。那名身材壮硕的乌氏将领将体内力量尽数涌入到那柄巨型长刀里,硬生生地劈开了迎面而来的灰色气团。
　　与此同时,跟在他身后的数名乌氏修行者,第一时间冲进分开的灰色气团里。然而就在这一刹那,众人的瞳孔都骤然剧烈收缩,身体不受控制地微微一僵。
　　在那名将领落下的巨刀刀尖前方,站立着一名灰袍的独臂人。此人正是申玄!
　　那刀尖几乎贴着申玄的鼻尖落下。申玄将左手伸了出来,拍在这柄长刀上。这个动作看似轻柔缓慢,却似沉重铁锤般拍在了刀身上。"咔!"坚厚的长刀碎了。与此同时,这乌氏将领的整个身体也碎裂开来。
　　长刀碎片和那名将领的血肉飞溅到后方数名修行者的身上,让他们的身体如石头般定在狂风里。
　　申玄从他们中间走过,当他的身影出现在后方骑者的视线中时,那数名定在狂风里的乌氏修行者的身体却都如同被巨物碾压过,发出了沉闷的震鸣声,接着纷纷崩裂开来。
　　疯狂前冲的骑军猛然一滞,直到此时,这些彪悍的乌氏军士眼睛深处才流露真正的恐惧。一名足够强大的修行者能够抗衡一支军队，甚至屠城，原来这并非传说。

那名骑者已经彻底停了下来。接着从他的左右衣袖中分别滑落出一件东西，落到左右掌心之中。他体内的真元先行朝着左手掌心中的东西涌去，"轰"的一声，他的左手五指被震开，指甲间淌出鲜血。接着一道肉眼可见的冲击波从他的掌心中冲出往外扩散，随即他一声闷哼，飞了起来，口中喷出一道血箭，蒙面的黑巾被撕扯成了碎片。

申玄冷漠的眼眸里也出现了一丝震惊。那道迅速扩大的冲击波里，有无数飞舞的符线，像巨鞭一样抽向四周的夜空以及无穷远处。

"封天符！"申玄惊叹道。

大家都还没来得及看清这名骑者的真正面目，申玄身前已出现了一道晶莹的光层，接着便有十数名骑军的身体被切成了两片，因为那些人的身体正好处于光层的生成地方。

破碎的黑巾下是一张秀气的年轻男子的脸。那张脸是标准的瓜子脸，此时虽然全部糊满鲜血，却依旧显现出妖异的美。他没有去看位于晶莹光层后方的申玄，而是把目光落在距离他只有数十丈的那名少年的身上。

在他看来，丁宁不可能感知不到那道真符的强大力量，然而丁宁依旧十分平静，仿佛是战场上的看客。

他没有任何犹豫，如同方才激发那道仙符宗最强的真符一样，再次将体内的真元逼出，疯狂涌入到右手掌心的东西里。

只见他右手的血肉迅速枯萎，有无数黑沙生成，片刻后坠落于地。紧接着，他身前出现了一柄巨刀，像是要切开了整个空间一般，朝着丁宁蔓延。

丁宁承受不住身周天地元气的震动，口鼻中都沁出了鲜血，但他只是转头看了申玄一眼。

申玄和他遥遥对视，眼瞳里愤怒的火焰几欲燃烧。他身上的灰袍被他自己的鲜血浸透，红得刺眼。但此刻，他却将体内积蓄的大量真元和天地元气尽数逼出体外。随即他身外出现了一道旋转的红云，像是无数红色丝绸层叠在一起往上飞去。

就在这时，天空高处有耀眼的光线亮起。那些光线径直奔赴丁宁身前，化为一道红色血柱迎上那柄巨刀。

"咔嚓！"那骑者右手五指齐断，一些褐色的金属片从手中掉落，接着，他口中喷出大量鲜血来。

所有乌氏骑军骇然后退。

第五章 身后之人

申玄身前那一道晶莹的光层渐渐消失,他看着丁宁厉声道:"倘若我死了,你还能活吗?"

面对一人骇退一支军队的申玄,丁宁依旧平静地说道:"同生,或者共死。"

申玄沉默不语,身周的泥土却莫名地被削掉一层。

那名右手五指齐断的修行者并非七境的强者,但方才却激发出了远超七境的力量。他付出的代价是体内经脉几乎全毁,在强大力量的冲撞下,元气在受创严重的经络里到处游走,以至于此时不断咳血。

与此同时,申玄却也咳嗽起来,道:"我们都快要死了。"

丁宁却一反常态地笑了笑,道:"可我并不觉得你是最后一颗棋子。"

话音刚落,不远处便有一片沙尘暴席卷而来。

乌氏的疆域里到处都是茂盛的草原,只有在遥远的东胡才会有遮天蔽日的沙尘暴。此时这片沙尘暴的到来,让那个右手五指齐断的修行者反应过来丁宁以身犯险是为了逼出身后潜在的强大修行者。如果丁宁单单要逼申玄出来,那他现在已经做到了,但此刻他依旧这么云淡风轻,莫不是还有旁人?

申玄已来到丁宁身边,虽然他只有一只手,但依旧散发出一种冷漠而淡薄的杀意。他甚至不需要动手,便能够杀死丁宁。

"谁知道这样的战阵里,你会死在什么人手里?"他看着丁宁,缓慢而低沉地说道。

丁宁转身看向深沉的夜色:"你不敢,因为你同样需要确定有没有其余人在看着你。"

申玄沉默下来。

丁宁轻声说道:"从某种意义上而言,我们拥有共同的敌人。我们都需要将那人逼出来。"

"若是没有那人,就一齐死?"申玄控制住强烈的杀意,冷笑道,"你这样置之死地而后生,未免有点丧心病狂。"

丁宁却转头看了他一眼,戏谑般说道:"申大人谬赞,不胜荣幸。"

此时那场黑色的沙尘暴已经来临,沙尘暴的边缘处不断触及骑军的最后方,这些久经训练的军马在一瞬间陷入了混乱,转瞬间从申玄和丁宁的视线中消失。

在沙尘暴中心,乌氏军士手中的刀剑全部脱离了控制,被这沙尘所裹,朝着前方飞了出去,爆发出无数金属撞击声。

接着,一道身影随着沙尘暴而来,穿过混乱的骑军后,转眼又消失在无数刀剑中。

下一刻，那无数刀剑便形成了一柄巨刀，斩向丁宁。

站在丁宁身旁的申玄已完全明白丁宁的意图，于是他果断做出了自己的选择。此时他将体内剩余的真元毫无保留地释放出来，"轰"的一声，一团血雾在他身前绽放开来。

那些飞散的血雾形成了特定的线路，引动了更多的天地元气，不断发出"嘶嘶"的气流声。下一刻，那团血雾骤然凝聚成剑，正面迎向那柄巨刀。

处于无数刀剑之中的那道身影眉头微蹙，似是没想到申玄竟会施展出这样一击。然而他的姿态和气势没有任何改变，紧接着握拳往前击出，身周的无数刀剑凝聚更密，重重叠叠地紧贴在一起。

"轰！"申玄用血雾凝聚的剑被直接震开，他一声厉喝，往后倒飞坠落。

那柄巨刀依旧稳定向前，继续刺向丁宁。巨刀带起的风流已经吹拂到丁宁身上，一道道血口出现于肌肤之上。然而丁宁却笑了起来，因为他感知到远方的天空里，飘落了数片霜花。

"好一个刀剑神皇。"一道带着感慨的声音，在此时响起。

这声音响起时，丁宁在心中暗自思忖："我以为是潘若叶，没想到竟是你。"

接着，那柄巨刀开始层层崩解，而后如漫天雪花般飘洒坠地。随之崩解的还有那场沙尘暴，狂风吹起的沙尘没有落地，而是往上方的天空飞舞出去。

陷于风沙之中的乌氏骑军终于重见天日，然而待他们看清眼前的情景时，也都感受到了那恐怖的气氛，于是更加惊惶地往后退去。

"灵虚剑门，顾淮？"飞散的刀剑里，刀剑神皇惊讶出声。

听得此话，乌氏骑军退却的速度更快。

人人皆知天下最强的用剑宗门是岷山剑宗和灵虚剑门，而顾淮，则是灵虚剑门的宗主。

那右手五指齐断的修行者早已无力地跌坐在地，他想过灵虚剑门会有修行者出现在这片战场，然而却没有想到，来人竟然是灵虚剑门的宗主！

就在这时，一名身穿紫衣的男子出现在众人的视线中。

顾淮身材颀长，已至中年，但是白皙如玉的肌肤上不见一丝皱纹。他的双瞳是淡紫色的，细长的发丝也泛着紫色的游光。明明是天下最强的两大剑门之一的宗主，身上却没有任何剑意，好像随时都会消失在这天地之间。

"我没想到会遇到你。"刀剑神皇径直说道。

他的身材比顾淮要略低矮，年纪也略大，身穿的是和乌氏国人一样的粗糙皮毛衣袍，

第五章　身后之人

只是那衣袍分外干净,不染一丝尘埃。他的面容寻常,头发修剪得很短,身上不见任何配饰,简简单单。

"我也没想到会遇见你。"顾淮淡淡说道,"刀剑神皇唐欣!我没想到你会这么强。只是我不明白,昔日中山国被灭时你没有出手,为何要在乌氏和我大秦交战时出手?"

"巴山剑场人太多,我打不过。"唐欣的回答直接明了,"而且中山君那些人,我本来也不喜欢。"

顾淮嘴角微微挑起。

唐欣接着说道:"在这里我住得很舒心,但有几个我觉得不错的人,死在了这场战斗里。"

顾淮看着唐欣,道:"有实力者,有资格任性!"

唐欣淡淡地回看了顾淮一眼,道:"若行事不能由着自己的心意,那修为高绝又有什么意思?"

顾淮嘴唇微翘,显然无法赞同唐欣因为顺应心意而让自己陷入险境的行为。

唐欣骄傲地抬起了头。他是昔日中山国最强的修行者之一,其性格岂是任性二字能够表现出来的。

闲话至此,天地间只剩沉默,接下来便只有痛快一战。

在唐欣抬首的瞬间,方才数千刀剑碎裂后的金属铁屑又形成了一场新的沙尘暴,带着强大的力量和杀意,往前方吹拂而去。

顾淮就站在唐欣的面前,然而唐欣知道那并非顾淮的本体所在。想要想对顾淮造成真正的威胁,首先便要将他的真身逼出来。

漫天的刀剑碎屑开始化为火红的流星,速度极快,足以改变大多数天地元气既定的流通轨迹。

顾淮的面色变得凝重。他看了那名右手五指皆断,跌坐在地的修行者一眼。"噗!"一道紫色的剑光在那名修行者身前出现,顷刻间洞穿了他的胸口。鲜血从那名修行者身后喷出,他用尽最后的力量看了唐欣和丁宁一眼,就此垂头死去。

唐欣没有想到,在这样的对决里,顾淮做的第一件事,竟然是直接杀死这名已经重伤到根本无法释放任何力量的修行者。他略微一动,数片碎屑便绽放出璀璨的宝石光泽,并且疯狂地加速,笔直地奔向丁宁的额头。

顾淮第一时间杀那名修行者,他便第一时间杀丁宁。

"砰！砰！砰！"丁宁的身前忽然出现了一面不可突破的墙壁，而随唐欣心意飞奔过来的碎屑就撞在这面墙壁上，爆发出一团气团，随后坠落在地。

顾淮的身影出现在气团之后。先前的"他"还在不远处凝立着，然而此时的他正缓缓收回往前伸出的手掌。手掌收到身前时，不远处的"顾淮"消失在了虚空里。

唐欣的目光微微闪动，漫天飞舞的刀剑碎屑顿时失去了力量和杀意，如尘埃般顺着去势往前飞洒。

"为什么一定要杀那名修行者？"他问顾淮。

顾淮微微一笑，道："此人是楚地名将，身上有燕地重器，若不将其杀死后患无穷。你虽然逼出了我的真身，但我依旧可以击败你。你应该知道，我原本是巴山剑场的人。"

夜风骤停，顾淮这句话里的自信和骄傲不言而喻。

丁宁看着他的背影，感知着他身上的气息，没有为这场战争的胜负而忧心，却在心中担心着长孙浅雪会不会因为顾淮的这句话而出手。

"可笑。"唐欣唇角浮起一丝微讽的笑容，"我见过巴山剑场很多人出手，也的确由衷仰慕过那个地方。然而长陵之变，让我发现巴山剑场的灵魂只在小半数人身上。王惊梦等人战死后，余下的人要么苟且偷生、贪生怕死，要么争权夺利、无视情谊。巴山剑场早就没了，你剑心不直，剑意也没有王惊梦强大，你确定能用巴山剑场之技胜我？"

"你不明白。"顾淮想要出口解释，却发现根本没必要解释。

唐欣体内的元气在此时已调至完美，他言简意赅道："请！"

他先伸出左手，随即手中出现一道耀眼至极的闪电，继而那闪电一直往上延伸到无尽的高空。这是一股刀意，而这道闪电就是他的刀。

接着他的右手里出现了一柄青色长剑，剑身上有无数黑沙和青风翻涌，就像在酝酿着无数个沙尘暴。天地风雷皆为用，这已是传说中仙人的手段。

当刀意朝着顾淮侵袭而至时，顾淮不以为意。

只见天空里出现了一个黑点，下一刻，那黑点便以惊人的速度变大。仔细看去，那竟是一座长剑外形的小山！这座山通体闪耀着玄铁光泽，且这些光泽像是平行发出的，没有一丝一毫随意发散。只有来自天外陨石的天铁，才会如此。

这是一座天铁山！更确切地说，这是一柄用天铁山炼成的剑！这便是顾淮在巴山剑场修成的本命剑，剑山剑！

谁也不知道他领悟了何种剑经，运用何等独特的天地元气才炼成了这样的剑，然而

第五章　身后之人

众人都能感觉他这柄剑此时散发出来的沉重剑意。

"咔嚓"一声裂响,剑山剑无比轻易地破了唐欣那一刀,沉重的剑意顺势朝着唐欣侵袭而去。

就在此时,唐欣右手中的青剑直接刺向了顾淮的身体。

"噗噗噗噗……"唐欣的左侧身体里瞬间发出了无数细微的破裂声,他的整条左臂鲜血四溅,涌出一片血雾。

"嗤嗤嗤嗤……"顾淮的身上同时响起一阵破裂声,他的胸口上出现了一道剑痕,无数黑色元气顺着伤口刺入身体内里。

"咚!"沉重的剑山剑坠砸在地,形成了一座真正的铁山,横亘在唐欣和顾淮中间。剑山剑坠地导致天地剧震,震得乌氏骑军连人带马全都飞离地面。唐欣和顾淮二人的身体也同时被飓风卷起,往后飘飞。

唐欣的左臂软绵绵地垂下,已然完全废了;顾淮则不断咳嗽,每一口都咳出大量的鲜血。

就在此时,唐欣又出一剑。他手中青色长剑直接点在了前方的剑山剑上。"咔嚓"一声,青色长剑折断。沉重如山的剑山剑被一剑刺得飞起,庞大的阴影笼罩了还在咳血的顾淮。

顾淮厉声叫道:"每一剑都恨不能玉石俱焚,哪有你这样的打法!"

"我们不是在比剑技,而是在拼生死。"唐欣微嘲道,然后用力一掷,直接将手中断了半截的青色长剑朝着前方的顾淮丢了过去。

断裂的青色长剑掀起一道青色的罡风,像一条无比巨大的青龙冲向顾淮。剑山剑继续坠落,似乎要压在顾淮身上。

顾淮抬起头,眼睛里充满了难言的意味。他将体内的天地元气疯狂涌出,只见沉重的剑山剑轰然加速,以超乎想象的速度往上飞起,顷刻变成高空之中的黑点,然后以更恐怖的速度坠落下来。

天铁山在飞入高空的一瞬间裹满了白色的星火,那些白色火流沿着天铁山表面奔涌而下,带着天铁山狠狠砸在了青色的龙头上。

"轰"的一声巨响,剑山剑坠落在地,白色星火骤然消失不见,只剩一圈尘浪往四周扩散出去。以这座剑山为中心,地面齐齐削去一层,出现一个巨大的凹坑。

顾淮垂下首来,又连咳数口血。唐欣的身影已然消失,不知是趁着涌起的尘浪逃走了，还是被压在了那座剑山之下。他已击败唐欣，但他却没有任何欣喜，因为他比任何人都清楚最后击败唐欣的力量从何而来。

丁宁微微垂首，以表达心中对那名中山国真正王者的敬意。

有些人足以代表一国，甚至一个时代。若说现在的白山水代表魏的存继，那唐欣便意味着中山国。唐欣既死，中山国便是真正地没了。

远处阴山的某处缓坡上，站立着四名因约定和制衡而无法出手的修行者。

剑山剑太过庞大，最后布满星火坠落时，便成了夜空中最夺目的光彩，他们自然也都可以清晰地看见。

邵杀人面容冷肃，慢慢说道："剑山剑的确很大。"

这句话听起来就像是废话，剑山剑是一座天铁山，当然很大。然而此时周围三人却都能理解他话中深意。

耿刃点了点头，意味深长道："足够大，才能让她感知得到。"

耶律苍狼声音微寒道："顾淮这样的人，竟然还需要靠一个女人的力量。"

那名背负着双刀，身穿着铠甲的高大修行者凌山冷笑起来："怪不得灵虚剑门要为那女人效力，原来如此。"

"郑秀不是普通的女人。"邵杀人缓缓说道，"恐怕不是顾淮想要借用她的力量，从而让灵虚剑门归她所用，而是昔日郑秀用了他的剑，他若不被用便可能早随巴山剑场的人一起死去了。"

这四人都是当世最顶尖的修行者，严格来说，他们是敌人，然而此时的谈话却毫不避讳。

耶律苍狼沉默了下来，片刻之后，他深吸了一口气，缓缓呼出："郑秀的确不是一般的女人。"

耿刃微微抬头，自言自语般轻叹了一声，道："此地距离长陵太远，唯有剑山剑如此庞大，带动这般恢宏的天地元气才能被她感知到。但是在长陵，不知道她能用多少柄剑。"

凌山身体莫名一震，铠甲的诸多伤痕里迸射出无数散碎的光芒。天下间谁都知道郑秀很强，然而此时他却发觉郑秀比想象的更强。她若是能够在长陵同时召用很多这样的剑，会强到何等程度。

"明明自己能够做到的事情，却偏偏让墨守城背负恶名。真不是一般的女人。"耶律苍狼面上全部都是冷讽，"长陵太远，所幸我们现在无须考虑。"

"或许将来需要考虑。"耿刃低垂下头,看着那剑山剑坠落之地卷起的风沙,认真说道。

耶律苍狼和凌山均沉默下来。

"你是认为这战我们必败无疑。"

数息过后,耶律苍狼再度深吸一口气,道:"申玄和顾淮都身受重伤,即便我们不出手,这片草原里也有很多杀死他们的可能,这一战充满变数。"

乌氏这支最精锐的骑军无比混乱地往后退却,消失在黑暗的夜色里。

庞大的剑山剑还在不断震颤,震出一蓬蓬烟尘和风浪。一些未消散的星火流淌到剑下的地面,将泥土灼烧成黑色的岩石,泛着奇特的磷光,却又没有任何温度。

顾淮缓缓转身,从袖子里掏出一块锦帕,捂着嘴咳嗽着,指尖渐渐沁出嫣红。他看着微垂着头的丁宁,眼眸渐冷,轻声道:"你下次若是还敢这么做,我一定会杀了你。"

丁宁微嘲道:"你不敢。"

话音刚落,"轰"的一声,丁宁整个身体如断线风筝往后飘飞而起,接着狠狠坠落在地,口鼻之中沁出血来。

看着一时难以爬起的丁宁,顾淮冷讽道:"我的确不敢杀你,但是我可以随意教训你,甚至杀死你身边的人,你错就错在……你根本不明白自己在长陵算什么身份。"

丁宁抬头一笑。

顾淮皱眉,厌憎道:"怪不得长陵没多少人喜欢你,连笑都笑得这么令人厌恶。"

"我也同样厌恶你,只是你不知道我为什么厌恶你罢了。"丁宁在心中说道。

就在此时,天空里有苍白的星火再次坠落。星火丝丝缕缕,不断落在剑山剑上,这座天铁山似乎再次燃烧起来。在下一瞬间,剑山剑消失在这片荒原上,随之消失的还有顾淮的身影。

"你看,你根本就不是郑秀最后的棋子。"丁宁慢慢站立起来,转身走向依旧跌坐在地的申玄,"在顾淮眼里,你也不算什么。"

浑身被鲜血浸润的申玄冷漠抬头,微微眯起眼睛,道:"你是不是忘了方才顾淮对你说的话?你以为我不能随意教训你?"

丁宁没回应,他看着夜空里开始彻底消散的星火痕迹,擦干了嘴角的血迹,反问道:"你觉得你带《续天神诀》和顾淮带《续天神诀》回去给郑秀,有没有区别?"

申玄的目光剧烈一跳,眼睛里流淌出凛冽的杀机。

"若是得到《续天神诀》的是顾准，不只在长陵，就算在这里，你都可有可无。"丁宁无视他的目光，平静道，"水牢被破，恐怕郑秀根本不会再相信你。"

申玄沉默片刻，冷笑道："你到底想要说什么？"

丁宁道："我只是想和你做一个交易。你帮我杀掉顾准，我把《续天神诀》给你带回长陵。"

"你说什么？"申玄的眼瞳骤缩，一股天地元气不知从何处卷来，落在丁宁的咽喉处，直接将丁宁的身体悬空提起。

丁宁几乎无法呼吸，只是看着申玄微笑。

申玄深吸一口气，眼光剧烈地闪动数下之后，那股元气消失，丁宁的双脚落地。

"我没有看错你，装弱装重伤这种事情，你比长陵的绝大多数人都要在行。"丁宁开始朝着谷狱关的方向走回，"你可以仔细考虑一下我刚刚的提议。"

申玄站了起来，跟在丁宁身后。

"你和我说这些话，不怕顾准听到？"他的眼睛里没有再闪现出任何杀机，只是带着一些威逼和狠戾。

"以他现在的伤势，随便再来一名七境就能杀死他。你的命不如《续天神诀》重要，所以你必须保护我的安全，以后才能有机会拿到《续天神诀》。但是他的命比《续天神诀》重要。至少在他自己看来是这样的。所以他现在应该会先去疗伤。"丁宁嗤笑一声，"就算我死了，而且让《续天神诀》给我陪葬，郑秀也不会杀他，但你恐怕没有这么好运。"

申玄听着脚底枯草折断的声音，缓缓说道："你怎么知道她要《续天神诀》？"

丁宁转头道："我领悟了《续天神诀》，自然知道《续天神诀》对她而言意味着什么。"

申玄沉默片刻，问道："你为什么一定要杀顾准？"

丁宁看了一眼夜空，微嘲般轻声说道："要想真正脱离她的视线，唯一的方法就是让顾准消失。"

申玄思索片刻，问道："我有什么好处？"

丁宁停下脚步，道："若你也不想回长陵，杀死顾准可以让你脱离郑秀的视线；若你想回长陵，杀了他并取而代之，将来你才有受万人敬仰的机会！"

申玄声音微寒道："你太聪明。"

丁宁脸上笑意更浓："难道你不想和聪明人联手？"

"怎样才能杀死他？"

第五章 身后之人

"从这里到东胡,我会寻觅一个机会。"

丁宁不再多说,继续朝着谷狱关走回。

这次申玄没有跟上,他的身影渐渐消失在夜色里。

"谢谢你。"在回到谷狱关宿卫军驻扎的山坡上,解释了一些战况之后,丁宁直接进了长孙浅雪所在的马车车厢,认真地说了这一句。

"不用谢我。"长孙浅雪看着他,依旧清冷道,"我并不知道是顾淮。就算提前知晓,也没什么用。他既然已经和郑秀联手,力量之强,远在我之上,我根本杀不了他。后来他重伤时,我再去也来不及了。"

丁宁点头道:"我会设法杀了他,但是你绝对不能出手。"

长孙浅雪抬头,美丽的双唇在黑暗里颤抖起来,问道:"你是想连申玄一起杀死,还是真的想让他带《续天神诀》回去给郑秀?"

丁宁沉默片刻,道:"这是我在看到顾淮的最后一剑后决定的。"

他这句话答非所问,长孙浅雪却明白了,他真的想要让申玄带《续天神诀》回长陵,交到郑秀手中!

"为什么?"她问道。

"我发现她比我们想象的还要强大……强大到足以威胁秦王。"丁宁迎着她的目光,道,"如果《续天神诀》到她的手里,如果她真的有可能强过秦王,那会怎么样?"

长孙浅雪眉头蹙紧,却没说话。

丁宁道:"我不认为秦王会放心。我想看看他们之间最终会发生什么。"

长孙浅雪冷笑道:"若是最终她还是没有超过秦王,或者说两人之间依旧和现在一样,心照不宣地保持着一定的界限呢?"

"即便她得到《续天神诀》,我还是会比她强大。"丁宁轻声而自信地说道,"只需要有足够的时间。"

长孙浅雪看了他一眼,不再说话。

丁宁也不再说话,只是垂首想着。到底怎样才能在长孙浅雪不出手的情况下,再次引出顾淮,然后把他杀死呢?

第六章
天凉祖山

三千精锐骑军退去，就连隐匿其中的某位有卓绝见知的大军统帅都被杀死，这意味着谷狱关和宿卫军的所有军士暂时安全。然而深沉的黑夜里，还有无数的秦人游离在死亡边缘。厉西星弯腰背着胡京京，像狼一样在草丛里奔跑。

"放我下来吧！"昏迷数次的胡京京此时虽然醒了过来，意识却渐渐模糊，身上也越来越冷，冷到连厉西星身上的温度都无法再温暖她。

厉西星双手不断交替，始终有一只手将她牢牢负在背上。

"你以为放下你，我就可以逃走吗？"厉西星的眼睛始终眯成一条线，垂着头看着身下的地面，"那人始终在我们身后，若是他想追，早就追上我们了。他现在是有意将我们往某个地方驱赶。"

胡京京的喉咙里发出了几个模糊不清的音节，厉西星应道："我也不知道他想做什么。""那你还……"胡京京吃力道。

"我想拖垮他。"厉西星喘息着，不等胡京京问完就抢先回答道，"即便是修为比我高的修行者也会累，会体力不支。"

"那……"既然想要拖垮他，厉西星又何必背着自己白白消耗体力呢，胡京京不解。

厉西星解释道："我需要来自同伴的力量，尤其是像你这样的同伴。因为孤独、绝望、无助这些情绪，有时容易让人崩溃。"

胡京京没有办法去思考他这句话到底是真是假，因为她又陷入了昏迷。

"来不及了。"一名身穿狼皮袍的中年男子凝视着剑山剑坠落的地方，叹息道，"以目前情况来说，我们无法将那些秦军残部堵在谷狱关。即便我们大军破了谷狱关，秦军的援军也会随后赶到，到时候被追杀的反而是我们。"

微垂着头恭立在这中年男子身旁的，正是乌氏的五王子乌澈紫。

乌澈紫声音微颤道："大巫，难道我们只有退军吗？"

这数日来，虽说是乌氏的骑军在追剿秦军残部，然而他十分清楚这种围剿的成果甚微，且在这场围剿中乌氏付出了什么样的代价。

"无论我们愿不愿意，都必须这么做。身为将领，尤其是一国的统治者，必须抛开个人的爱恨情仇，一切从大局出发，公平公正地管理自己的国度。这点郑秀就做得很好，我很佩服！"中年男子深邃而睿智的目光始终没有离开剑山剑坠落的方位，"那长陵酒铺少年到了谷狱关，而我们这场大战制胜的关键也正好在那里，这对我们很不利；但幸运的是，你现在追杀的这个'獠'是他的朋友，或许我们可以从他身上寻找突破口。"

乌澈紫眼睛里亮起一丝希望的火焰，道："大巫，原来你将厉西星往祖山驱赶时早已心有计划，那接下来你是不是想引那长陵酒铺少年也进祖山？"

"是的。长陵的修行者太强大，唯有开启祖山，我们才能与之抗衡。'獠'杀了青狼，他的鲜血正好用来祭祖山；那酒铺少年的领悟力若真是天下第一，便是开启祖山的钥匙；至于刚刚能够附和郑秀剑意的这名强者，便是最后的祭品。"中年男子淡漠笑着，抬起头来，目光似要穿透夜空里的云层。

天空里中盘旋着几只黑色雄鹰。

凭借意志力不断逃遁的厉西星略微停顿下来，看了一眼身后远处的云层。他看不到那些雄鹰，但是能听到高空里传来的鹰啸声。

乌氏、东胡、月氏……还有曾经在这片荒原上生活过的一些国度与神秘部落，其实在很久以前有过一个共同的祖先——天凉。

无论是现在的乌氏、东胡，还是月氏的王族，都是昔日天凉王族的血脉。蓄鹰是这些王族的传统，鹰目可在高空之中看清千里之外的事物，所以厉西星很清楚他们不可能逃出追杀者的视线。

只是，连受伤如此严重的胡京京都还在凭最后的毅力坚持着，所以不到最后时刻，他不想放弃。

谷狱关外的山坡上，高处的云层里落下了一个黑点，径直朝着丁宁休憩的车厢袭去。

就在这时，在不远处休憩的一名修行者蓦然睁开了双眼，施展出一道绯红色的剑光，直接洞穿了营帐的帐顶。接着他发出一声凄厉的啸鸣，迎向那个黑点。

许多熟睡中的军士都被惊醒了，更多的厉啸声在山坡上响起。

借着朦胧的月光,大家终于看清那飞落的黑点是一只黑色巨鹰。巨鹰面对这道绯红色剑光时,并未改变飞落的去势。"嗤!"它被这道绯红色的剑光击中,"咚"的一声,就此坠落在马车边上。

丁宁走出车厢,走向那坠地的黑鹰处。只见鹰足上绑着一片染满了鲜血的皮毛。

南宫采菽谨慎地站在丁宁身侧不远处,问道:"什么意思?"

"我们所有的朋友里面,只有一个人喜欢穿这样的厚皮毛衣袍。"丁宁说道。

南宫采菽身体骤冷,问道:"是厉西星?"

丁宁点头,分析道:"荒原里的巨鹰比一些妖兽更难蓄养,能够御使这样庞大黑鹰的人,必定是荒原里的王族。"

南宫采菽道:"告诉你厉西星在他们手里,他们想要做什么?"

丁宁没有正面回答,而是走向山坡脚下的荒原,随后申玄如同阴影一样出现在他的面前。

"对方通过这种方式告诉我厉西星在他们手里,应该只是想要见我,或是想让我做什么事情,而不是杀我。"丁宁看着申玄说道,"知道剑山剑在这里还敢有此举动,绝对不会是普通人。方才我还说要等待一个机会杀死顾淮,现在这机会来了。"

申玄冷漠说道:"又一次去送死?"

"能为朋友两肋插刀,我决不推辞,但她不会。所以你可以选择和我合作,或是和她合作。"丁宁继续道,"不管你跟不跟来,我都会去。"

"顾淮呢?他阻止不了你?"申玄问道。

"他唯一能够阻止我的方法,便是用我朋友的生死作为威胁。现在与我有关的,正是我朋友的生死。"丁宁微嘲道,"况且他疗伤没有这么快。"

日出时分,胡京京从昏迷中被冻醒。厉西星还在穿行,她感觉嘴里满是苦涩草叶的味道,不由得皱了皱眉头。

厉西星感觉到她醒了,缓慢说道:"不要吐掉嘴里的药草。虽然很难吃,但是对你的伤势很有用,而且这药草很难找。你可以试着吞下去。"

胡京京轻"嗯"了一声,然后艰难地把嘴里的苦涩药草全部吞咽下去。半晌后她才说道:"其实你之前说想凭意志力和体力拖垮对方,是在骗我,对不对?你早就明白没办法摆脱对方,却还坚持带着我在这荒原里逃亡,只是想找这些可以让我活下去的药草。你不想让我绝望,想试试有没有让我活下去的可能。"

第六章 天凉祖山

厉西星道:"你这样的想法没有依据。"

胡京京虚弱地笑道:"可我有直觉。"厉西星没有应声。

"不要把我单独留下!"顿了顿之后,胡京京看着厉西星的侧脸,认真道,"不要想着用你的性命,去换一个留我独活的机会。即便你设法把我留下,我也一定会去找你,而不是独自逃回阴山。"

厉西星冷笑道:"真要一起死?"

胡京京没有回答,双手将厉西星的衣袍抓得更紧了,然后将脸深深埋进厉西星身上散发着难闻血腥味衣袍的皮毛里。

厉西星的身体微微一僵。

胡京京再次笑了起来,道:"我听说你在长陵没什么朋友,那我就做你第一个朋友好了。"

"谁说我在长陵没朋友?"厉西星冷冷地回应道,"我在岷山剑会就有不少朋友。"

"哦。"胡京京改口道,"那我和他们一样,做你朋友好了。"

厉西星继续在枯黄的荒原里穿行,他的体力已经透支,速度明显减缓。就在这时,他隐隐觉得荒原里的天地元气发生了一些奇特的改变,遂直立起身体,以便看清更远的地方。

"你在想什么?"胡京京冷不丁地问道。

"我在想他们到底想利用我们做什么,或者说,我们有什么可以被利用的。对我父亲而言,我只是他对王后忠诚的表现。"厉西星冷漠地看了一眼天空渐渐泛起的鱼肚白,接着说道,"人常说,虎毒不食子,但他却将我推到这荒原之中,从未管过我的死活。就算有人拿刀架在我脖子上去威胁他,他也不会改变任何决定,甚至有可能设法先杀了我。所以试图利用我们去改变军队的行动,是完全不可能的。"

胡京京口中的药草早已下咽,但此刻她心中的苦涩却比口中更甚,心想生在王侯家,未必是幸运。想到这里,她愈发同情起厉西星来。

"我们现在距离大军交战的战场越来越远,修为又不够高,能被利用做什么事儿?哪怕是用来喂狼,也不用把我们驱赶得这么远!"厉西星连猜了几种可能都不能让自己信服,于是又摇头道,"我实在想不明白他们想要做什么!"

胡京京也呆呆地想了许久,依旧没能想出一种有说服力的理由。

厉西星又穿过一片草甸,忽然说道:"如果他在这里,或许会想明白对方到底想要什么。"胡京京下意识地问道:"那名酒铺少年?"

厉西星笑了笑，他的笑容很冷，却带着骄傲。酒铺少年四字原本似乎是在鄙夷丁宁的出身，然而现在却变成了一个响彻天下的称号。

"他应该也会到战场上来。"胡京京补充道。

厉西星的身体骤然一僵，脚步骤然停顿下来。

胡京京愕然地看着他，一个呼吸之后，她才反应过来，问道："你觉得……有可能是因为他？"

厉西星的呼吸变得艰难起来，寒声道："我不希望是因为他，但以目前的情况看，这好像是最大的可能。"

为什么这似乎完全不相干的人和事，会是最大的可能？胡京京还想再说，然而此时，她感觉到周围的天地元气里，似乎出现了很多异样的气息。其中有一种淡淡的，秋高气爽般的清凉气息，若有若无地飘荡在高空里。

厉西星清晰地感受到，这种气息就像季风一样，来自某个方向。他心中生出了强烈的好奇心，而且产生了某种预感。在沉默中，他的脚步又加快了。

日出之后，有温暖的阳光洒落下来，荒原里的寒霜微化，升腾起一些湿意。厉西星追踪着那些越来越清晰的气息，发现自己越发远离阴山的方向，且荒原里的长草越发茂盛。

那些长草仿佛从未被任何生物侵袭过，此刻被厉西星踩在脚下，发出了阵阵脆响。沿途荒芜，不只没有乌氏人活动的踪迹，就连兽迹和昆虫声也消失了，天地之间分外静谧。

突然间，厉西星停了下来。胡京京顺着厉西星的目光往脚下前方看去，随即发出了一声不可置信的惊呼！

万籁俱寂，惊呼声惊起了一群候鸟。那些候鸟和白色大雁相似，它们奋力飞着，却依旧在她的视线下方，没有超过头顶的高度。

厉西星此时驻足的前方，不是平坦的草原，而是一个凹陷下去的巨大深谷。山谷坡道很陡，高大的荒草生长于侧，在上方漂浮着的水汽的古怪折射下，那些荒草就像是浮在水面上一样。"这……"胡京京仔细看去，越发觉得震惊。

山谷的底部被多种不同的颜色点缀着，或湍急或缓慢的河流，漫山遍野盛开的鲜花，五颜六色的蝴蝶，以及许多喊不出来名字的生物，将谷底绘制成了一幅异常美丽的画卷。

然而厉西星无暇欣赏谷底的美丽，他的目光死死盯着谷底中央的一座并不高的石山，许久后才喃喃自语道："天凉祖山……传说中的东西，居然真的存在。"

"天凉祖山是什么？"胡京京原本觉得此间景象就够神秘的了，此刻厉西星突生这

第六章 天凉祖山

样一句感慨，则更让她感觉到那谷底无比神奇。

厉西星思索了很久，直至胡京京在他的背上有些不安分，他才说道："乌氏、东胡、月氏原本属于同一个王国，他们曾有一个共同的祖先，叫天凉。"

胡京京在心中默默算了一下，如果将乌氏、东胡、月氏的疆域加起来，恐怕比现在许多国家的疆域还要庞大，因此心中瞬间对这祖山无比敬畏。

"传说天凉毁于一场史无前例的大瘟疫。那些未染病的人为了防止瘟疫蔓延到其他部落，便将所有染病的人都锁在了天凉的祖地。"厉西星面上带着一种难言的意味，"传说中天凉祖地位于天穹之下，四季如春，天地自然能孕育灵气，灵果妙药随处可见，即便是丢下一根木杖，来年都会发芽。为了将数百万计的染病者镇压在这片祖地里，那些幸存的天凉人付出了极为惨烈的代价。这里的许多山峦都被夷为平地，只剩下其中一座祖山。最终存活的天凉人虽然镇守住了这里，没有让染了瘟疫的人逃出此间，但他们却在瘟疫消失后全部选择了自尽。"

"自尽？为什么？"这样残酷的传说，尤其是数百万计的数字，让胡京京的大脑出现了短暂性的空白，她难以理解地问道。

"因为他们自认双手染满罪恶，结束生命是为了自我救赎。而那座祖山，也叫救赎之山。当时天凉周遭幸存的部落，都将天凉敬若神灵，将这里奉为祖地，任何人都不能进入。"厉西星顿了顿之后，身体轻颤着，"这个传说我早有所闻。但没有想到真有这样的地方。"

胡京京又问道："如果说把我们赶到这里是为了引丁宁过来，那这里面到底有什么？我们又怎么办？"

猜出了对方的真正意图后，她和厉西星面临着两种选择：进，或是不进这祖地。

厉西星往后方的天空看了一眼。此时天高云淡，原先一直隐而不见的黑鹰依稀可见，他异常简单地道："我们进去。"

然后他背着胡京京开始动步，往下走去。

"为什么？"胡京京不明白厉西星为何会做出这样的选择。

厉西星无比坚定道："我不是相信自己，我是相信他……如果他真的因为我到来，一定会有办法。"

"怪不得连净琉璃都愿意和他在一起。"胡京京呆了一息后说道，"连你都这么说，他一定比我想象的还要厉害。"厉西星没有再应声。

山坡很陡,往下行走非常困难。而且山坡上的长草很茂密,长草下方的地面是灰白色的,一脚踩下去,伴随着很多细碎的爆裂声,溅射出许多洁白的东西。

"这些都是……"胡京京的身体不可遏制地颤抖起来。

那些洁白的东西,都是经过许多年的风吹日晒后,变得十分纯净的骨骼碎片。这些骨骼碎片厚厚地堆积在地上,即便双脚没入其中,也不可能探得到下方的泥土。越是靠近山坡上方,这些骨骼碎片堆积得就越厚。显而易见,这上方越是接近冲出的地方,战斗越是惨烈,被杀死的人就越多。

这个谷底的边缘积满了尸骨,那么当年死在这片祖地里的,又何止数百万计的天凉子民?原来瘟疫竟是这般恐怖!踏着这些尸骨,厉西星和胡京京都感到一阵阵的心悸。

然而这里面的天地元气却比外面纯净,一些有利于修行者修行的灵气,混在阵阵微风中,从繁盛的草叶间穿过。

山坡渐平,繁草渐消,铺满地面的白骨终于不再那么厚实,两人来到一块平原上。

厉西星停了下来,他眯着眼睛往身后的天空看去。那些黑鹰和他预想的一样,飞得更疾了些,先前在天空中只是一个细小黑点,现在已经可以清晰地看见轮廓。

他的双腿因连续奔袭而酸痛肿胀,之前一直无法停歇所以没在意,此刻骤然停下来后,却像有一柄柄小刀在割刺刮擦着骨骼。然而他并未长时间休憩,短暂停留后又立马启程,尽可能快点到达祖山。

敌人应该很快就会到来,他应该趁着敌人到来之前赶到祖山。

所有的微风似乎都是从祖山上吹下来的,流淌在这平原里的河水,源头便是那座孤零零的祖山。最令人震惊的是,越接近祖山,河水的颜色越接近纯净的乳白,河面上散发出来的丝丝白气,也不再是水雾,而是纯净的天地灵气!

毫无疑问,昔日天凉祖山里,必定有一条惊人的灵脉!

灵脉对天下所有修行者来说都是惊人的财富,即便从未亲眼见过郑秀书房的那一道灵脉,但此刻他两人也可以肯定,那道灵脉根本不可能和眼前这道相比。

"我应该在中途把你放下的。"厉西星转头看着胡京京,突然没来由地说了这一句,"毕竟你是宝光观唯一的真传弟子,若是你死了,宝光观便不复存在。"

胡京京的身体不再颤抖,她笑道:"你终于承认想把我丢在中途,让我一个人活下去了。但是,你不也是守城剑的唯一传人?若论重要,你的生死比我重要得多。很多人就算活了一生,也未必能找得到一个可以同生共死的朋友。"

"这样就能甘心去死了吗?"厉西星冷冷道,"如果是这样,那你这一生也太容易满足了。"胡京京道:"如果一定会死,至少要开开心心地死。"

厉西星微讽道:"这么年轻就要死,哪里会开心。"

"有人陪着死,至少不寂寞。"胡京京收敛了笑容,先前厉西星给她用的药显然起了作用,她至少不会因为虚弱而昏迷,她认真地问厉西星,"你说有没有可能这里的瘟疫并没有散,他们自己不敢进来,但想让我们将这里面的东西带出去。"

"然后杀了我们,从我们的身上获得他们想要的东西吗?如果是那样,他们自己挑些死囚进来帮他们取东西不就可以了?"厉西星脸上现出些许嘲讽的意味,"这件事存在无数种可能,出去是死,进去也是死,我宁愿选择进去看个明白。"

厉西星的脚步却没有停顿。沿着散发着乳白色灵气的河流,他来到了祖山脚下。

一路上浓郁的灵气滋养出万物,但越是接近这座黑色石山,植物却越稀少。

二人的眼前渐渐开阔,河流的尽头有数口活泉。活泉周围的地面上寸草不生,而且外面随地洒落的白骨也几乎不见,到处都是森冷的金属反光。其中一口活泉的水是温的,形成了一个温泉池子,所有的乳白色灵气就从那个方圆不过十余丈的温泉池子里流淌出来。

就在厉西星和胡京京惊诧于这口活泉的光泽时,一头受伤的羚羊正在艰难地走向那个温泉池。池里已经有了一只白虎,一条土黄土豺,还有数只颇为肥硕的白色候鸟。

这只羚羊颈部被某种猛兽撕出了一个口子,此刻正不断流着血。然而令人难以想象的是,这些平时弱肉强食,绝不可能安心共存的野兽似乎根本不在意这头羚羊的到来。重伤的羚羊步入流淌着灵气的池子,在距离土豺不远处跪伏了下来,任凭乳白色的泉水浸泡着它颈部的伤口,那伤口很快止血,逐渐愈合。

这些野兽也并未在意厉西星和胡京京的到来,甚至连一丝吼叫都没有发出,这里依旧静谧得可怕。

胡京京喃喃道:"就算是长陵最好的灵药,也不可能有这样的疗伤效果!"

厉西星盯着活泉说道:"传说天凉祖山有一口不老泉,活白骨而生血肉。"

"郑秀要是知道这些事情,会不会疯掉?"胡京京由衷道,"不过我能见到这样不可思议的东西,死了也无憾。"

厉西星听出了她对王后郑秀的深深憎恶,也明白这憎恶来自何处,皱眉道:"不要老是将死不死的挂在嘴边。"胡京京笑了起来,把厉西星抱得紧了些。

厉西星眉头挑了挑,没有再说话,径直走到那口温泉池子旁边。

水波荡漾,所有安伏在泉水里的野兽都没有管这两个不速之客。

厉西星试了试水温,这才将胡京京放了下来。二人坐在温泉之中,微烫的泉水没过胸口,战斗中留下的一些伤口瞬间完全恢复,就连体内那种极度的酸痛感和疲惫感,也被温暖的气流驱逐出去。

胡京京感觉到生命和活力开始重新回到身体里面,欣喜蔓延于身心之中。她看着厉西星的背部,终于抿住了嘴,没有再提"死"的字眼。

厉西星慢慢抬头,正上方的天空中有黑点在盘旋,已经到达祖山上空。黑鹰盘旋着,却始终不落足祖山,似乎祖山里有着令它们敬畏的东西存在。

四野依旧平静到了极点,厉西星缓缓地站了起来,泉水顺着他厚重衣袍上的皮毛流淌下来,将那些干涸的血迹冲刷干净了大半。

"好了?"他看着脸蛋变得红扑扑的胡京京问道。

胡京京点了点头,虽然直到此时都难以置信,然而体内那些恐怕连长陵上品疗伤灵药都要调养很久的伤势,只一盏茶时分,便被这口活泉治愈。

"你要干什么?"厉西星接下来的动作,令她突然大喊出声。

厉西星拔出了他的那柄苍白大剑,穿过池水,行向那口灵泉的出水口。下一刻,泉水便被凌厉的剑气逼开,露出了池底乳白色的山石。苍白色剑光切在出水口周围的山石上,顷刻间山石被切开成片。

"你要破坏这灵泉?"胡京京终于反应过来。

厉西星没有回头,继续出剑,不断切开灵泉出口处的山石,以便让剑光更加深入,同时毫无情绪道:"这又不是我们的祖山。"

"虽然有些暴殄天物,但我觉得你是对的。"胡京京呆了呆,在走向厉西星身边的时候,身上也开始散发出剑意。

祖地的边缘有一片黄草在慢慢分开,露出乌潋紫和大巫的身影。

"大巫,他们已经到了祖山,接下来我们现在要做什么?"乌潋紫看着天空中盘旋的黑鹰,问身旁的男子。

他身旁的男子微微一笑,轻声道:"什么都不做,等那酒铺少年到来,然后再进去。"

第六章 天凉祖山

第七章
万兽汇潮

数匹军马在荒原里穿行,上面却只坐着两个人,一个是申玄,另一个是丁宁。

"那些鹰为什么飞得那么低?"

"不是鹰飞得低,而是天太高。"

"不要在我面前故弄玄虚。"

"那下面应该是一个很深很大的盆地。"

"你何以肯定?"

"因为这里的天地灵气扩散得很有意思。"

"我怎么不觉得有意思?难道你的感知还在我之上?"

"因为我有《续天神诀》。"

一路从谷狱关行来,关于丁宁的修为和感知,申玄有很多疑问,但都被丁宁用《续天神诀》打发了。申玄不可能印证丁宁给出的解释是否合理,因为普天之下只有丁宁知道《续天神诀》的真正奥秘。

而他一直和丁宁说话,并非想试探出对方的秘密,而是因为恐惧。无论是面对乌氏的强者,还是灵虚剑门的宗主,对他而言都是很可怕的事情。他想要赌一赌,但同样害怕变成这草原里的一具尸体。

此刻,他忽然感觉到荒原里的天地元气骤然剧烈地波动,就像冥冥之中有人在揭开一场大戏的序幕。

丁宁也感受到了天地元气的剧烈变化,只是这变化不像是有强大的修行者在吸引天地元气,而是像有强大的天地元气要从那处爆发。

厉西星和胡京京站立在温泉池里,微热的池水原本只过他们腰间,现在却已经没过胸口，直至颈间。

灵泉的出口被切开丈许方圆，泉水喷涌而出，流淌出来时已然沸腾，鼓出许多拳头大小的气泡。每个气泡漂浮到水面上后，都"啵"的一声爆开，涌出极为纯净的乳白色灵气。

厉西星紧抿着双唇，冷漠而坚毅，在他的感知里，他还差一点就要深入到前方这条灵脉的内里了，于是他微侧转过头，对着胡京京道："请用出你师门最强的那一剑。"

胡京京毫无犹豫地发动了必须要尽全力才能施展的那一剑，随即乳白色的池水里骤然生出无数条明亮的黄色光线，接着，所有的池水变成了淡黄色。

厉西星深蹙眉头，喉间发出一声低沉的厉吼，如同荒原最深处狼王的嘶吼。随后他一脚往前踏去，前方的池水轰然炸开，变成了无数白雾往外迫开。

前方池水消失后，那明黄色的光华却依旧在。他手中的苍白色长剑借着那明黄色光华的力量，瞬间深入到前方灵脉的深处。

然后他和胡京京的身体被一股庞大而古老的气息喷涌吹拂，如两片落叶一般往后飘飞而出。原本汇聚在这个温泉池里的浓郁灵气骤然暴涨，瞬间充斥整个盆地，最终像一根笔直的巨柱一样，冲向上方的天穹。

厉西星和胡京京被强大的气息吹动，还在往上飘起。他们体内气血沸腾，身体却没有丝毫受伤之象。暴涨的灵气渗透入他们体内，不断冲击着体内的经络，就像河水不断地冲刷着河床里的卵石，并强行抚平了表面的棱角。

接着两人同时产生强烈的眩晕感，但他们根本无法思考，也无法感觉时间的流逝。等到身体沉重起来，开始坠落时，两人才看到自己的身体已经处于数十丈的高度，而下方所有的水流早已消失。

厉西星在强烈眩晕之中艰难地控制住体内的真元，让其朝着脚下喷涌而出，以免自己像石头一样坠地，变成破碎的血肉。然而下一瞬间，他不由自主地发出了一声低沉的惊呼。

胡京京在此时也稳住了身形，用询问般的眼神看向他："你也……"

厉西星点了点头。在方才狂暴的灵气冲刷之下，他和胡京京竟然都莫名其妙地破境了，且真元修为往前跨出了惊人的一步。

他压抑着心头的震惊，抬头往上看去，只见原本晴朗的天空此刻却开始下雨。

雨落荒原。

第七章 万兽汇潮

申玄手中无剑,却下意识地右手虚握,握住了剑形。

那无数乳白色的雨滴,坠在地上却没有变成水流溅开,而是变成了一缕乳白色的长烟。

然后这片荒原上的所有生物都变得疯狂起来:原本枯黄色的长草吸收着乳白色的气流后,骤然生出浓郁的绿意;原本蛰伏在地下的动物,全部游行般朝外涌出;远处未被这片雨云笼罩的野兽,也如潮水般从四面八方涌来。

顷刻间荒原里万虫成海,万兽成潮,疯狂地朝着那一片盆地汇聚。除了最为常见的狼群、土狗等野兽之外,申玄从那些奔腾的黑影里,甚至看到了一些传说中已经灭绝的、能用妖兽来形容的巨兽。

生长着肉翼,浑身覆盖着石片般鳞甲的巨型蟒蛇,背上燃烧着火焰的玄火龟,浑身如青玉般的独角犀……这些强大的巨兽因为身体的很多部位对修行者有益,世代面临着修行者的猎杀,所以对修行者有着天生的强烈敌意。然而此时它们并没有对申玄和丁宁进行攻击,甚至在撞到他们的裤腿后,用最快的速度绕过,尽可能快地往雨落得最密集的祖山赶去。

这是申玄从未见过的画面,而最令他心神震颤的是,他的断臂处有酥痒的感觉,好似有一条胳臂正重新长出来。

"大巫,他们做了什么?"在祖地边缘,乌潋紫面临着同样的场景。

他身旁的男子看着天空里如雨而来的各色禽鸟,面无表情道:"他们毁坏了祖山的不老泉。"

乌潋紫的脸色瞬间变得苍白。

"越是毁坏祖山,越是会受到诅咒。"顿了顿之后,男子看了一眼祖山,又看了一眼祖山后丁宁和申玄前来的方位,淡然一笑道,"时间刚刚好。"

申玄和丁宁开始以极快的速度朝着祖山行去。但这并非出自他们的意愿,而是因为他们骑坐的军马已经不受控制,疯狂地朝着祖山奔去。这些军马越跑越快,飞一样地穿过雨帘。

丁宁的身体随着马匹奔行而上下颠簸。当虫海和兽潮不断从他身边涌过时,他先是不自觉地深皱眉头,然后神色变得凝重,接着又变得释然,最后只剩震惊和感慨……只是数个呼吸之间,他就变换了很多种情绪。

申玄因太过震惊而出神,根本未察觉丁宁如此异常。

丁宁看着这些生灵疯狂涌去,感知到那祖山灵脉瞬间放空了所有的灵气,忽然想通了之前一直梗塞着的某个关隘。

八境之上是九境。然而自古以来所有修行者，都从未踏足真正的九境。秦王在鹿山会盟上昭示了自己的八境修为，一剑平山，已是天下无敌。没有人能够肯定九境是否真正存在，或许八境已是人间巅峰。然而现在丁宁知道，第九境的确存在。强大的灵气直接从那丈许出口喷出，原本巨大的冲震足以震碎厉西星和胡京京体内的经络和五脏，然而这道灵脉偏偏又有着惊人的药力，迅速修补着两人的伤势。

海量的灵气带动了无数天地元气，进入他们两人的体内，与两人的真元结合，直接将两人的修为境界拔高了一层。

这种事情，在修行者的世界里前所未有，以后也未必会出现。

胡京京抬头看着天空里那些疯狂飞舞的巨大禽鸟，一旦这场雨停，那些蕴含着强大治愈力的灵气就会彻底消失，光是从四面八方涌来的虫豸和巨兽，都足以将她和厉西星吞噬得连骨渣都不剩。

不容她思考，厉西星已经继续往上，行向祖山纵深处。胡京京赶紧快走两步，和厉西星并肩而行。

从远处看，这座祖山只是一座平淡无奇的小石山，但是进入其中，却发现无数沟壑形成了一条条往上的山道。其中最适合往上的山道，便是正对着灵泉的那条。

山道上残留着很多强者的印记。有深深的脚印，巨力践踏出的坑洞，各种各样的巨大剑痕……还有一些建筑物。

沿着山道往上，进入第一个山谷后，两人同时被一具巨大的尸骨吸引。

那个灰白色的巨大尸骨正压在一处建筑物残迹的顶端，足有数十丈长，仿佛那建筑物便是被这具巨大的尸骨压垮的。

只是骨骼尚且如此，若带上血肉，又该是何等庞大？

和这样巨大的尸骨相比，正在天空里飞翔的那些巨大禽鸟，简直就如长陵城中的野鸡般微不足道。

"这是什么妖兽？"胡京京忍不住转头看向厉西星。

蜥蜴？翼蛇？蝙蝠？蛟龙？她无法将这具尸骨和典籍记载里的巨兽联系在一起。

厉西星摇了摇头，他也不知道那到底是什么巨兽。

胡京京跟在厉西星身后，径直从这巨大的异兽尸骨中穿过，随即传来一种怪异的压迫感。因为巨兽腹部有大堆朽铁。那些朽铁泛着金属光泽，被某种力量绞成了各种扭曲的片状。想象着当年这头巨兽是如何张开血盆大口吞噬这些东西的,她就不寒而栗。

然而厉西星考虑的却不是这些,当他穿过这具巨大的异兽尸骨时,思索了片刻,然后捡拾了一些枯枝木,生了两个火堆,又分别盖了些浮土上去。下一瞬,祖山的上空燃起了一浓一淡两条烟柱。

"你这是干什么?"胡京京等他又开始动步时,才问道。

"一浓一淡的狼烟,代表着安全。为了让烟柱更加显眼,在荒原里都会用牛粪和狼粪,再加上一些独特的色粉。"厉西星转头看了她一眼,说道,"如果他来了,至少知道我们到这里为止还是安全的。接下来我会每隔一段时间释放狼烟。"

只要是安全的,厉西星必定会继续燃这样的烟柱;如果不再有烟柱燃起,便说明他和胡京京已死,丁宁自然不必再前来拼命。

胡京京的情绪有些低沉,问道:"你确定他明白你的意思吗?"

厉西星道:"他比我聪明得多,自然能明白。"

两人很快沉默下来,下一瞬,前面又出现了大量尸骸。这些尸骸还保持着人形,不像祖山外的骨骸一样细碎,似乎死的时间要比山外的人晚许多。

胡京京尽可能地不踩这些尸骨的头颅,但尸骨很密集,行走间双脚难免会有所踏碰。听着骨骼在脚下发出怪异的碎裂声,她的脸色越来越苍白。

"这些都是最后自尽在祖山里的天凉人吗?"她忍不住出声问道。

一直微眯着眼睛的厉西星眉头皱了起来,没有点头,也没有否认,只是缓声道:"你应该看得出这些人的致命伤在哪里。"

胡京京愣了愣,顺着厉西星的目光看去,这些死去的人只剩骨骸,身上没有明显刀剑切割的痕迹,然而眉心正中却都有一个针尖大小的孔洞。

厉西星循循善诱道:"你再看看颅后。"

胡京京赫然发现了症结所在:很明显,这些人都是被极细小的东西洞穿眉心而死。那些细小的东西带着强大的冲击力从眉心穿入,按照常理,便极容易从后脑洞穿而出。但此刻这些人的尸骸后脑却没有任何破损。

"啪"的一声轻响,厉西星直接切开了一个较为完整的颅骨。

胡京京强忍着胃里的翻滚,仔细看向头颅内里,头颅后脑处没有冲击的痕迹,整个头颅中也没有任何东西残留在内。

"不可能是修行者所为。"厉西星缓慢而认真地说道,"即便是一个强大的修行者,也不可能如此精准地凝聚天地元气或者控制某种武器，从而刺穿每个人的眉心，却不留任何痕迹。"

不是自尽而亡，也不是修行者杀死了这些人，那这些人是怎么死的？胡京京看着厉西星，一脸狐疑。

厉西星沉默了数秒之后，没有直接回答胡京京的问题，而是没头没脑地突然说道："你这个时候走还来得及。"

"别再说了，既然我已下定决心，就一定会坚持下去。"胡京京开始动步，继续沿着这些尸骨铺就的道路，往上行去。

上方的山道有些微微的收口，他们两人进入到了另一个较为平坦的山谷。整体看去，这些尸骨就像是巨大的灰白色瀑布，上方俨然是一个吞食血肉又吐出尸骨的魔口。

厉西星跟上胡京京的脚步，心情忽然平静下来。

山道的收口处，突然出现了一根明黄色的立柱，立柱表面散发着独特的柔和晶光，犹如琥珀。他二人的目光被这根晶柱上玄奥的花纹深深吸引住，就在这时，这根晶柱内里一些细小的东西，敏锐地感知到了新鲜血肉的气息，发出了"呲呲"声响。

这"呲呲"声响犹如众多人同时呼吸一般，令人心悸。

"我们要死了。"当厉西星感知到那内里细小的东西发出的力量时，眼瞳瞬间变得黯淡，继而停下脚步，和胡京京靠得更近了些，真诚地说道，"谢谢你。"

感谢是因为陪伴，这样他才不会孤单上路。

他可以肯定晶柱上的那些小东西便是导致山道上那些人死亡的原因。那些小东西都是生物，却拥有足以洞穿那些修行者头颅的速度和力量，何等恐怖！

胡京京也感知到了那根晶柱的颤动，连厉西星都放弃一搏，想必她再做任何反抗也都是徒劳。她看着厉西星，玩笑般说道："真到了面对死亡的时刻，反倒不想死了。"

厉西星伸出手，握住了胡京京的手。

就在这时，从琥珀晶柱里飞出无数细小东西。顷刻间，空气里骤然多了许多青色线条，那线条又细又快，在空中留下一道道残影。

就在这一刹那，厉西星和胡京京满脸惊愕。青色线条越来越粗，他们两人终于看清这是一种异常诡异和奇特的甲虫。这些甲虫的身体分成前后两段，前半段是针尖形状的头部，后半段则是连带着极小翼翅的柔软腹部。原本后半部分也如同针尖般细小，然而此时却越来越肿胀。相应地，那些甲虫飞得也越来越慢。

第七章　万兽汇潮

"应该是因为这场灵雨。"厉西星幽幽地说道。

他放开了胡京京的手,然后挥动那柄苍白大剑,轻易地将最先飞过来的一些甲虫拍飞出去。那些甲虫凄惨地折翼掉落,同时腹部受力爆裂开来,喷洒出青黄的浆液。

胡京京手上一轻,莫名地有些失落,但看到那些像小石子一样被轻易拍飞的甲虫,又有些惊喜。

这些甲虫并非天生长这副模样,而是昔日那些天凉修行者使用某种手段改变了它们的体型,并在它极为细小的身体内灌入惊人的威力。然而这场灵雨却让它们解脱了封印,身体变得正常的同时,也失去了杀死强大修行者的能力。

"原来不信神灵,不信命运,就能够活下来。"胡京京看着那些厚厚的尸骨,轻声感慨道。

"可能未必是信神灵,未必是敬畏,只是舍不得。"厉西星也忽生感慨。

那口人人都想占有的不老泉,仿佛就是他两二人险象环生的例证。这祖山内的众多尸骨,并非天凉灭亡时自尽在这里的修行者,而是进入到这里想要占领不老泉的强者。可惜那些强者没有一个活着出去,所以此处才被奉为禁地。而打破不老泉,就是他们到此时活着进祖山的钥匙。

厉西星挥剑拍飞所有迎面飞来的甲虫后,走到晶柱前试着斩了一剑。

"当!"他手中的剑剧烈地震颤起来,那晶柱却纹丝不动,根本没有任何伤痕。

胡京京神色凝重地看着这根晶柱,小心翼翼地轻声说道:"这些强者在临死前应该拼了全力抵挡这些甲虫,所以这山道周围才会寸草不生,连山石都被摧成了异样,而这根晶柱依旧完好无损,便应该不是我们所能撼……"

话还未说完,她就愣住了。只见厉西星放下手中长剑,然后旋动了一下晶柱,很轻易地将它从枯骨中拔了出来。

"怎么会这样?"胡京京失声说道,"你怎么会想到旋动这根东西,你拿着它准备做什么?"

"我挥剑斩它时,发现它的底部有环形气浪,这说明底部应该可以旋转。既然连那些强者都无法破坏它,说明它极是牢固。这么牢固的东西,说不定在将来能派上用场。"厉西星说完之后,开始寻找一些尚未彻底风化腐朽的衣物和皮甲碎片。

越过这根晶柱后,是相对来说较为平坦的山谷。山谷里面的尸骨很少,但是每具尸骨后方的地上,都有一道像是被犁过的痕迹,以及深深的脚印。这些都是想要强行凭速度穿过此间的修行者留下的痕迹。

厉西星点燃了这些未完全腐朽的衣物和皮甲碎片，然后覆盖了一些枯骨上去，一浓一淡两道烟柱再次在祖山中升腾。

此处已是祖山半山，烟柱比山脚下的更清晰，更容易看到。

丁宁和申玄所骑乘的战马已到了盆地边缘，若在平时，即便上面的骑者不勒停，受过严苛训练的战马也会自行停下。

然而此时，这数匹战马和那些从远处冲来的兽类一样，直接朝着坡下冲去。"咔嚓、咔嚓"数声爆响，巨大的冲力使得这数匹军马的前蹄瞬间被折断，白色的骨茬子破肉而出。然而下一刻，地上不断涌起的白色灵气瞬间将其伤处治愈，这数匹军马再次跃起，往前疾驰。

丁宁身体往后仰着，保持着平衡，就在此时他看到了那一浓一淡两道烟柱。

"活着就好。"他自言自语，显然掩饰不住内心的欣喜。

申玄眸中冷光闪烁，在他看来，此时厉西星还活着，却未必是件好事。

"时间刚刚好。"乌氏大巫自信满满的声音响起。

然而，话音刚落，他就看到了那两道烟柱。随即他脸色骤然发白，瞳孔剧烈收缩，身体不可遏制地颤抖起来。

在他的预料中，厉西星会在此时死去，而丁宁则会接替他而行，解开祖山的所有封禁，最终令他得到梦寐以求的东西。然而厉西星竟然到达了那里，还平安地点燃了两道烟柱！

他深吸一口气，对着乌潋紫沉声道："跟我进去。"

他对待乌潋紫的语气和平时有很大差别，但乌潋紫早已被这惊世画面所震慑，根本没有察觉。

乌氏大巫开始走下陡峭的坡地，头颅却往上扬起，看着天空中不断坠落的灵雨，以及那些还在不断涌入祖山之中的禽鸟，他猜想，可能是这场灵雨导致了他完美的计划里出现了诸多变数。

第七章 万兽汇潮

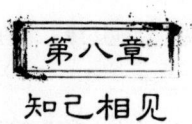

第八章
知己相见

军马还在沿着极陡的坡地不断往下疯狂冲刺，然而在丁宁刻意控制下，他所骑乘的军马并没有直直地奔向活泉的方向，而是和那燃起烟柱的山道渐渐正对。然后丁宁出了一剑，只见末花残剑高高飞起，配合周家墨园残卷上的一道剑意，顿时天空里响起一声巨大的钟鸣。接着他又连施同样的两剑，于是天空里便连响三遍钟声。这三记钟声如同闷雷，急促却一响而止，并无余音缭绕，然而所传的距离却异常远。

"关心则乱，太过关心他的生死，容易落入对方的算计。"申玄面无表情地说道。"你说得对，但明知山有虎偏向虎山行，需要勇气。"丁宁想起了很多事情，淡淡回应道。

当第一记钟声在高空中响起时，厉西星霍然回首，问道："真的是他来了？"

胡京京从未见过丁宁，只是听过一些关于他的传言，然而看到厉西星的动作，再听到这带着剑意的鸣声，她的身体里骤然充满了振奋之感。然而接下来响起的两记急促钟声，却让她不解，于是问道："他这是什么意思？"

厉西星一字一顿道："鸣金三遍，便是收兵。他希望我们停下来等他。""我在长陵时看到书上说真正的知己能够心心相印，甚至不需言语便能明白对方的心意，当时认为是胡说八道。今日见了你和他之间的默契，才知道这是真的。"胡京京看着直接坐下来等待丁宁的厉西星，也找了个空地开始休憩。

申玄随着兽群一起穿行，内心早已翻江倒海。

"若不是顾淮受了重伤，我根本不是他的对手，我甚至都不可能杀死唐欣。若是顾淮借助这场灵雨治愈了所有伤势，我们不可能有杀他的机会。""你当然不可能杀死唐欣，连顾淮都不是唐欣的对手。"丁宁看着前方祖山，微微停顿了片刻之后，接着说道，"这场灵雨很快就会结束。像顾淮这样的修行者，除非此时已经接近那座山，否则根本不会痊愈。这座山拥有惊世的灵气，却不见记载，说明顾淮也可能不清楚里面的状况。既然如此，我们依旧有很多杀死他的机会。""太过冒险。"申玄转过头看着丁宁，道，"你说连顾淮不是唐欣的对手，虽是嘲讽他借助王后之力杀死了唐欣，但这也说明一点，他的剑能让王后看到。就算我们有杀死他的机会，在动手的时候，也会被王后看到。"

丁宁自然明白申玄的意思，申玄所说的"看到"，不是指真正地用目光看到，而是一种感知，于是他平静道："那就找郑秀看不到的机会杀死他。"

申玄的眉头蹙了起来，顾淮是昔日巴山剑场最强的剑师之一，又是灵虚剑门宗主，修习了诸多强大的剑经。他与顾淮相比，就是强壮一些的老鼠和猫的差别。现在丁宁还要再加一个条件，就像是老鼠要想在猫的脖子上先挂一个铃铛，然后再杀死它。"疯子。"申玄忍不住说道。丁宁示意他带着自己快些前行，同时轻声自语道："把厉西星逼入此间的人，恐怕也是个疯子。"

天空里密集如云的飞禽围绕着祖山形成了巨大的旋流，一些走兽开始冲上祖山的山道。然而就在此时，这巨大的旋流和兽潮里开始有了莫名的混乱。

天空中原本厚厚的乳白色云气忽然变得稀薄，从天空中坠落的密集雨丝也变得稀朗。

"这场雨停的时候会怎么样？"申玄抬头微眯着眼睛看着上方落下的乳白色雨丝，问道。"会有一场残酷的厮杀，但这场厮杀不会等到雨停之后才开始。"丁宁认真地说道，"所以我们要快一点。""快就有用吗？此时我们应该考虑的是，是不是要上山？"申玄对丁宁的建议嗤之以鼻。"当然要上山，只要你不是太弱，我们就不会在这场厮杀中丧命！"丁宁明白申玄在担心什么，所以他用暗示的方式告诉申玄，此刻除了积极进攻，没有其他后路可退。

申玄随即也明白了丁宁的意思，然后利用身上的气息强行破开周围混乱的天地元气，开辟了一道笔直的玻璃光墙。下一瞬，他们的身影在这道光墙里变成了流动的影子。

原本前仆后继的兽群开始出现焦躁而暴戾的情绪。

一头墨绿色的巨蜥刚刚到达祖山的边缘。这是极为罕见的绿托甲蜥，外皮柔软，散发着宝石的光泽，可以消弭许多天地元气的力量。大幽的名将李念便拥有一件用绿托甲蜥的甲皮制成的软甲——绿度托甲。然而相传这种绿托甲蜥早已绝迹，没想到竟会在这里看见它！

它的身体太过沉重，且腹部几乎完全贴着地面，所以即便被灵雨刺激得疯狂，还是远远地落在了兽群后方。此时灵雨即将消散，这头绿托甲蜥骤然愤怒狂暴起来，一声暴

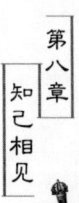

第八章 知己相见

躁的嘶吼间，它的长尾如巨鞭般瞬间扫飞身后的数头巨兽，接着它口中喷出一道腥臭难言的黄绿色浓液，冲过身前十余丈的陡坡。那些被黄绿色浓液喷淋到的兽类都像被滚烫的岩浆喷中一样，发出凄厉的惨嚎，瞬间身体全部腐烂。

与此同时，一只金色的秃鹫也陷入了极度恼怒之中。它身上的金色羽毛覆盖着独特的天地元气，像一片片锋利的金色利刃，轻易将行进途中的所有禽鸟切成碎片。然而，绿托甲蜥和金色秃鹫掀起的杀戮只是一个开端，那些被杀的兽类散发出的血腥气味，才真正开启了兽群的暴动之门。

那些强大的异兽将焦躁和愤怒的情绪全部宣泄在身旁相对弱小的兽类身上，在它们的眼里，正是因为这些弱小同类的争抢，才导致灵雨消散，以至于它们无法得到更多灵气。

一时间，无论是地面还是天空，无数鲜血像烟花一样绽放开来，简直比千军万马厮杀还要惨烈。申玄没有理会这场厮杀，对他来说，大浮水牢是更血腥的地方。此时他身上展露的气息，让沿途的异兽都远远退避开来，即便偶有巨兽不畏死般靠近，也只是近距离地看上一眼便扭头而去。

这便是弱肉强食，强大的异兽在灵雨消失前就开始杀戮比自己弱小的兽类，而且灵雨可以补充体力，治疗它们在杀死这些弱小兽类时受的伤。血花、碎肉、羽毛越来越浓，如瀑布一样砸在山道上一只房屋般大小的巨兽上。申玄的眼睛微微眯起，在看清这巨兽的瞬间，下意识地问道："这是什么？"丁宁异常简单地回道："饕餮，传说中可以吞噬一切的凶兽。""实际上呢？""实际上也几乎可以吞噬一切，除非你是比顾淮还要厉害的修行者。""这地方有过非常厉害的宗门吗？"申玄转过头去，像是自语，又像是问询。

丁宁几乎没有思索，轻声道："没有，但是曾经有个天凉。"申玄眉头微挑，说道："没听说过。"丁宁道："它曾经是个和大幽差不多的王朝。"

申玄沉默下来，他和丁宁的前方出现了无数尸骸铺就的道路。血水顺着这些尸骸流淌下来，灰白黄的尸骸全都被染成了红色，分外鲜艳。

厉西星和胡京京早已站了起来，胡京京像持伞一样持着剑，站立在厉西星的身旁。她手中的剑散发着淡黄色光华，挡住了上方坠落的血水。

申玄带着丁宁前行的速度很快。几乎同时，他们两行人便看见了对方。

"疯子的朋友也都是疯子。"申玄在看到了那道微黄光华时，就猜到了胡京京的身份。想起墨守城在长陵大开杀戒的那夜，这名宝光观真传女弟子的所作所为，他忍不住冷笑起来。"你果然来了！"厉西星对着丁宁异常简单地说了这一句。他看人的目光一向冷漠，然而当他看到出现在自己面前的丁宁时，面部线条柔和了很多。"果然是你！"丁宁看着他，说道。

胡京京知道这样简单的对话里，包含着至真的友情。厉西星料定对方是要利用自己逼丁宁过来，而丁宁却料定厉西星身处险境。

就在此时，丁宁朝她颔首致敬，她竟一时有些惶恐，剑光也有些散乱，所幸此时在申玄强大的气息笼罩下，天空中坠落的血雨丝毫落不到他们的身周。

人之一生，能够找到一个可以同生共死的人已很幸运，现在厉西星的身边有了两个这样的人，还有什么不满足的？虽然身外的天地都是血雨尸海，但此刻他的内心却很宁静。

"这里是天凉祖地，你听说过天凉吗？"厉西星平静地问丁宁。丁宁道："知道一些，不多。"

厉西星将之前和胡京京讲过的有关天凉祖地的传说，又全部详细地给丁宁说了一遍，连丁宁到来之前没有看到的那种诡异甲虫也详细说了。

"相传饕餮在上古时期被修行者屠戮殆尽了，没想到昔日天凉竟还私藏着这种异兽，这说明天凉的确和大幽一样强大。"丁宁看向祖山更高处，"如果传说是真，天凉的那些修行者担心瘟疫余波未了，那么他们一定会选择彻底毁灭，将有可能染带瘟疫的地方全部毁去。但他们仅仅是自杀，却保留了这座山，且布置出重重机关来封山，只能说明他们另有所图。"厉西星沉默了一会儿，说道："所以他们利用我逼你来，必定是因为这座祖山里有极为珍贵，甚至可以让他们打赢这场战争的东西。""这人怎么知道里面有什么东西？"丁宁看着他说道。厉西星毫不犹豫，道："因为他是天凉人。只有当时天凉遗留下来的人，才有可能知道祖山里面到底有什么。"

寥寥几句就将一切理清，胡京京看着丁宁，佩服得五体投地。

"他明知这里有东西，却苦于无法得到……那我们不妨一试。"丁宁看着厉西星和胡京京，毫不避讳道，"除此之外，我还想杀顾淮。""顾淮是谁？"胡京京问道。"灵虚剑门宗主？"厉西星只听说过一个叫顾淮的人，但是他不敢肯定。

"什么？灵虚剑门宗主！"胡京京直接叫了起来。

丁宁点头道："没错，就是灵虚剑门宗主。"

厉西星看了一眼凝立在他身旁的申玄，申玄的脸上并没有多少可供研究的表情，他心中恍然大悟，道："可以一试。"

第八章 知己相见

"你们疯了吗？"胡京京出声道。申玄看了胡京京一眼，心想这些疯子里终于有了个正常人。就在这时，丁宁说道："顾淮和墨守城一样，是替郑秀办事的人。"胡京京愣了愣，遂改口道："那就试一试。"

申玄的面容顿时僵住，他顿了一息，催促丁宁道："我们为什么要在这里浪费时间？"

"现在不急。"丁宁转头看着他说道，"那天凉人想让我们替他开道，顾淮也在我们后面，他们倒是有可能先遇到。"

申玄仰头看了一眼天空，微讽道："即便遇到又怎样，他们肯定会和这些异兽一样，由弱至强依次消灭对手，而不是一开始就和强敌拼个你死我活。"

"所以在我们解开祖地的秘密之前，他们都不会提前出手。"丁宁平静地说道，"这恰恰是我们的机会。但首先我们的意见必须绝对统一，才有可能成功。"

申玄冷漠说道："我认为我们的意见已经统一。"

"那我们可以走了。"丁宁微笑道，"去那里。"

他伸手往祖山上方一处点了点。那里并不是祖山最高处，但顺着他手指的方向瞧去，就连胡京京都看出了异样。

天空中那些妖禽在杀戮或飞行的过程中，似乎都有意识地避开那一处，以至于那里形成了空缺。

申玄动步，他缓释出的元气形成了一个透明的晶球，将厉西星和胡京京裹挟在内，不急不徐地往上飘去。

丁宁所指之地需穿过这片平坦的山谷，再往上数十丈，然后穿过一道斜着的峡谷才能到达。

说是峡谷，其实是一道仅容两人并排而行的山体裂缝，裂缝内里飘荡着诡异的淡蓝色冰雾，散发着刺骨的寒冷气息。

随之出现在丁宁等人视线里的是一个环形的山谷，地面塌陷，像是被陨石砸过一样。山谷里也弥漫着淡蓝色冰雾，使得整个山谷非常妖娆。

丁宁有种直觉，这里就是祖地的中心。他的脑海中甚至有一幅古怪的画面：曾经有一股强大的力量在这里迸发，然后形成了一个环形的山谷；接着，庞大的力量顺着这山谷往外扩张，强大的冲击波落到地上后，就出现了盆地和许多大大小小的山体。在天凉自我毁灭的最后战斗里，其余山体都消失了，唯有这座环形山谷留了下来。

淡蓝色冰雾并没有遮挡众人的全部视线，因为上方不时有飞鸟掠过，带起的风流拂开了冰雾，令他们得以看到前方散落着的很多破旧的石兽。那些石兽大多只有半人多高，都是用寻常山石雕刻而成。经过多年的风雨侵蚀，很难分辨其原貌，但它们身上的一些刻痕却异常清晰。

丁宁的眼睛微微眯起，眼眸深处的光芒亮若星辰，他开口轻声说道："这些都是剑经。"

"剑经？"胡京京不可置信地看着那些石兽身上的痕迹，说道，"你是说这每一头石兽身上都是不同的剑经？"

"是的，只是要习得这些剑经所使用的器具不同，有的是剑，有的是刀，有的是别的兵刃，但对长陵的剑师而言，刀、剑、兵刃在使用上没什么区别，因此这些都可以叫作剑经。"丁宁感悟着其中不同的剑意，缓缓道。

长陵有很多剑师用剑时行刀意，或者使枪意，所以丁宁的这番话胡京京不难理解。她几乎是下意识地问道："难道那个天凉人把我们逼到这里，就是为了这些剑经？"

"据史料记载，修行界的功法种类繁多，且各有千秋，各有优缺，无论哪种功法，都不可能让人直上七境或八境。再好的剑经，也只是激发自身力量的手段而已。"丁宁摇了摇头，示意申玄可以继续往前。

"这些剑经比起岷山剑宗的剑经如何？"申玄突然问道，他的双脚虽在继续往前挪动，但眼睛里却燃起了炽热的光焰。

"不差。"丁宁回答得异常简单。

听着这两个字，申玄缓缓深吸一口气，竭力让自己保持平静。

不差便至少是齐平。岷山剑宗的剑经是天下修行者渴求的东西，就连当年王惊梦也无缘观摩，更不用说申玄。

这个山谷很小，只往里走了数百步，便已接近中心。沿途两侧的石兽逐渐消失，冰雾也越来越淡薄，终于现出了山谷最中心的东西。

但这东西却让他们同时倒抽了一口冷气。

那是一座很高大的殿宇！

组成殿宇的是一片片巨石。之所以说是一片片，而不是一方方，是因为这些巨石全部竖直地插在地上，犹如一柄柄锋利的巨刃。

申玄带着他们环绕殿宇一周，只看到了一个正方形的入口。那入口古朴、粗糙，不带任何纹饰，也没门。从入口处往下看去，只有一道不断往下的石阶，从内里涌出一

第八章 知己相见

种威压和肃穆感。

申玄警惕地行向入口处，双目不自觉地眯成了一条线。在他的感知里，迎面而来的空气里，似乎在不断往外喷着细微的尘砾，然而肉眼看去，空气里并无一物，洁净如洗。这意味着此间天地元气太过独特，无形的元气流动线路都给人有形之感。

就在申玄踌躇不前时，丁宁就此朝着前方走了进去，先他一步踏上了殿宇内里的第一道石阶。

申玄微微抬起头，看着丁宁的背影，沉默地跟了进去。忽然，他的眼前亮起夺目的深绿色光芒，仿佛是有无数颗深绿色宝石在齐齐闪动。

厉西星和胡京京紧随其后，随即两人也被深绿色的光芒震得呼吸一顿。

定睛看去，那深绿色的光芒来自殿宇内轻柔飘动的青色长草。

这栋宫殿的内里是一个巨大的螺旋形深洞，垂直往下直入山体深处。而这些石阶，则是从石壁上螺旋形的坑道上开凿出来的。石壁和洞底都长着深绿色长草，这些长草比人还要高，却分外柔软、晶莹，像是生长在洁净海水里的水草。

如果说外面那些被异虫洞穿眉心的尸骸，都是试图闯入这里的强者。那么传说中集体自尽的天凉强者的尸骸在哪里？会不会就在这里？

丁宁始终平静地走在最前方，他沿着螺旋石阶往下，步伐比平日还要快上许多。下了数十道螺旋之后，他突然停顿下来，仰头看向这座宫殿的顶部。

申玄随即仰头，目光剧烈闪动了数下，然而此时厉西星和胡京京却还不明白发生了什么。

"灵雨已经停了。"丁宁出声道。

胡京京大吃一惊，这才发现虽然那些长草还在摆动，但已然不再散发出盈盈闪闪的深绿色光芒。直到这时，她才醒悟过来，之前那些水草晃动如涟漪，璀璨如宝石，原来是灵雨坠落在这殿顶造成的影响。

就在这时，上方天空里突然出现了一抹耀眼的金黄，这抹金黄迅速扩大，随后发出一声几乎令人耳膜剧痛的嘶鸣，接着一团庞大的金色身影如陨石般急剧飞落下来，往下方洞底刺去。

这就是那头先前在天空里屠戮其他飞禽的金色秃鹫，此刻它的颈部不知被什么异兽所伤，露出一道一尺多长的伤口，伤口上还流淌着金色血液。

"嗤、嗤、嗤……"上方的殿顶接连发出数道响声。

只见一条青色异蛟，一条白色翼蛇，还有一团快到看不清的黑影，紧跟着这头金色秃鹫飞落下去。长达五丈有余的青色异蛟在飞过丁宁他们身侧时，只略微停顿了一下便又去追赶金色秃鹫，它似乎生怕落后，所以也未再管他们。

"我们要不要更快一些？"厉西星看着疯狂奔向洞底的异兽，问向丁宁。

"不需要。"丁宁重新审视着身周那些涌动的长草，"不要触碰这些草，有剧毒！"

"为什么先前不提醒？"申玄看着他的侧脸，声音微冷道。

丁宁动步，继续顺着石阶下行，同时说道："一开始并没有剧毒。这长草和含羞草类似，只有在特定条件的刺激下，它们的内里才会发生改变。"

申玄又问道："你为什么会有这样强的感知？"

丁宁异常干脆地说道："因为我有《续天神诀》。"

申玄道："如果我将《续天神诀》带给王后，同时告诉她你的这些事情，你是否依旧会用这样的解释？"

丁宁笑道："那是将来的事情，现在无须操心。而且你已经做出了选择。在你眼里，我和这片祖地一样神秘和强大，这也使得你对我更有信心，不是吗？我们的关系是伙伴，不是主仆。如果一切顺利，最后我一定会将你真正想要的东西给你。"

申玄嘴角泛出一丝冰冷而自嘲的意味，说道："你怎知我真正想要的是什么？"

"那不如我说出来，你听听是不是？"丁宁笑了起来。

申玄脚步微顿，想要听听丁宁到底会说出什么。然而就在此时，他们身外空中的水草纷纷破碎。接着在一声凄厉到令人头皮发麻的惨鸣声中，那头金色秃鹫冲了出来，拼命往外逃去。它身上多了五六个对穿的孔洞，身上的金色羽毛掉落大半，比那些正在经受屠宰的鸡看上去还要凄惨。

金色秃鹫之后便是那道速度最快的黑影，以及白色的翼蛇。黑影依旧看不清到底是何物，但是飞过之处全是黑色血线。白色翼蛇的后半截消失不见了，破碎的脏器裹着鲜血挂在外面，即便能够飞出去，失去了灵雨救治，也必死无疑。

洞底深处响起了那条青色异蛟的嘶吼，但是并不见它出来，很快，那声音也消失了。

第八章 知己相见

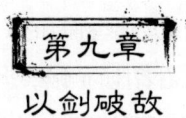

以剑破敌

丁宁看着那些黑色血线若有所悟道:"原来是龙蝠!"

"什么是龙蝠?"胡京京忍不住问道。

"一种分外强大的嗜血蝠类,很久以前被认为是龙族的血脉。"丁宁不紧不慢地解释着,"凡是被称为龙的东西,都具有强大的肉身力量。这种龙蝠虽然只有两尺来长,力量却不会弱于方才那条青色异蛟。若是平日真正厮杀起来,方才那其余异兽,都不是它的对手。现在燕国有一件非常厉害的兵器叫黑煞,便是用天铁和龙蝠的血炼制而成。"

"就是燕王的御器?"厉西星的身体里泛起寒意,冷冷地说道。

"对,它现在是燕王的本命器!"丁宁的回答毫不含糊。

胡京京觉得最近发生的事儿越来越不可思议,真诚问道:"你真的一点都不害怕吗?"

丁宁反问道:"你现在害怕吗?"

胡京京愣了愣,随即她发觉自己此刻的确不怎么害怕。随即,她还是觉得不对,道:"可是,我不害怕是因为你很冷静,你的情绪影响了我。"

"这些异兽再强,也只相当于七境的修行者。祖山既然能够封山这么多年,不管内里是什么,其力量肯定超过了这些异兽。它们这样贸然闯入洞底自然不会有好结果,既然明知它们的结局,那还有什么好害怕的?"丁宁一脸的不以为然,说的话也云淡风轻。

胡京京沉默了片刻,仍旧不死心道:"可这些异兽加起来的力量绝对比我们强,它们都不能全身而退,我们能应付得了吗?"

丁宁道:"那个天凉人设局把我引到这里,目的是让我帮他扫清一些前进的障碍。对他而言,他要利用的是我世所难及的领悟能力。所以他一定知道殿宇内里的状况,而我们要面对的肯定是需要领悟才能勘破的东西,而不会直接被什么异兽杀死。"

厉西星不自觉地蹙起了眉头，说道："若是我们没有误打误撞弄出那场灵雨，说不定我们就死在那里了。而你们，则很可能要和那些虫豸来一场硬拼了。"

"有可能。"丁宁道，"但那地方可能并不是唯一进入祖山的途径，若你们死在那里，我们或许会寻找别的入口。不过，那个天凉人应该知道对付虫豸的方法，他会保证我顺利通过。"

厉西星觉得有理，点头以示认同。

丁宁一边往下走一边分析道："之前这些强大的异兽不敢进入这里，现在却敢冲下来，或许是因为不老泉的消失让殿宇内里有所改变，它们觉得有成功的机会。能让它们这么奋不顾身，看来这里面的东西有很强大的诱惑力。"

申玄眼睛再次微眯，他知道这些实力堪比七境的强大异兽比七境修行者的数量还要稀少，它们有着独特的自然感应能力，能够感知福祸和天地元气的波动。到底是什么值得它们这样以身犯险？或者说，能让这些具有恐怖能量的异兽孤注一掷的东西，会是何等惊人？

"砰！"尾部被彻底撕裂的白色翼蛇从殿顶冲出后，随即如陨石般落地，发出了巨大的轰鸣。灵雨消散时，乌潋紫和大巫的身影出现在这座殿宇前。

关于这片祖地，荒原中有着很多传说，许多天凉人甚至被奉为神灵，所以乌潋紫亲眼看到这座祖殿时，心中的震荡比厉西星等人更为强烈。此时他站在这殿宇唯一的入口处，看着内里的石阶和摇摆的青草，身体兀自震颤不停。

大巫的表情则很复杂，眼神中蕴藏着无尽的落寞和沧桑。

"你太幸运。"大巫的目光落在石阶上，看似就要动步，却突然顿住，冷漠地说了这一句。"大巫？"乌潋紫愣了愣，完全不明白大巫在说什么。

就在此时，大巫转过身来，他的前方渐渐透出一道不散发任何气息，却带有强大气势的身影。

乌潋紫震骇不已，面上血色迅速褪去。他可以肯定对方并非他乌氏国人，也不是东胡的修行者，但此人散发出的强大气势，让他直接想到了那柄无比巨大的剑。

"战摩柯，我不明白你的意思。"这男子便是顾淮，此时他似笑非笑地看着大巫，似乎要看穿大巫的内心深处。

"我能进到这里，筹谋甚久，所做之事数不胜数，所付代价也异于常人。而你却随随便便就来到这里，自然是太幸运。"淡漠地说了这一句后，大巫便转过身去，开始动步。

第九章 以剑破敌

"大巫？"看着顾淮微笑不语的神态,乌潋紫的身体开始变得冰冷。"还不明白吗？"顾淮越过他的身侧,微讽地看了他一眼,"若不想马上死,就跟上来。"

乌潋紫紧抿着嘴唇,他的身体先前因为敬畏和激动而颤抖,此时却因为愤怒而颤抖。他简直不敢相信自己的眼睛,整个乌氏都异常尊敬的大巫,竟然早就和秦人在暗中有所勾结。

螺旋往下的石阶渐渐到了尽头,丁宁等人身周的长草绿意渐消,取而代之的是深沉的红色。越往里,红色越浓烈,到了石阶的尽头,却又变为紫色。

殿宇底部并不深邃,甚至没有上面那么广阔,大概有数百丈方圆。平坦的地面上只生长着一株数十丈高,散发着紫色玉般光芒的树。

此刻那条青色异蛟就挂在这株树的枝丫间,它的身体被许多树枝洞穿,已经毫无生气。

青色异蛟的鲜血顺着这株巨树的枝干流淌,快速流动的血液迅速变成了晶莹的胶质,黏黏糊糊覆在树皮表面,让人感觉异常危险。

"厉西星、丁宁……"胡京京的牙齿"咯咯"打战,连声音都变得颤抖。

她的目光落在身前不远处的地面上。顺着她的目光看去,丁宁微微蹙眉,很快发现了她为什么会出现这种异常反应。

前方坦的石地上没有任何植物,却有一条条横平竖直的细微缝隙,好像整块地面是用一块块巨石拼接起来的一样。胡京京目光的落处,有一块巨石碎裂凹陷了下去,裂口很新,应该是方才那几头强大的异兽冲入这里后导致的。

凹陷下去的地方方方正正,很明显是个棺椁,内里隐约还可以看到一些破碎的衣物和尸骨。

原来这谷底的整个地面,不是用石块铺就的,而是用一具具石棺拼接起来的!

申玄深深地皱起了眉头,难道说这些石棺里躺着的,就是最后那些自尽的天凉人？

此刻比发现石棺更让他惊虑的是,他在洞底感觉不到任何可怕的气息。那株紫玉色的树,包括这些石棺,他都感知不到任何剧烈的元气波动。那条堪比七境修行者的青色异蛟,好像是自己散去了所有力量而死,然后被挂在那株大树上的。

"你有什么想法？"申玄转头问丁宁。丁宁轻声道:"让我想想。"

按照他原先的猜测,既然那名天凉人想利用他破开某些有关领悟的禁制,那么必定会有一些玄奥高深的事情等着他。然而他此时并未发现任何禁制,甚至没有感觉到任何可怕的气息。"小心!"他的目光重新停留在那株紫玉般的树上,这一刹那,他心中陡升警兆，厉喝出声。

申玄骤然色变，几乎同时，一声厉喝从他的口中喷出，体内的真元以超过平日极限的速度顺着他的独臂狂涌而出。

此时，一股恐怖的力量已经从紫玉般巨树上发出，到了他们身前。

"嗤！"这股力量极为尖锐，就像是一道剑意破空而来，谷底的元气开始剧烈地游窜，好似整个天地都随着这股力量的出现而有了变化。

"咚"的一声闷响，申玄的手臂还保持着前伸出剑的姿势，口中的厉啸尚未停止，但身体已经倒飞出去，狠狠地砸在身后的山壁上，激起一圈烟尘。

胡京京紧握着剑，因太过震骇而僵硬得无法出剑。她难以想象自那株巨树上发出的力量，只是一击，就直接让申玄这样强大的修行者遭受了重创！

"那是什么？"接下来的一刹那，胡京京又骇然惊呼出声。

那株紫玉般的巨树似乎被狂风卷动，略微偏转了些方向，如一个背对着他们的人微微扭转了身体，然后面对着他们所在之处。而树身之中，赫然正立着一道身影。

丁宁静立在原地，眉头皱得更深。

那是一名身材颀长的中年男子。他就站立在巨树的一根树枝上，身上衣物是用数种不同色泽的皮毛拼接出来的长袍，异常华丽。他裸露在外的肌肤看起来很有弹性，透过肌肤可以看到内里血脉中流动的鲜血。

然而他的身上却没有任何生气，面容苍白两眼无神，和尸体无甚分别。最为恐怖的是，他身上长出了许多柔软的肉须，和身后紫玉色巨树相连。这些肉须就像是他体内血脉的延伸，但却是紫玉色的。

厉西星深吸一口气，转头看向丁宁。

就在胡京京惊呼的瞬间，那道身影微微抬头往上看了一眼。这一眼之间，已有一股气机落在了他们头顶上方的山道上。随即狂风大作，整个谷底充斥着无尽的杀伐之意。

懂得先行封掉他们后退的道路，便意味着这人有着自己的意识。

申玄嵌立在山壁上，也扭头看向丁宁。

丁宁感受到了厉西星和申玄的目光，没有回应，只是静静地端详着那名诡异的中年男子，自言自语般轻声说道："你到底是什么东西？"

回答他的是一道剑意！只见中年男子右手微抬，食指和中指并指为剑，遥遥做了个出剑的姿势。

忽然,那条挂在树上的青色异蛟飞了起来,身上的蛟皮和血肉如蝉蜕般纷纷褪尽,在数分之一息的时间里,只余一条雪白的脊骨。

这条脊骨竟成了中年男子的剑!漫天狂舞的风汇聚在脊骨里,变成了一道剑意,如庞大的闪电斩向丁宁等四人。

申玄的身体从山壁中震跳下来,随即一道猩红色的剑气燃烧起来,撞向了那道剑光。下一刹那,他的身体又重重地撞向身后的山壁,发出"轰"的一声巨响,无数碎石飞溅,坚硬的山壁被生生砸出一个圆形的深坑。

"丁宁!"申玄看着在空中盘旋飞,马上要落于那名中年男子手中的蛟龙脊骨,发出一声厉喝,口鼻之中同时喷出血雾。

他此时的愤怒不言而喻,若是丁宁再无反应,他绝对会在第一时间逃亡。

"随我剑意。"丁宁一直紧蹙着的眉头逐渐松开,似乎想通了一直在纠结的问题。

只见丁宁施展出末花残剑,然后末花残剑在空中连振三下,发出三声轻响。随即便有三道笔直的剑光出现,但那剑光没有落向那条龙骨,而是落向他头顶上方的空处。

胡京京和厉西星都不能理解,这种三才剑是长陵最普通的剑式之一,也是大多数剑院的学生入门后修行的基础剑式。这样普通的剑式如何能对付对方的强大剑意?

申玄也无法理解,然而随着那三道笔直的剑光在空中穿行,他感知到了天地元气的改变,眼睛里散发出惊人的异芒,于是他的独臂再次往前挥出。

一剑化三,只见三道猩红的剑光顺着丁宁的那三道剑光留下的轨迹,破空而去。

这一剑恐怕是申玄进入七境之后,对敌使出的最弱一剑。然而当他这三道剑光与丁宁的那三道剑光汇合后,山谷顶端好像被撕裂了一个口子,那肆意的狂风便从缺口处喷涌出去。

中年男子手中森白的异蛟脊骨还在空中穿行,但是携带着的剑意就此被破去,"当"的一声震响,横扫过来的蛟龙脊骨竟被厉西星持剑弹了回去。

厉西星看着自己手中微微震颤的獠牙剑,再看着被震退回去的蛟龙脊骨,想着方才那一剑弥散的杀意,兀自不敢相信这是真的。

胡京京也呆呆地看着丁宁,不敢相信自己的眼睛。

一种奇异的嘶鸣声自那名诡异的中年男子身上响起,似乎连他都觉得不可置信,这一剑竟被如此轻易地破去!

就在这时,白色蛟龙脊骨的骨面上忽然布满了黑色的水滴,水滴顺着骨面流淌,形成了一道道强大的符线。

"嗡"的一声震响，那比玄铁还要坚硬的蛟龙骨在空中炸开，化为齑粉，然后又被奇异而强大的天地元气牵扯成一道道黑剑。上百道黑剑带着恐怖的杀意，密布在他们面前的空间里。

这依旧是一道令人骇然的剑意！申玄站了起来，他确信自己不可能挡住这一剑。就在此时，丁宁又平静出剑。他手中的末花残剑和整条手臂在一刹那形成一条直线，剑气凝成了一束，笔直而决然地刺向前方空中的一个点。那里什么都没有，甚至没有任何一道黑剑！这依旧是很寻常的一道剑招，名为洞金。这道剑招除了洞穿力分外强大之外，没有任何妙用。在战场上只是为一般剑师洞穿重甲所用。申玄依旧不解，但他别无选择。他也出剑，同样是洞金。两道笔直的剑意破空而去，"咔咔咔咔……"看似空无一物的空气里却响起了很多断裂的声音，仿佛有一根无比结实的隐形风筝线被刺断。

而这根风筝线便是对方用真元凝成的一道符线，也是支撑这一剑的天地元气流通的最主要通道，牵扯的便是那上百道黑剑。这道符线一断，上百道黑剑便如断线的风筝，瞬间散乱飘飞。

厉西星横剑于胸前，一道无形的剑气如墙，任凭失去控制的黑色小剑冲击在墙上，却无法逾越。这样的画面，令厉西星都生出一种自己太过强大的错觉。

狂风停止后，申玄发现自己还活着，这让他无比欣喜且震骇。

这种打法纯粹是以剑破剑，以招拆招，非但要在瞬间感知出对方的剑意，还要用最快速度找出最合适的剑招来破！这种能力，他只在一个人身上见过。然而"那人"却是阅尽了天下剑招，和天下无数强大的剑师交手后，才万剑汇通。丁宁怎么可能拥有这万剑归一的境界？

就在申玄兀自思考时，中年男子的左手已笔直伸出，方才丝毫不像是活物的他此刻左手中透出强大的本命气息，同时那棵紫玉巨树开始疯狂地摇动。

中年男子在前两剑被丁宁破去之后，便将自己的真元和唤动的天地元气尽数逼入高空，于是谷底下起了一场蕴含着高空冰冷煞气的雨。

这一剑自出现时，剑意就已大成，丁宁、申玄、厉西星和胡京京都明白，这次不可能再用断其根的方法破去。

然而就在此时，丁宁的左手已伸出，连点三处，同时三声急剧的低喝声从他口中响起。

"血海花！""一夫当关！""明净光！"

第九章 以剑破敌

申玄、厉西星和胡京京呼吸一顿,然后几乎同时出剑。

丁宁喝出的三道剑招分别是他们三人所学,左手连点的三处,不只是沁出了真元,准确标定了方位,而且还带出了这三道剑招的剑意,所以他们才瞬间理解,是要他三人分出这三剑!

申玄的修为非厉西星与胡京京两人所能比,虽几乎同时出剑,但申玄的剑意却最早生成。他的心念所至,精纯的本命气息也从身体里源源不断地涌出,形成了一片深红的剑光。

第二道形成的剑意来自胡京京身前。只见一片透明而纯净的光线迸发而出,带着一种可以稀释一切污秽的气息。

厉西星出剑原本比胡京京快,然而他这一剑却似乎十分艰难沉重。剑尖在空气里,就像是篆刻般挪动,"轰"的一声,片刻后才有一道无形的墙从高空落下。

这三剑的力量与那中年男子的力量不在一个等级,根本不可能挡得住他施展出的风雨。然而当这三剑的剑意终于挥洒开来时,整个谷底却像是发生了震荡,不住倾斜。

丁宁施展了一道最普通的剑招,随即谷底的空间全部冻结成冰。从对面笔直冲过来的雨滴也尽数冲撞在倾斜的山壁上,立刻化为锋锐的坚冰。"轰"的一声巨响,下一刻,那坚硬的山壁和坚冰齐齐爆炸,夹杂在雨滴中的恐怖剑意则生生被摧毁,丝毫没有伤及丁宁等人。即便是那名与巨树相连的中年男子,似乎也完全无法理解丁宁等人为什么能挡住这一剑。茫然之中,他的动作出现了一丝停顿。

就在这时,丁宁往前跨出一步,左手再次连续弹动三下,同时又连报了三个剑名。

"叶非花!""天罚!""明烛!"申玄、厉西星和胡京京的身影不自觉地被他带动,三道不同的剑意在空中诡异地冲撞,激起一蓬气雾。

中年男子陡然感到危险,身体微震。"嗤"的一声轻响,他的身后亮起一道晶光,切断了他和紫玉巨树相连的数根肉须,随即那些断口处喷洒出诡异的紫色液体。

"无涯!""离城!""天明!"丁宁语气平静,再口述三道剑招,左手依旧弹出三道线路。

申玄、厉西星和胡京京体内的真元几乎是下意识地行走,三道强弱分明,截然不同的剑意再次引起了奇妙的变化。"轰"的一声爆响,一团金光如旭日般突然坠落在那名中年男子身后,他身后的肉须再断数根。

中年男子张口,发出一声凄厉嘶吼。每断一根肉须,他的力量就减弱一分。

丁宁就像是走在寻常的道路上，他每朝着中年男子走出一步，中年男子身后的肉须就断上数根。当他缓步走到中年男子面前时，那肉须已所剩无几。

断裂的肉须就像是被切断的动物触角飘洒在紊乱的元气里，极为凄惨。中年男子体内的紫玉色液体也随之流淌出去，整个人变得近乎半透明。

丁宁走到中年男子身前一丈时停住了，静静地看着他。

中年男子伸出双手，似乎要隔空抓住丁宁。然而只是这一动，他便站立不稳，轰然往后倒下。

申玄和厉西星、胡京京停步在丁宁身后，三人的嘴唇同时不可遏制地颤抖起来。这名一剑就重创了申玄的惊天强者，剑意无双，然而丁宁却硬生生凭借剑招破剑招，破了对方剑意！

这已然超出了他们的认知，更不用说口述指引三人使用不同的剑意做出反击。而且丁宁不只是知道三人的剑式，在指引的同时，甚至惊人地带出三人的剑意，这在整个修行者的世界里，从未有人做到过。

丁宁沉默而认真地看着倒在巨树上的中年男子。这名中年男子有着强大的力量和应变对敌的能力，却没有完整的意识，这便代表着他不是活物，不可能是修炼了某种秘法的修行者。然而他身上却依旧有着某种鲜活的力量，某种独特的生命力。

"你到底是什么东西？怎么会这样？"

他在心中一直重复着这样的疑问，然后目光越过中年男子的身体，落在后方的紫玉巨树上。

先前这名中年男子的身躯阻挡了他的视线，此时中年男子倒下，他才能看到紫玉巨树上和中年男子身上以肉须相连的地方，其实是一个裂口。就像是有人在这株巨树上斩了一剑，然后在伤口上种出了许多肉须，再和这人连在了一起。

然而，丁宁可以肯定，中年男子的力量并非来自这株紫玉巨树。他体内有无数看不见的小蚕在涌动着，即便他刻意用真元压制，那些小蚕依旧战栗不安。是什么可以让九死蚕感到恐惧？

丁宁深吸一口气，努力让自己平静下来，然后目光下移。随即他看到那株巨树的裂口下方，有一口井，这株巨树应该是从这井沿边上长出，然后越长越大，几乎将这口井包在了树里。

井是方井，没有水，只有向下的石阶，里面涌出一种只有丁宁才能感知到的危险气息。

第九章 以剑破敌

第十章
梅子黄时

当谷底释放出一道道恐怖的剑意时,祖山上那些原本在相互厮杀的强大异兽也有所感应,纷纷四处逃散。

那名乌氏大巫,在乌氏国内兼有国师和先知之名,此时他的鞋面被青色的草汁浸透却丝毫没有察觉。他是心性极为沉稳忍耐的枭雄,然而此刻站立在这螺旋台阶上,感受着这谷底强大剑意的消散,他面上的肌肉轻微地抽搐着,目光复杂到了极点。

"居然真的破了!"顾淮嘴角勾起一丝奇怪的笑意。"下面到底有什么?"乌漱紫忍不住看着战摩诃问道,强烈的好奇让他暂时忘了欺骗和背叛。

那种灵动和骤然变化的剑意,并非固定的禁制或是符器所能生成的。祖地封印数年,难道这里面还有活着的绝世修行者存在?

然而战摩诃根本没有回答他的问题,甚至没有看他一眼。他本是乌氏的王子,然而此时就像路人一样被完全忽略。"你怎么会知道我的剑招?"紫玉巨树下,申玄死死地盯着丁宁,似乎要在他的脸上盯出两团血花出来。"这剑招并非你所创,既然是流传下来的,我知道便不足为奇。"丁宁迎着申玄噬人般的目光,带着强烈的自信说道,"我比你想象的要强大,而我越是强大,你我之间的合作就越是有意义。""要将这……东西斩碎吗?"厉西星终于恢复了平静,他看着身体依旧在不停颤动的诡异中年男子问道。"不要!有人来了。"丁宁看着一方的山壁轻声说了一句,然后动步示意他们跟上。然而他并未走向那口井,而是绕向了紫玉巨树的另外一侧,也就是这口井的背面。

螺旋台阶的尽头,缓缓出现三道身影。

申玄跟在丁宁身后,还未看清那三道身影的面目,就已经感知到了顾淮和战摩诃身上的气息,他自嘲般笑了笑,冷漠地看着丁宁的背影问道:"还怎么杀?"

丁宁应声道："还有机会。""我可以相信你，继续我们的约定。"申玄沉默了一息，冷漠的眼眸里突然出现了一些狂热，"但我需要你先回答我的那个问题。"

这祖地里面的一切都太过神秘强大，只是从祖地外面上进入这殿宇内里，便如同隔了许多个春秋，以至于厉西星和胡京京一时都想不起申玄所说的问题到底是什么。

然而丁宁却十分清楚，他转过身认真地看着申玄，道："其实在秦国，被遗忘的不只是商家，还有李家。你应该知道，商家和李家才是让秦国强大起来的最大功臣。"

申玄没有说话，体内的真元却震动起来。

丁宁接着说道："我可以让你继续做李家做的事情，而且绝对不会让你枉死。"

"李家？哪个李家？"胡京京问道。"李师？"厉西星有点不确定，看着丁宁问道。

胡京京大吃一惊："李思？""此师非彼思！"丁宁看着无比吃惊的她，轻声说道，"李相的'思'是思索的'思'，而我们说的李家的'师'是师尊的'师'。李思曾是李家的下人，那个李家现在已经没有了。""李相只是那个李家的下人？"胡京京不敢相信自己的耳朵。"商家变法，而李家修法，重刑而治，窃者挖鼻割耳。虽说让秦国变得国富民强，但终究引得百姓怨声载道，在商家之前，李家便成了平息怒火和积怨的牺牲品。"厉西星道。

这些事情早在秦王初年就开始被慢慢遗忘，隔了十余年，逐渐不为人知。

然而申玄此时却笑了起来，问道："有类似大幽的免死金牌之类的东西吗？""会有，但律法大于免死金牌。"丁宁没有丝毫犹豫。

申玄看着丁宁平静的眼眸，笑得很奇怪，但是他不再说什么，只是抬头看着那三道已经清晰的身影。

丁宁也不再看他，抬头望向已经走到谷底的顾淮等人。他的目光依旧平静，顾淮却蹙起了眉头。

然而，第一个开口的不是顾淮，而是在乌氏拥有至高地位，却又背叛了乌氏国的大巫。"何其幸，多谢！"战摩诃认真地对着丁宁躬身行礼，致谢。

丁宁颔首回礼，转眼看向顾淮，问道："我是不是必须死在这里？"

顾淮微微一怔，微嘲道："我根本不曾想过，你能带着他们到达这里。更让我吃惊的是，方才那剑意，连我都未必抵挡得住，你竟然还能活下来！和你相比，《续天神诀》和王后都变得不再重要。"

丁宁的面容终于有了些许改变，嘲讽道："当初你们设法杀死'那人'，是不是也

第十章 梅子黄时

是这个原因？并不只是因为权势，而是因为他太过优秀！"

顾淮面上笼上了些寒意，但是他没有掩饰，只是淡淡道："就如上古的龙族自然灭亡一样，天意大势都不允许天下无敌的人或物存在！""只是因为这样？"丁宁笑了起来，"所以你根本不在意友情，更不在乎兄弟情谊？"

顾淮冷笑一声，不再回答。申玄始终冷漠地站着，没有应声。此时他不言不行，便表明了他的态度，绝不会与顾淮为伍。

顾淮嘴角的冷嘲之意更浓，眼神定定地看着申玄，说道："难道到现在你还觉得他能胜，然后你得到《续天神诀》，回长陵再创风光？""嫉才、借力、无耻！"厉西星的声音响了起来，"灵虚剑门的宗主，也不过如此！"

听闻厉西星的评价，顾淮勃然大怒。就在此时，丁宁平静的声音却又响了起来："既然这样，今日你会第一个死！"

所有人的目光都聚集在丁宁身上。

顾淮笑了起来，像是听到了世间最好笑的话一样，反问道："今日我会第一个死？"

丁宁没有应声，只是急促地连喝出三道剑式，同时左手对着顾淮，虚空连弹三记。

"三狱！""莫御！""明净光！"申玄、厉西星、胡京京没有任何犹豫，剑意瞬起，顺着丁宁所指而去。

顾淮的眼瞳里充满讥讽，对他而言，即便这三人的剑式能够形成强大的诡异剑意，这缓慢的动作也不会对他产生任何威胁。在三道剑意形成之前，他的右掌在空中缓缓划过，随即有一道圆月般的皎白剑光直接绕过了紫玉巨树，横着切向四人的身体。然而就在这一刹那，他眼里的讥讽尽数化为痛楚和不解。他不可置信地望向自己的左肩，那里已然被一道锋锐的力量刺穿，形成了一个拇指大小的通透空洞，鲜血夹着他体内强大的力量从内里喷涌而出。

这样的伤口自然不足以杀死他，甚至不会对他的战力构成影响，然而对他的心神冲击，却比以往的任何战斗都要剧烈。

那道圆月般的剑光刚刚切到距离丁宁等人三尺处，他的肩膀就已被刺穿。同时，皎白的剑光上出现了数道黑线，接着便骤然消散，其中一些剑意好像成了刺穿他左肩的杀意。

顾淮心神俱震，他这一剑就像被事先料知一样，反而为对方所用，而且刺穿他左肩的这一道剑意，正是他这一剑的唯一破绽。如果未有这一刺，他自己都没有意识到，他这一剑会带来这样一处破绽。

"越是如此，你越是必须要死！"顾淮声嘶力竭地喊道。在这数分之一息的时间里，顾淮便想明白了如何破丁宁这种战法。随即一道本命气息从他的手上透出，他的目光剧烈一闪，然后生出十五道剑气，一剑接着一剑，刺向上方的虚空。丁宁指引剑招的战法虽不合常理，但也有破绽……只要他足够快，丁宁等人便无法以招破招。

那十五道带着本命元气的剑意刚刚迸发，这祖地上方的天空高处就出现了十五点星光。

申玄现时是七境的修为，足以傲视长陵大多数修行者。然而就算他全盛时，也不可能接住顾淮这一剑，更何况方才他还负了伤。

丁宁的反应却极为简单。只见他伸出双手，任凭体内真元急速喷涌而出，隔空拍在了身体前方的紫玉巨树上。接着那断掉的肉须奇异地亮了，无数闪电沿着这些肉须冲到了巨树顶部，然后再冲向上方的高空。

顾淮眉头深皱，那些经紫玉巨树顶部冲出去的闪电，在天空之中急剧分散，没有引动天地之威或变成杀机，但是却起到了一个作用——断绝了长陵女主人和他的剑山的联系。

那些闪电汇聚了周围的天地元气形成了一片乌云，生生遮掩住了星空。只要星光落不到顾淮的剑上，他便无法借用郑秀的力量，郑秀也无法"看"到这里发生的一切。

切断与郑秀的联系，这表示丁宁等人与顾淮处在一个公平且封闭的环境中。在顾淮的认知里，丁宁等人根本不是他的对手，此时只有一个人有可能对他造成威胁，这人便是立于他身后一侧的战摩诃。

战摩诃距离顾淮只有几步远，然而在这局促的空间里，突然生出数十数道玄色光丝，齐齐落向顾淮背后。

顾淮头顶上方高处十五道剑气原本是准备落向丁宁的，此刻却不得不调转方向落在战摩诃和他之间。顷刻间传来几声清脆的碎裂声，只见两人中间出现了一条平直的白线，然后那条白线像天河一般，生生将谷底一分为二，划成了两个天地。

顾淮的身体往前飘飞数丈，战摩诃的身体瞬间移至山壁边缘，他们原先所站之处出现了一道宽阔的沟壑。

乌潋紫也受到波及，身体狠狠倒撞在崖壁上，喷出了一口血。

顾淮的左肩伤处再次流出血来，他冰冷地转身，看着战摩诃问道："这么快就忍不住了吗？"

战摩诃的目光没有和他相迎，只是抬头看着上方天空，平静道："他说得不错，你是这里最强的人，所以你必须要第一个死。你受了伤，郑秀也看不见你的剑，只要杀了

第十章 梅子黄时

你,她就不会知道我从这座祖山里到底得到了什么。今后她想要想彻底征服这片荒原,就一定还会与我合作。""很好的想法!"顾淮大声笑了起来,随即笑容全无,"可惜你不是唐欣!"

战摩诃自知不如唐欣强大,他缓缓垂头,目光落向丁宁。

顾淮看着战摩诃,就像在看着一个死人。秦王即位前三年的那件事,让他深谙先发制人的好处。此时他需要的便是快,于是他毫不犹豫地动用了昔日巴山剑场最快的一剑——念虚。

就在顾淮动念之间,战摩诃身前的地面裂了开来,随即直接出现了一道剑影。这道剑影只有一尺来长,然而却无比沉重,带着一种镇压天地的气势,就像是剑山剑的缩影。同一瞬间,丁宁四人面前的空间也是如此。

这五道都是真实的剑影,除了此时还未站起的乌潋紫,顾淮竟然想一剑同时刺杀五人!

战摩诃的手掌往上翻,随即一股强大的本命元气透了出来。这是一股刀意,但这刀意似乎和月亮遥相辉映,有种高深莫测的玄奥力量。

就在这时,忽然有一道轻渺甚至不易被察觉的剑意,却比战摩诃的刀意还快,甚至比顾淮的念虚剑意还要快!

循着那道剑意看去,这剑意竟来自那名躺在紫玉巨树树根上的中年男子!

顾淮身体霍然一震,便有一道微弱淡白的飞剑正迅速往后退去,落向那株紫玉巨树。

与此同时,那名一直在抽搐震颤,看似绝对不可能再有战力的诡异中年男子,已经坐了起来,双手指掌间带起了恐怖的力量。

战摩诃眉头尽舒,终于明白丁宁的后招在哪里。他手中的刀意再无保留,决然地朝着顾淮飞了出去。弦月生成,顷刻切断了他身前虚空里冒出的那一段铁尺般的剑光,然后继续向前。

祖地里风雨大作,中年男子的那道无双剑意,也笔直地刺向了顾淮的后背。

顾淮此时依旧能够杀死丁宁等人,但他自己不想死。那数道沉重如山的小剑虚影碾压到丁宁等人身前时忽然消失,所有的力量就像是重新隔空抽吸到了他的手中。"轰"的一声,他的右手就像持着一座无形的巨大剑山,斩向那漫天风雨。

与此同时,他的左手五指弹动,随即一圈淡紫色的剑光切割虚空一般,在战摩诃的弦月前方切开了一个纯圆形的口子。

他左手的剑意空虚而灵妙,如带着另外一个空间的气息,和战摩诃的刀意相撞;右手的剑意重如山岳，至为刚猛，和那诡异中年男子的无双剑意抗衡。这一瞬间，他所展现的力量和气势，犹如天神，同时他口中却迸发出一声凄厉的怒喝！

紧接着，他的身体里发出了一声巨大的轰鸣。他垂头望向自己的身体，腹部出现了一道伤口，鲜血狂涌中，隐约可以看到内里的脏器。

这一道伤口从内而外撕裂开来，并不是在场的任何人引起的，而是来自与唐欣的对战。他虽然借助郑秀的力量杀死了唐欣，然而无论是意志还是肉体，却都留下了极大的创伤，即便汲取到了一些灵雨，也未能完全恢复。此刻内外交迫下，这伤势首先爆发开来。

看着凄厉怒喝的顾淮，战摩诃的眼眸深处充满了怜悯。自那无双风雨剑意出现，他便知道顾淮必死无疑！

顾淮比在场的所有人都更清楚自己此时的处境。他眼里除了惊怒，便只剩不可置信。就在这时，天空里出现一个黑点，接着便成了一座山。沿途传来碎裂声，不知是殿宇被镇压碎裂，还是虚空被撕裂发出的声音。这座剑山随着他的目光，落向丁宁。

"临死还想拉着我陪葬，这样做对谁有好处？你都要死了，还在意她和秦王的意思吗？还在意我将来会比你强吗？你就不想留着我，看看我能对她和秦王做什么事情吗？"丁宁抬头看着那座剑山，阴影和威压将他牢牢地笼罩在内。

顾淮的这一剑可谓背水一战，即便没有郑秀的助力，也强大到令人难以想象，甚至比一开始对唐欣的剑意更为强大。

所有的杀意尽在丁宁，然而丁宁却只是平静地看着从空中降落的剑山，不断地嘲讽着。

顾淮的身体开始莫名地震颤，剑意也随即出现了波动，不再完美。

战摩诃的目光死死地定在剑山剑上，双手之中已经出现了一柄玄色弯刀。弯刀上有着无数斑驳的痕迹，如风化严重的玛瑙。每一条弯曲的痕迹里，都像有最圣洁的月光照射出来。当顾淮的剑意动摇时，战摩诃紧握着刀柄，发出了一声厉啸。这一刀就像是唤醒了那条刚刚死在这里的青色异蛟的神魂，只见紊乱的狂风里，一条龙影冲天而上，狠狠撞击在剑山剑的侧面。

战摩诃并不想硬抗这一剑，只是想改变这一剑的落处。如他所愿，剑山剑在空气里发出了一声巨大的轰鸣，随即开始偏移。

上方的空气里，响起了更多连绵的爆裂声，从上到下的山壁都发生了崩塌！

剑山剑斜斜坠落，剑身和山壁擦撞在了一起，导致整个祖山都开始晃动。而凌厉的杀意没有消减，依旧顺着剑山剑的一道符文落向丁宁。

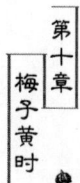

第十章 梅子黄时

厉西星的面容变得无比苍白，他知道自己不可能挡得住这一道剑意。然而他依旧抬头，决然地往上挥出了獠牙剑。

　　就在此时，有一个人比厉西星更快到了丁宁身边，那便是申玄！他知道自己再阻挡这一剑，必定会伤上加伤，甚至很有可能会直接死去，但此时若他不出手，在场没有任何人能够阻止丁宁被杀。这是一场豪赌，一场用生命来押注的豪赌！

　　"李家吗？"申玄思索片刻，如果只是苟延残喘，活着还有什么意义。

　　所以他出剑了，随即一蓬猩红的血雾往上升腾而起，在厉西星之前，与顾淮的剑意撞击在了一起。"喀喀喀喀……"无数的骨裂声在申玄身体里响了起来。与此同时，还有更加细微的血肉撕裂声响起。

　　申玄惨淡地笑了起来，他觉得自己赌输了。骨骼的碎裂未必意味着死亡，但经络和内脏一旦撕裂，就连顾淮那样的强者也不可能活下去。

　　他看向丁宁，觉得这一切或许只是丁宁完美的设局。毕竟顾淮那一剑足以要了丁宁性命，而现在他却代替丁宁承受了最后的杀意。"你赌赢了！"丁宁轻声说道，"不管结局如何，至少你现在不会死！"

　　接着丁宁的手落在了申玄的身上，申玄听到了无数细碎的声音，感觉好像有无数细丝钻进了自己的身体里。这种感觉就像是丁宁身体里有很多细小的东西吐出了丝线，沁入他的身体，继而化为雨丝。距离自己远去的生机又重新充斥在体内，身体最深处那些裂口迅速收拢起来。"这是？"他震惊到了极点。然而丁宁却没有任何回应。乌潋紫依旧箕坐于地，心中却对丁宁产生无穷敬佩之意。

　　厉西星一剑挑空，自是有些不爽，但看到胡京京和丁宁都安然无恙，这才放下心来。看到丁宁脸上凝重的表情，他发觉此时的丁宁并不快乐。

　　丁宁能够破解顾淮的剑招，似乎并非只是因为天赋或运气，而是出于对顾淮的了解，能够预感到顾淮下一剑会施展何种剑式。

　　这并非只是熟悉顾淮所修的剑经，甚至要对他的性情，出手习惯十分熟悉。但除了"那人"，谁会对他的剑招和他本人如此熟悉？即便是巴山剑场的其余人，即便是"那人"的传人，也不可能做到。"为什么？"顾淮失神地问道。

　　剑山剑嵌在了山壁里，然而剑气还在往山壁里渗透，刮擦出无数"咔嚓咔嚓"的碎裂声。顾淮的身体里也在响起无数碎裂声，肌肤表面开始显露出更多的伤口。留下这些伤口的人个个冠绝当世。这些伤口原本已经结痂，然而今日因为他内外皆受重创，所以新伤旧伤齐齐展露出来。

顾淮已经无法控制自己的真元，自然也无法控制身体的兵解。

对战摩诃而言，此时只要一个动念，便能直接将顾淮从这山谷里抹灭。但他却并没有急着杀死顾淮，而是若有所思地看着顾淮和丁宁。

丁宁没有回答顾淮的问题，但却开始动步，朝着顾淮走去，随即顾淮的身体里响起许多冰棱破碎的声音。

丁宁凝视着顾淮渐渐灰暗，且开始布满冰裂纹的双目，道："我说过今天你会第一个死！郑秀只是把你当狗，你却甘愿奉她为主人；很多人把你当知己，你却帮着她杀死那些不把你当狗的人。所以，你死不足惜！"

"你就是九死蚕的传人！"顾淮的声音里带着碎裂声，模糊不清。

丁宁没有否认，平静地伸出了手，随即一股鲜活的气息注入了顾淮的心脉之间，让他吊着最后一口气。

丁宁说道："回答我一个问题，我也告诉你一个秘密。"

顾淮陡然变得无比紧张，问道："什么？"

丁宁问道："大刑剑在哪里？"

顾淮的眼睛瞬间瞪大，喃喃道："我不知道，不在我灵虚剑门。"

丁宁微微蹙眉。严格说来，顾淮并没有给出答案，但却去掉了一个重要的假设。他再凑前半步，在顾淮的耳畔轻声说道："当梅子黄时，且看我斩破那人脸！"

此话甚是奇怪，顾淮却懂得其中深意。

很多年前的一片梅子林中，细雨轻斜，有人在和他煮茶论剑时，说了这句话。

当时梅子林里的梅子尚青，距离黄时大约还有两月时光。长陵城里有名女剑师，明明长得不好看，却极其爱美，自命不凡，而且品性恶劣，和他们结下仇怨。那名女剑师那时比他们强出许多，但最终"那人"在两月之内破境成功，做到了这句话所代表的一切。

这件事情，只有他和"那人"知道。

顾淮此时感到无比寒冷，就像有无数朵雪花嵌入了身体，他看着丁宁的眼睛，似乎看到了某种真相。"你不是……你是……"

他浑身剧烈颤抖着，但是丁宁并没有给他说完这句话的时间。就在此时，他的整个身体不分先后地变成无数碎屑，迎着谷底的风四处飞散，最后全部消失不见。

第十章 梅子黄时

第十一章
通计熟筹

"什么是与不是的,你到底是谁?"战摩诃嘴角挂上了一丝微笑,看着丁宁问道。

"我是谁并不重要。"丁宁抬头看着他,"关键你是谁,最后的天凉人?"

战摩诃问道:"你为什么说我是最后的天凉人?"

"不是天凉人,怎么能够设下这样一个局?"丁宁的目光落在战摩诃略显苍白的面容上,"天凉人以这祖地为圣地,不容许任何人进入。若是还有其他天凉人存在的话,又怎么会容许你设这样一个局,容许你进入这里?"战摩诃笑了起来,带着伤感和感慨,道:"你说得不错。""传说毕竟只是传说,我想听听完整的真实故事。"丁宁看着笑得无比感慨的战摩诃,又看了那株完整无缺的紫玉巨树一眼,"我想知道这里面到底有什么东西。"战摩诃收敛了笑意,微嘲道:"既然你是谁已经不重要了,那我还有必要告诉你真实的故事吗?"

"当然有必要!"丁宁看着箕坐于地的乌潋紫,笑道,"我们未必是你的对手,但我们可以在被你杀死之前,杀死他!虽然不知道你为什么一定要带着他到这里,但既然你让他活着,就一定有你的道理。"

厉西星和胡京京怔了怔,忍不住互望了一眼。

乌潋紫也呆了呆。直到此时,大家才都意识到,乌潋紫对于这场布局似乎没有任何用处,但战摩诃筹谋许久,绝对不会带一个毫不相干的人进来。

"你才多少岁?"战摩诃面色冰冷道,"如果再让你多活个十几年,天下还有谁能敌得过你?"丁宁淡然道:"过誉。"

接着丁宁转头看向那棵紫玉巨树,随即一道盛开着无数细花的飞剑,便从诡异的中年男子身体里悄无声息地穿插而过,然后又飞回到丁宁身侧。

"嗤"的一声裂响，只见那名中年男子的身体顷刻便分解成了无数片。

战摩诃没有去看那流淌的紫红色粘液，也没有去看这株巨树，而是面无表情地看着丁宁的这柄飞剑，开口道："这人是昔日天凉的第一剑师，天凉军大元帅拓跋无愁，其无双风雨剑一时无敌。虽然你破了他的无双风雨剑，但此时的他最多只是全盛时的七分，且他失去了应变能力，不可同日而语。"

丁宁诚恳地点头道："若是全盛……此人的确是一时无敌！"

"天凉盛时，此处城郭虽未有长陵之大，但强大修行者却不比长陵少。"战摩诃缓缓说道。厉西星和胡京京等人同时想到了那记录着许多剑经的石兽，因此确定战摩诃说的是事实。丁宁并不言语，只等着战摩诃继续说下去。

战摩诃此时也沉默下来，静静看着那株紫玉巨树。

"这……"胡京京再次发出了惊呼。

没有任何的气机变化，那紫玉巨树却迅速凋零。接着巨树内里那些紫色黏液从树纹里渗出，紫色褪去，晶莹的木质变得灰败干枯，和寻常朽木无异。

战摩诃开口道："你们或许认为是这株树给了他生机。然而事实恰恰相反，是他赐予了这树生机！"当众人还处在震惊和茫然中时，丁宁早已猜出了这个答案，道："所以这树对他而言，就像一个牢房，将他囚禁在了这里？""他若离开树，树和他都会死去。"战摩诃声音微寒道，"他存在于此的作用，便是将一切试图寻找真相的人杀死。"丁宁接道："那真相到底是什么？"

战摩诃微嘲般冷笑道："其实哪有什么瘟疫的救赎，从头至尾不过是一场因为选择不同而导致的屠杀罢了！天凉自祖山发祥，因祖山多灵脉，天凉慢慢自荒原之中崛起，成为这关外第一雄国。一日，天外有陨星坠落于这祖山之中。通常来说，荒漠中常见的陨星蕴含天铁等诸多宝物，均是炼器所用，但这颗陨星中却蕴含令白骨生血肉的药力，砸入灵脉之中，便生成了一口不老泉。最为惊人的是，这颗陨星还生出了奇异的东西，修行者得之非但修为大进，而且寿元几乎无穷尽，如真正不死。"

一名修行者若是长生不死，那经年累月的修行经验累积，会让他拥有怎样惊人的修为？厉西星等人大为震惊。

丁宁却平静出声道："所谓长生不死，便和拓跋无愁一样，化为草木？"

战摩诃收回落在已经彻底腐朽的巨树上的目光，道："类似。"

丁宁接着说道："所以昔日天凉有些人便想利用那陨星中生出的东西，变得长生不

第十一章 通计熟筹

死,而有些人却认为这有违天和。因为各自不同的选择,最终酿成了叛乱和屠杀?"

眼见着丁宁抽丝剥茧般将真相想得这般清楚,战摩诃心中震惊越来越为浓烈。他点了点头,道:"陨星坠落,形成不老泉,对于天凉而言是天降福源。但福祸相依,当时天凉大王为保护不老泉,将之封锁,并非人人都可以接近。但发现长生不死药时,最先忍不住动用的,便是天凉王族!"

"对修行者来说,即便服用长生不死药会让身体变得不似血肉之躯,但只要能提升修为,他们也并不觉得可怕。而对百姓而言,不管大王是否服药,只要大王一如既往勤政为民就可以了。"丁宁看着战摩诃,道,"可实际情况是,大王想要动用长生不老药,而下面的人却抵死反对……想必是因为这长生不死药有什么不好的地方!"战摩诃并没有否认,缓缓道:"它会让人性情大变,变成另外一个人。"胡京京倒吸了一口冷气,觉得身上有些冷,不自觉地靠近了厉西星。"如果一个人突然性情大变,肯定会让身边的亲人、朋友无所适从,慢慢地大家从熟悉变得陌生,甚至是敌对……若是这个人的身份是大王,那他造成的影响就更大……这的确是很可怕的事情。"丁宁说道。

战摩诃冷笑道:"然而,有些人却可以接受。"

丁宁说道:"为得无上修为,有人修闭口禅,终生不与人说话,一心只思索天地元气之道;还有人抛妻弃子,只为割舍外物;甚至有人自残肢体,恨不得换一个人身……这些人都因修行而彻底改变,本质上和利用长生不老药改变没什么区别!"

战摩诃微眯着眼睛,道:"偏生当时许多天凉修行者认为这是邪道,是天外邪魔借躯还魂,从而将做出不同选择的人全部杀死。"

"往日事便是往日事,每个人自有不同评判!"丁宁看着战摩诃说了这一句。

大家都听得出他的意思,相同的故事由不同的人讲述,便带着不同的情绪,而丁宁只想听故事本身,不想掺杂任何感情色彩。

战摩诃面无表情地说道:"接下来,以拓跋无愁为首的一批修行者便组成了叛军,围攻处祖山正中的王宫。王宫人少,但占据了祖地,又有不老泉可以疗伤,更抛出立大功者可享用长生不死药的优厚条件,所以即便叛军将祖地团团包围,也是久攻不下。战况越来越惨烈,最终除了那座祖山,其余地方都被夷为平地。"

"叛军人数多于王宫无数倍,攻下了祖山之后,却爆发了新的大战——叛军之间的内战。人心不足蛇吞象,叛军之中有些人打着遵从天和的幌子拼死攻入祖山,其实目标也是长生不死药。其后,叛军内部一分为二,一部分人跟随拓跋无愁,阻止试图想要动用长生不老药的人；另一部分人则成立新队伍，想要独占长生不死药。"

战摩诃说到此处，转头看向了乌潋紫，微讽道，"就在叛军内战进行得如火如荼时，荒原中其他各部隐然知道天凉的王族不复存在，因此便有恃无恐地率军向祖山赶来，为独占长生不死药又对两拨天凉叛军发动一轮又一轮的战争。"

乌潋紫怒声道："我乌氏对这祖地敬若神明，每代都发下重誓守护于此，怎么可能想要独占这长生不死药！"

战摩诃看着激愤难当的乌潋紫冷冷一笑，道："不要着急，我话还未说完。你们乌氏当时的确是坚定地站在了拓跋无愁的叛军一边。所以当荒原中各部全数被灭后，你们乌氏便取代天凉变成了这片荒原之中的最大王国。"乌潋紫一时愣住。

"所以最后获胜的是以拓跋无愁为首的叛军，这些石棺里的人应该就是那些叛军吧！"丁宁接着问道，"拓跋无愁这批叛军获胜之后自然是想将长生不死药毁去。然而谁都没想到长生不死药太过强大，以他们之力竟难以毁去，所以最后只能做了诸多布置，将之封印起来。""你的悟性果然是天下第一！"战摩诃看着丁宁，惋惜道，"你说得不错，他们无法毁去长生不死药，便决定终老祖山，同时在祖山里布置种种杀局，令外面的强者根本无法进入。只是年月太长，豢养的饕餮兽和混沌虫都已老死。拓跋无愁不放心，于是自己动用了长生不老药，借着性情尚未转变之时，将自己和这树结为一体，作为长生不老药的最后守卫。"

"如果我猜得不错，你处心积虑引我们进山，目的应该是想要得到那长生不死药！"丁宁眼神灼灼地盯住战摩诃。

"不错！无双风雨剑何等强大，且有长生不老药的药力，使得拓跋无愁永生不死，可连续再战，千军万马到了此处都在他剑意之下尽数化为齑粉。我设局引你过来，原本是想利用你解开他和那树的联系，但没想到你竟直接破了一切阻碍。"战摩诃对自己的私心毫不隐瞒，又接着说道，"乌氏成了荒原中新崛起的最大王国后，那些乌氏人自然不愿意终老祖山，于是便依誓言退出祖山，并发誓子孙后代以祖山为禁地，不再进入。但那些乌氏人留了个心眼儿，在拓跋无愁那些人最后设置封禁之时，他们却暗自做了手脚，设置了一道通往长生不死药的捷径。"

"不可能，你一定在撒谎！"乌潋紫失神地叫了起来，"我乌氏代代立誓守护祖山，我根本没听说……""你当然不知情。"战摩诃冷笑着打断了他，"早在你们乌氏正式立国之时，那真正知情的几人便已经死了。"

乌溦紫又呆了呆，还没有反应过来，丁宁已经接着对战摩诃说道："所以你的祖先应该是叛军中的一员，但最终不愿意终老祖山，便和乌氏的人一起离开。而你的祖先却又从乌氏那几个真正知情的人手中得知了秘密。若是我猜得不错，恐怕乌氏那几人的死，也和你的祖先有关。""这你倒是猜错了。我的祖先面上不愿意终老在祖山，实际上是受了拓跋无愁的命令，伺机杀死乌氏这几人，以绝后患。"战摩诃道。

"原本你的祖先在杀死那几个乌氏人后，便应该回祖山，彻底隐藏祖山的秘密，然而从乌氏那几人口中得知有捷径可通往长生不死药后，又改变了主意，对不对？"丁宁继续问着。

战摩诃脸上讥讽的笑意尽数化为冷漠，道："不错，这秘密一代一代传了下来，一直到我手上。我的确是有私心！我为什么要背负着和自己完全不相干的使命，设法夺得这长生不死药不是更好？反正我孑然一身，长生之后，变了性情又如何？"

厉西星直皱眉头。

丁宁并未反驳，只是平静地看了一眼乌溦紫，道："接下来必定还有厉害的禁制，你带着乌溦紫，便是因为那通往长生不老药的捷径，必须用乌氏王族的嫡传血脉才能开启？"

战摩诃微微抬首，道："这次猜得丝毫不差！"

丁宁想要知道的真相已然全部浮出水面，此刻只剩沉默。山谷的空气似乎陡然变得冰冷和黏稠起来，这意味着战斗即将来临。

丁宁意味深长地看了战摩诃身后的乌溦紫一眼，仍旧没有说话。

战摩诃自信而冷漠道："你们不可能杀得了他。"

丁宁摇头道："我不是这个意思，他自己应该明白怎么做。"

乌溦紫一愣，继而体内所有真元化为暴乱的风雨，在身体里肆虐开来。

乌溦紫竟然要自杀！

战摩诃迅速反应过来，瞬间便生出一股恐怖的力量将乌溦紫体内的一切真元都禁锢住，并且以他想要的线路开始流淌。

"血杀！""断城！""天耀！"

就在乌溦紫体内真元剧烈流窜时，丁宁已伸出左手，口中连述三道剑招。

"你以为这样便可以杀死他吗？"战摩诃冷笑起来，身前再次浮现了那柄弦月般的弯刀。然而，厉西星和申玄、胡京京三剑合出，带起的剑意竟不是杀意，而是守意。

"轰"的一声，那株已经彻底腐朽的巨树被撕扯成无数碎片，顷刻间丁宁的身体飘飞起来，落向那碎裂的巨树之间。

"走！"丁宁异常简单地吐了一个字。下一刹那，他的身影便穿过巨树的碎片，消失在往下的井口之中。

厉西星、申玄和胡京京紧随其后，依次落向那处井口。

直到此时，战摩诃才察觉出丁宁的目标并非乌潋紫。一声厉吼自他的口中响起，随即一道凄厉的杀意落向那处井口。

"咚！"那道杀意像是撞到了一口无形的巨钟上，爆出一声震响，激起几朵诡异的冰花。战摩诃的面容微微扭曲，他身前的弯刀即将飞出，然而就在此时，他感知到了一股早已经消失的剑意，不禁抬首望天。

一道巨大的阴影落了下来，那柄嵌在山壁上的剑山剑已然坠落。淡淡的星光在剑山剑上流淌，带着顾淮真正的剑意，散发着恐怖的威势和力量。

天地间再次响起"轰"的一声巨响，原本已经往前的弯刀骤然折转往上，和剑山剑相撞。山壁内里如同有无数口热泉爆开一般，同时发生了数百次的爆炸。沉重无比的剑山剑硬生生被他这一刀斩到一边，阴影离开了他和乌潋紫的身体。

战摩诃发出了一声闷哼。

乌潋紫的眼睛里决然的光芒再次一闪，体内真元恢复流动。同一瞬间，战摩诃已经退到了他身前，一指点在了他的身上。"噗噗噗噗……"

乌潋紫体内刚刚流动的真元尽数被战摩诃逼出，身体诸多部位也被战摩诃定住。一声痛呼之中，乌潋紫无比愤怒，然而却没有丝毫反抗的余地。

战摩诃的身体微微一震，嘴角沁出数丝血线。他看着丁宁等人身影消失的井口，眼中的惊怒并不比乌潋紫少。

他勉强对付剑山剑，又在体内真元激荡之时强行阻止乌潋紫自杀，最后自己反而受了内伤。

井下的石阶并不长，只走了十数个呼吸，便已在丁宁等人面前消失。

丁宁等人并非战摩诃这样的天凉后裔，对这内里所有一切都无从猜测。出现在他们面前的，是个一眼可以看到四周的地窟，方圆不过数百丈。

放眼所及，内里的景物极为简单，只有一块黑色的碑，一口活泉，一座金塔。

黑碑看上去是石碑，一人多高，上面篆刻着密密麻麻的文字。

黑碑后面的泉水是乳白色，散发着浓郁的灵气，竟与祖山脚下的那口不老泉没有任

第十一章 通计熟筹

何区别!

活泉后面的金塔最为显著,足有三人高,看上去并不耀眼,然而整个地窟没有任何光线来源,窟内却与外面一般明亮。所有的光亮都似乎来自这座看似平淡无奇的金塔。

异常简单的东西,却能形成种种不简单的现象,这是一种难言的强烈对冲!

胡京京的目光落在那口乳白色的灵泉上,忍不住问道:"那也是不老泉?"

没有人回答。

厉西星转头看了一眼身后。

"如果他要下来,早已下来。"丁宁指着那黑色石碑问道,"你认识这些字吗?"

厉西星凝视片刻,点头道:"很像现在乌氏文字,只是多了些笔画。但大致的意思,可以揣摩得出来。"

丁宁道:"和我想的差不多,这应该是昔日天凉的文字,是乌氏文字的前身。这上面写着什么?"

厉西星认真地将黑色石碑上所有的文字再次看了一遍,才慢慢说道:"是有关天凉覆灭和天凉祖地的真实记载……和战摩诃所说大致相同,立这块碑的便是外面那叛军首领拓跋无愁。他将长生不死药形容成为天外邪物,伴随着妖星坠落,任何接触那长生不死药的人就如天外邪物入体,被其占据心智,变成行尸走肉。因那天外邪物吸附一切天地元气,金铁水火等一切都不能毁坏,便只能设金塔封在其中。他舍身囚树化为守卫,乞求即便过了他那关的人,到此看到这碑文之后,永远不要开启金塔,否则会引来大灾祸。"

听完这些述说,丁宁沉默地站在当地。

胡京京不知道丁宁在等待什么,但是目光一直不由自主地落在石碑后方的那口活泉之中。经历了不老泉的医治,这活泉对她有着难以用言语形容的吸引力。

"所以我们现在已经处在杀局里了?"此时,申玄的声音却在她的身后响起。

胡京京身体微微一震,不解地转身回望,看到申玄正等待着丁宁的回答。

丁宁点了点头。

胡京京还不能理解,她身旁的厉西星看了她一眼,说道:"你是不是感知不到什么特别的气息?"

胡京京点了点头。

厉西星冷冷道:"没有特别的杀机,便到处都是杀机。"

胡京京的身体微僵,她顿时明白为什么连丁宁都一动不动。或许只是一个微小的改变，便能改变他们现在所处的这个空间，从而引发恐怖的杀意。

申玄道："杀死拓跋无愁或许很难，但并不是不能做到。战摩诃一定要带着乌氏王族的血脉过来，便说明这里面的杀局，应该比无双风雨剑还要强大。而现在我们就在这杀局里面。"

胡京京目光下移，地面看上去平淡无奇，然而此刻却似乎长满了无数看不到的细针，让她根本无法挪步。

战摩诃能够利用乌潋紫直接越过杀局而得到长生不死药，但是丁宁他们却将困死在这里。想到这儿，申玄的目光再次落在丁宁的脸上，问道："还能有什么办法吗？"

厉西星并未丧失信心，轻声问道："能破解吗？"

丁宁道："太强，不可能破得了。但是我们可以将战摩诃和我们绑在一起。"

这个汇聚了很多天凉强者心血的杀局，以丁宁一人之力不可能参悟破解，但是他却能够破坏一些地方，从而改变那几个乌氏先人留下的捷径。如果不能利用捷径，战摩诃也会被拖入这个杀局里。

"拓跋无愁是个心思极为缜密的人，最后布置的杀局肯定不会简单！"丁宁转头看向申玄，"你怎么看这长生不死药？"

战摩诃平静地走在已经满是裂纹的石棺上，乌潋紫的身体被他身上缓释出的元气包裹着，凭空悬浮在他的身后，跟随着他的脚步前行。

"不要用这种眼神看我，若不是你们乌氏的先人藏着私心，也不会有后来这一系列的事发生。"战摩诃没有回头看乌潋紫，只是淡淡说道，"这就是因果。"

他在一口石棺前停了下来。每口石棺上都有一些不为人注意的刻痕，这些刻痕便是石棺里的人的名字。

"昔日拥护天凉大王的修行者又有何错？这些叛军最后成功，便可安居于棺中，而那些人只能曝尸荒野，拓跋无愁又算得上很高尚吗？"

他冷笑起来，伸手往下轻抚，就像是抚摸着情人的身体。只见石棺的盖板和尸骨无声化灰，然后被吹送出去。接着石棺表面露出了许多点淡淡的光线，随着他的真元涌入，这些光线渐渐连接在一起，形成了数十条符线。

乌潋紫的身上骤然出现了数十道伤口，猩红的气血分别落入那数十条符线中。乌潋紫的气血就像是钥匙，只听天地之间突然响起了一声轰鸣，然后有一股尘封已久的气机，如喷泉一般从这些石棺中喷涌出来。

下一刹那，石棺尽碎，无数碎片如雨般往上飞起，燃烧起来。燃烧的星光缓缓降落，擦过战摩诃的肌肤，留下道道焦痕。这些痕迹让战摩诃感觉到些许疼痛，但眼睛里反而燃起更加狂热的火焰。

他身前的石棺已消失，那数十道符线却依旧篆刻在空中，越来越亮。而且随着乌澈紫的气血不断涌入，那些符线就像一柄柄血色的刀在切割着空间。

在他的感知里，这些符线即将切开一些无数年禁锢的元气，就如直接打开一扇门。

不知多少年的谋划和付出，才换来今日的大成。即便是心如磐石，他此时也开始真正地满心欢喜。

然而就在这一刹那，他的脸色瞬间变得极为苍白。只见他右胸处开出了一朵极为鲜艳的花。紧接着，他发出了一声比受伤的野兽还要凄厉的叫声，随即体内的真元疯狂地喷涌出来。

那柄弦月弯刀疯狂地震鸣着。被符线切割后的空间里，透出了一道道蕴含着可怕杀机的金线。这些金线正切割着他的本命物，使得弯刀表面伤痕累累。

性命兼修的本命物受创，会令所有的修行者都心痛不已，战摩诃也不例外。而且此刻雪上加霜的是，那扇即将打开的门突然消失了，这令他更加心痛！

丁宁抬起头，头顶上方的空气里出现了无数金色流星。他们所处之地和上方那些石棺距离并不远，然而那些金色流星却似乎是从极高极远的空中坠落下来的。

他瞬间眉皱如刀刻，接着用末花残剑在空中刻出了三道光痕。每一道光痕出现的瞬间，他都咳出一口血。

那些金色流星在距离他们头顶上方只有数尺时燃烧了起来，化为灼热的光灰，飘洒开来。"不要动！"丁宁的脸上没有一丝血色，却异常坚定地吐出了这三字。

接着，灼热灰尘的上方出现了两道人影，如陨石般砸向那口活泉。飞灰滚烫，又迅速冷却，落在地上时已变成极为森冷的寒雪。

胡京京看着那两道人影的落处，忍不住发出了一声惊呼。

寒雪落处，那块黑碑上的碑文好像漂浮了起来，散发出越来越恐怖的杀意。那口散发着白色灵气的活泉，在寒雪洒落的瞬间，也已经变为黑色，完全没有了她熟悉的气息，就像一个通往幽冥的黑色巨口，等待着上方落下的那两道身影。

厉西星比同龄的长陵才俊要沉稳得多，然而他此时眼睛里的震撼却比胡京京还要浓烈。

墨守城传授于他的守城剑有扭曲空间的功效，寻常人能看到的直线，对修行者而言，却是变幻莫测的曲线。那肉眼可见的直线，实际上是无数天地元气流通的通道。这些通道仿佛会拉长或缩短空间距离般，倘若物体在这些通道之中行走，会变得更快，或者更慢。

此刻他们与头顶石棺之间的空间，便是被昔日天凉人变成了一个特殊的天地。所以那两道身影在空中已经坠落很久，但始终没有落到那口活泉之中。

"这个禁制完全改变了我们的感知？"厉西星艰难地转过头去，看着丁宁，"所以那口活泉根本就不是什么不老泉！"

丁宁点了点头。

胡京京反应过来，不由得惊出一身冷汗。

修行者的感知往往比自己的眼睛、鼻子和耳朵还要可靠，然而这里的禁制竟然连他们的感知都能欺骗！这意味着他们处在一个感知失衡的世界，倘若有真实的飞剑靠近，他们便不能及时觉察，因而能轻易地被杀死。

"我们不会幸免！"申玄此时突然出声，冷漠的声音里带着微微震颤。

"是的，我们不能幸免。"丁宁平静道，"但你不能出手，你伤得比战摩诃重，而且他的修为比你高，所以我们不可能获胜……但我们必须赌一赌！"

战摩诃和乌潋紫的身影还在坠落，依旧没有接触到那口活泉，然而石碑上浮现的文字却开始急速旋转，并发出轰鸣。

这些黑色文字带起一条条黑色光线，围绕着石碑变成了一个黑色旋涡；而那口活泉里的水流也开始急剧旋转着，变成一个同样的黑色旋涡。

整个空间里的天地元气，都被这两个旋涡带动，一束束空气被凝结起来，变成无数黑色的光带。光带开始旋转，速度越来越快，逐渐变成了一条条锯刃。无数条锯刃在这个空间里旋转，刮擦着这个空间里的每一个人！

在天地元气刚刚开始凝结时，厉西星和胡京京身上便传来被割裂的痛苦。

战摩诃也在这个空间里，为了得到长生不死药，他一定会出手。然而若是他的出手对这个空间无法造成根本性的改变，那他们所有人就要一起死！

这便是丁宁的赌！

整个空间诡异地被无数光带充斥着，丁宁等四人身上也都出现了一道道血线，并开始渗出鲜血。

申玄的嘴唇微微震颤着，左手越握越紧，然而看着丁宁脸上的血线和依旧平静的目光，他终于还是忍住了，没有做出任何动作。

第十一章 通计熟筹

黑色光带里突然出现了许多灰霜,在一刹那似乎要化为雨滴。"轰!"一声巨响在远处的云端炸响,顷刻间所有的黑色光带陡然消失,天空中突然出现一片片浓黑的云。细细看去,那黑云中还有光丝在涌动,似有无数闪电随时要射出来。

丁宁平静的目光里终于出现了一丝欣喜,原本紧贴在背上的末花残剑在此时飞起。随着他的低声厉喝,体内所有真元尽数被他从双臂中逼出。只见有十余道带着血意的真元涌入到残剑之中,在头顶上方散开缕缕剑丝,宛如盛开了红色的花。

丁宁的发丝被剑气带动,往上飞舞。因体内真元流动太过剧烈,就连眼瞳里的细小血管都爆裂开来,双眼变得血红。

厉西星的呼吸几乎停顿,他从未见过丁宁如此可怕的一面,那无穷战意与杀意,让人胆寒!

"孽海花!"申玄握紧的拳头因为太过用力,指甲刺穿了血肉,流淌出血珠,但他浑然不觉。在秦王即位前三年,"那人"战死的那天,无数尸骨累积成塔的顶端,也曾涌起过这样的剑意!

黑色的天地间出现了许多血色闪电,每一道都是剑丝上洒出的剑意。那些黑云被这些血色闪电如腐蚀般刺出无数孔洞,劲气"嗤嗤"地往外疯狂喷涌。

"守城!""圆光!"

丁宁喷出一口血,吐出了两道剑式的名字。

厉西星和胡京京出剑!两道剑意在前方碰撞,然后近乎完美地融合在一起。

"轰!"在下一刹那,丁宁和厉西星、胡京京的身体倒飞出去,狠狠撞在身后不远处的石阶上。

"喀喀喀……"黑云全部散开,激起一蓬烟尘,随即响起一片碎裂声,不知是骨裂声,还是石阶碎裂的声音。

丁宁不断咳嗽着,身前被鲜血染红。然而他依旧艰难地支撑起自己的身体,看向那黑云消散处。

那里有两道身影正贴着金色塔身滑落!

塔身变得耀眼起来,金塔前面的活泉已经完全消失,只留下了一个干涸的泉池底,里面全是白色的沙子,白沙上方还悬浮着一柄弦月般的巨大弯刀——那是战摩诃的本命玄刃。

就在丁宁这一眼之间,弦月般的弯刀颓然一震,像一块重石般坠落下去。

第十二章
两生之花

"丁宁！"一道无比凄厉的叫声，在金塔底部响起，是战摩诃的声音！

"你比我伤得重得多。"丁宁冷漠的声音，同时响起。

申玄很难相信自己能在刚刚的杀局里活下来，而他能活下来的最大原因，便是丁宁斩出的那数剑。所以他没有丝毫犹豫地出剑，灰色和血色交缠的本命剑在斩出的瞬间，便消失在空气里。

就在这一刹那，申玄的本命剑击在战摩诃的本命玄刃上，那弦月弯刀上立即出现了一层灰意，就像是潮湿的瓦片上生长出了灰色的苔藓，苔藓上又生出了红芯一般。

"当"的一声巨响，就像是有人敲响了一口大钟。

此时的申玄受伤很重，却带着莫大的信心，所以这一剑竟是他成为大浮水牢的主人之后最完美的一剑！灰色的苔藓里充斥着无尽的阴暗味道，但同样蕴含着一种振翅高飞、无拘无束的欢快之意。一剑出而带着两种截然不同味道的剑意，不仅瞬间损毁了战摩诃的这件本命物，还准确无误地冲到了战摩诃身上。

战摩诃往后连退数步，然后右手并指一划，随即一股锋利的刀意自腹部斜往上飞出，将体内所剩不多的元气都逼了出来。

"噗噗噗噗……"碎裂的弯刀碎片突然燃烧起来，将灰色苔藓尽数燃尽。与此同时，战摩诃发出了更为凄厉的叫声，双瞳之中浮满了灰意，视线仿佛被厚厚的苔藓遮掩住了，什么也看不见。没想到，他竟失明了！

对修行者来说，在这种感知都未必准确的空间里，双目失明便意味着完全失去了对外界的判断，更何况战摩诃身体里的真元和元气已被压榨到极限。

勉强坐起的丁宁一声闷喝，伸手带起一道淡淡的剑意，同时道："岁蚀！"

　　这是申玄所修剑式之中最强的一剑，此时动用必定牵动他的伤势，对他的身体造成更大的损伤。但当他感知到战摩诃的那道剑意的去向时，又再次没有任何犹豫地出剑。

　　那柄消失的本命剑又出现在空气里，随着丁宁的剑意所指，近乎笔直地飞向上空。红色和灰色交缠的剑身上，骤然出现密集而不均匀的斑驳痕迹，仿佛那剑被岁月侵蚀过。"啵"的一声轻响，一圈肉眼可见的白色气浪在剑的上方往外扩散，随即变成一个金色的光圈。厉西星和胡京京艰难地抬头，他们无比震惊地看到，金色的光圈上方竟有东西在坠落。

　　那是一个井沿，就是那株紫玉巨树下那口井的井沿！此时那井沿正往外散发着金色的光线，就像传说中神佛镇压魔王的法器，充满着一种威严浩大、不可抗拒的气息。

　　申玄的本命剑悄无声息地从井沿中心穿过，两者似乎没有任何触碰。然而剑尖穿过上沿时，剑身剧烈震荡着，斑驳的痕迹节节退去，如遇水洗一样，整柄剑洁净如新。而那井沿与剑身穿插而过后，金光却迅速消隐，变成灰色。

　　申玄的身体往下一挫，颓然跌坐在地。

　　那井沿原本在空中坠落的速度无比缓慢，此刻却是轰然坠地，正坠落在那口活泉消失处，发出一声沉闷的巨响。

　　活泉底部的洁白细沙四处飞溅，如惊涛拍起的浪花般往外席卷而出。这细沙一直喷涌到丁宁他们身前数丈处，才终于力尽，扑散在地。

　　申玄开始剧烈咳嗽，血沫从他的唇齿间喷涌而出，然而他看着金塔底部的战摩诃，却不可遏制地笑了起来。

　　战摩诃却没有理会申玄，而是如同看着怪物一般看着丁宁，问道："你到底是什么人？"丁宁没有应声。然而，战摩诃却仿佛想通了什么似的，竟癫狂地笑了起来。忽然，他嗅到了一丝危险的气息，眉头不由自主地微微蹙起。

　　只见那柄坠落在地的末花残剑上又生出细细的白花，震颤着飞起，如狂风里的蜻蜓一样，朝着战摩诃飞去。

　　"破了无双风雨剑……还杀死了顾淮……又破了乌氏留下的捷径……还会施展王惊梦的剑意……王惊梦的传人真有这么强吗？"看着那道朝着自己飘飞而来的残剑，战摩诃眼中癫狂的神色却没有任何改变，说道，"你以为这样，就能彻底破了这局吗？既然穷尽算计都得不到长生不死药，那咱们就一起死吧！"

　　在末花残剑飘飞到战摩诃身前一尺时，他体内的气海发出了一声爆裂的响声。最后一股毁灭性的力量冲断了他的脊椎，血肉和碎骨冲到了身后的金塔上。

"当"的一声震响，金塔上出现了一个洞。

没有人想到这座金塔会如此脆弱，毕竟战摩诃此时剩余的力量并不强大，这座金塔就这样简单地破了，但大家依旧感知不到任何异样的气息。

气海爆裂后的修行者，哪怕修为再高，都不可能再活。看着头颅软垂下去的战摩诃，申玄知道这最后的天凉人只剩下刹那时光，所以无须再出剑杀他。

就在这时，申玄猛然抬起头，上方的天空里，有一片桃花在飘落。那片桃花遮住了他的视线，于是他伸出手来，握住了这片朝着他飘落的粉红桃花。

这里怎么可能有桃花！然而这桃花却真真实实地存在，他甚至感觉到了桃花坠落时带起的微妙风流。

申玄的眼瞳剧烈收缩着，他看到无数片的桃花纷纷飘落下来，整片天空几乎都被染成了粉色。

他震骇地感知到自己的修为在急剧下降，更令他觉得不可思议的是，他的身体也发生了变化，在大浮水牢中断掉的手臂重新长了出来，没有丝毫破损，而且肌肤变得细腻光洁。"这是什么禁制？"他忍不住发出了一声厉啸。

然而周围并没有人回应他，丁宁等人消失无踪！

他记起了这片桃林，不自觉地伸手入怀，触到了两封信笺，一封是兵马司的调令，一封是他心仪的女子约他到此地的信。

手指触碰到这两封信笺的同时，他的身体剧烈颤抖起来。若是当年没有接受兵马司的调令，而是为了这女子留下来，那他今日会变成什么样？

他的身体剧烈颤抖着，喉结处却变得异常僵硬，无法发出任何声音。他看到桃林的那头，出现了一道熟悉的婀娜身影。他的眼睛开始模糊，若是能留下来便好了。然而所有的桃花开始往上飞起，所有的桃树也变成片片桃花，往上飞起。女子的面容在这一刹那变得更加清晰，神情变化尽入他的眼帘。

忽然，女子的身影在他的眼前消失，他的双手和身体开始缩小，衣服变得异常宽大，修为还在降低。他看到自己变成了少年，最后变成了还未修行前的孩童。

伤感变为了无穷的恐惧！时间还在流逝，他还在变得幼小，最终变成了一个婴儿，所有意识都消失了。

当申玄眼前桃花坠落时，战摩诃只剩下最后一口气。然而他呼出了这口气，却并未

第十二章　两生之花

就此死去。

而且此刻分外诡异的是，在申玄眼里是粉色的桃花，在战摩诃眼里竟变成了紫色的，他竟看到那棵已经消失的紫玉般巨树又奇迹般复活了，生意盎然地重新出现在他面前。

"果然好神妙！"他无比惊喜，欢呼出声。

在下一刻，他便看到自己身上的伤口全都消失了，人也变得年轻有活力。

在乌氏王宫里，他带上了乌氏最受人敬重的大巫骨冠。

接着他来到大巫的神殿，径直穿了过去，进入最深处的密室。密室里有一具钉在木架上的躯体，那躯体已血肉模糊，根本辨不出男女。

"我亲爱的姐姐，祖山里到底有什么禁制？"他微笑着对着这具躯体，温柔地说道。

"祖山一定会惩罚你！"血肉模糊的躯体发出了凄厉的诅咒声。

"已经惩罚了……"他面无表情道，"连亲姐姐都想要杀我，这不是惩罚是什么？"

"那是因为你想要开启祖山……你想要变成恶魔……"

"只是因为要开启祖山，姐姐便要杀我，那姐姐你也是恶魔啊！"他讥讽地笑了起来，"我现在这样对待姐姐……早已变成了恶魔。至于祖山的诅咒，不是早就存在吗？"

战摩诃突然痛苦起来，不是因为即将到来的死亡，而是他看到了头上的骨冠消失了，然而自己仍在继续变小，变成了初出茅庐的小伙子。

接着，他看到了一幅残忍的凌迟画面：一名和他年纪差不多的牧羊女被处死。

那名牧羊女是他在祖地周围巡察时认识的。他告诫过她，不要进入祖地。牧羊女也对祖地极为尊敬，且她和家人所居的营帐分明在数十里之外，根本不可能进入祖地。

但因为一场尘暴，她在出行途中被吹偏了方向，误入了祖地。

然而，纵使她说明了原因，他也为她求情，然而还是无法改变祖山的铁律，他只能眼睁睁地看着牧羊女死去。

"祖地就是罪恶！"他想到了昔日天凉的屠杀，在心中缓缓说道。

然后他看到自己变成孩童，变成婴儿。

意识渐渐模糊之前，他笑了起来。一切禁制几乎破坏殆尽，即便他和丁宁等人全部在这里死去，即便这座金塔依旧还未展露威能，也还是会有更多人来到这里。

只要有人来，就必定会有人得到这长生不死药。然后，这祖山……也就不再存在了吧！当战摩诃变成婴儿时，丁宁也变成了婴儿。然而和申玄、战摩诃不同，丁宁并没有感受到最终的恐惧。"原来是两生花！"

丁宁的面容变得古怪，然后站了起来，身体开始变大。他剧烈地咳嗽一声，鲜血从口中沁出，随即垂跌在他身侧的末花残剑再度飞了起来，化成一道笔直的剑光往前飞出。

他的这一道剑光飞出后，井底的天地就像一张纸被裁了开来。

末花残剑笔直飞出后，落入金塔之中。塔里有一颗洁白的鹅卵石，石头上生长着一朵七彩的花。这花没有根须，却生得极为艳丽，仿佛刚刚承受过雨露。

末花残剑落正落在这朵花上！接着便有数十丝蕴含在剑身里的真元燃了起来，引动了更多的天地元气。"轰"的一声，残剑上燃起了一团火，娇艳的七彩花朵迅速干枯，刹那间燃成灰烬。

众人眼前不真实的世界骤然消失，最先是申玄，他发现一切如故，面颊上全是泪水。"到底发生了什么？"胡京京看着自己并未缩小的手掌，惊叫出声。"这是不可能的事情！"战摩诃说了这一句后，便永久地闭上了眼睛。"为什么会这样？"厉西星看着末花残剑艰难地飘飞回丁宁身边，不解地问道。"两生花！"丁宁轻咳道，"也叫涅槃花，一种作用于感知和意识层面的异花，可以让人永远沉睡，直至死去。""可是……"胡京京忍不住出声。"它会让你逆生长般看到这一生所发生的事情。"丁宁直接打断了她，"这便是此花的奇异之处。"

"原来那些都是它带来的幻象？我还以为是真的！"胡京京想着方才种种感觉，忍不住问身边的厉西星，"你刚刚也感觉在不断变小吗？"

厉西星道："是的，我感觉我回到了孩童时代，把那个家伙重新打了一顿，然后丢到了井里。"胡京京愣了愣，旋即明白了"那个家伙"是幼时杀了厉西星狗的那人。"谢谢你！"就在这时，申玄对着丁宁认真说道。

胡京京和厉西星都无比震惊，甚至怀疑是自己听错了。

申玄的神色虽然依旧冷酷，但那层始终笼罩在眉目之间的阴霾和冷漠，不知何时已经褪去。难道是因为活了下来？丁宁颔首回礼，道："不客气！"

然后两人都不再说话，但目光却落向同一处——不是那口破掉的金塔，而是那口已经干涸的活泉！活泉的底部是洁白的细沙，而此时，那些细沙像水流一样慢慢往下渗透。

就在此时，影响修行者感知的禁制力量似乎已经完全消失。但是有种难以名状却又无比强大的气息正从这些细沙的最中心显露出来。原来那传说中的长生不死药不在金塔里，而在这活泉之下！

沙落石出，有晶莹的光芒在白沙中心慢慢透出。接着一颗纯圆的银色晶球静静地悬

第十二章 两生之花

浮在细沙之上,而这颗银色的晶球周围,还飘动着很多大小不一的不规则银色晶体。这些晶体就像一片片冰片,不断融化、碎裂,又不断变化、生成。

"原来这就是长生不死药!"胡京京呆呆地看着这颗丹药大小的银色晶球,说道。

"我审过无数犯人,虽不可能完全看透一个人,但至少可以看出你并不贪婪!"申玄转头看着丁宁,道,"你先前问我对这长生不死药看法如何,我并未回答,现在却要说,这药任你处置!不过我仍有一个疑问,你对这药并不贪婪,是因为你觉得九死蚕比这长生不死药还要强大,还是因为你也无法认同长生不死这件事本身?"

丁宁平静地看着那颗纯圆的银色晶球,想到方才的两生花,沉默了片刻,道:"如果这一生都活不好,要永生有何用?"

申玄很少见地笑了起来,虽有些难看,却无比真实。他真挚道:"其实你才最适合做大浮水牢的主人,没有谁比你更能看得懂人心!"

丁宁没有再回应,看着银色晶球,开始动步朝着它走去。

此时,所有人的耳中都响起了"沙沙"声,就像是无数细蚕在丁宁的身体里涌动。

"现在我们都知道他的秘密了。"厉西星轻声对着胡京京说道。

"王后杀了我师傅,所以我会替丁宁保守秘密。"顿了顿之后,胡京京转头看向厉西星,问道,"你呢?"厉西星眉头微蹙,道:"他是我的朋友。"

胡京京笑了起来,对厉西星而言,恐怕整个长陵也比不上一个他真正朋友重要吧!

厉西星没有去管丁宁和那颗长生不死药,丁宁有信心走向它,自然已经想好了处置它的方法。而现场,此刻还有一个人知晓了丁宁九死蚕的秘密,那便是背靠在金塔上的乌潋紫。乌潋紫毕竟是荒原上的少年,生命力旺盛,在重创之下连遭碰撞甚至都没有陷入昏迷,此刻他正震撼地看着丁宁走向白沙中央。

当丁宁神色凝重地走到白沙中央时,白沙已经只剩下浅薄的一层,下方露出了坚硬的石面。石面是蓝黑色的,表面上有很多光点,就像深夜的荒原星空。实际上,那些光点是一个个细小的孔洞,和天上的星辰方位一一对应。

这颗长生不死药就悬浮在与丁宁胸口齐平的高度,银色的晶球之外,有着无数难以理解的元气规则,着实玄奥无比。

丁宁无比谨慎地伸出手指,正面对着他的乌潋紫看到一根白色丝线悄然从他的指尖透出,落在那些不断变化的银色晶体之间。

那根白色丝线看似很普通,然而表面却有无数细微的颗粒在涌动变化。联想到昔日大幽和长陵"那人"的传说，乌潋紫眼中的震撼变成了绝对的敬畏。

丁宁的身体在微微颤抖，他身体里的九死蚕面对长生不死药周遭的元气波动，既恐惧地战栗，又充满了吞噬的渴望。

当第一只小蚕和那不断变化的银色晶体接触时，丁宁感觉到了同样的战栗和渴望。他闭上眼睛，如同看到了一场战争：无数小蚕在吞噬着银色晶体周遭的元气，而银色晶体同时也在吞噬着白色小蚕，双方都是贪婪而恐惧。

丁宁深吸一口气，睁开了双目，他豁然明白，从某种意义上而言，这颗长生不死药也是一种九死蚕！不同的是，他的九死蚕可控，而这颗长生不死药不可控。

"沙沙"的吞噬声越来越响亮，从最初的白色丝线，变成了手臂粗细的流束！

即便在杀死顾淮时，申玄就已知道丁宁是九死蚕的传人，然而亲眼看到传说中的九死蚕如洪流般源源不断涌向那颗长生不死药，他依旧感到震撼。

无数细蚕形成的白色流束不断冲击在银色晶体上，渐渐将整颗长生不死药包裹起来。在下一刹那，白色细蚕与长生不死药都消失不见。丁宁脚下的白沙也已经流尽，剩下坚硬且布满无数孔洞的蓝黑色岩石。

看着没有任何特别气息流露的丁宁，胡京京问道："你炼化了这颗长生不死药？"

丁宁摇头道："连昔日拓跋无愁这些天凉强者都无法消灭的东西，我怎么可能炼化？"

"可是那些细蚕明明吃……"胡京京尚未说完，丁宁便转身看了她一眼，她立马顿住，揣测道，"你……你是将它存了起来？"丁宁点了点头。

申玄道："你会动用他吗？在你真正面临死亡时。"

丁宁摇头道："变成一个连自己都不认识的人……这不是长生，而是死亡！"

申玄道："你不变，约定便不变。"

厉西星完全不关心丁宁如何处置那颗长生不死药，他的目光落在了不远处的乌潋紫身上，问道："如何处置他？"

既然申玄、厉西星和胡京京都已表明态度，可以保守九死蚕的秘密，那么这个祖地里便只有乌潋紫一个威胁了。

乌潋紫的身体剧烈颤抖起来，他觉得丁宁他们一定会毫不犹豫地杀死自己。然而丁宁沉吟数息，看着他问道："我听说在乌氏所有王子里，你最得太后宠爱……而乌氏绝大多数兵权都控制在太后的手里？"

乌潋紫艰难地控制着自己的身体，让脱臼的下颌恢复原位，然后抬起头，道："我

第十二章 两生之花

不明白你是什么意思。"

丁宁道:"乌氏和秦国的战争,从一开始便是战摩诃和郑秀摆的一副棋。即便是这片荒原上称雄的乌氏王族,乌氏那些强大的修行者和悍不畏死的军士,也不过充当了郑秀的棋子罢了。如果能令这场战争早点平和地结束,我们为何不朝着这个方向努力?"

乌潋紫茫然道:"如何平和地结束?即便我乌氏议和,你秦国难道就准许议和?"

"若是真心想议和,疼爱你的太后必定会想出可行的方法。"丁宁微嘲道,"至于郑秀,当她得到想要的东西,或者说想要得到的东西已经消失,这场战争便没有继续的必要了。难道你以为她真想占据一片对她而言没有任何用处的荒原?"

申玄出声道:"她应该不知道这祖地里真正有什么。"

丁宁点头道:"祖地已消,一切不复存在。她最想得到的,只有《续天神诀》。"

申玄心下了然,不再说话。

乌潋紫平静下来,认真地想了想,道:"只凭我一己之词,太后也无法服众。"

"对于治国者而言,只讲国之利益!"丁宁淡淡地笑了起来,转身看向来处,"若我将那些剑经全部注解,交给乌氏,你说她能不能服众?"

乌潋紫震惊难言,厉西星和胡京京同样震惊到了极点。

对修行来说,符文、图录,甚至是剑经的文字本身,最难的便是参悟。若是有人能逐条批注解释真意,那么哪怕修行者天资愚钝,也会习得不错的修为。

长陵诸多修行地中,也有许多晦涩难懂的剑经,多半是通过师傅和弟子之间言传身教而流传。而且那些剑经通常被当作各宗门的秘宝,一脉单传。若是那些一脉单传的弟子出了意外,那这门剑经即便有典籍流传下来,后来本门中人也很难参悟得透。

事实上从古至今,很多绝学都是因为秘不示人而最终失传。所以丁宁一提出将剑经贡献给乌氏且公布于众,众人皆惊诧不已。更何况昔日天凉是何等惊人的王朝,光看无双风雨剑的余威,便知道这些天凉强者遗留下来的剑经是何等宝贵的财富!

"这的确够分量!"乌潋紫控制不住自己声音的震颤,竭力让自己变得镇定些,同时更为尊敬有礼,"那先生想让我帮您做什么?"

丁宁道:"替我保守秘密,不要让任何人知道九死蚕在我身上,除非我自己大白于天下。"乌潋紫点了点头,随即他取出随身小刀划破了手掌,对天宣誓。完成乌氏最庄重的血誓之后,乌潋紫继续看着丁宁。在他看来只是帮丁宁保守秘密,自然不够。

丁宁反问道:"身为乌氏王子,你最想要的是什么?"

乌溦紫沉思片刻，方说道："我想乌氏能够好好存继下去，我们乌氏的子民可以无忧无虑地在这片草原中生活，不需要担心被秦国或其他国家吞并或者被迫屈服奴役。"

"若能在与秦王和郑秀的战斗中获胜的话，我可以保证这点。"丁宁说道。

从某种意义上而言，丁宁此时代表的不只是九死蚕，还是整个巴山剑场。而秦国的江山，原本就是巴山剑场打下的。

乌溦紫明白过来，艰难地抬起头，轻声道："所以先生希望我……我乌氏，将来在您和秦王、郑秀的争斗中给予足够的支持？"

丁宁迎着他的目光，真挚道："我不只是希望能够和你成为朋友，还希望和整个乌氏成为朋友。但现在，你的意志并不能代表整个乌氏。你必须确保将来的乌氏能够完全听从于你，而不是被战摩诃这样的人所左右。"

乌溦紫沉吟片刻，道："您是要我首先能够掌控整个乌氏？"

"没错。祖地里的这些剑经，不只是我给你们太后和乌氏的礼物，同样也是给你的礼物。"丁宁看着脸色变得极为凝重的乌溦紫，缓声道，"其中数门最重要的剑经，我想放在你的身上。"

乌溦紫今日已经见了许多令他吃惊的事情，情绪刚稍稍平和了些，但听到丁宁的这句话后，他又是大吃一惊。

丁宁抬头看着上方，道："拓跋无愁心思缜密，修为在我们所有人之上，而我之所以能够破解无双风雨剑，是因为外面那些石兽和石碑上，记录着无双风雨剑的剑经。"

胡京京忍不住道："那为什么之前那些闯入的修行强者都没能破解？"

丁宁道："真意！唯有悟出剑道真意的人，才能真正领会他的剑经，进而接近他的心境。或者说从那样磅礴的剑意里，理解他的为人。"

胡京京反应过来，道："所以他根本不怕旁人领悟他的剑经。"

丁宁点头道："认同他的人，便不会和战摩诃一样想要接纳长生不死药。世间很多人最想要的，其实不是长生不死，而是生死与共！"

"可是……"胡京京看了一眼乌溦紫，欲言又止。厉西星道："有什么就直说。"

"我师傅和我说过，人是会变的。"胡京京犹豫了道，"即便是血誓，我依旧不太放心。只有我们付出，而他并没有什么对等的东西押在我们这边。"

乌溦紫失血过多，面色苍白，方欲出口申辩，便听到厉西星开口道："我相信他！"

胡京京愣住，乌溦紫也愣住了。

第十二章 两生之花

厉西星冷笑道:"他是太后最疼爱的五王子,将来很有可能被立为太子,像他这样重要的人却为了一头坐骑以身犯险,孤身追杀我。乌氏所有的王子里,除了他这样的白痴,谁还会这样做?"

被骂白痴,乌潋紫没有丝毫愤怒。此时他对厉西星恨意全消,取而代之的是一种惺惺相惜的感觉。同时,他对丁宁所说的"认同"两字也有了更深的理解。"你们长陵有句话,叫作'士为知己者死',我可以为你们死。"接着,乌潋紫身体前倾,跪伏于地,对着丁宁行了一个大礼,道:"师尊。"

对他而言,丁宁既然传授他天凉的剑经,便是他的老师。"你准备怎么处理这柄剑?"申玄看着丁宁问道。围绕祖山的云雾慢慢消散,天空被之前的无双风雨剑意清洗得异常干净,新鲜的阳光开始洒落到祖山的谷底。

在乌潋紫称呼丁宁为师时,丁宁此时的目光却落在了嵌在山壁间的剑山剑上。剑山剑是世上最庞大、最沉重的剑,剑本身也是巴山剑场最强、威力最大的剑之一。若抛离此处倒是浪费了。"这柄剑你带走!"丁宁转头看着申玄,"我会告诉你如何用这柄剑,同时将《续天神诀》交给你带回长陵。"申玄眉头微挑,没有致谢。

丁宁的目光落在厉西星的身后,道:"这个东西不适合你。"

厉西星一直背着那根很奇特的晶柱,听着丁宁此言,他好奇道:"这东西有什么用?"

丁宁道:"这是天幽晶,和天铁一样,是天外陨星坠落之物,是世间最为坚硬和不易破碎的晶石之一。它能够让光线在里面折射许久才散发出来。"

"让光线在里面折射许久才散发出来?"厉西星和胡京京同时愣了愣。

"阳光意味着温暖和生命力。"顿了顿之后,丁宁看着厉西星和胡京京道,"在昔日大幽,天空中也降落过这种陨晶,只是当时被炼制成了符器,而不是这种让异虫维持生命力和约束它们体型的东西。"厉西星将背着的晶石卸了下来,递给胡京京,道:"你的。"胡京京受宠若惊,但看着和自己体型明显不符的晶石,她又不免有些委屈,轻声道:"就不能先帮我背着吗?"厉西星眉头皱了皱,将刚刚解下的晶石又重新负上。

丁宁看着他两人的样子,忍不住微微一笑,然后转身看着申玄,道:"顾淮死了,她会更孤单,你回长陵会变得更重要!"

申玄问道:"那你呢?""就当我死了。"丁宁看着在场所有人说道,"我需要你们帮我演好这出戏,要让别人都以为我死了。"

第十三章
秋意孤单

长陵今年的秋意似乎比往年更浓，王宫里的宫女都早已换了夹着薄棉袄子的宫装。然而即便如此，在清晨时分挑着宫灯行走，她们的双手依旧冻得冰冷。

王后郑秀端坐在书房的书桌后，正对着那口白色灵气缭绕的灵泉。

自从她坐上秦国王后的宝座后，她的身边一直很孤单。此刻她安静地坐着，意念和感知却通过世人难以觉察的星光逆流而上，到达了目光难以企及的无尽虚空。那些星光在她的感知里化为苍白色的流火，从无形到有形且不断坠落，最后又化为乌有。

那些星光原本应该落在一柄当世最大的剑上，然而凭空出现了一片乌云，生生遮挡了落向那柄剑的星光。乌云散去后，她却感知不到那柄剑的存在了。

许多年前，她之所以相信顾淮是坚定地站在她和秦王这一边的，便是因为顾淮放开了这柄剑的本命元气，接纳了她的星光。只要顾淮的本命元气在，她便能够感知到这柄剑的存在，从而知道这柄剑遭遇到了什么。

然而现在她却再也感知不到这柄剑，这便意味着顾淮的本命元气已经彻底消散。这世间有什么人能够杀死顾淮？是那个叫战摩诃的天凉人吗？

她并不介意为她所用的人都是屈从于她和秦王的意志，可是那些人却接连不断地死去，以至于她越来越孤独。

一名身穿淡黄色袍服的年轻人出现在了她书房外的甬道上，垂首恭立。王宫里的年轻人不少，但除了黄真卫，没有谁能在她面前拥有这种尊敬谦逊却不卑怯的姿态。

王后收敛了思绪，站了起来，行过白气氤氲的灵泉，来到黄真卫身前不远处。

听着她的脚步声，黄真卫第一次感到紧张和拘束。

"因为你的老师，你是不是对我的决定有所不满？"王后径直开口问道。

黄真卫沉默片刻，道："是。"王后微微仰起了头，道："你不要忘记，是我让他成了你的老师，也是我让你留在他的身边，看到了他最后的选择。其实我做的很多事情，你老师也未必满意，但你要明白，无论我做什么样的决定，都是为了让大秦可以往前走得更安稳！"黄真卫道："我明白。"

王后沉思片刻，道："你应该也明白你老师和我对你的期待。"

黄真卫道："我会和我老师一样，一切以大秦为重！"

王后柔声道："你的老师想必将守城剑传给了你。"

黄真卫摇头道："并没有。""没有？"王后忽然笑了起来，"他是不想你也固步在那些角楼上吗？或许他和我想的一样，长陵终究是需要城墙的。既然如此，便由你督造城墙，今年冬里动工。"黄真卫抬起头，满脸的不可置信，喃喃道："秦国之前没有城墙，一旦修建城墙，势必会让许多人生出被囚禁的感觉……"

王后轻描淡写道："只要旧时的习惯被改变，人们便会懂得接受这个王国的意志。"

黄真卫道："可如果有人不认同怎么办？"

"那更要严加约束！"王后的话没有任何情绪，却威严得让人不容置疑，"城墙的作用除了要抵御外敌，还要用来划分界限。接受这个王国意志的人进来，不接受的便被排斥在外，不同的态度便会有不同的对待方式。"

黄真卫垂下了头。王后满意道："你会见证这个王国的荣耀！"

"可那并非我所要的。您让我看到我老师的选择，只是你并不知道，老师临死之前，却让我自己选择。"此时这名年轻司首心中如是想着。

仙符宗山上，黄叶开始随着深秋的风飘落，遍地洒金却让人感觉不到热烈，反而满眼尽是萧瑟。

仙符宗最清幽的一间草庐并不在最高处，而是在进出仙符宗的交通要道上。那间草庐四面开窗，即便足不出户，目光仍旧可以照见仙符宗诸学习处，以及弟子平日学习起居的地方。

"师弟，你为何准允他进入乘天殿修行？"发声的是一名身穿黑色道袍的老人，他的鬓间满是霜色，眼里全是沧桑，肌肤却是白中泛红，非常细嫩光滑。

他的对面是仙符宗的宗主。宗主的年纪虽然比他小上几岁，但看起来更显老态。

"乘天殿也在仙符宗，先前既然已经准许张仪进我仙符宗，那允他进乘天殿修行有何不可？"仙符宗宗主的声音和煦平淡，如秋日里的一缕暖阳。

"时过境迁，此一时非彼一时。"黑袍老人漠然地摇了摇头，"此时黄天道符的传人已回我仙符宗，且被你安排与在张仪一起。张仪若是再在乘天殿中悟到乘天道符，黄天、乘天两道道符岂不是皆入他一人之手？这在我仙符宗历史上极少出现，更何况他是秦人！""他已在乘天殿修行多日，为什么师兄直到今日才如此郑重其事地发表意见？"仙符宗宗主停了一停，又问道，"朱师弟和楚师弟呢？他二人为何没和你一起来？"

黑袍老人沉默片刻后才说道："师弟你一直是仙符宗最聪明的人，应该明白此时的处境。"仙符宗宗主看着他郑重地问道："是不是秦人真的很重要吗？郑秀难道不是秦人？""你应该明白是她让我仙符宗有此时的地位。"黑袍老人的脸上骤然布满怒容，厉声道，"自一开始收容张仪便是你一意孤行，先前想着就随了你意，反正此人也碌碌无为。但没想到，他居然领悟了登天符意，现在又有黄天道符为伴，最关键是他本身会以剑入符意，即便修了我仙符宗的符意，师弟你能分得清他到底是岷山剑宗的剑，还是我仙符宗的符？"

仙符宗宗主眼中涌起无尽感慨，道："师兄你只看到的了我仙符宗表面上的风光，却未想明白我仙符宗的真正传承。要想将仙符宗的符道发扬光大，绝不是靠郑秀，而是靠仙符宗的弟子。"

黑袍老人冷笑道："仙符宗并非师弟你一个人的宗门，即便你是仙符宗宗主，对诸多事情有着决定权，但你不要忘记，是我等匡扶你登上宗主之位的，所以你的想法必须让我们大多数人认同才行。"

仙符宗宗主淡淡道："师兄你今日撇开朱师弟和楚师弟独自来找我，处处针对张仪，恐怕是想要我应承什么吧？"

黑袍老人收敛了一切怒意和嘲讽，对着他深深躬身行礼，庄重道："让他死！"

仙符宗宗主深皱眉头，说道："郑秀之前并无此意，为何现在一定要他死，只因为他羽翼渐丰？以郑秀审时度势的性情，她决计不会因为这点和我决裂。"

黑袍老人道："因为张仪的师弟死了……所以像张仪这样的隐患，自然也没有活着的必要了。"仙符宗宗主怔了怔，不可置信道："那酒铺少年死了？"

黑袍老人抬起头："任何人都会死，天才也不例外！"

仙符宗宗主说道："我若是不同意你们杀张仪，那你们是否连我都想杀……你们杀得死我吗？""杀不死！"黑袍老人漠然地看着仙符宗宗主，"但至少可以困住你半日时间。""为了杀一名你们口中不相干的秦人，连半日神符这样的宗门圣传你们都动用

第十三章 秋意孤单

了,这便是你们追求的仙符宗风光?"仙符宗宗主幽幽地叹了口气,起身走到窗前,看着树林中若隐若现的一座道殿,眉宇间充满忧伤,轻声道,"去杀他的是谁?周师弟,还是你的徒弟?"

"是陈星垂。"黑袍老人嘴角不自觉地浮现出嘲讽来。

仙符宗宗主的身体微微一震。

陈星垂原是仙符宗的弟子,现在是燕国边关的一名大将。边关大将经历生死杀阵诸多,修为自然要比仙符宗里那些安然度日的修行者要强大得多。为了杀死张仪,竟然动用半日神符将他困住,又出动了陈星垂这般人物,看来今日之变,早已不只是仙符宗门内之事。从这间草庐往下看去,仙符宗宗主看到山门正在关闭。那么,谁还能阻止陈星垂杀死张仪?

当这名睿智的老人觉得身上有些发凉时,一名满身风尘的中年布衣男子正沿着山道缓缓走向一座道殿。

此时,在这座道殿里,张仪和十余名仙符宗弟子正在修行……或者说探索。

这座道殿表面上看上去很普通,由楠木和砖石所建,和其他道殿没什么区别。然而道殿内里的每一根木柱和壁面上,都流动着一层流光。这层流光禁锢着这座道殿的一切,让这座道殿的物件免遭破坏或朽化,所以即便这座道殿经历了若干年,但内部物件仍旧完好如初。

道殿内里到处都是花纹,这些花纹没有固定的规则,因此花纹形状不一,大小各异。但仔细看去,那些花纹会突然闪过一丝若有若无的光焰,就像是雷云之中突然闪过了一道闪电。这道殿便是乘天殿!

相传在这些繁复而无理可循的花纹间,隐藏着一道仙符宗里最高的道符——乘天道符。而且至今为此,悟到乘天道符的只有七人。这七人中领悟乘天道符时所观花纹的位置都不一样:有人是在梁上的繁杂花纹间悟到了符意,有人是在窗棂或砖石壁上悟到了符意,还有人甚至只是在透过窗户的斑驳光影间悟得了符意……但无论是通过哪种方式悟到了符意,最后悟到的境界和威力却是一致的。

而先前悟出那乘天道符的七人,都先后成为了仙符宗的宗主和管事者。从某种意义上而言,能够进入这里,便意味着可能成为下任宗主。

对张仪而言,能够在此修行已然满足,他从未奢想过成为仙符宗宗主。此时他正努力地看着殿顶上那些深浅不一的花纹,可惜,即便他看得很认真,依旧没能看出个所以然来。他用余光扫过身边的乐毅等人，看他们时而皱眉，时而沉思，时而眼睛闪光的样子，顿时为自己的愚钝感到羞愧。

忽然间，他感知到殿外有一股寒意来袭！

他转身望向虚掩着的殿门，脚步声如鼓点般清晰地在他耳中响起。这脚步声极为均匀有力，带着一种根本不为外物改变的铁血气息。

殿门开了，一丝微凉的山风涌入殿里，紧接着一名中年男子出现在张仪的视线里。此人身穿寻常布衣，身上却散发出森冷如山的冷峻气息，他走过的地方都发出"嗡嗡"的细碎响声，那是空气被锋利的剑锋和刀锋划开的声音。

此人便是陈星垂。他貌不出众，肤色黝黑，左颊上还有一道剑创，眼睛也很小，但由于气质独特，乍一看倒也不觉得难看。

"你就是张仪？"他的目光落在张仪身上，带着感慨道，"你果然是这代仙符宗弟子中最为出色者，能第一个感知到我的到来。"

直到此时，乘天殿里其他仙符宗弟子才发现这人的到来，纷纷转过身来。

张仪有些愕然，随即躬身行礼，道："晚辈正是张仪，不知前辈是？"

"陈星垂。"对方自报家门后，原本寂静的殿间顿时一片哗然。

"陈星垂是从我们仙符宗出去的修行者，现在是大燕边关虎牢军的大将军。"细而轻微的女声传入张仪的耳中，张仪听得出这是慕容小意的声音。

张仪微微转头对慕容小意致谢，继而道："我能够最先感知到将军的到来，是因为我是秦人，对刀剑之意比较敏锐，并非感知超过他们……再加上我在此间并不入神，所以将军是过誉了。"

"谦虚和无畏能让修行者走向更强，偏偏这两种品质你都具备。你不必自谦，我在仙符宗修行十三年，在边关领军十二年，阅人无数，你品性如何我自有判断。"陈星垂对张仪颇有几分欣赏，因而遗憾道，"但我此行是来杀你的。"

"什么？"整个殿间都是倒抽冷气的声音。

张仪呆了呆。陈星垂冷峻的目光扫过殿内所有人，包括准备上前出声的慕容小意，冷漠道："我能出现在这里，而且仙符宗闭了山门，你们便应该明白发生了什么事，不相干的人请出去。"

他的声音里仿佛蕴含了数把刀剑，使得所有人的呼吸都不由得沉重起来。乐毅呼吸一顿，手心中全是冷汗。慕容小意眯起了眼睛，望向张仪。

第十三章　秋意孤单

"我不知道是谁让您来杀我，但如果在这里动手，恐怕会波及乘天殿。"直到此时，张仪第一时间居然在担心乘天殿被毁，简直让慕容小意近乎无语。

但这句话却让陈星垂凝视了张仪许久，然后他才淡淡回应道："我不可能毁得了乘天殿，除非你我能比悟到乘天道符的人更强！"

张仪看着乘天殿里的流光，明白自己的担忧实属多虑，他又说道："宗主不可能让您来杀我……您这样做是背叛宗门。"

陈星垂回道："宗主的决定，有些也可能是错的。所以在杀死你之后，我们会设法换掉宗主，这样便不存在背叛宗门之说了。"

张仪愣了愣，竟无言以对。

陈星垂没有再说话，他再次平静地看向张仪身后侧的那些人，目光中的意思很简单，你们可以留下来，但留下来的结果，就是陪着张仪一起死在这里。

乐毅的身体微微一震，他咬了咬牙，没有动作。除了他之外，其余的仙符宗弟子都微垂着头开始动步。

看着离自己而去的同窗们，张仪没有悲怆，只是转身对乐毅说道："你也走吧，我们不可能是他的对手。"

乐毅看着他，问道："那他杀你的时候，你会还手吗？"

张仪怔了怔，道："当然不可能站着让他杀。"

乐毅道："既然你不准备自杀，我自然要帮你。"

"你是黄天道符的传人，所以我会留下你的命。"陈星垂对着乐毅说道。

话音刚落，乘天殿里骤然起了一道符意。这道符意充满杀机，不是来自陈星垂的身上，而是来自他的身后——正低垂着头往外走的慕容小意。

那道符意散发出白色流光，就像夜空里洒落的一缕月色，以轻柔而迅捷的速度落向陈星垂的后背。"轰"的一声震响，慕容小意的身体飞了出去，撞在殿门上方的墙上。她发出一声闷哼，嘴角沁出一丝猩红的鲜血。而其余那些仙符宗的弟子则骇然而仓皇地退出了这间殿宇。

陈星垂平淡说道："不愧是慕容家的人，有勇有谋。只是，我初到边关时，每年至少要遭遇数十次刺杀，和那些刺客相比，无论是你的出手时机还是修为都差得太远。"

张仪看着一脸隐怒却不发一言，只是死盯着陈星垂的慕容小意，直到此时，他才反应过来原来慕容小意也要为自己留下来。

张仪惊诧的目光让慕容小意骤然恼怒起来,她咬牙道:"怎么,你以为我和他们那些人一样贪生怕死不成?"

张仪忙道:"可是这样你也会死。"

慕容小意冷笑道:"我是什么人,就凭他和他的那些师叔伯,也敢杀我?"

慕容家在燕国的地位,比长陵城里那些候府的地位还要高,所以她说这句话时满是自信。"从今天开始,你的身份可能会有不同。"陈星垂微看了她一眼,接着说道"我会尽量留手,但这并不代表我不敢杀你。"

慕容小意的面容骤然发白,张仪和乐毅也顿时倒抽了一口冷气,忍不住互望一眼。

就在这时,乘天殿里又多了一道符意,那道符意散发出数条白光,像鞭子一般往前挥舞,就要抽打到张仪身上。

这次这道符意出自陈星垂之手!

几乎是出于本能,张仪手中的石剑往前挥出,地上的尘土随着他的剑意往上浮起,每一颗尘土都显示出坚定不移的气息。

"轰!"在下一瞬间,他的手腕骨骼剧痛,胸口"咔嚓咔嚓"连响数声,胸骨已折断数根。陈星垂左手竖在身前。只见他掌心的每条掌纹都似乎变成了符文,蕴含着极为恐怖的力量。且随着他的意念,那数条白光还继续在空中挥舞。

张仪喷出一口鲜血,不自觉地往后退了一步。随即脚下升腾起符意,一块块砖石浮了起来,挡在那数条白光之前。

以张仪的修为和境界,能够避免在一息之间被陈星垂直接杀死,已属奇迹。

就在此时,一股庞大的力量,毫无征兆地破开了陈星垂后方的护体元气,直刺其后背。陈星垂慌忙转身。转身之前,他的右掌中已然飞出一道火红色的道符。

"轰"的一声,他的身后赫然出现了一座真火凝聚的丹炉。在他转身的瞬间,丹炉中心寒光一闪,笔直地落向了他的左侧腰间。他的腰间骤然涌出一团血雾,那寒光洞穿他的身体,留下一道通透的创口。

"鱼肠!"陈星垂面容震动,眉头大蹙,却没有任何惊慌,只是声音微寒道,"慕容家的这件宝贝,果然在你手里。"

乐毅的面容无比苍白,慕容小意那道寒光,分明是一道剑意。慕容小意并非张仪,她擅长的是符道而不是剑道,如何能一剑刺伤陈星垂?他心中无比震惊,但在这性命攸关的时刻,他来不及细想,只知道自己如果不够快,那道火红色的道符很可能杀死张仪!

第十三章 秋意孤单

他发出一声闷哼,口中涌出一股逆血,完全不顾经络是否能够承受得住,疯狂地将体内的真元震荡而出。

随即从他手中飞出一片黄色的道符,带动着他的身体阻挡在张仪之前。顷刻间乘天殿的殿顶黄云密布。接着乐毅手指弹动,牵动着黄云,朝着陈星垂的那道火红色道符袭去。

毫无意外,那道袭向张仪的火红色道符就此被破去。而乐毅的那道黄符却丝毫未损,且在乐毅的意念下,准备袭向陈星垂。

陈星垂眼睛微微眯起,用左手按住自己的伤口,丝丝真元如针线快速地将伤口缝合。与此同时,一道锋利的符意如刀般割向空气里许多无形的丝线。

乐毅的符意方才明明带着无比决绝的气势往下压来,但那黄云却并未往下沉,反而往上升,像被这乘天殿的殿顶吸附了一般,形成了一层厚厚的云毯,牢牢地贴在乘天殿的顶上。

更令人震惊的是,乘天殿殿顶上那些玄奥的花纹里,有些消隐了下去,有些反而亮了起来。这些亮起的花纹线条和黄云里的线条重叠,如同钥匙正好对准了孔道,完整地嵌合在了一起。

张仪等人这才真正看清,原来那些黄云之中有着这样清晰的线条存在,而这些线条便是这道符意凝聚天地元气流通的主要通道。

黄云没有压下,但有一股新生的力量却顺着乐毅的心意压了下来。"咔嚓"一声,空气中响起刀锋被折断的声音,陈星垂想要切断黄天道符丝线的愿望落空。

就在陈星垂符意被破的瞬间,慕容小意再次出击。

一道影子以迅雷不及掩耳之势来到陈星垂身前,随即猛烈地炸开,晕染出一圈圈肉眼可见的气浪。强大的反冲力瞬间将陈星垂逼着后退了几步,他喉间一甜,舌尖尝到了血腥味。

无数尘埃悬浮在气浪中,然后慢慢结成了一条条影子在石阶上晃动。

乐毅感觉到自己前所未有的强大,只是这强大并非来自于他本身,而来自于这乘天殿。若不是这乘天殿的乘天道符与他的黄天道符发生了共鸣,双符合一形成了真山仙符,恐怕他的黄天道符早已被陈星垂破去。

传说中,真山仙符集黄天道符和乘天道符这两道至高的霸绝符意于一身,其威力无穷!而能够悟出真山仙符的仙符宗弟子,注定是仙符宗的守山者。

陈星垂方才无法凭借修行境界和力量强行破解乐毅的黄天道符,便是因为真山仙符的力量在他的符意之上。

另一方面，岷山剑宗的剑意高寒凌厉，仙符宗的符意温和坚韧，二者合一将施展出怎样巨大的力量？

陈星垂忽然理解了郑秀为什么一定要张仪死。因为张仪不死，将来必定成就惊人！

而且不只是张仪，乐毅亦然。方才生死之间，黄天道符和乘天道符引发共鸣时，乐毅必定能感悟到乘天道符的一些符意，仙符宗两大绝学若全部汇于他一人之手，他成为修行高手指日可待！

那道刺伤了陈星垂的寒光，此时也在这一条条影子后，露出了真正的面目。这的确是一柄比匕首还要小的剑，剑身是白的，带着一种扭曲的弧度，就像一条鱼肠。

"果然是鱼肠剑！"陈星垂眼瞳微缩，然后看着身前的虚影和被吸附到殿顶的黄云，忍不住说道，"有趣！"

鱼肠是昔日天下第一铸剑大师为古越王所制，采空了赤堇山之锡，若耶溪之铜，以天雷淬炼，才制成的惊世之剑。

在传说里，这柄剑初成之时，便有如通灵。当时大剑师薛烛一见此剑，便道这鱼肠剑"逆理不顺，不可服也，臣以杀君，子以杀父"。也就是说这柄剑原本就是用来杀君弑父的，此时流露出的剑意，就如一个逆天唯我的剑师在不断出剑。

"既然你能控制鱼肠剑，为何乐毅先前代表黄天道门到我仙符宗挑战时，你不出手？"咽下喉间的那口逆血，陈星垂缓缓侧身，看着一脸阴沉警惕的慕容小意，认真问道。

慕容小意不由得皱眉道："鱼肠剑并非仙符宗之物，当时即便能依靠它取胜，也胜之不武。更何况用此剑去对付一名少年，太过狠辣。"

"可惜……"陈星垂自嘲般笑了笑，道，"可惜即便是这样，你们依旧不可能胜得了我。"

乐毅的背心被冷汗湿透。

张仪不断咳血，他知道陈星垂的功力明显超过他两个，刚虽勉强挡住了他的一击，保住了性命，但却断了筋骨，还被震伤了心肺。

而慕容小意的鱼肠剑和乐毅的黄天道符，最多也只能分别阻挡陈星垂的一击。

若陈星垂再一次出手，他们三个都无力招架，很可能他们都会就此死去。然而此时他没有对死亡的畏惧，却不自觉地想着，若是自己的小师弟丁宁在此……会如何做？

第十四章
符器兵人

在张仪等人与陈星垂交战时，仙符宗宗主一直站在窗前眺望着乘天道殿，此刻他黯淡的目光里突然出现了一丝异样。

感受到他的情绪变化，悠然自若的黑袍老者微讽道："难道你觉得还会有希望？"

仙符宗宗主淡然道："或许你忘了一件事，让张仪来上都，并非我的意思，让他进仙符宗，也不是郑秀的意思。"

黑袍老者面色微变，道："现在追究谁让张仪来仙符宗还有什么意义，陈星垂既已进入乘天殿，杀死张仪便是动念之间的事……"

"但张仪现在还活着！"仙符宗宗主径直打断他的话，"除了那个设法让张仪到我仙符宗来的人之外，还有一个人出乎你的意料。"

黑袍老者呼吸微顿，他一步跨到窗前，放眼四顾，眼里充斥着难以置信。

仙符宗出奇寂静，方才从乘天殿里离开的那些仙符宗弟子，此时大都远远地避开这座殿。然而，却有一人来到了乘天殿前。这人始终有只手藏在袍袖里，因为他这只手是残废的。此人便是苏秦！

苏秦和张仪师出同门但关系并不友好，这点人尽皆知。所以在黑袍老者的计划里，苏秦也被用在了某处。然而现在苏秦却出现在乘天殿门前，这只能说明黑袍老者的计划出现了变故。

黑袍老者心生不祥之感，体内的真元流淌起来，右手下意识地想要抬起。

就在此时，仙符宗宗主侧身看了他一眼，道："师兄，不要逼我杀你。你机关算尽，若是你的计划还是以失败告终，只能算是天意！"

黑袍老者深吸了一口气，眼瞳里的寒光缓缓消失。

垂天殿内，静得只剩下几人的呼吸声。

就在这时，乐毅抬起了头，身体微微颤抖着。他知道张仪不会逃走，但是在陈星垂杀死张仪之前，他先行燃烧自己最后的光亮，以消耗掉陈星垂的体力和真元，这样张仪便能多一分取胜的机会。

于是寂静的殿内响起了一声凄厉到了极点的厉啸。只见乐毅十指尽破，涌动的真元和天地元气剧烈地撕扯着吸附在殿顶的黄云，将这黄天道符的符意化为杀意，朝着前方平静站立的陈星垂席卷而去。

与此同时，一直微垂着头呈谨慎状的慕容小意眼神中也涌出决绝的神色。随着她眼神的骤然变化，她身前飘飞出一块"锦帕"。"锦帕"是那种如凝固了的鸡血般的深红色，飘飞出来的一瞬间便化为无形，绽放出一股恐怖的符意。

乐毅心头浮现出强烈的震惊。这股恐怖的符意甚至比他倾尽全力施展出来的符意还要强大。

"想不到就连慕容府的'红尘三千'都在你手上，看来慕容府的老太爷，的确对你十分疼爱。为了一名不相干的秦人，你便将这些绝学全部都使了出来，不知他会怎么想？"陈星垂面色平静如常地说道。

说罢，他左手捻花一般，施展了一道符意，随即空气里出现了数缕粉红色的线条。

"轰"的一声爆响，三人的符意就此撞在了一起。

"噗！"乐毅和慕容小意两人同时喷出一口血雾，颓然往后飞跌出去。

陈星垂却平静而立，依旧保持着拈花的姿态，毫发无伤。

张仪一直不曾出手，然而就在此时，他却动了。他手中一直紧紧握着的石剑往上刺了出去。

空气中瞬间出现了一道白色羊角般的剑气，带着奇特的符意，拼尽全力往上顶角。

陈星垂平静的眼眸里第一次出现了震惊。然而张仪这一剑并未刺向他，而是朝着上方的殿顶递出。陈星垂的震惊与不解只维持了短短一瞬，很快他便明白了张仪的用意。

张仪的剑意去向乘天殿顶，是想设法激起这乘天殿中符意的强烈反噬，借殿顶的力量打败陈星垂。然而布置乘天道符的人都是仙符宗的宗师级人物，他们的修为境界不知道比张仪高出多少倍，以张仪的修为，如何能够撼动？

这便是张仪的豪赌！他赌自己一定能够激发乘天殿道符的反噬。

只一瞬间，如白色羊角的剑光便刺在殿顶上，发出"咔嚓"的声响，随即一股磅礴

第十四章 符器兵人

而恐怖的反冲力逆着剑意冲至张仪持剑的手腕上。剧烈的痛楚直冲张仪的脑海，但他却没有松手，反而让左手也落在剑柄上，将体内力量持续而平稳地贯入手中的剑柄中。

白羊挑角，最重相持。此刻他争的便是这一刹那的相持。

陈星垂意识到了张仪举剑刺殿顶的用意，却并未意识到张仪手中的这柄小石剑是薛忘虚的本命剑。

"噗"的一声，张仪喷出了一口鲜血。但是剑意未退，那个羊角的角尖依旧死死抵着强大的符意。强大的乘天符意压在他手中的小石剑上，眼看着他就要顶不住了，朴实无华的小石剑骤然发亮，仿佛正在燃烧。

陈星垂呼吸一顿，先前的轻蔑情绪瞬间化为乌有。小石剑上炽烈的光线灼得他双目生痛，无法睁开。他喉间发出一声低沉的厉喝，指尖原本已凝成的符意竟化为乌有。与此同时，他体内的真元还在源源不断地涌向指尖，随即他身前绽放出一朵红莲。

那朵红莲持续旋转变大。悬浮在张仪身前的鱼肠剑首先被激飞了出去，颓然撞击在一侧壁上，发出"嗤"的一声撞击。

乐毅也发出一声痛苦的闷哼，双手牵扯着的无数隐形符线如风中狂舞的柳枝，没有攻向陈星垂，反而抽打在自己身上。他的身体上瞬间被割裂出数十道深可见骨的伤口，一蓬蓬鲜血自他体内飞洒而出。

慕容小意站在陈星垂身后，虽没有受红莲直接攻击，但她的感知里就像是有无数柄巨刃在交错割刺，头疼欲裂。

这是传说中可以净化一切的净莲符意，恐怖至极！陈星垂竟然领悟了这样的符意！

张仪的脑袋也开始剧烈疼痛，眼前明明只有一点红色，却似乎要化为一片血海，将他们都吞噬进去。

感受着手中小石剑的温度和力量，他咬紧牙关，一步不退。就在这时，他手中石剑燃烧起来，"轰"的一声巨响，他的身前就像升起了一个太阳，耀眼而纯净的光线充斥在这乘天殿里的每一个角落，让每个人的身影都变得透明。

陈星垂的血液好似也被灼烧着，但让他最心神震动的，是这些耀眼的光线里竟悬浮着许多青色的光符。

张仪赢了这场豪赌！这些光符是乘天殿内那些花纹线条的投影。他那耀眼而纯净的光线带着强大的剑意无孔不入，锋锐地刺入乘天殿内每一条刻痕深处，将乘天殿内里的各处符意彻底逼了出来。

但这场豪赌也让张仪付出了惨重的代价,他的双脚在此时发出了骨裂声。

"砰"的一声,乐毅被从上而下的恐怖压力压得匍匐在地,无法呼吸。

慕容小意的身体被压到了门口,几乎就要被冲出门去。

陈星垂身前那朵旋转的红莲散发着毁灭性的力量,然而这力量却无法往外散发,反而被压得往内里收缩。这朵红莲最中心处的红色越来越晶莹,如同宝石在融化,晶莹的液滴被挤压得要爆炸开来。

整座乘天殿都在发光,无论是殿上的瓦片,还是殿上飞扬出来的尘土,乃至屋面缝隙里长出的蒿草,都在发光。

仙符宗里一片寂静,但几乎所有人都在紧紧地盯着这个地方。

看到如此异象,感受到乘天殿里鼓胀欲焚的气息,仙符宗宗主平静的眼眸深处又多了些感慨。他比其他人更清楚陈星垂的强大,所以根本不曾想到殿里那三名年轻人能有如此表现。

"有趣!"苏秦缓缓抬头说道。

此时,殿内鼓胀的力量即将冲开殿门,而站在殿门外的他很可能会被波及,但他眼中毫无畏惧,反而充斥着桀骜和狠辣。

他伸出那只残手,随即便有数百道符飘洒出来,如落英缤纷。下一瞬间,那些符便沿着各种诡异的线路,纷纷落在前方的乘天殿上各处。

"咚!"天地间再度震响。乘天殿仿佛从外部被一个巨锤猛烈地敲击了一记,以乘天殿为中心,一个肉眼可见的巨大气圈轰然往外炸开,方圆数十丈范围内的树木全部被拦腰截断,残枝落叶尽数往外抛飞。

苏秦口中鲜血狂喷,身体也像一截朽木般往后抛飞。

乘天殿里,张仪双膝跪地,然而双手依旧无比稳固地支撑着小石剑,保持着出剑的姿态。

陈星垂脸色剧变,因为那些从殿顶坠落的青色光符骤然加速,全部落向那朵红莲。下一刻,那朵红莲碎裂开来,变成了数百上千道晶莹的射线往外绽放。同时,红莲碎裂带来了磅礴而恐怖的力量,冲击着乘天殿内的每一个人!

慕容小意无比骇然地看着这些射线穿过张仪、乐毅以及陈星垂的身体,她来不及闪避,只能尽可能地往上抬高身体,不让这些晶莹射线刺过她的头颅等要害部位。

乘天殿内的四人身体都被洞穿了很多处,乘天殿外的苏秦被挂在一棵大树上,身体

被数截碎木洞穿。

参与这场战斗的人都身受重伤，无人幸免！

一名身穿黑色长袍的仙符宗中年男子感慨地摇了摇头，他在感慨这一战的结果，也感慨郑秀的细致，她永远会在极有把握的战局中埋伏一颗隐棋。而他便是这颗备用的，足可结束一切的隐棋。

他从一处凉亭中走出，准备走向乘天殿。就在此时，前方石阶上走来一名高瘦男子挡住了他的去路。这男子穿着很普通的仙符宗杂役的服饰，却配着一柄极长的佩剑。

"你是何人？"身穿黑色长袍的仙符宗中年男子皱眉，下意识地喝问道。

被堵在路上的高瘦男子缓缓握住了横在身前的剑柄，平静道："我是张仪的师叔。"

"张仪的师叔？"

仙符宗中年男子愣了愣，嘴角浮现出微讽的笑容，心想按辈分自己也是张仪的师叔辈，那他们岂不是同辈？然而也就在下一瞬间，当感受到对方身上涌起的锋锐剑意时，他霍然惊道："你来自长陵？"

高瘦男子点头道："白羊洞。"

中年男子的眉头皱了起来，脸上的微讽意味更浓。在他的印象里，白羊洞在长陵只是一个很弱小的宗门，所以他并不知道张仪有个叫李道机的师叔流落在外，也不知道李道机的故事，更不认为李道机能够阻拦自己。

他的手指悄然牵动符意，接着便有无数片落在地上的黄叶悄然飘起，同时每一片黄叶上的脉络都闪亮了起来。这些黄叶就是他的符，是自然赋予他的武器。

他叫程青叶，自进入仙符宗修行之后，一生都在研修和树叶脉络有关的修行。原本这些掉落在地面上的黄叶已毫无生气，然而此刻随着他的动念，淡薄的真元从指尖流淌而出，灌入这些黄叶的脉络之中，不仅让这些黄叶闪闪发亮，还绽放出了蓬勃生气。

他这一道符意，便名为春意。

李道机双唇紧抿如线。自他离开长陵之后，没人知道他去了何处。没想到今日他竟然会在这里出现！

除了服饰不同，他的容貌和佩剑没半分改变。面对这样的符意，他的眼眸深处一片平静。只见他不急不缓地拔剑，然后如同用锄头锄地一般，挥动着他的长剑，朝前方空气里凿了一记。

无数"嗤嗤"声顿起，顷刻间春意尽消，飘舞在程青叶身后的无数青叶重新变得枯黄。

程青叶连退数十丈，身上的气流瞬间穿过了凉亭，撞在后方的山壁上。

李道机的这一剑看似普通，威力却惊人，就像在那些金黄色的符上凿出了一个洞，令程青叶招来的天地元气瞬间从那个洞里流空。程青叶甚至感觉得出李道机的修为比他逊色很多，然而这一剑，却凭空让他生出恐惧和无力之感。

"这是什么剑意？"他下意识地尖叫了一声，同时一片碧玉雕琢而成的叶子从他的手中飞了出来。这是一片他花了很多年才炼制而成的道符，也可以说是他的本命符。

这一片符既出，他后方半座山的树叶全部脱离了枝干，在空中狂飞乱舞。下一刻，随着天地元气的奔行，天空里发出了剧烈的轰鸣声。

李道机再出剑，朝着前方的空气里又凿了一记。

程青叶刚刚凝聚出来的符意再次迅速被破解，他身前那片碧玉道符上又被凿出一个洞，此刻海量的天地元气正顺着孔洞不断溅射。本命符就此脱离他的掌控。

他难以置信，再发第三道符意。

他猜想对方或许已经研修出了专门破他本命符的剑式，所以他这次选用了仙符宗里一道常用却强大的符——真雷符！

他掌心朝上，瞬间掌纹间闪现出了雷光。与此同时，天空就像是被巨刀割了一个口子，出现了一道金黄色的裂缝。

在他的想象里，接下来会有数道粗如水桶般的金黄闪电击向李道机。

就在这时，李道机也出了一剑，然后真雷符的符意顷刻消失，空有雷声，而无闪电落下。

程青叶面无人色，他施出了第四道符——祭火符。

这是仙符宗最基础、最简单的符意。

然而当热意刚起，符意便消。李道机依旧用了同样一剑，破了他这道符。

每出一剑，李道机便往前跨出一步。只是四步，他便穿过了凉亭，到了程青叶身前不远处。

程青叶感到无比恐惧，他发出了第五道符。数条青色的流焰从他身体两侧的山壁间冲出，似乎要变成一道墙。

这数道流焰刚刚冲出，符意还未成，李道机的剑便落了下来，正中程青叶的胸口。强劲的剑气直接撕裂了程青叶的内脏，将破碎的真气和血肉从他的口中逼得狂涌而出。

"怎么会这样？"程青叶绝望道。

第十四章 符器兵人

李道机没有兴趣和一名垂死的敌人解释,他抽出了自己的剑。破碎的血肉有了决堤之口,程青叶整个身体顿时如泄气了的皮球,最后一口气徐徐消失。

"怎么会这样?"黑袍老者发出了同样的惊呼。

"先有符,后有器,之后才有兵。"仙符宗宗主慢慢转过头来,说道。

黑袍老者一瞬间看到了很多幅画面:先有结绳记事,后有取炭绘画,再有骨片篆刻……最早拥有智慧的人观日月星辰运行,观天地云气四时变化时,就会用简单的图录记录变化。最终有人领悟了其中深刻的道理,发现一些线条暗合天地的流通之道,符由此而生。

然后人们将符篆刻于玉石、金铁之上,形成制器。古人用器对抗猛兽,祷告天地,引来风雨,利于耕种。

之后人丁兴旺,形成各国。国与国之间互相征战杀伐,才有专门用于杀戮的兵器诞生。

黑袍老者冷汗淋漓,颤声道:"愿听师弟详解!"

"符、器、兵在世间出现的顺序不一样,且各自功能不同,但最后真正发挥强大威力的人,却能将三者合一。以这秦剑为例,其实那些剑本身便带有符文,已入符道;那些秦国修行者所修的剑经,含有诸多引导天地元气的手段,充分体现了剑本身乃器具的意义;再加上修行者本身都能用真元和意念控制剑意,此乃兵的释义。"顿了顿之后,仙符宗宗主继续说道,"张仪、李道机早已剑符合一,力量不容小觑。而我仙符宗,表面上看是如日中天,但实际上只是以修符为基础,力量很是薄弱。况且李道机修的不是我仙符宗的符,可见这世间并非只有我仙符宗有至为强大的符道。所以我一直认为,仙符宗要想存继下去,需要靠人,而不是靠前辈留下的这些符。"

黑袍老者颤抖着问道:"李道机用的到底是何符?"

仙符宗宗主道:"你知道郑秀早年暗中派使者来了我仙符宗,后来我仙符宗才壮大。但你并不知道,我后来远游至长陵城时,遇到了长陵的旧权贵首领。当时是正午,我却从他身上看到了黑夜。那时我便知道长陵也有人和我仙符宗一样,通晓强大的道符。在遇到他之前,我和你一样固执,然而见到他之后,我便知道我仙符宗将来的命运,最终取决于我们思想上的改变。"

"你们太过偏向郑秀,所以我从未试图扭转局面。其实,我们仙符宗的强盛,并非只来自于郑秀的帮助,还有那名旧权贵的扶持。我们终究是燕人,怎会因为宗门一时的强盛，而将意志完全屈从于那名秦国胶东郡的女子？"仙符宗宗主看着呼吸困难的黑袍老者，诚挚道，"师兄，你应该明白，一切都来自于审时度势的权衡……让张仪来我仙符宗，不只因为他是我心目中理想的弟子，还因为那是旧权贵首领的安排。从我遇见那人开始，我们仙符宗便从未完全顺从过郑秀的意志。"

黑袍老者痛苦地呻吟起来。数十个呼吸之前，他站在这仙符宗的高处，认为自己看得很远，然而此时，他却发现自己不过是只井底之蛙。

"没有用的。"黑袍老者突然抬起了头，痛苦地看着仙符宗宗主，摇头道，"我们仙符宗里发生的事情，改变不了燕国的结果。"

"哦？"仙符宗宗主笑了起来，"前天夜里，我梦见了一座山，那是座很小的黑山，来自于齐。我原本认为那只是梦境，但醒来时，却感觉到了真正的凉意，而那凉意来自于阴气。"

黑袍老者眼瞳里再次充满强烈的震撼和不可置信，问道："齐王之师，齐婴？"

仙符宗宗主无限感慨地笑了起来，他的目光脱离了仙符宗，投向远处的燕王宫。那里的树木也已开始凋零，然而他的脑海里，却出现了一幅新木初生的画面。

李道机持剑，走到乘天殿前，一路上没有人再阻拦他。

在乘天殿外，他遇到了跌坐在路边的苏秦。苏秦诡异而惨淡地笑了笑，猩红的唇角边又流出了些鲜血。

李道机微微蹙眉，握剑的手略微用力了些。但下一瞬间，他还是放弃了杀苏秦。

他推开殿门，走进了乘天殿。殿里到处都是鲜血，四名重伤垂死的人躺在血泊之中，竟没有一人昏死过去，仿佛是为了等待最后的结局。

看到推门而进的李道机，张仪愕然地瞪大了眼睛，他怀疑自己在临死前出现了错觉。

李道机对他微微颔首，然后径直穿过血泊，走到陈星垂身前。

陈星垂轻叹一声，闭上双目。李道机毫不犹豫地出剑，剑尖轻而快地落入陈星垂的心脉处，他毫无痛苦地死去。

等到李道机来到张仪的身前，俯下身体开始帮他开始施药时，张仪咬了咬舌尖。

"不要这么蠢，你还没有神志不清。"

"师叔？"张仪这才意识到眼前之人果真是李道机，催促道，"师叔你快先救他们。"

李道机笑了笑，这个蠢笨的白羊洞弟子，始终都在为他人着想。然而想到刚刚听到的某个消息，他嘴角浮现的一丝笑意迅速黯淡下来，那个比张仪聪明数倍的白羊洞弟子，

第十四章 符器兵人

怎么会死了？

关闭山门刺杀张仪，导致了仙符宗发生了史无前例的内乱，无论哪一方胜利，都将会彻底改变今后仙符宗的走向和命运。

除了与张仪性命攸关的战斗之外，仙符宗里还发生着许多场战斗或者对峙。从李道机出现，用剑连破数道符，杀死程青叶开始，到黑袍老者被仙符宗宗主真正说服，这场内乱才宣告结束。

数名擅长医治的仙符宗修行者从各处出现，为张仪等人处理伤势。张仪被人从乘天殿里抬出来时，遇到了也正在接受医治的苏秦，他竭力往上抬了抬身体，对着苏秦致谢，又问道："你为什么要帮我？"

即便有着同门之谊，苏秦也不可能拼着性命来救他。

苏秦嘴角泛起微讽，转过头看向长陵的方向，道："你或许还没有听说，你的师弟丁宁已经死了。"

张仪的身体骤然停住。微微抬起的姿态，对他这样重伤垂死的人而言，恐怕比坐起来还要困难。

"你说什么？"

"丁宁死了。"苏秦笑了起来，"他在战场上被人利用去破解天凉祖地的封印，结果死在了那里。正是因为他死了，我才必须要救你。只有你还活着，对于长陵的女主人而言，我才有价值，否则我就是一条被随意丢弃在这里的狗。"

"不可能。"张仪挣扎着，无奈用不上力反而让身体重重地砸在担架上。

"你得到了岷山剑宗的剑经，后患无穷。她先前还需要顾忌丁宁的感受，故而有意放你一马。"苏秦转头看着几乎无法呼吸的张仪，"否则她为什么要杀你？"

张仪的全身上下都是撕裂般疼痛，理性与直觉告诉自己苏秦并没有撒谎，但他却还是无法相信，他用尽了全身的力气，叫道："师叔！"

第十五章
向死而生

燕王宫。

书房外是花园,白玉为桥,池塘为缀。白玉上雕琢着龙凤祥云,美丽中散发着威严。

此刻,这花园里铺满了尸体的碎块和兵刃的残片,除了那座书房和白玉桥完好之外,其余景物都被天地元气撕扯得面目全非。

园中站立着数名强大的修行者,他们身上都带着恐怖的伤口,眼神中充满愤怒。他们身周的天地元气在剧烈湍动,变化出各种各样的光彩,将四周的墙壁照得透亮。他们手上的兵刃和飘浮在空中的符器,也都散发着森寒的光亮,愈发将他们映衬得如同神魔。

就在这时,有一道明黄色的身影出现在园中。随着他的行进,地面在微微震动,且有巨大的金属轰鸣声由远及近,这意味着此人携带着巨大的符器而来!"中术侯!"那数名强大的修行者中,冒出了一声厉喝,"你如此穿着,乃大不敬!"

那道明黄色的身影就是中术侯,他人到中年,仍旧面白无须,极是英俊。明黄色九龙袍只有王者才有资格穿戴,此刻却出现在他的身上;他远封他郡,此时却骤然回到王城,显然是要发动一场王位争夺之战。"都到这种地步了,还在意这些做什么?"他看着大门依旧紧闭的书房,温和地笑道,"王兄,难道真要等所有人都死光了,你才肯退位吗?"他的声音很温柔,然而在血泊之中震荡,却显得极为冷血强大。

书房的门依旧紧闭,内里没有任何回应。中术侯的耐心消耗殆尽,他垂着的右手就将抬起。就在这时,书房里终于传出了一道轻淡但极有威严的声音:"鹿山会盟之后,即便是楚国新王登基,也未引起叛乱。楚、燕、齐三国,若论安定,我燕是第一。别国都未有人敢反叛,我倒是想知道,为何偏偏只有你们,敢在我燕国叛乱。"

随后书房的门无声打开,一道同样明黄色的身影出现在门口。

中术侯双瞳微微一缩,嘲讽道:"王兄,要我说真话吗?你身为燕王,修为却比别国大王都低,哪怕是现今大楚那名实际掌权的女子,修为都比你要高。修为不够,便难以服众,也无法遏制别人刺杀你的欲望。若我成为燕国新王,便不存在这样的问题。"

"是吗?"燕王面上反而出现了一丝戏谑,"你的修为虽高于我,却不是燕国最强的。所以当有人梦见了一座山时,你却一无所察。我到现在才出来,并不是因为惧怕你或是心存侥幸,而是想彻底看清楚,到底有多少人坚定地站在我这边。"

中术侯的身体一寒,不祥的感觉悄然而生。随即他的右手迅速往上抬了起来,然而身体却微微僵住。

一片惊骇的叫声响起,接着从书房之后涌出一股浓厚的黑意。那股黑意如洪荒巨兽凭空出现,俨然一座黑山。黑山并不高大,却给人无比恐惧的压迫感。黑山上没有任何草木,却竖立着密密麻麻的墓碑。这些墓碑形制各不相同,但都缠绕着浓郁的黑色气焰。

这种独特的阴神鬼物来自于齐。只有齐国的那名宗师,才有这样的一座黑山。早在鹿山会盟之中,他已经向世人证明,他便是与会所有宗师之中,除了秦王之外的最强者。

中术侯看着这座黑山,眼睛眯起,眉毛骤白。他在燕地边城封地隐忍半生,谋划的便是今日之局,成功在即,却陡然有黑山降生,他焉能不急、不怒、不老?

燕王讥讽道:"片刻之后我的银峭军就会杀回来,你此时不降,还想做什么?"

听了燕王的话,中术侯叛军内部掀起一阵混乱,那些躲在暗处的修行者手中的森冷金属光芒开始散乱起来。中术侯冷峻的面容上也出现了一丝微讽和狂热的笑意。他看着燕王,道:"但我还是想试一试,他毕竟不是齐婴。"

黑山上的墓碑开始震颤,片刻后摇摆起来。灰尘和泥土在墓碑底部不断抖动,散发出一道道阴冷的气息。但那气息并没有冲向天空,而是朝着修行者感知不到的地下深处疯狂涌去。王宫内外,无数修行者骇然失色。在他们的感知里,这座黑山已经让整个王宫变成了幽冥地府,王宫里每个角落都弥漫着阴气,以至于一些符器和飞剑根本无法施展。

中术侯的黑发在这一刹那变白。只见他双手在身前向下虚按,随即有一枚细小而晶莹的金刚杵从指尖落下。金刚杵落地的瞬间,这片花园里的一切物件就此碎成了千万片,就连在刚刚的战斗中幸存下来的白玉桥也没能逃过一劫。

那数名守卫在燕王前方的强者全部口喷鲜血,往后倒飞。

燕王一声闷哼,身前的空气里出现无数细密的气泡,仿佛在水中沸腾一般。

紧接着,中术侯身前的地面上发出"咚"的一声闷响,那枚金刚杵已由指甲般大小变成一人多高的小塔。就在这时天空变得一片金黄，出现了许多条流焰，那是真正的太阳真火。整个燕王宫寒意骤消，仿佛酷暑来临。

齐国这一脉单传的黑山阴神鬼物之道，是天下最为诡异的修行手段，引聚的都是已去世修行者或强大异兽残留在世间的阴气，这种阴冥气息最惧的便是烈阳真火。

瞬息之间，已有无数道太阳真火坠在这座黑山上。黑山瞬间被穿透无数孔洞，数不清的墓碑被折断。被洞穿处，没有溅起泥土或者金石，而是涌起一股股浓烟。

中术侯体内的真元源源不断地涌出，使得他的身体变得透明，霞光万丈，犹如天神。

充斥王宫的阴气逐渐消散，团团围困住花园的叛军发出了阵阵欢呼。

黑山残破不堪，似乎随时会灰飞烟灭。然而就在此时，黑山一低洼阴影处缓缓裂开，里面露出一个黑发少年的身影。

黑发少年好似刚从沉睡中醒来，他面色苍白，双瞳很灵动，身上却没有一点温度，冷若寒霜。透过他苍白的肌肤，甚至可以清晰地看到流淌在他体内的黑色血脉，还带着些黑色的气焰。欢呼声戛然而止。

少年站了起来，他的黑发很长，一直拖到地上。他的面容很年轻，和丁宁等人年纪相仿，然而此时无论是他的身体发肤还是体内血肉，都充满了一种妖异而强大的气息。

就在他站起的瞬间，天空中出现了一片黑云。黑云遮挡住了天空坠落的无数太阳真火，让阳光不再刺眼。然后他完全睁开了眼睛，诡异的是，他整个眼球漆黑如墨，没有一点眼白。接着，他抬起脚步，朝着中术侯所在之地跨了过去。随即黑山化成了一蓬黑色浓烟，朝着他的身体收拢。

中术侯面容变得苍白，因为他意识到那座黑山和黑山主人的大部分境界和修为竟完全过继到了黑发少年身上。毋庸置疑，此时他对面的这名少年，直接跨越了七境的障碍，成为这世间最为年轻的一名宗师！

他厉啸起来，随即伸出右手，中指和食指之间拈着一片残破的薄薄符纸，朝着那少年划了过去。符意形成之前，天地间骤然浮起了无数墓碑。这片薄纸一出来，便将天地裁成了两半。无数墓碑被切成两段，化为黑烟。黑烟里，少年已经来到中术侯身前。

中术侯的眼睛眯成了一道细缝，涌出幽幽的火焰。他身后空无一物的空气里，凭空出现了一道影子。这影子很矮小，是个侏儒，但他的手中却有一柄很长的剑。这柄剑快到了极点，甚至不亚于澹台观剑的剑。只是一闪，这剑光便贴着中术侯的腰腹，刺入了少年的胸口，留下一个前后通透的伤口。

第十五章 向死而生

然而少年却没有死去,他的手里反而出现了一块很大的黑色墓碑,砸在了中术侯及那侏儒的身上。"轰"的一声爆响,中术侯和这名侏儒就像是被座黑山迎面拍中,两人口中鲜血狂喷,身体半陷在地里,如犁地一般往后犁去。侏儒的修为比中术侯差了许多,下一刻体内真元便散尽了,身体从内而外炸了开来。

在场所有修行者都极度震骇,即便是燕王,眼里也难掩震惊。

谁也不知道这名侏儒的来历,甚至没人看清他的面目,然而大家都知道他是一名可怕的七境剑师。但他却被这少年一击杀死,而且直到此时,那少年胸口上那个前后通透的伤口都还在。

中术侯的身体倒退数丈后终于顿住,体内发出了连续的爆炸声,一束束气流像利剑一样刺出。"这是什么功法?你怎么可能不死?"中术侯瞪大了眼睛问道。

黑发少年道:"没有人能不死,只是有些功法,是向死而生。"

"向死而生?"中术侯的身体震了震,下一瞬间,便垂头死去。

燕王听明白了这句话的意思,他神情微凛地看着少年,心中不自觉地生出敬畏。接着他抬起头看向王宫中一处殿宇——那是叛军中军所在,中术侯已死,叛军没了首领,并不代表没有新的主事者存在。

殿宇前方矗立着三座几乎和殿同高的玄铁塔物,玄铁塔物的表面篆刻着简单的符文,每座塔物上面都有十数个莲花座般的座椅,座椅上方盘坐着的都是六境的修行者。

那些修行者体内的真元持续不断地涌入这玄铁塔物的内里,以至于巨大的塔身里不断发出轰鸣声,就像是有岩浆在撞击塔壁。塔尖渐渐发亮,似乎有什么可怕的东西即将涌出。这三座塔前都站着数名修行者,为首一名修行者身穿青铜色铠甲,面容极为冷峻。他便是燕国的戍边大元帅于期!

许多边关的强大修行者能够悄然出现在这里,便是他辅佐中术侯的缘故。此刻中术侯战死,他便成为了叛军新的领袖。

于期是燕王最为器重的将领之一,统领燕国七处边军中的三处。谁都不知道他为何要背叛燕王,但无论出于何故,此时随着这三座通天塔的激发,他已经不可能停手。他宁愿最后战死,也要在燕王的银峭军赶来支援之前,设法将燕王杀死。

就在此时,他霍然抬头,只见天空变成了黑色,仿佛有一道无形的气体包裹住了这座殿宇,生生将这三座强大符器——玄铁塔物引聚的天地元气隔绝了。

忽然,一名黑衫男子从数名燕国边军将领之间走过,然后那数名修行者像被揉捏了的纸团一样，身体蜷缩起来，发出恐怖的骨骼爆裂声，很快倒下死去。

于期感知着那股来自天上沉重如夜幕的黑意，忽然明白为何那座黑山能够悄无声息地来到这王宫，因为这黑衫男子来自长陵。

长陵旧权贵、大齐、黑山……他的脑海中闪过很多凌乱的片段，然而思绪却异常清晰起来，说道："原来燕、齐早已并肩站在了一起。"

黑衫男子并不如他高大，却带着一种居高临下的意味，淡淡回应道："若不是秦王到了八境，在鹿山会盟时，他和郑秀……或许都死了。"

于期沉默片刻，道："我想得没有你们这么远。"

黑衫男子道："只是为了个人恩怨，注定不会成功。既然不可能成功，就不需要做无谓的牺牲。你与燕王的恩怨，只是郑秀整个计划里的一部分。你不必为了成全旁人的计划，而拖着很多忠于你的部下，包括他们的许多家人、兄弟，和你一起死。我可以让你活着，为了这些人，为了燕国而活着。"

于期苦笑道："此言有理！"继而，他发出了数道军令。

黑衫男子躬身对他行礼致谢，接着让开一条道路，让他带着部下离开。

燕王宫天空中的黑意还在，一名黄衫男子持伞站在燕都的街巷之中，双手微微颤抖。一片黄叶从他身后的槐树上飘落，却被他身上颤乱的真气震成粉末。

长陵王宫里，黄叶缤纷坠落如雨。

黄袍男子走过石道，异常恭谨地将一份文书交给王后郑秀书房外的宫女。在长陵，黄袍并不意味着王族，而是意味着王后家里人，意味着胶东郡。

王后看过之后，冷酷的面容上忽然生出一丝异样的情绪。自秦王即位以来，她亲手毁了巴山剑场后，渐渐觉得一切尽在她掌控之中。然而自从岷山剑会开始，她似乎就一直在败。她败得越多，"那人"在她心中留下的阴影便越来越浓，几乎要占据她的整个身体内里。

她将文书丢进身前火盆中，然后缓缓起身，走到王宫更深处那一座特别的刑房。

这刑房在先王时是冷宫，此时被一种叫作相思藤的植物密集包裹着，唯有一条道路可以进出。

这种相思藤寄生于周围植物身上，当那些植物全部被它们抽干养分死去之后，它们便开始互相寄生。相思藤互相寄生也遵从优胜劣汰的法则，力量强大的能存活，力量薄弱的被剿灭，所以最终会只剩下一株最为粗壮的藤蔓。即便那条最粗壮的藤曼失去最后

第十五章 向死而生

的宿主，它也不会扎根在泥土里自主生根，因此这些相思藤最终会全军覆没。

而此刻，这座冷宫里枯死的树木和藤蔓纠集在一起，活着的数十根藤蔓生机勃勃，紫红色的表皮仿佛能滴出血来。

申玄垂头站在暗红色的枯叶上方，听着熟悉的脚步声传来，面容未改，唯有双瞳被染成了暗红色，散发着某种妖异而狂热的光泽。

"对于你所说的顾淮死去的过程，我并不完全相信。我了解顾淮，如果他不具备战胜战摩诃的能力，绝对不可能冒险进入祖山。"王后停留在这座寝宫的门口，等待着他的解释。申玄沉默片刻，才缓缓说道："我的确有隐瞒的部分，我也对顾淮出了手。"

"为什么？你应该明白顾淮对于我和秦国而言意味着什么。"

即便这是申玄预料中的事，此刻他的身体依旧不可遏制地渗出寒意。他没有控制自己身体的反应，而是任其随着真实的恐惧微微颤抖起来。

"因为我有私心。"他深吸一口气，依旧垂着头，道，"我想活着回到长陵。"

王后睫毛微动，说道："顾淮都死了，你凭什么活着，你凭什么敢回长陵？"

申玄迎着她的目光，道："因为我觉得顾淮死了，我在长陵或许会变得更为重要一些……我不想这一生都拘在那暗无天日的水牢之中！"

王后道："更为重要一些？你到底想要什么？"

申玄道："中刑令！"

王后美丽的睫毛再次挑动，完美的面容也略微发白，怒意和寒意油然而生。

中刑令，这是一个在秦国从未有过的官位，是"那人"的设想。但在秦王即位，她正式成为王后之后，从没有人敢在她面前提及"那人"，以及和"那人"密切相关的设想。

申玄没有抬头，道："我带回了《续天神诀》。"

王后沉默起来，殿里的空气更为冰冷。

申玄屏息，他知道她是在权衡和思考，而他所能做的便是等待。

"那酒铺少年真的死了？"王后沉默片刻，看着他问道。

申玄艰难地点头，道："乌氏也能证明。"

王后道："但是你还需证明你自己的忠心……即便你带回了《续天神诀》，这也只是你用来交换的条件，我依旧无法完全相信你。"

申玄道："现在我就证明给您看。"王后满意地点了点头。

申玄躬身行礼，然后手上泛起一股精纯的本命气息，接着便有一片暗红色的枯叶从地上漂浮而起落于手中。渐渐地，那暗红色的枯叶泛出红玉般的光泽，分量也逐渐变得如玉石般沉重，且叶面上也开始布满很多随着他心意篆刻的文字和线条。

王后冷漠的眼眸深处出现了难以用言语形容的狂热色彩，因为这便是"那人"想要观摩，但最终没有得到的《续天神诀》。

当这片最终彻底变成红玉一般的树叶落在她的手中时，她的身体微微战栗起来。感知着其中玄奥的线条荡漾着的气息，她可以肯定这部典籍是真的。她没有再说什么，转身离开。"申大人，得罪了。"

一名黄袍修行者从藤蔓间走出，肆无忌惮地在申玄前方打开了随身备着的箱子，然后近乎粗暴地将一瓶药液灌入空心钢针，直接刺入了申玄脖颈上的一根血脉之中。

申玄发出了一声急促的闷哼，双脚如同铁锤一般往地面锤击了一记。

"申大人，这些手段，是您教会我的。同样，我在这里也是拜您所赐。和我相比，您还是幸运的，只要您能撑得过去，只要您稍后所说的话，和您之前对王后所说的一样，外面便会有大好的前程在等着您，所以大人您可不要记恨我。"

看着申玄的面孔痛苦得扭曲起来，这名黄袍修行者充满着残忍和快意。在接下来一刹那，便有一股强大的本命气息从他的身体散发开来，然后那些藤蔓骤然如巨蟒般涌动，很快便将申玄紧紧捆缚住，并将其垂吊起来。

接着十数根钢针不断刺入申玄的身体深处，从中涌入的不同药力，让申玄的身体几欲撕裂。不过瞬间，申玄已经血肉模糊，不复人形。

这里是大秦王宫中最隐秘的逼供场所，这名黄袍修行者原是申玄的部下，自从被安排在这里，终其一生只能困死在这冷宫之中。他没有顾及申玄的感受，用刑愈发冷血。然而，他没有想到申玄对他竟然毫无恨意。

在过往的很多年里，申玄都在等待着这样一个机会。他用了很多时间来练习……让自己可以承受住酷刑。此时他虽然承受着常人无法想象的痛苦，然而他的脑海之中却是始终保持着一丝清明，谁也不会看出，他血肉模糊的脸上，甚至还挂着一丝冷讽的笑意。

"你到底想要什么？"王后的声音似乎依旧在冷宫里回荡。

"尊贵的王后，我为您效力这么久，您难道就从来没有考虑过我到底想要什么？为什么某些人却知道我到底要什么？就如现在，您要用这样的手段让我证明，我在您的眼里始终只是一条可有可无的狗，和那些黄袍人没什么区别。"申玄冷讽地笑着。

第十五章 向死而生

第十六章
迎来新生

一辆马车正在通过一处山口。山口的这一端是秦国的疆域,另外一端则是楚国的疆域。

一名秦军将领骑在马上,看着那辆朝着楚地前行的马车,身后的红披风被山风吹得猎猎作响,如战旗招展。

"先前长陵发生内乱,我大秦在与楚国一战中战败,被迫割了阳山郡。这对于我秦军而言,是奇耻大辱。但在我看来,今日之辱更甚于阳山郡被割。"这名秦军将领垂下眼睑,面沉如铁地寒声道,"那酒铺少年的修为进境,以及在岷山剑会前后所做的一切,都足以令人敬佩。在这乌氏战场上,更是立下盖世奇功。然而他战死之后,唯一的亲人却被作为交易品送入楚国……兔死狐悲,以她那冷血的性格,不知我们死后,自己的身边人会有何等遭遇。"

"听闻当日骊陵君在梧桐落便索要这名女子,但却被那酒铺少年寥寥数句羞辱而回。当时那酒铺少年甚至还不是修行者,尚能保得住这女子。如今我们兵强马壮,反而要将这名女子送去楚国,真是可悲可笑。"

这名秦军将领身后有着许多和他一样骑马静待的将领,听着他这些激愤的言语,他们却都不做声。

马车里,长孙浅雪一如往常清冷地坐着。这是她第一次离开秦国,心情颇为复杂。

"我接受你的安排,只是认可你的能力,并不代表我已经原谅了你。"她心中如此作想。

马车前方马嘶声连成一片,长孙浅雪感知到了一种似曾相识的气息,她微微抬头,美丽得令人一见之后便难以忘却的脸庞闪耀出一层寒霜。

一支楚军严阵以待。交接文书之后，一名军师模样的中年男子掀开车帘，看了一眼长孙浅雪，然后才朝着数名楚军将领点了点头。然而接下来他并没有返回之前乘坐的战车，而是直接弯腰进入了车厢，在长孙浅雪的对面坐了下来。

中年男子颔首为礼，道："好久不见。"

"想不到你还活着。"长孙浅雪憎恶地转过头，看着被微风拂动的车窗帘子，清冷道，"林煮酒安排你来见我，倒是花了不少心思。可是除了多见过几次面，你和他们对于我来说并没有什么区别。"

中年男子微涩一笑，沉默了片刻，才认真说道："其实你不应该恨他，毕竟有些事情你并不了解。"

长孙浅雪皱眉，道："都是盖棺定论的事情了，再提这些还有意义吗？"

中年男子的面容更为肃然，点头回应道："任何事情都有是非曲直。林煮酒让我来见你，并非因为我曾和你同门学艺，算是你的师兄，而是因为我从不说假话。"

这男子名叫公输直，为人正直不阿，从不说谎。他也出身于长陵旧权贵门阀之家，曾经和长孙浅雪拜在同一个师父门下学艺，后来与巴山剑场交情匪浅。原本两相之中，有一个位置应该是他的。并非因为他的出身和修为，而在于他的直。

"当年的事情，你知道的不过是零星片段而已。"公输直看着沉默不语的长孙浅雪，慢慢说道，"商家主持变法，的确是他的主意。但是商家触犯了当时大多数权贵的利益，为了暂时避免大乱，平息一些人的怒火，商家便成了替罪羊。他那时在楚，收到消息之后便日夜兼程赶了回来，然而商家只剩了一名孤女。正因为此事，他才会和秦王处在决裂的边缘。世人皆认为他为达目的不择手段，其实他所犯的错误只是相信了郑秀。"

"那年和魏征战，他让郑秀留在长陵，是为了让郑秀约束秦王。其实那时他和你们公孙家的人，还有其余各家也都有所商谈，甚至已经具体到各家在将来的长陵所担何事，如何在外地封侯的问题。毕竟只要秦国的疆域能够继续往外扩张，地是永远封不完的。"

公输直看着睫毛开始跳动的长孙浅雪，深吸了一口气，又缓缓说道："然而他没有想到郑秀会和秦王站在一起。一夜之间四大门阀被灭，他根本不知情。而这件事情正是他和秦王彻底决裂的关键。他最后和郑秀谋划的事情，便是令巴山剑场顺利退出长陵。令他始料未及的是，秦王和郑秀竟会率先发难。"

长孙浅雪的嘴唇紧抿如线，唇角不断震颤着。许久，她才问道："你说这些事情，他完全不知情？"

"若是你连我说的话都不相信,还有一个人可以证明。"公输直看着终于开口说话的她,认真道,"夜枭知道这些事情和他无关。"

长孙浅雪抬起了头,道:"都是盖棺定论的事情了,再提这些还有意义吗?"

这是她第二次说这句话。

"当然有意义。"公输直看着她,轻声说道,"他急着赶回长陵,便是怕你不惜一切代价找郑秀拼命……然而直到最后他也没有想到,郑秀竟然那么冷酷,选择用那么多人的命,逼他出现。"

长孙浅雪沉默不语。

寒风拍打着车窗帘子,透入车窗的光线异常刺目,让人双眸发酸。然而公输直却并未就此停住,他继续说道:"你应该明白,他对你并非像对商家小姐一样,只是出于愧疚。他一直很欣赏你,但是他认识郑秀在前,便注定了无法接受你的感情,所以他只能将你视为红颜知己。在我看来,若是没有郑秀,若是他没有先遇到郑秀……他喜欢的人一定会是你。"

如此认真地讨论已不在世间的人当年到底喜不喜欢一个人,对一个人是纯粹的朋友之情,是知己之情,还是毫无察觉的爱情,似乎是件很无聊的事情。然而这对于公输直和长孙浅雪而言,却都很重要。

对于公输直而言,这是他最为尊敬,追随一生的人的最后遗愿之一。他很清楚当年的"那人"一直想找到长孙浅雪,解除长孙浅雪对他的误会。

对于长孙浅雪而言,在巴山剑场崛起,辅佐秦王变法之前,长陵最有权势的便是以公孙家为首的旧权贵。她是公孙家的大小姐,她的身份甚至比大秦的公主还要高贵。自从遇到"那人"的那一刻开始,她便无可救药地爱上了"那人"。然而"那人"却选择了和郑秀在一起,非但婉拒了她的爱意,还转头灭了公孙家。

公孙家不是没有有对付"那人"的机会的手段,却因为她和"那人"的关系,放弃了当初的某个杀局,任由"那人"成长起来。然而结局却是偌大的公孙家,最终只剩下了她一个人。现在公输直却告诉她,当年公孙家所遭受的灭门之祸,"那人"毫不知情。情意被拒绝,和被欺骗、被利用,是截然不同的事情。当年真相究竟如何?莫非自己这些年来一直蒙在鼓中?

"如果他不是至情至性之人,郑秀的方法绝对不可能成功。他不愿意看着旁人无辜受死,所以才会选择自己战死在长陵。你应该了解他的为人。"公输直继续道。

车厢里温度骤降，蓝黑色冰雪伴随着长孙浅雪的呼吸在车厢内部肆虐，恐怖的杀意在四处杀伐。长孙浅雪无比缓慢地寒声道："你的意思是我根本就不该怀疑他？他当时是整个长陵的主事者，年纪虽轻却是你们所有人尊敬的带头大哥，而我的家人却在长陵被屠灭，难道我就不该怀疑他吗？"

"时间会证明一切。"公输直知道长孙浅雪此时的修为可以轻易地杀死自己，但是他没有任何的畏惧，只是认真地看着她，缓缓道，"他战死长陵之后，秦王和郑秀焚书杀人，还不是想将所有过错都推在他的头上？从那时起，你就应该明白，这些事情并非由他一手造成。"

长孙浅雪深吸了一口气，车厢之中的蓝黑色冰雪消失无踪，继而，她清冷地摇了摇头，道："或许他是要置之死地而后生，九死蚕何等强大，说不定会有起死回生的手段。"

公输直用看怪物一样的眼神看着她，道："起死回生，那是逆天之法……恐怕和登上九境并无区别。谁能确保万无一失？若不能保证万无一失，又有谁会选择用自己的生死作为赌注？若是郑秀或秦王，必定会选择隐忍下来，觅一万无一失的时机再反扑报仇。"

长孙浅雪沉默了很久，道："这些年来，我唯一学会的事情，便是不轻易相信任何人。我想见一下夜枭。"

"只要你愿意。"公输直再次颔首，真挚地说道，"他应该更想见你。"

长孙浅雪的面容恢复了一贯的清冷，听着马车车轮的响声，她转头看着随着车厢的晃动而不断飘荡的马车帘子，轻声道："巴山剑场并没有真正消失……你能潜伏在楚国，又能令楚和郑秀达成协议，将我当成某种交易品安全送到楚地，这便说明，整个楚国实际上是你们巴山剑场的。"

公输直笑道："可以这么说。"

然而他的笑容十分惨淡，不见一丝骄傲。因为他很清楚，巴山剑场付出了怎样的代价。

岷山剑宗，雪线之上。百里素雪的身影比不化的冰川更寒。净琉璃站在他的下首，身体不断颤抖着。

此时百里素雪手中也有一片树叶。这片树叶同样呈暗红色，如干涸的鲜血一样，其间密布着玄奥的线条。

这片树叶是申玄回长陵王宫前送到岷山剑宗的。净琉璃很难相信那名酒铺少年已死，但若是他不死，《续天神诀》根本不会出现在申玄手里。此时，她想不明白的是，申玄

特意暗中送来这样一片代表着《续天神诀》的树叶,到底是什么意思?

"丁宁没有死。"

百里素雪开口所说的第一句话,却让净琉璃的呼吸直接一顿,猛然抬起头来。

"他是巴山剑场的人。"百里素雪补充道,"申玄选择了巴山剑场。"

净琉璃依旧无法理解,呆呆地看着百里素雪。

百里素雪面无表情地看着手中的红叶,任由它在寒意之中化为冰屑。

"《续天神诀》被改动过了。"

听到他的这句话,净琉璃终于反应过来,颤声道:"这是丁宁更改过的《续天神诀》……他故意让这样的《续天神诀》落到郑秀手中?"

百里素雪看着她,没有回答。

但对他无比熟悉的净琉璃已从他眼神中看到了答案。她的心中骤然升起一种难以用言语形容的狂喜之感,犹豫了片刻,终于问道:"师尊,当年你和巴山剑场'那人'之间到底发生了什么事情,你为何那么痛恨他?"

百里素雪与"那人"之间的事情,是当年的一段秘辛。

众人都想知道当年百里素雪和"那人"之间到底发生了什么样的纠葛,以至于"那人"想要进岷山剑宗一观都不可得。

对于此事,天下修行者做出过无数种猜测。大部分人都猜测,"那人"其实挑战过百里素雪,而百里素雪不敌,觉得此事是一生中最大的耻辱。所以后来"那人"想要进岷山剑宗一观,素来小气护短的百里素雪却闭门不见。

三人成虎,净琉璃在心里也逐渐接受了这样的说法。此时她将疑问诉之于口,然而百里素雪却沉默不语。她忍不住问道:"师尊,难道他真的挑战过你?"

百里素雪的嘴角浮现出了一丝笑意,眼睛里却充满了感慨和嘲讽的味道。他摇头道:"我没有和他交过手,我闭山门不见他,是因为他太蠢。"

"太蠢?"整个天下都知道昔日"那人"是天下独一无二的天才,无论是修行破境还是率军打仗,都无人可以与他相比肩。在净琉璃看来,即便是她尊敬到了极点的师尊,似乎也没有资格说"那人"太蠢。

"蠢就是蠢,陈年旧事,没什么好说的。"百里素雪转过身去,不再说话。

净琉璃看着百里素雪的背影,以为他在看着山巅万古不化的冰雪,却不知道他在看着长陵那目不能及的王宫。

阳光洒在长陵王宫深处的冷宫里。血一样的相思藤交错盘在殿顶。下方的刑床上，一道血肉模糊的身影，发出一声声凄厉的呻吟。

黄袍修行者有些遗憾地将刺在申玄血肉之中的细针一根根拔出，甚至连上头的鲜血都没有擦干净，便直接收入了铁盒。

两名负责记录的官员对着刑床上扭动的申玄极为尊敬地躬身行礼，在即将退出冷宫时，轻声对申玄祝贺道："恭喜申大人。"

这两名官员退去之后，又有两名官员快步走了进来。一名是年迈的医官，尽可能快地处理申玄的伤势；另外一名是年轻的衣官，携带着洁净身体的一应物什和一套全新的官服。

冷宫里血腥的味道被一些稀世灵药的独有气味所代替，申玄口中的痛苦呻吟也慢慢变为沉重的呼吸声。

"申大人，您再忍忍……苦尽甘来，您的荣华富贵都在后头……这样的药物，我这一辈子都没见过几次……王后对您一番苦心，想必以后定会委以重任。"年迈的医官在申玄的耳畔轻语，在他看来，唯有到了此时，申玄才会开始苏醒。

申玄的身体被逐渐清理干净，血肉开始新生，甚至连痛苦都被那清凉的药力压制下去了。然而这名年迈医官并不知道的是，申玄听到他的这句话时，嘴角却微微上翘，牵扯出一缕极尽嘲讽的笑意。

"最好的灵药能将血肉和修为补回，但是能补回一切吗？"申玄在心中冷讽地笑着。

上方殿顶的枯藤里，那唯一活着的数根暗红色的藤蔓吸食到了新鲜的养分，娇艳欲滴，其中一根甚至吐出了新芽。

当申玄在心中冷讽地笑着时，身穿淡黄色袍服的黄真卫正在角楼上沉默地凝视着一段正在建造中的墙基。

这城墙基础自东起，在整个长陵城的边缘绵延了许多里。只等山石运来，原本没有城墙的长陵，很快便会矗立起一座雄伟的城墙。除了那些如巨人一般耸立在长陵的角楼之外，这条城墙的高度将会超过长陵城里其余所有建筑的高度。

在远处的另外一座角楼上，数名将领也正沉默地看着黄真卫。

以前，墨守城是长陵守军的最高统帅。他死后，城守军便移交到了黄真卫的手上，

第十六章 迎来新生

于是黄真卫的权势便远超过其余司首和侯爷。

而此时,从王宫传来了新消息。原先掌管大浮水牢的那名酷吏申玄,竟然将会成为秦国的中刑令!

对一般的中下阶官员而言,中刑令三个字只意味着官位,然而对于经历过巴山剑场之变的高阶官员而言,这三个字却是惊心动魄的存在。

世人皆知巴山剑场推动了秦国变法,自此之后,秦国才日益强大起来。然而世人只知主事变法的是商家,却并不知李家也参与其中。

商家变祖法,李家变刑法。李家提出的一些关于刑法方面的设想,甚至超越了王权。中刑令则是"那人"的一个设想,是凌驾于各司之上的一个官位。

这些守城将的高阶将领无法理解王后为何会再启中刑令,但他们可以肯定,今后的长陵将会多出两大足以接近甚至齐平两相的巨头。一个是他们此时的统帅黄真卫;另一个便是从大浮水牢之中走出的申玄。

"南征北战,奢望封侯,到头来还不如刑房中走出的一名酷吏。"一名守城将冷笑着摇了摇头,说道。

"我们如何想并不重要。"他身旁的另外一名将领看了他一眼,淡漠地微讽道,"我只想知道圣上会如何想。"

天下人都知道,秦王自即位之后,大多时间都在闭关修行,几乎将所有政事都交由两相和郑秀处理。

对于郑秀,所有秦人的态度都很微妙。一方面,她对整个秦国的冷酷治理令秦国变得强大有序;另一方面,她的冷酷总会让人产生不快,就如她先前对墨守城的态度。除此之外,她的身上始终有"那人"的烙印,这是时光无法抹去的痕迹。这些年来,秦王选择抹灭和遗忘往事,然而郑秀所做的一些事情却让人不住想起"那人"。

眼下郑秀再启中刑令,秦王不会联想到"那人"吗?

"申玄?中刑令吗?"威严而幽森的王宫里,身穿布衣的秦王坐在榻上,淡然地看着他身前的一卷文书,平和地摇了摇头,然后闭上了双目。

对于郑秀所做的一切,他依旧选择视而不见。

王宫里很清幽,但是行走在里面的人看着秦王修行所用的静室,看着两相的相阁,看着后宫里王后书房所在的方位,都十分惊惶。他们觉得有大事即将发生,然而一切偏偏如往日一般平静。

王后所坐的桌椅往前移了些，更为靠近那个玄奥的天井，以及白色灵气缭绕的灵泉。灵泉里所有的灵莲花瓣都已凋零，结出了紧实的莲蓬。那些缭绕的白色灵气似乎都在朝着莲蓬中的莲子汇聚而去。而那每一颗尚未成熟的莲子，就像是一个个单独的修行者，透露着一种难言的灵韵。

王后的目光看似平静地投在天井中穿梭的迷离光线里，然而感知里却是一片惊涛骇浪。

星空高处，那一柄出自赵剑炉的本命剑，此刻艰难地穿过了最为稀薄的空气地带，缓缓地穿梭在寂灭的星空中。她的感知纠缠着这柄剑，努力让这柄剑接受以往她无法触及的星火的淬炼。

这对于她而言是全新的探索，也是极大的冒险。承载着她意志的小剑就如同汪洋中的一叶小舟，随时都有倾覆的危险。每一缕全新的星火落在这小剑上，小剑上的元气便会被灼烧出一缕烟气，接着，剑身便会剧烈地颤抖起来。

赵四的这柄本命剑，在经过她的日夜淬炼之后，近乎成了她的本命剑。剑的痛苦，通过感知作用于她的身体，她整个人也会痛起来。然而巨大的欢愉却在她的心底深处荡漾开来。

小剑上每一缕元气被灼烧，岌岌可危时，便会有星光被她的意志从四面八方引聚过来，注入这柄小剑之中。这些星光化为了元气，和残留在小剑上的星火结为一体，沉淀在小剑内里。小剑的表层偶尔有碎屑如同蝉蜕一般掉落，然而整柄剑却不见缩小。

这柄小剑从内而外似乎都在新生。而此时的她，也觉得自己在新生。

她是天之骄女，出了胶东郡之后，便遇到了"那人"。纵使她再怎么优秀，也不能超过"那人"。"那人"消失之后，秦王过了八境，她自然不是对手。无论是以前还是现在，她身上都带着"那人"或者秦王的烙印，自觉始终活在那两人的阴影之下。而现在赵剑炉足以承受她意志和星火淬炼的剑在手，《续天神诀》又将她带入了全新的天地之中，她这时的心境，才如第一天进入长陵时那般自由。

当那柄小剑迎来新生时，身穿全新官服的申玄正从冷宫中缓缓走出。深紫色的官服上面全是扭曲如锁链的纹饰。

这是长陵从未有过的官服。

他身上的伤口大多已结痂脱落，然而肌肤却凹凸不平，深浅不一，就像是皮肤下隐

第十六章 迎来新生

没着许多枯藤一样。新生的血肉依旧麻痒不堪，但呼吸着新鲜空气的申玄却莫名地笑了。

因为他终于迎来了属于自己的新生！

燕上都，一场由外王发动的叛乱已被彻底平定。

许多从外郡县赶来的军队开始撤离，民众重新忙于生计。这种腥风血雨的事情，上都的人见过太多，风雨过后，都沦为了茶余饭后的谈资。

数条在战斗中被毁坏的最为严重的街巷依旧在往外清理着尸首。一名身穿青铜色铠甲的大将疲惫地坐在一截倒塌的院墙上，看着不断被清理出来的部下的尸首，目光里的苦涩和无奈越来越浓。

这名大将便是燕北军大将范于弃。

人之一生想要成王封侯需要一些惊人的际遇。范于弃在这场叛乱中存活下来，接下来必定会成为重整军方的第一号大人物。然而他极为清楚自己最终能活着坐在这里的原因，一是来自于自己部下多有悍不畏死的勇士；二是因为自己战斗的这条街巷之中，正好有着数名强大的外乡人存在。

他抬了抬手，一名面目冷峻的部下便来到他身侧。

"交给那名叫王太虚的外乡人。"他随手取出了一片兵符，递给部下，缓声道，"告诉他，我欠他的情。"

第十七章
风中故人

一场大雪覆盖了阴山之北。

遭遇大败的秦军退到阴山之后,站稳了脚跟。随着后继的大量修行者和军队到来,秦军渐成反攻之势。然而这时乌氏军队却忽然退回荒原深处,渐盛的秦军反倒被厚厚的积雪阻挡住了反攻的脚步。

长陵还未结冰,乌氏边境却已呵气成冰。即便是修行者都需要消耗真元御寒,寻常的军士则冻得连思维都不能保持清晰,更不用说长途跋涉去战斗了。

数量惊人的军队围绕着数个边城安营扎寨,每天的消耗都很惊人,这对兵马司的运输能力和粮草调度能力来说都是巨大的考验。

东胡和秦国的边境处更为寒冷,一部分盐水湖早已连底冻住,但有一片淡水湖却并未被彻底冻住,湖底有大量的鱼群聚集其中。秦军的某支精锐边军,便驻扎在这个湖畔,依靠破冰取鱼的手段来解决食物匮乏的问题。

"谁也不知道她到底在想什么。如果和乌氏开战只是为了将长陵那么多修行者编入边军之中,付出的代价也实在太大了。这么多军队驻扎在乌氏边境,难道她想等开春之后再打?"

"一下子毁了那么多修行地,涸泽而渔。"

"至少等到四月下旬关外冰雪才会消融,这小半年……不说别的,多出的数十万张嘴在那里等着吃饭,我就不信粮食运得过来。"

秦国绝大多数人对于王后郑秀都是既敬畏又厌憎,尤其是远离长陵的边军。此时正接近出鱼时,数名团坐在马车上的秦军将领却没有去看那些出鱼的冰窟口,而是凑在一起,谈论着最新传来的一些军情。

"这有什么想不明白的？"一道略显稚嫩却威风十足的声音从一侧响了起来，"就像做生意一样，一间铺子新开，哪怕一样货品特别好卖，也需要小批量慢慢卖起来，看看发货运货和后面作坊造货能不能跟得上。我们行内话叫作转不转得起来。这转得起来，转得顺，才能慢慢加量。"

他稍稍一停，又接着说道："我大秦虽然连灭韩、赵、魏三国，但这里面到底是哪个修行地的功劳，你们心里比任何人都清楚。我大秦以剑立国，仅凭着修行者手中的剑，就收复了不少城池。这韩、赵、魏三国和我国最为接近，即便打了那么多年仗，我秦国运粮车跑的路途也不算远。若是我大秦的军队大规模到边境，兵马司却跟不上调度的话，那将来我大秦军队去攻打更远的楚、燕、齐三国，后面运送又如何能跟得上？郑秀又不笨，打乌氏也就是练练，转得顺了，接下来若是伐楚、燕、齐，便也顺了。"

几名团坐在一起的将领先是一怔，接下来便齐齐抬起头来，看向那个正指挥着一部分马车的年轻将领。

其中一名将领抄起一个在怀中温着的酒囊便丢了过去，出声笑道："谢长胜，你居然将这行军打仗之事比作生意！不过这形容倒也贴切，颇有道理。这样说来，若论智谋，我们加起来都不如她的一根指头。"

谢长胜挑了挑眉，旋开酒囊灌了一口，道："这酒太差，开春我得弄些好酒来。"

这东胡边关若是不逢战事，数百里难有人烟，平时鱼肉易得，酒却极为难得。在军中，这烈酒便是高阶将领对下属的最大奖赏，谢长胜反而嫌弃这酒不好。这些将领愣了愣，继而都忍不住哈哈大笑起来。

就在这时，湖面上的白毛风里陡然有些响动，这数名将领顿时呼吸一顿。接下来的一刹那，数声短促的哨声传了过来。

朝着那声音发出处望去，只见白茫茫的风里缓缓透出三条身影，当头两条身影弓着腰，佝偻的身子上头披着的厚厚白皮毛毯子，后方却是一条略显纤瘦的身影，穿着寻常的皮袄。

"不用担心，是我们关中人，薛忘虚收的最后一名学生。"谢长胜冷笑着出了声。

"沈奕？"这数名将领反应过来。

"谢长胜，你果然在这里。"

"这样的天气在这种地方找人，你以为你是七境的修行者吗？也不怕直接被冻成冰渣子。"

两名年轻人相见，一人惊喜交加，一人却冷笑连连。

见着谢长胜这种态度，沈奕顿时一滞。

"你来做什么？"谢长胜转过头去，看向出鱼处。

那几个冰窟之中白气缭绕，隐隐约约能听到大鱼扑水声。

沈奕僵立片刻，声音微颤道："丁宁师兄他……"

"如果你来这里，只是要特意告诉我，你的师兄在祖山战死这件事，那我只能说你实在太过愚蠢。"谢长胜沉下了脸，直接粗暴地打断了沈奕，"既然我能到东胡边军这里，难道我会不知道外面发生的事情？"

沈奕抬起头来，眼睛被风吹得有点红，但他却固执地看着谢长胜说道："我有几句话想单独和你说。"

谢长胜皱了皱眉头，对着那几名将领点了点头，便朝着下风口走去。一直走到四周苍茫一片，再无人烟处，听得寒风如刀般在耳畔呼啸而过，他才转身站住，看着沈奕道："说吧。"

"你可不可以，不要记恨王后？"沈奕看着他，认真地说道。

谢长胜眉头皱得更深："你说的什么白痴话？"

"你的所作所为，不只是代表你自己，还代表着整个谢家。"沈奕看着他，缓缓说道，"如果……如果我师兄要杀王后，甚至圣上，你会怎么做？"

谢长胜冷笑道："人都死了，你还和我说如果……"

"我师兄也问过我这句话。"沈奕轻声道，"他还告诉过我，如果他死的消息传出来，千万不要相信。"

谢长胜呆住。

"你先回答我那个问题，我才会和你说下面的话。"沈奕看着他说道。

"这不还是个白痴的问题吗？"谢长胜艰难地呼吸着，"我谢长胜向来帮亲不帮理！"

"你不听安排，早早跑到东胡边境来等我师兄，我师兄却临阵被迫去了乌氏，没有到这里。师兄走之前给了我一封函书，特意交代了这件事情。"沈奕的眼眶更红了些，"他料定若是他出了事，你一定会生事。所以他托我把他的钱袋交给你，还让我转告你一句话，你不是最会花钱吗，那你便把他钱袋里的钱全部花光。"

说到花钱，谢长胜若排第二，恐怕没人敢排第一。长陵的绝大多数年轻人都知道谢

第十七章 风中故人

家谢长胜最会花钱,以至于谢家为了管制他,甚至让谢柔负责监管他的钱财。

在这冷彻心骨的白毛风里,谢长胜沉默下来。第一次见到丁宁的时候,他便是在乱花钱。

"如果他死的消息传出来,千万不要相信……还让我把他钱袋里的钱花光?"一名酒铺少年能有多少钱?谢长胜微眯起眼睛,缓缓抬头,并没有伸手去接沈奕手中的钱袋,"真是他特意留了这些话,还是我父亲让你来的?你们是不是故意让我用挥霍的手段,去忘记他已经死了这件事?"

"风故的意思是风中故人来。"沈奕看着谢长胜,说了一句前言不搭后语的话。

谢长胜怔住,身体微微颤抖起来。在最后一次和他通信时,丁宁在落款处留下了风故二字。

沈奕看着他,说道:"我先前也不明白师兄这句话的意思,直到今天我才恍然大悟……难道师兄他从长陵出发之前,就已经料定了我会在这时候来见你?"

没有人能够真正地洞察天机。丁宁能到料到此时的情景,只是出于对谢长胜的了解。他知道谢长胜不会安安分分地待在岷山剑宗,定会来到东胡边境。东胡边境一到冬季便会刮起白毛风,沈奕此时前来,正是应了风故二字。

此时看来,丁宁早就有所设计。那这个钱袋里会是什么?谢长胜不再说话,伸手接过沈奕手中紧握着的钱袋,打了开来。

钱袋里面没有任何真正意义上的钱币,或者等同于钱币的明珠宝石等物,只有一些很古旧的玉片、牛皮或者绢纸等物,有的加盖着独特的印记,有的加以漆封、铅封。看清其中几件东西时,谢长胜的呼吸变得急促起来。

绝大多数人都不知道这些东西到底是什么,然而身为关中第一巨富谢家的独子,谢长胜却知道,这些都是凭证。

钱庄、赌坊,是最古老的生意之一。很多见不得光的钱庄和赌坊并不出名,但是却存积着大量的财富。而有些钱庄,自身并无惊人财富,只是替人保管东西。

即便没有那一句"风中故人来",光是看到这里面的东西,谢长胜也可以肯定,这绝对不是他的父亲为了安抚自己想出的手段。这钱袋里面的每一件凭证,都代表着惊人的财富。而这些财富,远超谢家所有。

谢长胜剧烈地咳嗽着将被风吹得冰冷的钱袋贴身放在胸口。在这个过程中,他的动作很慢,始终没有说话,心中却翻起了惊涛骇浪。

自昔日变法完成，秦王即位之后，任何商贾都不可能累积得出这样惊人的财富。只有那些旧权贵门阀，才会拥有甚至比一个王朝的宝库还要惊人的财富。

"长陵旧权贵？"

"原来你从来就不是普通人。"

谢长胜感受着钱袋上沁到肌肤上的寒意，微自嘲地摇了摇头，在心中缓缓说道。然后他抬起头，向沈奕问道："我的所作所为与谢家无关，但是你就不怕你的选择，会给沈家带来麻烦吗？"

极度的寒冷让人的思维变得迟钝，沈奕怔了片刻，才出声道："一日是师兄，终生是师兄。不论是丁宁师兄，还是张仪大师兄，都是我永远的师兄。至于我沈家，若是他们不赞同我的所为，恐怕早在我有所行动之前，家里面便会和我断绝关系。"

谢长胜微讽的笑容彻底消失，他在风里凝视了沈奕很久，然后对着沈奕行了一礼，道："我一直认为你资质平平一无可取，再加上你又喜欢我姐，我更认为你是癞蛤蟆想吃天鹅肉，所以对你没什么好印象。今日我才知道你也有令人生敬的地方。怪不得薛洞主要收你为关门弟子。现在想来，倒是我愚钝。如果早些时候选择拜他门下，也不知道他会不会收。"

沈奕慌忙回了一礼，想到薛忘虚，又想到丁宁和张仪，喉头忽然一阵哽咽，说不出话来。

谢长胜理了理衣衫，用黑巾将领口缠得更紧实些，然后缓缓说道："我之前便不相信他会死，现在听到他的这些安排，终于能放下心了。"

沈奕心中莫名一暖，但是眼神却依旧黯然。

"快出鱼了，凑得巧，你能赶上一顿大宴。"谢长胜转过头去，迎面的狂风让他眯起了眼睛。

他最擅长的便是花钱，他从不觉得如流水一般花钱有什么不对，但要花这样惊人的一笔大钱，如何来花，却是个问题。

"连郑秀都觉得你已经死了，但你偏偏未死，那你到底去了哪里？"谢长胜在心底问道。

"世上的人都以为你死了，却没有一个人想到你会在我这里。"一顶空旷的营帐里，一名正在精心煮着酥油茶的老妇人抬起头，看着安静坐在她对面等着喝茶的年轻人说道。

第十七章 风中故人

这顶营帐里的一切陈设都很简单,然而这顶营帐的外围,却矗立着无数营帐。而她这顶营帐便是外面那无数营帐的中心。

这名老妇人便是乌氏的太后,乌氏的真正掌权者。

"祖山的剑谱和你本人,的确显示了你们的诚意。但是,你为什么不担心我会杀了你?"老妇人和蔼地微笑着,往对面的年轻人碗里倒了一杯调好的热茶。

坐在她对面的年轻人,正是丁宁。

"你为什么确定我会配合你演这出戏,尤其是在我得知你是九死蚕传人之后。"在丁宁开口说话之前,她又补充了一句。

"因为当年的一些事情。"丁宁端起微咸苦的热茶,慢慢喝着。

"当年的事情?"老妇人微微一怔。

"当年秦王和郑秀承诺了很大的利益,最终在长陵设局杀他的时候,七境修行者云集,除了秦人,更多的则是来自天下其余各国的修行者。"丁宁看着微浊的茶汤,平静道。

老妇人感慨道:"'那人'恐怕也没有想到,为大秦征战一生,到头来反而是无数敌国的修行者到大秦境内来杀他。"

"'那人'太强,在大秦所有敌人眼里,他是最大的威胁,所以当时乌氏的七境也是倾巢而出。"丁宁喝光了手中的茶汤,抬头看着这名年迈的妇人,"当年在您的旨意下,乌氏最强的修行者进了长陵,最终也都死在了长陵。若论损失,当时乌氏折损十余名绝世强者,恐怕是各国损失最厉害的。"

老妇人惊讶道:"想不到你连这些旧事都知道。你既是九死蚕传人,又知道我当时倾尽全力要让他死,怎么还敢来见我?"

"当时的大势是天下人都要他死,难道巴山剑场要杀尽天下人为他报仇?"丁宁深吸了一口气,缓缓道,"他选择入长陵,便知道自己会死,这恩怨是因秦王和郑秀而起,便应该由他们结束。"

"你能如此想,便是最好。"老妇人看着丁宁的眼睛,诚恳道,"若不是秦王和郑秀给天下人提供那样的机会,天下间又有谁能杀得了他?当时天下人都知道郑秀是想利用各国的力量一起杀死他,但若是'那人'不死,任由他杀了秦王和郑秀,秦国会更可怕。以'那人'的天资神通,别说是我乌氏,恐怕连楚燕齐也都被灭了。所以,当年之事,各国和郑秀是在互相利用。"

说到此处,老妇人又顿了顿,露出了一丝苦笑,道:"当年那些惊世强者,在他面前竟然难挡一剑。他剑之所至，迎其锋者均被一剑杀死。可是那些宗师为了耗他真元，还是前赴后继地涌了上去。我国那么多强者宗师，都死在他的剑下。每次想起这桩旧事，我都心有寒意。"

丁宁沉默下来。

老妇人又感慨地叹息了一声，道："对'那人'，我心有敬意。但是当时他必须死。正因为他的过错，才给了天下人杀他的理由。"

丁宁淡然道："现在的大势是秦王必须死，这就是我敢来见你的原因。"

"先生您的到来本身便代表着最大的诚意，所以我愿意配合您演好这出戏，让天下人都认为先生您已经死了。"老妇人突然对着丁宁颔首为礼，连称呼都变得极为尊敬起来，"和先生交谈真是愉悦，我想多听听先生的见解。"

"即位之前，秦王给所有人的感觉都是资质平庸，无甚出奇。"丁宁看着她说道，"但是他既然能够不动声色地灭了巴山剑场，便说明他一直都在藏拙。他的修行速度并不算快，却偏偏到了八境。"

认真倾听的老妇人悚然一惊，道："先生的意思是秦王有可能达到九境？"

"不需要到九境。只要再往上一步，接近九境就足够了。"丁宁微讽地笑了起来，"秦国的舰队一直在海外遍寻灵药，只要能够找到一些足够让他的生机变得更为强大，真元变得更为雄厚的灵药，天下间就再也没有人能够杀得了他。若是真的让他走到那样一步，根本不可能有各国的修行者联手杀他的机会。"

老妇人沉默了片刻，忧心道："若是将来……巴山剑场是否会给我乌氏承诺？"

丁宁看着她，道："巴山剑场从不失信于人，更不会对不起朋友。只要乌氏真心和我们做朋友，你大可以放心。"

老妇人微为难道："乌潋紫太过年轻。"

"您有很长的时间可以教导他。"丁宁认真地朝着她躬身行礼。

再次抬起头之时，丁宁伸出了手，落向老妇人的手腕。老妇人微微一怔，却没有阻拦。在无数细微的声音响起时，她的身体震颤起来。她体内那些足以影响生死的痼疾，尤其是连天下最好的医师都束手无策的一块区域，正在被无数细物瞬间瓦解、吞噬。一种年轻的活力，重新回到了她的身体里头。

"这些年来，东胡的态度一直都很暧昧。即便是先前战时，东胡出兵也不坚决。"

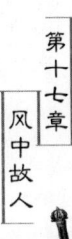

第十七章　风中故人

丁宁面容平静道。

老妇人深吸了一口气,点了点头,道:"他们的大王就是个废物。"

听着这么直接的评语,丁宁忍不住笑了笑,却又认真道:"当年东胡也有数人去了长陵,最终还有一个人活了下来。"

老妇人微微一怔。

丁宁收回了手,从袖中掏出一片木片递给老妇人,说道:"您将这片东西交给那个人,他会让东胡大王听从我们的建议。"

寻常的松木片上有几条浅浅的剑痕,但是这几条简单的剑痕之间流淌着的某种意味,却让这名老妇人的双目有些刺痛。

"先生之强,颇有令师风范。"老妇人又怔了片刻,才抬头看着丁宁说道。

"祝寿。"丁宁伸手给自己倒了一杯酥油茶,微躬身行礼,说道。

"谢先生赐福。"老妇人感慨地笑了笑,认真回了一礼。

夜风骤冷,苏秦剧烈地咳嗽着。他抬头看着高处的那一间房屋,自嘲般笑了起来。

对于先前席卷整个燕国的叛乱而言,仙符宗便是旋涡的中心,然而一场叛乱下来,仙符宗反而损失最小。就算是那些参与了叛乱,在仙符宗里表达了和宗主截然不同意见,甚至设法将宗主困在山上的人,仙符宗宗主都没有追责。

此时,苏秦身后响起了清晰的脚步声。他转身去看,只见月光之下,一名仙符宗的师长像是脚踏着星光走了过来。

"你来杀我?"苏秦面色微微苍白,自嘲的神色更浓,"是郑秀让你来杀我?"

这名仙符宗的师长讥讽地笑了笑,道:"方才你看山上,想必是在感叹大人物的气概。这些大人物的真正想法,又岂是你这样的人所能揣测的?"

苏秦笑着回道:"原来你不是来杀我的。我看着山上,不是在感叹大人物的气概,而是在想自己什么时候,才能成为那样的大人物。"

这名仙符宗的师长笑得眼睛都眯了起来:"野心太大容易早死。"

苏秦应道:"但我现在还好好活着。"

这名仙符宗的师长收敛了笑容,肃冷地抬头,道:"在杀张仪这件事上,王后对你的所作所为很不满。但总的来说,你的表现还算不错。她决定再给你一个效命的机会。"

说完这句话,他便从怀中取出了一个黄色的布包,递向苏秦。

苏秦的眼中闪现出异样的光焰，然而在他的双手触碰到黄色布包的同时，一股强悍的力量硬生生地冲入了他的心肺间。"噗"的一声，一口鲜血从他的唇齿间冲出。

星光点点，那名仙符宗师长已经只剩下了背影，充满嘲讽的声音却从山道上继续传了过来："我虽然无法忤逆她的意思亲手杀了你，但是你敢对我如此说话，我自然要好好教训教训你。"

苏秦口中不断咳出紫黑的血块。他艰难地抬起头来，看着那名仙符宗的师长，说道："我认识你，你的名字是韩星河。"

正在离开的仙符宗师长眉头跳了跳，他自然明白苏秦存了报复他的心思，然而在他的眼里，现在的苏秦和一条狗没有区别。他嘴角咧出一丝笑，径直离开。

星光消隐，日出。

一辆马车自临近长陵王宫的一座官邸中驶出，行向长陵城东。迎着初升的旭日而行，那辆马车似乎要融进金色的阳光里，直踏入那旭日中去。

马车里坐着的独臂官员便是申玄。

长陵的大小官员最为惧怕的有两个人，一个是神都监的陈监首，一个是监天司的夜司首。然而现在，这名狱官却凌驾于这两人之上，变成了长陵百官最为畏惧的存在。

申玄微眯着双目，享受着这和煦的光线。

行了许久，这辆马车才折返方向，到了一间小院前。

天朗气清，并无下雨之兆。然而却有数顶黑雨伞撑开，拦在申玄的马车前方。申玄拍了拍车窗沿，让马车停了下来，然后出声道："我想见夜司首。"

"此处是夜司首的私宅，不见客。"黑雨伞下传出一道很不客气的声音。

申玄面无表情地重复道："我想见夜司首。"

黑雨伞下的声音夹杂着冷笑："夜司首不想见你。"

申玄挑眉道："在长陵，我有权在任何时候见任何人。你若是再阻我，信不信我杀了你？"

那数顶黑雨伞下没有回音，此时后方小院里却有一道声音响起："你以为我不敢杀你？"

申玄起身，走下了马车。他的目光穿过拦在自己身前的那数顶杀意盎然的黑雨伞的缝隙，看向那紧闭着门的小院，认真微躬身行礼，道："正是因为长陵想要杀我的人太

第十七章　风中故人

多,所以我才来求见夜司首。"

夜策冷微讽道:"只可惜我也很想杀你。"

"今日过后,你会改变主意。"申玄说道。

院内不再出声,那数顶黑雨伞让开了一条道路。

申玄推开虚掩的院门,绕过影壁,便看到一名身穿白裙的女子背负着双手而立,散发着一种强大的气势。

"王后想让我活,但圣上那边有很多人不想我活,所以你必须保我不死。"申玄看着她,说道。

夜策冷看了他一眼,道:"说说看。"

只是轻描淡写的一句话,空气里却骤然生出了无数真实的杀意。

"有人托我从祖山里给你带了些东西。"申玄轻声说道,然后便闭上了眼睛。

小院里水渠缭绕,水汽很足,在他闭眼时,和他身体齐平的高度,骤然生出更多的水汽,有一种无边风雨的气息在生成。

夜策冷的瞳孔骤缩。

"这部剑经和你的天一生水很是契合,你修炼之后,境界将会大成。"申玄睁开眼睛,看着她的双瞳,道,"你应该明白,我不可能那么快参悟这样的剑意。"

夜策冷蹙紧了眉头,问道:"所以他并未死?"

申玄点了点头,道:"现在,夜司首可愿意保我不死?"

夜策冷沉默了片刻,突然笑道:"没想到我居然会和你这样的人站在一起。"

申玄真诚道:"我也没有想到。"

大雪压境。

一支军队静静地在荒原里守候,衣甲冰冷,如铁一般沉重。为首的一名将领手中牵着两条金索,金索的尽头是两头比寻常军士足足高一倍的雪猿。当嗅到风雪里终于出现的熟悉气息时,这两头雪猿同时咆哮起来。

"耶律大将军,风雪太大,不如到我的营帐里喝壶热酒。"

为首的将领身上的铠甲是纯金色的,一束束光芒就像是金黄色的阳光在燃烧,映入人的眼帘之后又像是橘红色的焰气在翻滚。他的面上戴着一个纯金的面具,上面有着数条独特的符文,晶莹的光点在其中流动。

"何必这般客气？"风雪里传出一声淡淡的，却蕴含着威严的声音。

"你是我东胡废黜的太子，又是乌氏的大将军，此时乌氏和大秦的战事尚未完全停歇，你不在乌氏领军，却到我东胡边境散步，我如何能不尽地主之谊招待一二？"这名东胡将领看着那名缓步而来，身穿着白狐毛大衣的男子，道，"望耶律大将军体恤我等，早早移步休憩，不要让我等陪着一起散步。"

身穿白狐毛大衣的男子便是乌氏的大将军耶律苍狼，此时他面容平静，看着这支在风雪里若隐若现的庞大军队和后方的广阔天地，淡淡道："东胡大王别的本事没有，立太子倒是厉害，连续立了五位太子，却都不满意，全部废黜。以至于别国都只有大王子，二王子，三王子……东胡却有大太子，二太子，三太子……"

东胡将领的语气骤然转厉："耶律大将军，您逃到乌氏，做了乌氏大将军，我王念及骨血之情不做追究，甚至依旧和乌氏结为盟友。怎么，您今日是来论旧账的不成？"

"不必紧张，我只是来送封信而已。"耶律苍狼平静道。

东胡将领摇了摇头，冷漠道："不论你想要送信给谁，我都不会让你过。"

耶律苍狼微微抬头，笑道："我知道你会跟着我，所以真正送信的人，此时应该已经将信送到那人手里了。"

东胡将领的身体骤然一震，身上的金光就像无数金索漫空飞舞起来。他霍然转身看向身后，只见那无边的暴风雪里，出现了一团巨大而巍峨的影子。

那是一座山，被东胡人当作神灵居所的冈波齐神山。

"你想做什么？"这名东胡将领僵硬地转过身来，看着耶律苍狼，缓缓道，"你想要把信送给谁？"

耶律苍狼看着他，并没有回答。并非因为他不喜欢这名将领，而是因为他对那人一点也不了解。

巨大的山体上有着天然生成的十字形的巨大阶梯。每一级高达数丈的石阶上都被万古不化的冰雪层层覆盖着，一条条如蓝黑宝石般的经络，散发着一种沧桑而诡异的力量。不只是空气，连天地元气都变得极为稀薄。

神山的底部靠近草场，一些苦修的僧人居住在里头的石窟当中。这些僧人尽可能地减少食物的摄入，追求精神世界的祥和喜乐。在暴雪来临的冬季，这些苦修僧人大都撤出了洞窟，仅剩下一名苦修者还住在山腰。

第十七章 风中故人

这个石窟并不深邃，在盛夏时节，阳光可以落到尽头。两侧的石壁上雕刻着数尊石像，随着岁月的侵蚀，石像已经看不出本来的面目了。石窟尽头放着一些深紫色的棉垫，垫子上结着寒霜，上面坐着一名干瘦的老僧。

感知到有人靠近，老僧猛地睁开了双眼。他看到一名背着剑的年轻人出现在洞口。那剑上独有的味道，让他精神一颤，喉间的声带在很多年未震动之后第一次发出了震响："你是长陵人？"

年轻人躬身行礼，道："晚辈厉西星，出身于长陵。前辈您的故人，托我带给您一件东西。"

"故人？"老僧疑惑地看着厉西星，问道，"什么？"

厉西星手中一片木片弹了出来，落向老僧身前。

当这木片在空中飞行时，老僧眼中精芒大作，两侧石壁上的数尊雕像发出了某种奇特的声音，元气稀薄的空气中灵气顿生，如喷泉一般从窟口往外喷去。

随着一阵金铁交鸣声响起，老僧站了起来。那木片停留在他面前，然后在他的呼吸间化为粉末，而那木片上的数根线条，却依旧存在于他的双瞳之中。

"原来如此。"老僧笑了起来，对着厉西星行了一礼，问道，"他还对我说了什么话？"

"希望东胡和乌氏交好。"厉西星回道。

老僧想了想，带着几分欢喜，道："好。"

话罢，老僧的身影一闪而没。

一种空明浩大的意味越过厉西星的身体，骤然远去。厉西星见过无数强者，然而这样的气息依旧让他呼吸一顿。

第十八章
各有图谋

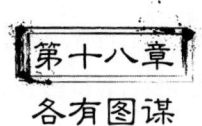

一座小山上，密布着许多建筑。这些建筑呈黄、白、深红三种色泽。这便是东胡的王宫。

东胡和此时其余各国不同，除了权贵之外，其余的全是奴隶。在王宫的底层建筑里，无数奴隶在皮鞭之下哀号哭泣，惨不忍睹。王宫外皆是手持金戈的军士来回巡察着。

一名赤足的老僧毫无征兆地出现在王宫的主山道上。

"你是什么人？"感应到这名老僧身上的强大气息，一名将领谨慎地问道。

"我要见耶律真应。"那老僧淡淡地说道。

耶律真应便是东胡大王。

这名将领还欲再问，然而这老僧人的脚步却根本未停下来。他不禁发出一声厉啸，山道上顿时金流涌动，无数军士从四面八方涌了过来。

老僧的手里握着一根黑黑的木杖，就像是烧焦的烧火棍一样。他的脚步慢了下来，身上那可怕的气息尽数消失，就像是一个完全不懂修行的普通僧人。然而那根木杖却聚集了所有可怕的气息。当这根木杖从那老僧手中递出时，没有一击落空。

无论是三境四境的低阶修行者，还是六境七境的高阶修行者，在他的这根木杖面前都没有任何的区别。一杖挥出，杖下之人便血肉横飞，就此死去。

没有人能阻挡住这老僧的一击，他就这样直直地穿入了王宫，出现在东胡大王的面前。在东胡大王惊惶至极的声音里，他十分从容地在其头上敲击了一记。"噗"的一声，东胡大王的头颅如一个纸灯笼一般轻易地爆了开来。

整个东胡王宫如风雪停歇般骤然死寂，老僧转身，沿着来时的山道走了出去。

厉西星带来的那一片木符上散发的剑意是直接二字，他修行多年，缺少的正是这样

的真意。若是赤足踏入河中也能渡过，又何必要踏着浮水芦苇？

既然整个东胡王宫都无人与他抗衡，他便直接杀了东胡大王。他此举相当于告诉东胡诸人，他便是东胡最强的修行者，必须按照他的意志来行事。

"和乌氏交好。"在走出王宫时，他才微转头，对着王宫里那些人说了这一句。

所有王宫里都不会有特别多的七境修行者。强者太多，对于王宫里大王的安危而言并非全然是好事。然而王宫里的七境修行者和七境以下的修行者也不会太少，甚至有很多修行者一生都在王宫里修行，修行境界极高，却不为外界所知。

东胡这座依山而建的王宫里，有一支极为隐秘的修行宗门的修行者，一生都能够得到仅次于大王的优厚礼遇，而他们存在的意义，便是守护王宫的安危。

整个东胡，没有人能够想象得到，在这些人的保护之下，竟然有一名修行者能直接从王宫主道杀入王宫，将大王杀死。

"那是来自神山的那名苦修者。"一名身穿深紫色僧袍，头戴金冠的僧侣看着那名手持木杖离开的老僧，颤声道，"他就是传说中我宗的那位师伯。"

在这名僧侣出声之时，一名衣衫褴褛的苦修者到了他的身侧，看着那名老僧的背影，缓缓点了点头。接着，他单掌竖起，对着那名老僧极为尊敬地躬身行了一礼，方说道："他昔日去长陵时，修为境界便已经让人难以企及，我原本以为他受重创而回，将在神山终老，没想到他反而修为大进。"

"法王！"

"大日轮法王。"

"阿难罗法王。"

当这名僧侣和苦修者相继现身时，王宫里响起了许多充满敬畏的声音，绝大多数人跪伏在地，以示虔诚。

东胡大王死去之后，这名僧侣和苦修者显然成了这个王宫里位置最高的人物。

"他为什么要这么做？"头戴金冠的僧侣看着那名老僧的消失处，嘴唇微微颤抖。

衣衫褴褛的苦修者叹息了一声，道："他毕竟未到八境，不可能以一人之力敌国。我们有无数肯为东胡而死的修行者，却没有多少愿意为耶律真应而死的修行者。他这样做，分明是想告诉我们，不论做什么事情，都要将东胡放在首位。"

头戴金冠的僧侣沉默了片刻，道："阿难罗，你觉得我们该如何做？"

苦修者毫无迟疑道："按照他的意思，和乌氏交好。"

头戴金冠的僧侣想了想，道："耶律苍狼在乌氏贵为大将军，咱们这就让他回来。"

苦修者点头道："好。"

头戴金冠的僧侣面容微松。他看着山道上遍布的尸体，眼中充满不忍，但是他心中却越发敬佩那名老僧。

当这名僧侣和苦修者的意见达成统一时，丁宁正坐在乌氏太后的大帐里，看着朵朵如重铅般砸地有声的风雪。

"没有意外的话，东胡很快会和乌氏结盟。"丁宁对着坐在厚毛毯上的老妇人缓缓说道，"对乌氏来说，最大的短处便是军粮和符器。"

老妇人微微一怔，苦笑道："想必先生已经发现我军近日正在限制口粮。"

"不需要再节粮了。"丁宁摇了摇头，道，"长期节粮，容易打击士气。这场大战死了很多人，又远道迁徙至此，若是连肚子都填不饱，军心容易不稳。到雪融之后，军粮和符器便不再是问题。"

"先生是说东胡会为我们提供援助？"老妇人疑惑道。

即便东胡愿意提供援助，然而东胡军粮本身也不富足，所能资助者有限。更为关键的是，丁宁还提及符器。乌氏除了一些天铁陨铁之外，少有矿藏和懂得制造符器的工匠，东胡也是如此，焉能为乌氏提供大量符器？

"等到今冬过去，明年开春之后，楚会开放和你们以及东胡的边贸。"丁宁看着老妇人，平静地说道。

老妇人陷入了难以用言语形容的震惊里。

"大多数军粮不会从东胡运来，但会无偿送至乌氏。"丁宁看着震惊难言的她，接着说道，"楚国会提供一些制造符器的矿藏和匠师。"

老妇人凝了凝神，沉思了片刻，道："楚国的时局并不稳，如此大张旗鼓，恐怕就连那赵妃都难以控制局面。"

丁宁摇头道："楚当然不会无条件付出，提供这些东西的钱财，会从秦国而来。"

"巴山剑场？"

"不只是巴山剑场。"

老妇人能够在乌氏将权势牢牢掌控在自己的手里，自然不是一般人，她只是深吸了一口气，便彻底想明白了。她盯着丁宁的眼睛，道："旧权贵。"

丁宁没有再说话。

第十八章 各有图谋

昔日长陵的旧权贵掌握着惊人的财富，当年那些庞大的旧权贵门阀纷纷灭亡时，其中大部分的财富去向，仍是个未解之谜。而所有的旧权贵门阀之中，当属吕家和公孙家财富最多。

"有些故事注定是不可复制的传奇，就如巴山剑场，就如长陵旧权贵。"老妇人感慨地笑了笑，"长陵的商人最会做生意，听说那些旧权贵的生意遍布各国，以至于吕家被灭时，秦王的军队马车往外连运了五天，才将吕家府邸里有价值的东西全部搬空。这是不是真的？"

丁宁点了点头，缓缓说道："吕家府邸里的东西只不过是吕家真正财富的十数分之一，后来吕家的大多数财富，应该还是落在了秦王手里，剩下的一部分便落在了郑秀手里。一国一朝，长不过数百年，短不过数十年，而一些宗门，一些门阀，却有上千年的积累。"

老妇人沉思了片刻，笑道："一王死而换朝，但一家有一人活便能继续延续，所以国易亡而家不易灭。只是要治国如治家，却无比困难。"

丁宁缓缓转过头，看着帐外的风雪，慢慢道："以法治，以仁治，以身代而想，方能长久。"

老妇人认真问道："当时的巴山剑场，或者说您的师尊，是如何想的？"

"雷厉风行，一统天下再治。"丁宁道，"然而这不过是设想罢了。经历了许多事情之后，方知一统而治的想法有许多局限之处。"

老妇人想着巴山剑场付出的一切，真诚道："在我看来，能有此设想，已经很不容易了。"

长陵的王宫里，有一片林。之所以说是林而不是园林，是因为这片林地在秦王的旨意下，没有任何人去管侍，杂树野草肆意地生长。

秦王修行的静地便在这片林地之后。而他修行静地的对面，隔着这片林地，是两相平日处理朝堂事物的阁院。

秦王依旧一袭布衣，席地而坐。他的对面坐着两名老人，一名身穿黑袍，身形瘦削面目阴冷，另一名虽上了年纪，却精神矍铄，温和从容。他二人便是高于各司司首的两相，负责协调处理秦国朝堂之事。

"为什么？"此时这两人，同时问了秦王这句话。

"没有为什么。"秦王看着这两名足以影响整个秦国的重臣，平静道，"无论她做了什么，这都是寡人的家务事。"

两相互相看了一眼，最终面相阴冷的严相出声道："圣上，您能保证这永远都只是您的家务事吗？"

秦王抬起头看着冬林上方的天空，继而将目光落在了严相身上："当年她自胶东郡而来时，应该是寡人最先出现在她的面前。寡人代表王城，她代表胶东郡，我们的结合才是天经地义的。但是在你的安排之下，她第一个见的人却是'那人'。为了要得到这天下，寡人才会任由你布局，让她经历那样一段事情。那些事情，寡人不想再深究，但寡人不会忘记你为寡人付出了什么。"

秦王的目光转向李相："她让申玄成为中刑令，不是为了让人想起你出身李家，却又背叛了李家才能坐到如此位置，而是想让天下人知道，你为了寡人，可以背叛整个李家。"

"如今寡人和你们身居高位，但这高位如何而来？只在于隐忍二字。在鹿山会盟之前，天下有几人注意到了寡人的存在？即便是在寡人即位之时，世上绝大多数人也都只是觉得王后冷酷而强大，几乎遗忘了寡人的存在。那时尚能做到隐忍，今日也应该做到。至于王后，寡人能容她，自然是寡人的家务事。"

"我不知道当年她和'那人'在长陵遇到并非偶然。"走出林地之后，李相看着身旁的严相，深吸了一口气，缓缓说道。

严相微讽一笑，道："年轻人的爱情往往盲目，成年人的爱情才讲究利弊。先来后到往往比天资优秀更为重要。她最不喜欢接受安排，所以即便受家里的要求从胶东郡而来，当时也未必会愿意和圣上联姻。"

李相沉默了许久。这件连他都不知道的事情，才是当年所有事情里最大的秘辛。正是因为这样的安排，胶东郡才和长陵站在了同一条战线上。

"你认为这些事情一直都会是家务事吗？"李相抬起头来，看着严相问道。

严相冷冷地笑道："你若是相信，何必来问我？"

李相摇了摇头，不再多说。

长陵的角楼上有淡淡的辉光闪耀。

王宫深处，王后微微抬起头来。她完美的容颜上荡漾着一层清辉，美丽的双瞳却越来越空泛。

似乎自从赵剑炉赵斩被发觉潜居在长陵，夜策冷从海外回归的那场暴雨之后，一切藏于淤泥之中的前尘往事便纷纷浮现出来。

朦胧的光线从天井中折射洒落，灵泉之中的白莲散发着更为迷离的光晕。恍惚之间，

第十八章　各有图谋

"那人"似乎从光晕中走了过来。

"你想成为什么样的人?"她依稀记得他这样问她。

她没有回答,只是反问道:"你想成为什么样的人?"

"天下剑首。"他傲然答道。

这份绝对自信的气度和那种难以用言语形容的气概,让他的身影在她心里莫名高大起来。

过了不久,他又问道:"想好你要成为什么样的人没有?"

她依旧没有回答。

他却道:"我所想的已经变了。"

在渭河畔,她惊诧地仰着头看着负剑对河的他,问道:"什么?"

"天下剑首,有些简单。"他微笑着说道,"天下一统,不复征战,则比较困难。"

"你到底想成为什么样的人?"最后一次问话时,他在那座天下各国强者堆积的尸山上。

他持剑指向王宫,而她躲在王宫深处不肯露面。声音破云而落,她最终选择了静寂无声。

"我想成为什么样的人?"郑秀轻声重复着这句话,眼中的空泛悄然消失,眼瞳再度变得和面容一样美丽而冷酷。

"我一直未想好成为什么样的人。我只是不想成为你们所希望成为的人。"她微微低下头来,轻声道,"若我也想成为天下剑首,难道要让给你吗?"

渭河之畔的一座重镇,位于长陵以南,相当于长陵的卫城之一。

这里的桐油工相当有名,往来商船常在此处修补船坞。只有连刷数十道漆油的船只,才可以抵御寒来暑往和水流侵蚀。

此时已至隆冬,河水结冰,并没有多少商客往来,这座小镇一时间显得有些清冷。

"嘎吱"一声,一间寻常的沿河小铺的铺门被强行推开,一道看似单薄的身体却带着一股霸道的寒意硬生生闯入了这间堆满了杂物的屋子。

"非请自入,极为无礼。"这间铺子靠墙处是一张床榻,榻上坐着一名男子,双腿裤管都是空的。他的头发极长,一直顺着背落到了身后榻上。他没有抬头,隐藏在乱发之中的双眼有如隐在鞘中的剑锋。

"赔礼。"强行推门而入的年轻人简简单单地说了两个字。

门边又露出一条身影，带着军中修行者独有的铁血和冷峻沧桑的气息。继而，数片云母刀币已经落在榻上男子的身前。

"礼太重。"长发男子微微抬头，隐约可见其皱眉。

"礼重不怪，只看先生给不给路走。"年轻人直挺挺地站着，"若是不给路走，我倒是可以用钱财铺条路走。"

长发男子忍不住笑道："你有多少钱财？"

"铺路。"年轻人吩咐道。

他身后那名高大身影一动，片片云母刀币层层叠叠铺满了这一间屋子的地面，连丝毫缝隙都没有露出来。

长发男子不由得动容。

"我知道先生先前住在鱼市。有人叫先生孙病，也有人叫孙鬼。李道机带回白羊洞的那柄残剑正是从你手中取得。但这些都无关紧要，重要的是先生有大才，而我有大财。"年轻人看着对面男子长发之中亮若星辰的双瞳，道，"钱财铺路，先生可尽用。"

长发男子丝毫没有掩饰自己的心情震动，如撕裂布匹般的吸气声此起彼伏。

"你是什么人？"

"谢长胜。"

"关中谢家？"

年轻人没有回答，却高傲地抬了抬头。数片霜花从他的发丝落下，他的面容在昏暗的房间里显得清晰起来。

长发男子笑道："果然是谢长胜。传闻那关中谢家少爷最会花钱，看来是真的。"

谢长胜依旧没有说话。

长发男子收敛了笑容，道："我在各国辗转，从未见过有人如此大方用士，也从未见过有人使用如此简单暴力有效的手段……然而我身有残疾，修为又不甚高，你想要我做什么？"

"胶东郡之所以屹立不倒，是因为他们有无数门客谋士。"谢长胜躬身道，"先生虽然有疾在身，修为也不高，但是您通晓诸多门道，不论在哪国都能安然存活下来。最为关键的是，您知道哪些人有用，知道如何招揽那些有用的人。各国各地强大的修行者比比皆是，但要让他们为我所用，却是个难题。钱财何用，我要请先生帮我花出去。"

说完这句话，谢长胜直起了身体，对着身后那人微微摆了摆手。

第十八章 各有图谋

"噗"的一声轻响,一个装米的布袋落在昏暗的房间地上。

看着内里散落出来的云母刀币,长发男子痛苦地轻咳了一声,道:"你的钱财倒真是多。"谢长胜淡然道:"这些不过是九牛一毛而已。"

"在想什么?"乌氏连营最大的营帐里,老妇人亲手泡着酥油茶,看着静静观看风雪的丁宁问道。虽是一国至尊,在年岁上也是祖孙之别,但是这名在乌氏拥有无上权势的老妇人却始终对丁宁执弟子之礼。

"我在想如何才能不急于求成。"丁宁侧转过头来,淡淡笑道。

老妇人疑惑道:"急于求成?"

丁宁道:"当年的长陵,便是事事过急。"

老妇人点头道:"现在的长陵也很急。"

丁宁道:"大齐积弱,最多只能出些宗师;大燕新乱刚平,你乌氏无力再战,但秦国大量粮草却已送往阴山边关……所以开春之后,秦必攻楚。"

老妇人面色微变,沉默下来,沏茶的双手竟忍不住微微颤抖。

"以战养战,是大秦最擅长的手段。"丁宁脑海之中思索着之前那张军情地图上秦军的运粮路线,以及那大秦十三侯之中数名王侯的动向,他深吸了一口气,缓缓道,"除非楚国的金戈军能来得及调到巫山一侧,否则楚必败。"

老妇人也深吸了一口气,沏了碗茶推至丁宁身前,道:"向焰的金戈军在楚边境最北端,春里绝对来不及赶回秦楚边境。"

丁宁默默地喝着茶。

老妇人轻叹一声,道:"用权财惑外国权臣、挑别国乱象以削实力……郑秀跟着巴山剑场那些人征战天下,手段倒是学到了不少。骊陵君回楚,无论是新君即位还是挑动叛乱,都像是她的左手和右手下棋。那赵香妃竟然能让楚国平定下来,真是出乎意料。今年楚北边境外蛮民领地大旱,蛮民在秋冬拼命涌入楚地劫掠,她是算准了楚大军会前去平贼,便先攻乌氏,转而至春伐楚。至于燕齐之乱,不过是锦上添花而已。这样的手段,真是深谋远虑。只有先生您这样的人,堪做她的对手了。"

丁宁喝光了酥油茶,平静道:"她的确学到了很多。"

"只要她的速度够快,哪怕大秦损失惨重,她的目的依旧可以达到。"老妇人苦笑道,"除了金戈军回师,可否还有其他办法?"

丁宁摇了摇头:"暂时还没想到。"

"那便只有争时。"老妇人沉吟道,"要让金戈军即刻回师不难,难的是如何拖延秦军的脚步。"

"当年太过急于求成,以至于犯下了许多错。有些错的确是他和巴山剑场造成的,但有些错,却是别人强加在他和巴山剑场头上的。"丁宁看着老妇人,道,"有一些事情,还没有翻出来。"

老妇人微微一怔,道:"那便将那些事情翻出来。"

"这不是我所忧虑的重点。"丁宁看着营帐外的风雪,缓缓说道,"现在郑秀表现得和以前完全不同,不论是之前采取强横的手段逼长陵修行地听从朝堂的调遣,还是接下来对乌氏的用兵,每一步都是在按照着她的计划走。而现在,她的反应太过平静,根本不像真正的她。她甚至没有开始真正的反击,这说明她还有着让她安心的一招隐棋。"

"你到底还有什么……连我都不知道的东西?"一道冰冷的声音,在丁宁的心中缓缓回荡着。

丁宁在看雪之时,楚国的王宫里,也有人在看着檐间的薄雪。

楚国的都城,尤其是王宫的建筑,精美绝伦天下公认。此时薄雪点缀,浓淡合宜,任何一处的景致都可入画,说是美到极点也不为过。

景美,看雪的人更美。

世所周知,楚国王宫里的赵香妃美得浓烈,就如世上最美艳的花朵,让人忍不住沉醉其中。她身上袭人的香气,更是为这寒冬带来了无数暖意。

书房里的火盆里,燃着丝毫不见烟气的兽炭,红得晃眼。骊陵君看着赵香妃美到惊人的侧脸,不知何故竟想起了傲雪的蜡梅,袖中的双手不由得渐渐握紧。

"你新设了兵符。"当骊陵君双手的指甲渐渐嵌入肉里时,赵香妃的声音终于响起,"现在连我要调用大军,都需要先领兵符了。不要说你新设兵符是为了防止有些人借名调军,形成内乱。"骊陵君的呼吸骤然沉重起来,他直视着赵香妃,声音不自觉地重了数分:"哪怕是设了兵符,你也可以随时调军。你要兵符,谁敢不给?设置了兵符,我会第一时间知道你想做什么。"

听到他隐含着愤怒的声音,赵香妃却连头都没有回转,而是缓缓道:"天下皆知,楚王好细腰,但你知道,楚王好细腰所为何故吗?"

骊陵君冷笑道:"我怎么会知道。"

赵香妃转过身来,正对着他,面上笼上了肃然的冷意,道:"楚王好细腰,楚人纷

纷仿效,久而久之,在整个大楚,女子皆以瘦、以细腰为美。大楚女子都节食,甚至连男子也是如此,但楚军选军士却并非这般,那些军士壮一寸便增一分俸禄。这实际上是节全国之口粮以壮军!"

"楚王好细腰,连工匠都迎合其喜好,无论造房还是制物,都追求纤细精巧。长此以往,匠师技艺越发精湛,我大楚制器才能位居天下第一。"

"大秦当年变法成功,国力强盛,而我国恰逢积弱时期,和大秦交战时,在军粮不足的情况下偏偏胜了,还占了阳山郡。其时每户所分的口粮极少,却没有饿死多少妇孺,正是她们长期节食的缘故。那些制器的材料很是贵重,一件军用符器若是造得更为精巧一些,便能省出不少钱财下来。这也是当年能够获胜的一大原因。"

"王之一举一动,都关乎国计民生。"赵香妃看着骊陵君,冷笑道,"你设立兵符,在紧急调军时多加了一道程序,有何意义?"

骊陵君的面色渐白,寒声道:"你是说我不够为王?"

赵香妃收敛了冷意,用同情的目光看着他,柔声道:"真正的君王,不会像你一样缺乏安全感。你始终担心有朝一日我会废了你,然而你也不想想,我若废了你,谁能容我这妖女称王?你我已然同命,你的担心毫无意义。"

赵香妃看着头颅渐渐低垂的骊陵君,接着说道:"自你在鹿山即位以来,我大楚大小叛乱已不下十七次,其中的十一次,都是因为那些人觉得你和我不够一心。这些叛乱,原本可以避免,都是因为你一意孤行,才导致许多人枉死。那些人都是我大楚的子民,即便是死,也要死在战场上。我不管你曾和郑秀有过什么样的约定,但你既然已经是我大楚的新王,就不应该任由郑秀摆布。"

赵香妃说完这句,便不再多说,只是静静地看着骊陵君。

骊陵君的身体颤抖得厉害,却说不出一句反驳的话。

"不出意外的话,明年春里,秦便会伐楚。"赵香妃忽然说道。

"什么?"骊陵君发出了一声惊呼。

"我要急调向焰回来。"赵香妃看着他,缓缓道,"你就留在这里仔细想想,身为王,如何做才有意义。我的命便是你的命,如果我死,你也休想在大楚好好活着。"

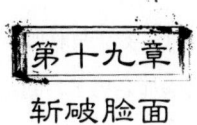
斩破脸面

长陵郊野。

随着道上一辆马车的行进，一间破败的小屋里，一名身穿黄袍的剑师越发兴奋，呼吸渐渐急促了起来。他的注意力和感知并不在那辆马车中，而在那驾车的车夫身上。那车夫原本跟随王后多年，但是忽然背叛了王后，离开了王宫。正是如此，他才得以继任，穿上了可以在长陵王宫里自由行走的黄袍。他全力追查许多，始终杳无音讯，直至今日，才终于确定了那人的行踪。

黄袍剑师此刻只想用最快的手段将对方杀死。当他确定马车上的人不可能逃得掉时，他肆意地呼啸起来，藏匿于袖中的一柄小剑发出一声震鸣，破屋而出。

道路两侧的冬林里霜意大作，两道比这名黄袍人的剑意更强的飞剑，一红一白，同时落向马车上那名车夫。

马车前方的两匹奔马感觉到了死亡的威胁，疯狂地嘶鸣起来，随即却被来自车头的巨大力量镇住，停在当地，四蹄如刨地一般，踩出无数浪花般的泥土。

车头上那名男子周围的空间里，时间好像凝滞了，带着凛冽杀意破空袭来的飞剑的速度一时之间仿佛放慢了许多倍。

面对这一红一白两道小剑，他从怀中取出了一面黄铜小镜，然后全力鼓动真元，朝着黄铜小镜上玄奥的符文灌注进去。下一刻，黄铜小镜上发出了无数如小鱼跳水的细微声音，无数道如弯月般的微黄色光亮绽放而出，轻柔地承托住那两道小剑，紧接着便将那两道杀意盎然的小剑彻底禁锢住。

小屋里的黄袍剑师走到了道上，看着那两道被困住的飞剑，面上却没有任何震惊。

对方追随王后日久，身上有厉害至极的符器不足为奇，且这两道小剑只负责将对方

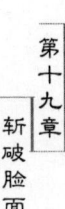

缚在此间，最终会有更为强大的修行者杀死此人。

一名女子的身影，随着无数枯叶骤然显现。

长陵的顶尖修行者之中，女子数量很少，然而但凡是女子，都极为可怕。此时出现的女子，是未央宫的主人潘若叶。

潘若叶看了那马车上的男子一眼，数十片枯叶飘飞而起，直接在空气里燃烧起来，化为一道道火线。这些火线没有落向那名男子，而是洒向周围的天地，径直切断了那面小镜和周围天地中元气的联系。

黄铜小镜骤然黯淡，两柄小剑开始继续往前。

就在此时，一道桀骜的气息忽然降临于道上。

潘若叶呼吸骤顿，眼中尽是不可置信。

那些火线骤然熄灭，黄铜小镜重放光芒，两柄重新开始加速的小剑立即悬停在空中。

林中的一名剑师心有所感，骇然地往前飞掠。然而一只手掌却轻柔地按在了他的身上。"啪"的一声爆响，这名剑师的身体爆裂开来。紧接着，一片碎骨从另一名剑师的双眉正中刺入，从脑颅后方带着一蓬鲜血飞了出去。

道上那名黄袍剑师的身体剧烈颤抖起来。在他的潜意识里，即便是大秦十三侯里以霸烈著称的横山许侯都不可能拥有如此桀骜霸烈的气息！他的瞳孔剧烈收缩着，一名女子的身影出现于眼帘之中。

这是一名身穿寻常道袍的中年女子，脸上两道伤疤触目惊心，像是戴了一个狰狞的面具。

"你是谁！"黄袍剑师颤声叫了起来。

"师尊？"潘若叶转身，看着这名骤然出现，一举便杀死了两名强大剑师的中年女子，疑惑道。

"师尊？"这名黄袍剑师刚说了两个字，一股暴戾的气息便落到了他的口中。他的头颅像一个熟透了的西瓜被人敲了一锤般，直接爆裂开来。

"师尊，这是为什么？"潘若叶无法理解一直闭关不出的师尊为什么会突然出现在这里，更不能理解她为什么会用这种暴戾的手段直接杀掉在场的这些修行者。

中年女子没有回答她的问题，只是看了那两匹还在暴躁不安的马一眼。那两匹马顿时一僵，爆碎成无数血肉碎片。

"你不是要说当年'那人'斩花我的脸的来龙去脉吗？"中年女子的目光投向车头

上的那名男子，缓慢而暴戾地说道。

潘若叶的呼吸再次一顿。这中年女子的身份早已被人遗忘，当年往事也被尽数尘封，但是潘若叶却很清楚被她称作师尊的女子昔日的遭遇。

被暴戾气息所包裹的男子抬起了头，并收了小镜，径直说道："'那人'斩花你的脸，是因为郑秀挑拨。"

中年女子闻言笑道："这个笑话一点都不好笑。"

她脸上的伤疤是剑伤，看上去很浅，但却被剑气和劲气掀掉了很多肌肤，切断了血肉和肌肤重新长在一起的可能。除了剑伤之外，她脸上还有很多道交错在一起的浅痕，就像是有人用利刃在她的脸上反复划来划去一样。她此时一笑，脸上的诸多伤痕牵扯在一起，像一朵分外恶毒的花，绽放着无数负面的情绪，暴戾而狰狞。

一股桀骜力量落到了男子的身上，这名跟随着郑秀从胶东郡来到长陵的黄袍使者知道自己随时会被这种力量撕扯成无数的碎片，但是他的笑容却很平静，带着一丝冬日阳光的味道。他直视着身前的中年女子，认真道："事实就是如此，你和郑秀情同姐妹，但郑秀却挑拨'那人'斩花了你的脸。"

中年女子的笑容尽数消失，她用居高临下的目光看着这名男子，仿佛在看着一只蝼蚁。

这条道路周围一切生灵纷纷逃离，周遭一片死寂。

潘若叶的面容变得越来越苍白。她看着自己师尊脸上那触目惊心的伤疤，想着如果这名男子说的是真的，那师尊将会做出什么样的事情？

中年女子漠然道："他特意来找我比剑时，还未和郑秀结识。"

"不错。"那男子点了点头，接着说道，"当时你与郑秀也未见过面，但对于郑秀而言，你早已是威胁。你是陈国王室之后，虽然陈国不复存在，但你的身份地位以及背后势力，不亚于长陵旧权贵家的千金。最为关键的是，你姿容不凡，修剑天赋极高，长陵那些旧权贵家的女儿望尘莫及。"

中年女子的眼瞳中闪现出某种怪异的光泽，应道："可是我脾气极差。"

"对于一些人而言，脾气暴躁等同于直爽。"那男子继续说道，"尤其是对于那些本身便放荡不羁的天才们而言，这反而会成为优点。"

地上无数尘土涌起，中年女子突然冷笑起来，身上的衣袍猎猎作响："所以你的意思是，在我和郑秀素未谋面时，她就已经将我当成了对手？"

那男子恭敬而认真道："的确如此。你们并不知道她在胶东郡的成长经历，所以才

第十九章　斩破脸面

不能理解我说的这番话。"

中年女子的眼睛微微眯了起来，问道："你为什么要背叛她？即便你是她的奴仆，实际地位恐怕并不亚于那些司首。"

"你有这样的疑问，还是因为你不了解胶东郡，不了解她的成长经历和她家里人的手段。"那男子深吸了一口气，缓缓说道，"你们不了解这些，我便无法解释清楚。"

"你最好快些说。"中年女子漠然道，"我没有多少耐心。"

"胶东郡也是旧门阀，实力雄厚，然而外王出身，始终无法跻身长陵。在长陵那些旧权贵眼中，胶东郡不过是上不得台面的乡下人而已。"男子也不废话，径直说道，"实力和地位不成正比，自然容易滋生畸形的野心……胶东郡不只是想跻身长陵门阀之列，还想彻底压倒那些曾经看不起他们的旧门阀权贵。就如巴山剑场的崛起要靠几名逆天人物一般，胶东郡的崛起，终究需要靠郑秀这样的人。"

"你们只知道胶东郡郑家出了她这样一名天赋极高的修行天才，实际上，她这一代，加上侧室所出，一共有四名修行天才。胶东郡花了十五年的时间，养蛊一般，才养出了郑秀。"他顿了一顿，继续说道，"所有人都说她冷酷，然而她若是不冷酷，离开胶东郡来长陵的便不会是她。"

中年女子的眉头微微蹙起。

潘若叶的呼吸却不由得急促起来："你的意思是，她其实有数名天赋同样惊人的兄弟姐妹，然而在她家里，只有最强者才能生存下来，所以她为了活着，才会拼命提升自己的修为，同时凶残地杀害自己的同胞？"

那男子点了点头，接着说道："她家里的长辈在用各种极端的方法挑选一个可以进入长陵的人时，也教导她们如何来挑选自己的部下，如何控制部下效忠。"

"控制部下效忠？"潘若叶觉得这句话很别扭。

那男子道："在她看来，部下和她之间并没有值得信任的永恒不变的东西，所以即便是忠心，也需要控制。对她而言，家人便是最重要的控制手段之一。所以她为了让我一直忠心于她，杀死了我原先的家人，然后又设法给了我新的家人。"

潘若叶的呼吸一顿，一时说不出话来。

"未成为修行者之前，我只是个普通的读书人。举家出游时，不幸遇到了流寇。我全家被杀死，只有我被她家里人救了下来。数年之后，我重新拥有了新的家人，然而我却在无意间查到了当年的真相。杀死我家人的流寇，包括我新的家人，都是出于她的安排。"说到此处，那男子苦笑起来，"说起来你可能不信，当时她只不过才七岁……只是一名七岁的孩子啊，就已经能够完成这样的事情了。"

潘若叶的身体莫名一寒。

"郑秀从来不是那种无忧无虑游山玩水的门阀千金。"男子面容惨淡地看着潘若叶和中年女子，"她来长陵，便代表着整个胶东郡的利益和野心。"

"你说的这些我只能当做故事来听。"中年女子看着坐在车头的男子，继而又将目光落在他身后关闭着的车门上，不耐烦道，"想要让我信服，就把证据拿出来。"

男子微微颔首，不再言语，转身打开了车门。为了让中年女子看得更清楚，他索性下了马车，让阳光照进车厢。

车厢里坐着一名衣着朴素的女子。这女子初时还算镇定，但是当阳光洒落在她的身上时，她的身体却开始颤抖起来。

看到那车厢中的女子脸上也有一道剑痕时，中年女子的眉头顿时皱了起来，问道："你是谁？我认识你吗？"

车厢里的女子身体颤抖得更为剧烈，一时竟发不出声来。

"陈国女公子纪青清，你在长陵的朋友不多，对你而言，郑秀算一个，你的师妹许若忻自然也算一个。"男子垂首恭谨道，"想不到你连自己的师妹都不认得了。"

风声骤停，万籁俱寂。

"师妹？"纪青清的声音犹豫不决，却带着一股惊心动魄的力量，似乎一下子将她和车中的女子许若忻拉到了许多年前的长陵。

"你脸上怎么也有这样一道剑痕？是谁在你脸上斩了这样一剑？"纪青清继续出声问道。

车厢里的那名女子情绪波动得更为剧烈，微微抬头看着纪青清，却说不出一句话来。

男子出声道："你应该看得出她脸上的剑痕是什么剑意形成的。"

纪青清的目光不由自主地落在了许若忻脸上的伤疤上，继而她的瞳孔瞬间收缩，诧异道："斩情丝？"

那男子缓声道："那时的长陵，只有你和你师妹二人领悟了这道剑意。"

潘若叶的身体越来越寒冷，此时听到这句话，她的呼吸更加不畅！

"那时师尊已经去世，的确只有我和你二人会这道剑意。既然不是我斩的，便说明

是你自己斩的。"纪青清盯着许若忻的眼睛,声音骤然冰寒起来,带着一种残忍的意味,"那么师妹,你告诉我,你为什么要在自己脸上斩这一剑?"

那男子想要出声,然而一股暴戾的气息却压在了他的喉舌之间,继而一道无比冰寒的声音传了过来:"若是不想死,就让她自己说,让她亲口告诉我。"

"师姐。"车厢之中的许若忻身体颤抖了很久,终于发出了声音。

纪青清的脸转到了一边,冷漠道:"说!"

"《陈王剑经》。"许若忻忽然趴伏在车厢里哭了起来,"《陈王剑经》在胶东郡郑家手里,郑秀以《陈王剑经》为交换条件,要我在自己的脸上斩上一剑,让一些人看到,然后离开长陵。"

"然后呢?你就真的在自己脸上斩了这一剑?"纪青清笑了起来,"再然后你就让巴山剑场的那些人看到了你脸上的剑伤,让他们尤其是王惊梦认为你脸上的那一剑是我斩的?"

车厢中女子泣不成声,却点了点头。

纪青清的笑容更加讽刺:"然后她就设法再传些消息到王惊梦的耳中,让他觉得我是嫉妒师妹你的才能和美貌,才会下手逼你离开长陵……再加上我的脾气本来就暴躁,所以他便信以为真?"

她的声音在道间不断萦绕,却久久没有人应声。

"为了师门的一部剑经,值得吗?"纪青清继续讽刺道,"《陈王剑经》虽然强大,但却比不上《九死蚕神功》和《孤山剑藏》,即便得到也绝不可能天下无敌,最多只能压过我。师妹,你争的到底是什么?"

依旧无人回答。

"师妹。"纪青清的笑容更显嘲讽和狰狞,"既然你和她完成了这样的交易,如愿得到了师门重宝,为什么还会为了她的一个下人来这里,像一条狗一样在我面前哭泣?"

话音刚落,那男子喉间一松,那股暴戾的杀意离开了他,却落到了许若忻的身上。

许若忻身体一僵,出声道:"她不想再让人知道这件事情,所以她想让我和《陈王剑经》一起消失,而不是离开长陵。"

"是我让她活了下来。"那男子补充道,"她欠我一条命,所以才会随我出现在你的面前。"

"王惊梦又不是猪,仅凭一些传言,就来斩我一剑?"纪青清狞笑道。

"不止一个人给了他这样的假象。"那男子缓缓说道,"他那时虽然和郑秀还未结识,但是顾淮和郑秀已经结识……而顾淮是他信任的朋友之一。"

"顾淮已经死了,死无对证。"纪青清深吸了一口气,缓缓呼出,冷声道,"一个像狗一样替郑秀做事做了很多年却一心想要复仇的奴才,一个看上去连狗还不如的师妹……当年你为了师门秘籍算计我,现在也能因为别的诱惑而欺骗我。"

那男子抬起头,看着这名强大而暴戾的女子,道:"还有一个人能够证明。"

纪青清神情漠然道:"谁?"

那男子认真道:"百里素雪。"

"百里素雪?"纪青清慢慢垂下眼睑,道,"如果连他都说这件事是真的,我自然会相信。只是,我和百里素雪没有任何交集。"

"那只是你认为而已。"男子摇了摇头,无视她流露的杀意,"很多事情在你不知道的情况下,就已经发生了。"

纪青清看着他,冷笑道:"就算他知道当年的一些事情,你怎么确定他会对我解释?"

男子微嘲地笑了笑,似乎是在嘲笑当年发生的一些事情,又像是在嘲笑纪青清的无知。

然而不知为何,他这样的神情流露并未让纪青清发怒。纪青清冷漠地转过头去,看了面容极为苍白的潘若叶一眼,说道:"你可以走了。"

"走?"潘若叶呆了呆,颤声道,"师尊,我不明白您的意思。"

纪青清的嘴角再次浮现出残忍的意味:"你是郑秀的人,我无法相信你……或者说,我现在无法相信任何人。"

"师尊,我……"潘若叶不知到底该说些什么好。

纪青清冷漠道:"你可以回王宫,告诉郑秀我杀了这些人;你也可以选择到你喜欢的地方……总之,我不想看见你现在留在这里。"

一股杀意落到了潘若叶的身上,她微微一颤,继而对着纪青清深深地躬身行了一礼。

"把马车里的人带走,随你处置。"在潘若叶动步之时,纪青清冷漠的声音再次响起。

潘若叶微微犹豫了一下,没有再说。黄叶飞起,她略显单薄的声音和车厢中女子的哭泣声终于消失在道间。

"其实你不像传说中的那么暴戾。"男子深深躬身,道。

"你有什么资格说这话?"纪青清冷笑道,"即便你说的一切都是真的,当年的那

第十九章 斩破脸面

些事里,你也是她的帮凶。在传说之中,我生得不好看,却极度爱美,甚至嫉妒爱美之人,性情暴戾自命不凡……这些传言都是谁造成的?尤其是王惊梦在我脸上斩了一剑之后,这样的传言都变成了事实。然而真正的事实却是,我什么都没有做。"

纪青清的记忆忽然回到了许多年前。那时候她的脸未花,虽不至于长陵无双,但也是绝美。那时候她的天赋虽不算长陵第一,但也是那最前列的寥寥数人之一。然而现在呢,一张残脸,再无风光可言。

"既然你说很多事情在我不知晓的情况下已经发生,那你告诉我,百里素雪到底做了什么和我有关的事情。"纪青清冷声道。

"那是很多年后的事情了。彼时韩已灭,赵苟延残喘。"男子看着她,说得很慢,"百里素雪和王惊梦在天竺溪畔竹庐相见,二人谈了一些事情,其中就包括你的事情。他二人意见不合,百里素雪因此与王惊梦决裂,从此紧闭山门再不见他。"

他的声音很平稳,然而纪青清的身体却震颤了起来:"你说什么?"

"天下人都知道百里素雪和王惊梦交恶,却不知其中的原因。只有我一个人知道百里素雪和王惊梦曾经是好友,现在你是第二个知道的。"男子异常感慨地看着纪青清,说道。

"这简直是荒谬!"纪青清寒声道。

"很多荒谬的事情,都是出自人之情感。"男子笑了起来,"百里素雪曾喜欢漫无目地在长陵的街巷之中穿行,而王惊梦在进入长陵之后不久就遇到了百里素雪,二人相见恨晚,互相视对方为知己。当年百里素雪发现了一些有关胶东郡和郑秀的事情,包括你的那件事……他最后一次在天竺溪和王惊梦在竹庐相见,便告诉王惊梦,郑秀并非王惊梦所想的那般美好,然而王惊梦却不肯不相信。"

纪青清沉默不语,面容却变得微白。

男子接着缓声说道:"王惊梦总以为每个朋友都值得信任,尤其是他挚爱的女子,所以他让百里素雪今后不要在他面前再说那样的话。"

纪青清下意识问道:"然后呢?"

"然后,百里素雪切断了自己和王惊梦所座的竹席,径直回了岷山剑宗,关闭山门,再不出山。"男子深吸了一口气,缓缓呼出,惨淡一笑,道,"我虽不是百里素雪,但我想那时他一定生气到了极点,悲伤到了极点。"

纪青清沉默了许久,然后抬头看着这名男子,缓缓说道:"你的意思是,只要我见一见百里素雪，就能确定当年真相。"

"其实在你看到你师妹时，你心中已经有了答案。"男子看着她，说道，"你只是想弄清楚更多事情罢了。"

纪青清微讽道："当时长陵比我更出名的女修行者也有数名，想不到她这么看得起我。"

"胶东郡地处旧权贵难以掌控的边远之地，直通海外，出产丰富，但是旧权贵门阀在长陵和关中一带的势力、财富，以及外通六朝的底蕴，并非胶东郡所能比。"男子谦恭地轻声说道，"胶东郡想要和旧权贵门阀一争长短，必须要有特别之处，而他们所靠的并非权财，而是谋和信。"

"谋和信？"纪青清微微蹙眉。

"这谋和信并非是计谋和守信，而是谋士和讯息。胶东郡养有许多门客谋士，专门负责收集讯息，暗中刺探情报。"男子顿了顿之后，接着说道，"不只在长陵，胶东郡在关中和各国，甚至一些蛮夷之地都布有许多密探。每年都有不少胶东郡选拔和训练出的幼童和年轻人被分别送往天下各地，直至今日依旧如此。在被旧权贵门阀鄙夷排挤的数十年间，胶东郡所做的一切就是编织了这样一张网，同时等待着郑秀这样的人出现。"

那男子又补充道："早在郑秀还在胶东郡时，她的命运便被人安排好了。原本在胶东郡那些人的安排里，郑秀应该和百里素雪在一起，而不是王惊梦在一起。"

纪青清身体微微一震，突然笑道："胶东郡是想取代天意，安排每个人的人生？"

男子未管她言语里的寒意和嘲讽意味，只是平静地述说道："虽然那时王惊梦已露锋芒，但在胶东郡看来，百里素雪远比王惊梦和秦王更有优势。百里素雪的天赋不亚于王惊梦，岷山剑宗又在长陵，若能为胶东郡所用，定会成为天下剑首。只是他们没有料到百里素雪并不欣赏郑秀，也未料到王惊梦几乎以一人之力将巴山剑场发展为天下剑首。"

纪青清沉默了片刻，道："简单而言，胶东郡想要让郑秀和百里素雪在一起，未料到百里素雪发觉郑秀心术不正，而郑秀转投王惊梦，最终便宜了秦王。"

男子点了点了头，轻声道："没有人能够算无遗策，也没有人能够取代天意。"

"这长陵看上去不是黑就是灰，街巷平平直直，四平八稳，朴实无虚，而这里面却藏了无数阴险算计。"纪青清厌憎地笑了起来，继而问这名男子，"你叫什么名字？"

男子恭谨回道："真名赵高。"

"赵姓？"纪青清眉头微挑，诧异道，"你是赵人？"

第十九章 斩破脸面

"祖上是赵罪民,流亡至胶东郡。"赵高回道。

纪青清沉默了片刻,笑道:"赵高,你知道我现在最想说的是什么吗?"

大人物的想法旁人无法揣测,更何况是纪青清这样喜怒无常的女子。所以赵高摇了摇头。

"百里素雪看不上她,王惊梦最后和她决裂,秦王又待她如何?"纪青清快意地笑了起来,"像她这样天下无双的女子,和烟花柳巷的女子有什么区别?最终还不是得不到任何一个男子的真心相伴。"

赵高沉默不语。

潘若叶静静伫立在河畔。

这是渭河的一条支流,后方不远处便是正在修建中的长陵城墙,依稀可以看见城墙和长陵内里街巷的轮廓。

许若忻不知道潘若叶此时在想些什么,只是抽抽搭搭地哭着。她的身体远比一般人强健,然而她体内数条重要的经络却遭受了太严重的创伤而无法恢复,真元根本无法凝聚。

"那名男子说的是真的?"潘若叶缓缓转过头来,问道,"你的伤是王后所赐?"

许若忻哭着点了点头。

"你走吧。"潘若叶看着前方的河面,说道。

许若忻不再哭泣,看着前面的水面,她恐惧地颤抖起来。她以为潘若叶是要她在渭河之中结束自己的生命,然而此时,她却看到一条小船从萧瑟的芦苇荡和乱树丛间缓缓驶出,朝着此处行来。她呆呆问道:"你不是要杀死我?你想要我去哪里?"

"只要不落入王后手中,你想去哪里,便去哪里。"潘若叶看着那条乌篷小船,轻声道,"我会让你安全离开,你大可放心。"

"送我离开?"直到这条小船到了身前,许若忻才反应过来,问道,"那你?"

潘若叶微苦一笑,先前的犹豫在今日终于变成了坚定,她轻淡道:"既然要送你走,我自然不会再回长陵。"

水浪声起,小船渐渐离岸。女子的花脸隐没在船篷之中,泪痕未干却挂着真正的感激。

"《陈王剑经》我并未带离长陵,你必须回长陵一次。"

第二十章
灵虚门争

寒风朔雪包裹着的营帐里，丁宁缓缓放下身前堆积如山的卷宗，缓缓地摇了摇头。

从岷山剑会开始，才是他和郑秀的真正较量。

她在明，他在暗，所以前面数局的获胜者都是他。然而无论长陵发生了什么样的事情，无论她身边死了多少人，一切似乎都在以她的意志，有条不紊地进行着。

毫无疑问，她比之前强大了许多，也可怕了许多。

这天下仿佛是一盘棋，而他与她则分别执黑白二子，立于棋局两侧。

"到了后来，反而变成了我和你对弈？"丁宁看着帐外的飞雪，苦笑了起来。

风自北方来，吹动天地间飘洒的雪往南飞去。有些雪重，便直接坠落在荒原。有些雪轻，便承载在寒流之中，变成絮云越过阴山。一朵絮云在丁宁苦笑时，缓缓飘过乌氏的万千营帐，坠下许多重雪，然后继续徐徐往南。

时日渐移，当这朵絮云远离乌氏荒原，飘到阴山之后时，长陵已经除却旧岁迎新年。

清冷的大院里，听着长陵远近街巷之中燃竹响起的爆裂声，申玄将一片柿饼放入口中，慢慢咀嚼起来。

柿与事同音，柿柿如意，事事如意，只是世上事，焉能事事如意？

一座山，位于大河畔。半山以下皆是白雾，半山以上却无比清明，使得这山像是飘于水雾之上。

这座山距离长陵不远，然而除了这座山门中人刻意挑选的极少数修行天才之外，长陵其余人一生都无法得门而入。

这便是灵虚剑门所在地。

世所周知，岷山剑宗和灵虚剑门是天下最强的两处修行地。和岷山剑宗相比，灵虚剑门更为神秘。

一名散发男子手里提着一袋柿饼，沿着山间石道缓缓上山。山涧旁偶尔有几名练剑的弟子，骤然见到这名气定神闲的陌生男子，都是颇为愕然。

对着渭河的一侧，有一块岩石如天然卧佛。岩石下方有一座石庐，石庐的墙面和屋面上都生着茂密的青苔，有些青苔甚至长出了奇异的金黄色小花。石庐内的摆设简单却周全，精致的茶台旁边，饮茶器具一应俱全。

远远听到这名散发男子的脚步声，石庐内一名紫衫男子便开始沏茶。这名紫衫男子面容普通，寻常身材，然而身上的肌肤却闪烁着透明的光泽。

"师兄。"看着走进来的散发男子，这名紫衫男子先行颔首为礼，恭谨地称呼了一声，继而眉宇之间的一丝欣喜迅速化为说不清的寒意，他看着散发男子手中提着的那袋柿饼，问道，"师兄您这是什么意思？"

"一年才见一面，自然要贺喜。"散发男子面无表情地说道。

紫衫男子眉头大皱，道："但我不喜食柿饼，也不喜见柿饼。"

散发男子在他对面坐下，温和道："为什么？"

紫衫男子面色顿时有些难看，回道："师兄明知故问。"

散发男子反客为主，起身将紫衫男子未沏好的茶继续沏着，并慢慢说道："昔日长陵之乱，王惊梦杀进长陵，明师弟想要去助他，然而你却不想让明师弟去。你不想让明师弟前去，原因有二。其一，普天之下的强者同心协力对付王惊梦，王惊梦必败无疑。你认为明师弟去助他，于事无补，只能白白赔上自己的性命。其二，你和王惊梦有仇，根本不愿意看到旁人助他。你为了不让明师弟前去，便对明师下了毒……明师弟最爱吃柿饼，你便将噬心散下到了柿饼里头，但是你没有想到，明师弟明知中毒，还是去了长陵。你的本意是让明师弟活，然而明师弟却因此毒发身亡。所以你心中内疚，不喜食，不喜见柿饼。"

"不是不喜食，不喜见，而是根本无法食，无法见。"紫衫男子微垂下头，道，"师兄向来仁厚，这么多年之后重提当年旧事，到底意欲何为？"

"当年你不想让明师弟去长陵，固然是不想明师弟赴死，但我辈用剑之人，只求快意，生死又有何惧？友有难而不赴，是大不义。若不是你和王惊梦有仇，想必你断断不会用这种方法阻拦。"散发男子忽然话锋一转，"但若是你和王惊梦之仇根本便不存在，你当年又会做出何等选择？"

"什么？"紫衣男子骤然抬头，轻呼出声。

"你一直认为你的叔父是王惊梦所杀,然而事实却与之相反。"散发男子说道。

紫衣男子身体微僵,眼睛里尽是不可置信的光芒。

"当年我便知晓此事,但是长陵之乱,明师弟死时,我正在东海修行。当我回长陵时,王惊梦已死,巴山剑场不复存在,再提这件旧事,想必也没太大意义。"顿了顿之后,散发男子又道,"更何况仅凭我一人所言,想必你也不会相信。"

紫衣男子的身体莫名有些发冷,风吹动石庐外的青苔上盛开的金黄色小花,就连外面照耀进石庐的光线似乎都在摇动。

"你叔父将你抚养长大,又教你修行,你与他感情甚笃。但是杀死他的并非王惊梦,也并非王惊梦的意思。杀死他的人是白启,王惊梦只是背了黑锅而已。"散发男子平静地说了下去。

紫衣男子的呼吸艰难起来,他看着散发男子,道:"我的确无法相信师兄所言。我虽然相信师兄你的为人,但是你当年毕竟和末花剑的主人走得很近。旁人不知道,我却很清楚,若是当年你也在山门里,一定会和明师弟一样去长陵。"

"我一人当然无法让你信服。"散发男子补充道,"纪青清现在就在山外。若是她也亲口和你如此说,你该当如何?"

"陈国女公子纪青清?"紫衣男子苦笑一声,他喝了一口茶,才问道,"若真是如此,由不得我不信。我只是想问,师兄今日提及旧事,是因何故?这桩旧事只是私仇,想必师兄不会设法让我成为灵虚剑门宗主,然后带着门下弟子为当年之事报仇吧。"

"郑秀想让安抱石成为宗主。"散发男子肃容道,"他们已经安排安抱石进了虚剑谷。"

"所以,我们要三对三?"紫衣男子想着散发男子所说的"他们",正是灵虚剑门另外三名强者,又想着山门外那名被斩花了脸的女子,轻叹一声,站了起来。

晨光里的灵虚山,仿佛完全没有被外界的隆冬天气左右,时不时响起数声虫鸣。

早在数百年之前,这是一座产玉的山。历经数代挖采,玉石渐空,这里变得无比荒芜。因缘际会之下,灵虚剑门定居于此。在匠师因势利导、精心布置下,这座山反而变得曲径通幽,如南方大门阀的花园一样精致。

安抱石走过一片山崖,面上分外满足。

山崖上爬满了枯黄的藤蔓。在藤蔓的缝隙间,可以清晰地看到山岩呈灰白二色,闪

第二十章 灵虚门争

烁着一层水样的荧光。崖上还有很多当年采玉留下的洞口，时隔经年，连洞口内里都爬满了藤蔓。

转过这片山崖，便是一片幽静的山谷。山谷里生长的是普通的青松，数人合围方能抱住。山谷的低处建立着一座石殿，看上去平平无奇，然而内里却别有洞天，每一片墙壁上都镶嵌着无数的美玉，璀璨夺目。内里的每一条阶梯、步道，都嵌满了各种金铁、灵骨，繁杂华贵。

然而这座石殿里唯一令灵虚剑门那些居于高位之人重视的，是一片虚空境。

所谓虚空境，便是说这座石殿的深处，有一片如镜子般的光亮。这片光亮不是任何光源折射形成的，而是来自于诸多天地元气通道的扭曲。它就像是一个裂口，通往无尽的虚空。站在这片光亮处往内看，可以看到一条黑色的长河。偶尔会有水花从长河中溅出，在旁边形成一个池子。这个池子正是灵虚剑门的洗剑池，对于本命物的培养有着惊人的功效。

在过往的无数年里，只有灵虚剑门的宗主才有资格进入这座石殿的深处，动用洗剑池的力量。

灵虚剑门最主要的经诀，便是虚空法门。对于一般的修行者而言，根本无法窥得虚空法门的门径，然而安抱石却轻而易举地弄懂了其中原理。原来灵虚剑门的前辈高人，以惊人的剑意强行开辟了通往某处的通道，然后以阵法将引来的天地元气流淌到洗剑池里。

上一次进入这座石殿时，凭借着远超长陵其他才俊的天赋，安抱石选定了一条美玉为剑，炼成了自己的本命物。而这条美玉便是这山的玉髓。只在洗剑池里淬炼过一次，此刻安静休憩于他气海之中的那柄散发着淡白荧光的玉剑，便已经胜过了寻常修行者本命物数年的苦修。

他是顾淮的徒弟，对顾淮极为尊敬。此时顾淮已死，他却忍不住想到，或许当年顾淮背叛"那人"，一心想要成为灵虚剑门的宗主，便是为了这虚空境和洗剑池。剑山剑那么庞大，恐怕只能借助洗剑池，才能拥有惊人的力量。

顾淮这样的人物，当年必须付出很多代价才能进入这里，动用洗剑池的力量，而他仅凭着天赋便能走到这里。与他并称为两大"怪物"的净琉璃早已败在手下，在岷山剑会大放异彩的丁宁死在祖山，放眼天下，还有谁是他的对手？

安抱石得意地想着。当他到了石殿门前时，一名年纪和他差不多的灵虚剑门弟子已经在门前等候。

这弟子也是一名少年，有些瘦弱，看着安抱石的目光充满着敬畏和尊敬。他的双手小心翼翼地捧着一个药碗。

安抱石从他手中接过药碗，将里面的药汁一口饮尽，眉头大皱道："曾师弟，这种药汤，必须在微微烫口时，才能发挥最大药力。这需要你在三十七息之内送到我面前。连这种简单的事情都做不好，你还能做什么？"

被他称为曾师弟的少年，脸上血色顿时褪尽，面容变得雪白。

安抱石丝毫不顾及他的情绪，冷冷地将药碗丢回他的手中，便准备入殿。就在此时，一丝血腥气传入了鼻中。安抱石霍然转身，看到身后的松林中走来了一名散发中年男子。

散发男子身前衣袍已被鲜血染红，左胸心脉附近明明有着一道元气撕扯出来的恐怖伤口，然而这道伤口却又被自身的元气束缚住。血肉缓缓收缩，不再有鲜血流出。

安抱石呆住，不由得行了一礼，问道："先生您是？"

散发男子颔首回礼，淡淡道："齐金山。"

这是一个再普通不过的名字，然而对于安抱石和那名灵虚剑门弟子来说，却是如雷贯耳。

"齐师伯？"安抱石不可置信地叫出声来。

散发男子点了点头，道："不错，我来杀你。"

昔日顾准入主灵虚剑门时，灵虚剑门有六人有机会成为灵虚剑门的宗主。除了其中一人追随王惊梦在长陵战死，其余的五人即便在顾准成为宗主之后，依旧在灵虚剑门拥有无上的地位，所有灵虚剑门的弟子都以宗字来称呼他们。

这便是灵虚剑门的五宗。

比如这齐金山，灵虚剑门的弟子见了他便需称其为齐宗。安抱石师从顾准，身份特殊，才会直称他为师伯。

五宗大多隐修不出，尤其是这齐宗，在长陵之乱前便在海外修行，顾准成为宗主之后，他虽返山，却常年闭关不出。别说是安抱石，即便是在灵虚剑门之中修行十数年的上一代修行者，都没有见过他。

安抱石天赋卓绝，自认为是灵虚剑门的骄傲，此时听到齐金山要杀他的话，不禁陷入了茫然，怔怔问道："为什么？"

"这十数年间，你没有见过我，但我却看过你很多次。"齐金山静静地说道，"你和她太像了，并不适合做灵虚剑门的宗主。"

第二十章 灵虚门争

安抱石愤怒道:"我能不能成为宗主,和她有什么关系?难道以我的天赋,不配做灵虚剑门的宗主吗?放眼整个灵虚剑门,还有谁比我修行进境的速度更快,还有谁会比我将来的修为高,还有谁比我更配做灵虚剑门的宗主?"

"能否成为宗主和将来无关,只和现在有关。太过自信,便会目空一切。"齐金山看了一眼安抱石身旁那名颤抖不安的灵虚剑门弟子,淡淡说道,"能否成为宗主,关乎德行,关乎人性。"

"你有什么资格判断我的德行?"安抱石的双手紧握成拳,随即意识到对方的确有这样的资格。

齐金山是齐宗,身份和宗主近乎并齐,现在顾淮已死,他还未即位,齐金山便是灵虚剑门身份最高的人之一。既然齐金山能够出现在这里,平静地说要杀他,便代表对方已在和其余人的征战中获得了胜利。

"我真的要这样死了吗?"安抱石抬起头来,眼神骤然变得异常狂热,"我不甘心!丁宁已死,净琉璃被我打败,我将来便是长陵第一人,整个秦国第一人,怎么会就这样死了?"

当安抱石最后一个字出口后,齐金山看了他一眼。继而,一道精纯宏大的气息卷动了虚空之中无数的天地元气,化为一道剑意,刺向安抱石的胸口。

安抱石的手落在了那名持着药碗的灵虚剑门弟子的腰间,一道剑意自此时生成。

那名弟子尚未反应过来,便觉得一股霸道至极的真元涌入了身体。下一刹那,他便成了安抱石手中的剑,朝着齐金山"刺"了过去。

安抱石明知这一"剑"不会对齐金山造成任何威胁,只是想以这名弟子的性命拖延片刻。齐金山一眼看穿了安抱石的用心,他缓缓伸出手,掌心竖起放在身前。

那名身体里充斥着狂暴真元的灵虚剑门弟子的头顶撞在了齐金山的掌心里,却没有感觉到任何的力量冲击,就像是落在了一片柔软如棉的虚空里。下一瞬间,他发觉自己好好地站立在齐金山身前,体内狂暴的真元消失无踪。

那股凭空生成,刺向安抱石胸口的剑意,却没有任何迟滞,直直刺了过去。

安抱石的身体疯狂地朝着后方疾掠,直直撞开了虚掩着的殿门,飞入了后方华贵至极的通道里。感知着这股沛然莫御的剑意临身,他面色惨白,眼中尽是骇然。

在这股剑意刺入他身体的一刹那,他体内的气海如爆炸一般,以他平日绝对不可能达到的速度,将那一柄本命剑逼了出来。

一柄淡白色的美玉小剑出现在他胸前。继而,"啪"的一声裂响,这柄美玉小剑被直接击碎。

安抱石感觉自己的胸口被无数巨石击中,一大口血从口中喷出,整个身体如弹丸一般骤然加速,弹往后方石殿深处。

在往后弹飞的过程中,他依旧顽强而近乎暴戾地伸手,想要抓住救命的最后一根稻草。终于,他的手在地面上抓起了两块药性极为暴烈的灵药,往口中一拍,将这两块灵药硬塞进去。接着,伴随着一声痛苦如野兽的嚎叫,他强行扭转身体,朝着内里洗剑池的方向冲去。

齐金山只是随意一击,便击碎了安抱石的本命剑,令其遭受了致命的重创。安抱石自然清楚自己唯一的希望在于洗剑池后方的虚空境。

对于正常的修行者而言,虚空境充满了无数可怕的未知。然而此时的安抱石没有选择,齐宗太过强大,他必死无疑。这虚空境反倒成了他活下来的唯一希望。

齐金山微微蹙眉。当他的手从那名弟子头顶上离开的瞬间,他整个人便如同一缕没有分量的天地元气,飘进了前方殿内。那些镶嵌在殿内墙壁上的宝石、灵药,地面上的金铁、灵骨,都被他带起的锐气切碎,变成了一道道夹杂着无数色彩的晶霾,朝着前方内里亡命逃窜的安抱石刺了过去。

这些晶霾里面,有一缕并未去捕捉安抱石,而是按照他记忆中的方位落在虚空境前。

虚空境只是凭空竖立着的一道朦胧而半透明的光亮,没有任何的色泽,然而随着这道晶霾的降落,光亮前方骤然多了数百道纵横交错的笔直晶线。

此时,安抱石已经嗅到了洗剑池独有的气息,他甚至感受到了那股真实的水意,然而,他的眼神里却充满了绝望。无数晶霾飞了过来,一声凄厉的惨嚎从他的口中迸发而出,他强行扭转着自己的身体,以双脚为剑尖,整个身体如剑般朝着那晶线撞了过去。与此同时,他体内的真元尽数从双手之中涌出。刹那间,他的十指尖尽数崩裂,真元混杂着鲜血喷射而出,好像十条血色的飘带在飞舞。

这十条血色的飘带撞在后方追来的那片晶霾之中,在崩碎的同时,硬生生地卷出了数片晶尘,随着他的双脚脚尖一起撞在那些晶线之上。

"轰"的一声巨响,那数片晶尘和那些晶线撞击在一起,发出了如巨船迎面撞击的轰鸣声。

石殿剧烈地颤动着,洗剑池中的水紊乱地飞溅到半空,镶嵌在石殿壁内的珍宝如雨

第二十章 灵虚门争

般坠落。那些细密交织在一起的晶线崩碎了大半，然而却并未完全破裂。十数丝牢牢固定在虚空境之前的晶丝切过安抱石的足底，接着往上，切过他的气海，切过他的身体。

安抱石白皙如玉的肌肤上顿时渗出一条条血线。他无比痛苦地尖叫起来，试图冲入虚空境之中，然而他的境界和齐金山实在相差太远，即便用尽所有手段，也无法破开对方的一股剑气。

对他而言，丁宁已亡，净琉璃败在他手中，天下已无任何年轻才俊可以与他抗手。在王后的意志之下，他即将继任灵虚剑门的宗主。忽然之间，他便要从这高位上跌落下来，甚至连生命都要失去，他如何能够不痛？

在无比痛苦的尖叫声中，他的身体穿过了那一片朦胧的光亮。数股难以用言语形容的力量瞬间倾轧在他的身上，他听到自己身体里发出了无数琉璃碎裂般的声音。终于，那一层淡淡的光亮上泛起了一层涟漪，他的所有意识尽数消失。

齐金山的脚尖轻点剑池水，凝立在这虚空境前。那十数丝剑丝依旧顽强地存在着，剑丝上游动着猩红的鲜血，缓缓滴落。

安抱石的身体穿过这片光亮之后便消失在他的视野里，而这片光亮之后，那一条黑河并没有任何的改变。

这十数丝剑丝虽然无比细微，但是却蕴含着惊人的力量。身体被这样的剑丝切过，和被十数柄大剑切过没任何分别。安抱石绝对不可能活下来。

灵虚剑门的山门口，白雾之中，有一条金黄色的火焰在燃烧。火焰内里，是一柄枯木般的长剑，长剑的剑柄握在那名被毁容的女子手里。

一名身穿紫色袍服，头戴紫玉冠的修行者捂着腹部缓缓倒在血泊之中。他艰难地抬起头来，苦笑道："十五年前我可以随意打败你，想不到十五年后，你竟强到如此地步。"

暴戾气息未散的纪青清垂下眼睑，听着这名修行者喉间涌出的最后气息，慢慢说道："是，十五年前你的确可以随随便便胜过我，但那时我的脸未花，你根本不会对我动剑。十五年后，毁容之恨时刻梗在我心头，我出手时不知比平时狠厉多少，你如何能胜我！"

当她面前这名修行者吐出最后一口气时，她的腹部气海处骤然透出一些亮光，就像是有一颗闪亮的宝石绽放着光芒，将要破腹而出。随着一声闷哼，这种亮光硬生生地被她压制下去，顷刻间便消失不见。她连吐两口血，都是黑色。

倒在她身前血泊之中的那名修行者也是灵虚剑门的五宗之一，是许多七境难及项背的大宗师。

纪青清虽然杀死了他，却付出了不小的代价。那两口黑色的鲜血坠在地上，地上骤然涌起两蓬烟尘，一些蜘蛛网般的裂纹沿着坚硬的山石朝着四面八方不断蔓延。

先前和齐金山对话的那名紫衣男子，此刻正微垂着头站在灵虚剑门内里的山道上。他看着山门外的纪青清和倒在血泊中的那名修行者，目光变得极为复杂。

紫衣男子身后不远处，站立着一名身材瘦削矮小，身上气息却如巨山般宏大的男子。这男子看上去只有二十余岁，然而却给人一种经历过无数风浪的感觉。他身上散发出来的气息，甚至和顾淮使用剑山剑时的气息有几分相似。

这人便是五宗之中入门最早的黄宗黄道沉。而那紫衣男子则是五宗之中声名最盛的易宗易欣宜。

"尘埃落定，能不打，便不打。"此时易欣宜看着山门之外，语气里却没有任何的欣喜，唯有淡淡的苦意。

黄道沉听后，摇了摇头，道："之前仙符宗发生了一桩刺杀事件，刺杀的对象是白羊洞的大弟子张仪。那次刺杀最终未成，而今日我们灵虚剑门里的刺杀却成功了。仙符宗和我灵虚剑门的这两次刺杀表面上并无联系，但在我看来却都有巴山剑场的影子在内。"

易欣宜转身看着黄道沉，说道："有巴山剑场的影子在内，只能说明巴山剑场的强大。"

黄道沉皱了皱眉头，道："巴山剑场再强，我灵虚剑门也可取而代之。"

"巴山剑场被灭，就是因为树大招风。我灵虚剑门想取代昔日的巴山剑场，也得看郑秀愿不愿意。"易欣宜笑了起来，道，"安抱石已死，我和齐师兄会离开灵虚剑门，接下来，黄师兄便会接掌灵虚剑门。我等快意恩仇，黄师兄你总领宗门之事，各自得偿所愿。仅凭此点，黄师兄便要感谢我和齐师兄。"

说完这句，他便转身离去。

"隔了这么久，终究还是巴山剑场的争斗。"黄道沉看着分别沿着不同道路离开的三道人影，发出了一声轻叹。

第二十章 灵虚门争

第二十一章
原来是你

阴山之后，飞雪之中，一列数百人的大秦骑军行向秦国的一处边城。

据军情显示，这支骑军是一支押运军粮的先锋军，然而当这支骑军到了城中，为首的将领带着一名年轻人，径直进入这座边城的最中心营区时，被惊动的数名将领大都骇然地叫出了声。

"司马大将军！"

"扶苏殿下！"

大秦十三侯之一的司马错进入了营区，取了数间静室，并让随他而来的那数百人驻扎附近。继而，他用最快的速度参阅传递到这个边城的最新军情。他将参阅完的卷宗、密笺随手丢至坐在下首的扶苏桌上，扶苏才接着参阅。

看了十数份，扶苏忍不住抬头，失神般问道："司马大将军，丁宁真的已死？"

"大战当前，百万人生死一线，一路上你心神恍惚不定，到现在还在思索这个问题？"司马错貌如书生，但声音转厉间，却有虎狼之气。

扶苏顿时大吃一惊，诧异道："大战当前？"

司马错冷笑道："魏侯已在此处，王后却执意将我派过来，你可知何故？区区一个乌氏，难道还需要两名王侯镇守不成？你是我大秦太子，带你来到此处，除了今春对楚用兵，还能做何解？王后让你跟随我学习，积累军功，你到了此间还迷迷糊糊，能学到什么？"

"今春将对楚用兵？"这声音在扶苏的脑海里不断震响，犹自难以相信。鹿山会盟刚过，四国盟约犹在，大秦怎么会主动挑起战争？

司马错此时看着扶苏的神色就知道他心中所想，顿时冷冷一笑，道："各国之间没有永恒的盟约，只有永恒的利益。楚是我大秦劲敌，早晚都要除去。"

扶苏一本正经道："言而无信，不知其可。"

"那是书上说的。除非世上每个人都是那样的圣人，大家才都会言而有信。那样的书在你父王即位之前，不知道烧了多少。"司马错毫不留情地说道。

说了这一句之后，司马错垂下头去继续看案宗，眉头却不自觉地微微蹙起。秦王和郑秀都不是这种单纯善良的愚痴性子，那这扶苏，到底像谁？

他眼睛的余光扫过扶苏的侧脸，脑海之中出现的却是"那人"在长陵时的很多画面。虽然时间对不上，但是他越看越觉得这两人相似，难道这里面真的会另有隐情？

司马错的眼睛微微眯了起来，心中泛起了冷意。

即便之前王后在长陵做出了很多令两相和圣上无法容忍的事情，然而圣上和王后的关系依旧亲密无间。若是正常的夫妻，有了这些事情还会亲密无间吗？

"百足之虫，死而不僵，但死都死了，又能掀起多少风浪？"在司马错想着王宫中事时，远处靠近巫山的一处边城中，魏无咎站在城头最高处，森冷而不屑地说道。

魏无咎便是司马错口中的魏侯，是大秦十三侯中年纪最长的一位。

此时他须发皆白，然而身形挺立，笔直高大，给人一种老当益壮的感觉。点点白雪积在他身上的玄色战甲上，给此时的他镀上了一层千山寒雪般孤高的气势。

"即便林煮酒从大浮水牢之中逃脱，就凭巴山剑场那几柄残剑，又能有什么用？"他看着前方远处风雪之中的楚边境，脸上的嘲讽意味越来越浓，"九死蚕的传人，今时不同往日，你根本不用再痴心妄想！除非王惊梦起死回生，否则我不认为巴山剑场那些人能够对圣上和王后造成威胁。"

凝立在魏无咎身后的人穿的也是一件玄铁战甲，但是头戴斗篷，面笼黑巾，看不清其面目。此时他轻声回应道："痴心妄想？魏侯难道不知道前些日子发生的事情？安抱石没来由地死了，灵虚剑门毫无征兆地分裂成两端，根本不足以和岷山剑宗抗衡。秦王和郑秀十数年辛苦栽培，尽付流水。至于岷山剑宗，百里素雪的意思，任何人都看不透。但无论是他还是净琉璃，都不会与秦王、郑秀为伍。"

"安抱石？"魏无咎突然笑了起来，转身看着这人，道，"近百年来，长陵修行天赋最高的人自然是王惊梦。但他之后，修行天赋最高的，是白启，而不是安抱石。只要白启和他的那支军队在，这些宗门的变化根本影响不了全局。昔日巴山剑场最为强大、

第二十一章 原来是你

可怕的是什么？那些人不只是修行界的大宗师，还是领军的大将。然而现在的大秦十三侯、正武司，和巴山剑场有多少干系？你不要想着给自己留什么后路，此时的圣上和王后，想必最不想见到的就是态度暧昧的墙头草。我年岁已老，还能有几次这样率军的机会？我的辉煌，便在今春，便在楚地。"

"起死回生？"蒙着黑巾的人沉默不语，脑海之中莫名闪现的却是这四个字。他的嘴角勾起微讽的笑容。现在的秦王和郑秀，维持着面子上的亲密无间，不就是出于对这四个字的恐惧吗？

当意识重回安抱石的脑海时，他迷茫不知所措。

一种奇异的浮力承托着他，明明是冰冷的水流，却并没有将他淹没。他睁开眼睛，却看不见任何东西。他的直觉告诉自己，落在了那条奇异的黑河里。水流似乎在朝着一个方向平缓流动，水滴不断溅到他的口中，令他不住呕吐。

他的修为尽废，气海已空，身体里原本畅通无阻的经络，断成了许多截。当他通过那虚空境时，被齐宗的剑丝切过身体，绝无活下来的可能。然而当年造成虚空境的那名灵虚剑门前辈的力量比齐宗更为强大，虚空境的力量镇压住了剑气的爆发，硬生生地挤压着他的肉体，以一种不可思议的态势，将本身已经被切断的肉体黏合在了一起。他的血肉骨骼重新连接生长，然而有些经络却因此错位。

安抱石想要大哭，可是他连哭的气力都没有了。

就在这时，他的眼前忽然出现了亮光，带着真实的温度，从高空降落下来。他用尽全身力气摇摆着头，终于看到了一些山峰的光影。

那似乎是很大的冰川，近处是蓝黑色，再上方是白色，狂风吹拂出来的沟壑，犹如通天的道路。他所在的地方则是一个巨大的湖泊，黑色的水流包裹着他，缓缓地流动着。他呼吸渐弱，弥留之际，却陡然想起了"那人"。"那人"带着巴山剑场，纵横天下，一时无敌，当他最后在长陵站在尸山上，面对着来自天下各国要置他于死地的修行者时，是否也是如此绝望？

再最后，他突然想到了净琉璃，终于哭出声来："一时无敌并没有什么用，活得长才有用。"

从极高的高空往下望去，寒冷而令人畏惧的絮云锁着巨大的雪山。这些巨大的雪山之中，有许多碧蓝如镜的湖泊。其中有一个湖泊却是黑色的，黑色的湖水推动着安抱石的身体，缓缓地往低处流去。

随着山势的降落，高山不再被冰川覆盖，却依旧有着大片的冻土。

荒原里，白黑两色交杂，是羊群和黑色的牦牛群。偶尔有牧民行走，看到远处的这些神人居住的雪山，无不虔诚相望。

另外一处高山之巅，身穿着青玉色袍服的净琉璃不畏风寒，静静地凝望远处的城郭。

"真是一场意想不到的刺杀。"她将这个消息告知百里素雪之后，忍不住下了这样的评论。

"郑秀恐怕做梦都想不到安抱石会死。"百里素雪微讽地笑笑，继而说道，"败在安抱石手中这件事，你不要太过遗憾。"

净琉璃转过头来，看着百里素雪，道："我从来都没有觉得他比我强，甚至从来没有将他看成我的对手。"

百里素雪微微一怔。他是最了解净琉璃的人，此时净琉璃的态度却让他有些难以理解。

"我的师长比他的师长厉害得多。"净琉璃看着百里素雪，直接说道。

百里素雪微微一笑，问道："你什么时候学会拍马屁了？"

净琉璃认真道："我不是在说你。"

百里素雪愣住。

"我说的是丁宁。"净琉璃假装没有看到百里素雪的尴尬，"他教会了我很多东西。就算我败在安抱石手中，我也没觉得安抱石厉害。安抱石张狂浅薄，根本无法和丁宁相比。我的对手，只可能是丁宁，而不会是安抱石。"

百里素雪点了点头，淡淡道："看得高，自然就能站得高。"

董镇是接近秦楚边界的一个边陲小镇，过往的商旅检查很是严苛。

一列车队已经在卡口停留了许久。并非通关文书有问题，而是因为今日负责查检的秦军守将杨帆是边军之中出了名的好色之徒。这列车队之中，有一对年轻的夫妻。那小妇人貌美高挑，肤如凝脂。

昔日夜策冷在暴风雨中回到长陵，击杀赵剑炉赵斩之时，随口说道，女子要什么心胸，有胸就够了。监天司的人自然不敢将这句话传出来，然而事后夜策冷和赵斩的对话

第二十一章　原来是你

189

却一句不漏地呈报至王城。其后夜策冷单剑斩杀赵剑炉大逆的事广为流传，这句话也传遍长陵内外。

杨帆痴痴地盯着那美妇，目光甚至不能移开半分。边军平时守城辛苦，这样的美妇又极为少见，所以一众将士也都只是暗乐，没有人前去阻拦。那美妇端庄大方，倒是有些耐心。当守将提出要再次仔细搜检马车中她那病恹恹的夫君时，她的眉头微微挑起，不怒反笑，如万树桃花开，热烈而豪放。

"还是别装了吧。"她看着车厢之中那病快快的男子，柔声说道。

她的声音并不响亮，不知为何，方圆数十丈的人都骤然感到自己的身体僵硬起来。那名目光在她胸口流连的边将下意识地握住了腰侧的剑柄。

车厢之中的男子没有应声，只是轻轻叹了口气。

美妇似乎对男子的反应很满意，粲然一笑。

"你笑什么？"杨帆不自觉地后退一步，寒声道。

"之前我在你们长陵唱过一曲，看在你对我依依不舍的份上，我便再唱一遍。"美妇说了这一句，然后抬起了头。

高空之中，一滴晶莹的水珠，悄然无息地坠落下来。

"我辈喜学剑，十年居寒潭……"

晶莹的水珠落下，倒映出这名边将惊恐的面容。

黑色的湖水笔直的锋锐之意渐渐被沿途的河床削弱，和那些高山中冰川融水形成的湖泊的水流再无差别。那种奇异的黑色消失不见，变得纯净起来。

地势越来越平缓，雪线消失，出现了大片的冻土荒原。

一名牧民站在羊群边缘，其目光久久停留在远处的一条溪流上方的天空之中。他目光所及的那处天空上方盘旋着秃鹫。对于这些荒原里的牧民而言，秃鹫如同神物，它们大量出现时，往往伴随着生灵的衰老和死亡。

这名牧民虔诚地转动着手中的念珠，大声唤过两名正在翻动草料的儿子，三人骑马朝着秃鹫盘旋之地行去。

溪岸边躺着一具尸体。那应是一名少年，身上残存的碎衣很是华贵，但是身体却被许多红色的线条切出了无数伤痕。那些红色线条里还残存着某种可怕的气息，令那些秃鹫始终盘旋而不敢落下。

这一现象被这三名牧民当成了天神降下的提示，在极度的恐慌下，其中两人留下远远地守候这具尸体，另外一人则以最快的速度奔向远方，将讯息告知部落的首领和巫师。

再往南去，这片荒原里出现了一些城池。其中最雄伟的一座，占据了整座山的空处，红白两色的宫殿交相辉映，山脚下方则是黄土堆砌而成的平房。

这便是东胡的王城。

不久之前，东胡的王城发生了一场巨变。一名手持着法杖而来的老僧孤身一人进入王宫，杀死了东胡大王。接着，三太子耶律苍狼被人从边境线上迎了回来，成为了东胡新一代的大王。

即位之后，耶律苍狼首先对先前效忠于老王、残忍奴役农奴的僧众进行了血洗，剩余的僧众几乎没有任何抵抗的能力。继而，他因地制宜地沿用了长陵的变法，颁布王令，一家农奴之中，只要有一人成为王城认定的武士，这一家农奴所有人便可获得自由，从此彻底摆脱农奴的身份，并可拥有自己的土地。

东胡的农奴处境困难，不仅是妻子、儿女，甚至连自己的生命都不属于自己，可以被贵族随时取夺。耶律苍狼的变法迅速获得了所有农奴的狂热支持，而他本人则被农奴们当成了上苍派来的神佛。东胡权贵经历过老王被杀死的那一幕，心头还笼罩着那一名老僧带来的阴影，倒也没有对此作出强烈的反对。当然，这些权贵也没有明确表示支持。他们暗中编造了许多不祥的预兆，那具诡异的尸体便被传成了上苍对于新王耶律苍狼变法不满的指示。

这具尸体被东胡最边缘部落的牧民们妥善地看管起来，消息很快传递到了东胡王宫。十数名七境修行者快马加鞭赶到彼处，轻而易举地判断出了这具尸体的死亡时间和修行者的身份，并看出那些红线是一道剑意切过身体之后留下的痕迹。然而这具尸体为什么会出现在那里，死者身中这样的剑意为何身体却未碎裂，一时却无从得知。

"异族少年，刚死去不久，细微而笔直贯穿全身的剑丝……"图画与文字相辅相成的军情中，少年的体貌特征被描述的一清二楚。

"根据这衣饰残片来判断，这人应该是你们秦人。但秦人又怎么会到那种边荒之地？"乌氏的营帐里，老妇人看着这份由东胡传递而来的军情，皱着眉头向丁宁问道。

丁宁看着她，说道："长陵的消息虽然还没有传过来，但之前翻起的旧事想必已经起到了效果。安抱石已死。"

第二十一章 原来是你

"安抱石？"老妇人以为自己听错了。

"我见过安抱石。"丁宁直接说道，"这军情上的画像体貌和安抱石极为相似。"

老妇人怔怔道："安抱石在长陵，和那处相隔万里。"

"灵虚剑门有一座洗剑池，洗剑池中池水来自于虚空境的剑意淬炼，虚空境便是灵虚剑门建宗时的一名大宗师所留，相当于硬生生用剑意开辟了一条通往某处的天地元气的通道。"丁宁看着老妇人，缓缓道，"之前谁也不知道那虚空境到底通往何处。"

老妇人震惊道："你的意思是，灵虚剑门的虚空境，沟通的便是东胡那边域之地？"

丁宁点了点头，道："只要等长陵的消息传来，一切都会有答案了。"

老妇人平静下来，沉默不语。有些事情会成为永远的谜题，是因为没有遇到那种具有可怕见知的人。在她看来，丁宁能够轻易推断出这样看似完全没有联系，甚至不可能发生的事情，不在于他见过安抱石，而在于他拥有可怕的见知。

丁宁也沉默下来，他的呼吸却比平时略微沉重一些。

极少人知道，那虚空境之所以能成，是因为那名灵虚剑门的大宗师将自己的本命剑留在了那里。他的本命剑和灵虚剑门剑殿里的法阵遥相呼应，最终才形成了稳定的虚空境。

而现在，丁宁正缺一柄剑。

末花残剑身上带着的气息是怀念，不足以承载他全部的剑意。得到《续天神诀》之后，在他的计划里，便是春至楚，去寻找一柄这样足够强大的剑。然而这柄剑却在他的计划之外，就此出现了。

天下有无数名剑，在岷山的剑谷里，有着昔日燕国、魏国和赵国的无数名剑。然而面对秦王、郑秀这样的敌人，那种级别的名剑根本不够格。连剑山剑这样的强剑，在丁宁看来依旧不够。

在顾淮临死之前，他曾经问过顾淮一句话——"大刑剑在哪里？"

昔日顾淮能成为灵虚剑门的宗主，自然是因为他本身的修为和长陵王宫的势力，但更为关键的是，他很早便隐匿了巴山剑场修行者的身份，进入了灵虚剑门。而他进入灵虚剑门的真正原因，便是要寻觅大刑剑的下落。

有关经典之中对这柄剑的描述是——刑天下而可辟虚空。也就是说，这柄剑可随意处置天下其余剑器，力量大到足以开辟虚空。

昔日巴山剑场欲征伐天下六国，一统天下，便需要最为强大的剑器。然而大刑剑未得，秦王便发动了兵变，"那人"死后，巴山剑场被大军剿灭，普天之下极少有人会将这柄剑的下落放在心上。

在顾淮临死之前,他确定这柄剑并未存于灵虚剑门之中。现在安抱石的尸体出现在东胡最边际冰川荒原,距离灵虚剑门何止万里。仅以本命元气的牵引,和灵虚剑门中法阵沟通,构筑出这样稳固的虚空境……那柄由灵虚剑门的大宗师遗留下来的本命剑,极有可能便是大刑剑。

即便不是大刑剑,那也应该是一柄足以刑天下的剑。

丁宁计算了一下时间,如果现在动身去取剑的话,到春季雪融之时,应该可以返回到秦楚边境。他抬起了头,问道:"她还有多久到?"

老妇人听出他的声音不像平时一般平静,有些诧异,道:"后天应该能到。"

丁宁点了点头,道:"你后天便安排我们出发去东胡。"

老妇人转过头看着帐外的风雪,心中却是不解。既然要隐匿自己活着的讯息,为何要花那么大力气将那名女子弄至身边,还要去楚国境内兜转一圈?

很显然,那名女子是丁宁详尽计划之中的唯一破绽。虽然赵香妃比她想象的要强出许多,这乌氏又是铁桶一块,尽在她掌握之中,但有了破绽毕竟让她不能全然放心。现在丁宁明显急着去东胡,为何一定要等那名女子到了之后再动身?

此时距离乌氏这片营帐已不算远的雪原里,有一群青色的狼群拖着数顶如帐篷一样的橇车,破风雪而前行。其中的一顶帐篷里,坐着丁宁等待的女子。这女子有着让人一见便难忘记的绝丽面容,正是长孙浅雪。

丁宁沉静下来,和老妇人一起看着风雪。

她在穿着风雪而来,而他在等着她来。

一名黄袍男子紧张地站在白色灵气缭绕的灵泉一端。这是他第一次站在王后的书房里。十余日之前,他的前一任死于非命,他才拥有了在王后面前当差的荣耀。

"放!"灵泉另外一端响起一道冷漠而简单的声音。

这声音让他一震,他下意识地抬起头来,直视王后的面容,诧异道:"放?"

自岷山剑会之后,梁联和容姓宫女被杀,大浮水牢被劫,林煮酒等人顺利逃脱,和白山水等大逆混为一处,王后和胶东郡便处于被动的地步。灵虚剑门之变,王后又输了

第二十一章 原来是你

一局,焉能不让人心生恐惧?如今好不容易查出了那名参与劫大浮水牢的商家孤女的下落,然而王后的意思却是并不发难?

"放。"又一道同样冷酷的声音传入了他的耳郭。

这名黄袍修行者不敢再有任何话语,弓着身体,看着地面后退离开。

"告诉家里,即便巴山剑场暗中做了这么多事情,依旧只是不敢见光的蝼蚁。"冷酷而威严的声音再次响起,"不要做任何违背我意愿的事情,否则不管是任何人,我都会将他杀死。你告诉他们,我不是没有杀过胶东郡的人,不是没有杀过自己家里的人。"

黄袍修行者退去的脚步声里带着一种恐惧的颤音。连接着这间书房的甬道两侧的卧兽和铜像,都在嗡嗡地震颤着。

很显然,这名从胶东郡走出的女子,现在不只是在镇压长陵,同时还在镇压胶东郡。但是她能胜吗?

这名黄袍修行者没有任何信心。

数百名乌氏修行者隐匿在风雪之中,异常警惕地迎接着那批狼群的到来。

狂暴的风雪可以隐匿踪迹,乌氏这些修行者必须防备是否有秦国的强大修行者暗中追随而来。这种可能在丁宁看来微乎其微。祖山已失,郑秀得了《续天神诀》,并将乌氏逼到了荒原深处,根本不会再抽出力量将乌氏斩尽杀绝。她的力量,会全部用在楚国方面。而且,如果真有修行者尾随的话,根本不可能躲得过长孙浅雪的感知。

当数百名乌氏修行者如临大敌地隐匿在风雪中时,丁宁直接走出了营帐,那名老妇人则抱着一件罕见的银雪貂制成的裘衣追随丁宁而出。她摆了摆手,让那些修行者尽数退去。

丁宁静静地站立远离营区的一处雪岗高处,雪落在身上,也不见他拍打。不多会儿,他整个人都变成了雪人。

风雪中终于出现了那些青色苍狼拖着的车辇。漫天洒落的雪粒突然紊乱了些,飞舞出许多唯有丁宁才能感知得到的青黑色线条。

这次的重逢相隔时间并不长,然而和之前很多次截然不同。

一张清丽的容颜进入乌氏这个荒凉而蛮横的世界,逼得周围的风雪都似乎一滞。

老妇人笑了笑,越过丁宁,迎了上去,伸手将抱着的裘衣披在了长孙浅雪的身上。看着长孙浅雪不自然蹙起的眉头,她温和地笑了笑,道:"爱屋及乌,而且你真的很美。"

长孙浅雪在长陵一向穿着寻常衣衫，此刻披上这件华美的裘衣，顿时少了几分清冷，多了几分高贵。

"谢谢。"她略微迟疑了一下，然后对着这名老妇人致谢。

老妇人又笑了笑，不再多说，而是发出了一声奇异的啸鸣。她后方远处的风雪里骤然涌出数团雾气，又一队狼群腾云驾雾般涌了出来。这队拖曳着车辇的狼群每一头都极为高大，身体里蕴含着天地元气流转的味道。

"再会。"老妇人说罢，便转身离开。

丁宁与长孙浅雪两人对视着，却都不言语。过了片刻，长孙浅雪转身走向那队新的狼群拖曳着的车辇，掀开厚重的车帘，跨了进去。

当丁宁随之进入，狼群开始拖曳车辇时，长孙浅雪才抬起头来，看着对面的丁宁，问道："为什么一定要我过来？"

这次的开口，似乎比以往任何时候都要困难。

丁宁沉默了许久，才说道："我回到长陵，做的第一件事便是找你。"

他的这句话并非正面回答长孙浅雪的问题，然而长孙浅雪却明白他的意思。

"有些事情，错了还能重来吗？"长孙浅雪的语气很清冷，却花光了她所有的力气。

丁宁深吸了一口气，道："要看能不能原谅。"

长孙浅雪问道："一个人的原谅，比复仇还重要吗？"

丁宁慢慢说道："是。"

长孙浅雪沉默了许久，然后转身正对着车门帘。她身上涌起的气息掀开了车帘，她呼出的空气似乎和外面苍茫的天地连成了一体，仿佛只有这样，她的心胸才可以变得真正开阔起来。

"我原谅了'那人'。"她似对丁宁说，又似对自己说。

丁宁的眼睛里有了些雾意，轻声说道："我不是'那人'。"

继而，他坐到了长孙浅雪的身边。即便是在酒铺同床双修时，他和长孙浅雪依旧保持着一尺的距离，然而此时他坐在长孙浅雪的身边，长孙浅雪却并未拒绝。

"为何一定要死？"长孙浅雪的询问中带着几分关切。

丁宁看着前面苍茫的天地，道："因为生不如死。"

长孙浅雪的身体微微颤抖起来，道："九死蚕的秘密，你早就知道？"

丁宁微苦一笑道:"除了幽王之外,没有人修炼过九死蚕。如果没有身试,谁会预先知道九死蚕的秘密?"

长孙浅雪又隔了许久,才问道:"到底是怎么回事?"

"无形化有形,如吐丝结茧,破蛹而出,需要很长的时间。神识拘于无边黑暗,茫茫然不知有无终日,甚至不知岁月。"顿了顿之后,丁宁苦笑起来,"就像是困在一间黑屋里,不知何年才是尽头。"

长孙浅雪不再说话,不知何时,她湿了眼睛。

狼群拖曳着车辇在风雪里前行。

不久之后,丁宁呼吸渐粗。从潜匿在长陵开始,到此时和长孙浅雪一起位于无人的苍茫天地中,他终于有了一刻的放松。多年以来,他无时无刻不在小心筹谋算计,这一刻竟然倚靠着长孙浅雪的肩膀进入了梦乡。

车帘依旧敞开着,那些从天空坠落的重雪落到这车辇周围,畏惧般朝着两侧洒落。

长孙浅雪体内的那柄剑,便是风雪的王者。只要她一个动念,便能驾驭所有风雪。很多年来,这样一柄剑的寒气只被她一个人用血肉温暖。

过了许久,丁宁才缓缓醒来。他从未想过自己竟然会睡着,不由得愣了愣。多年以来,这是他人生中最为温暖的时光,他有些舍不得动。

在他睡着的这段时间里,长孙浅雪想了很多事情,她面容上那副清冷的神情又淡了不少,眉宇间的线条变得柔和起来。终于,她开口说道:"以后不要告诉我与九死蚕有关的任何秘密。"

丁宁微微一怔。

"我不想让人从我身上得知它的秘密。"长孙浅雪微微侧转过头,近距离地看着丁宁,美丽脸庞上有着说不出的倔强,"我知道你没有绝对的信心,否则你不会要我来到你身边。"

"我这么着急让你过来,是因为你和林煮酒他们不同。他们会完全听从我的话,而你却不会。"丁宁认真地解释了这一句,然后点头道,"你说得对,我对战胜郑秀和秦王并没有什么信心。"

"既然已看清了她,为什么还没有信心?"长孙浅雪有些憎恶地说道。

丁宁道:"她虽然亲手毁了巴山剑场,但是巴山剑场的东西她却都学到了。这些年来，她变强了许多。"

"所以你忌惮郑秀远胜秦王。像她那样的人，若是到了八境，的确比秦王要可怕得多。"长孙浅雪长长的睫毛微微颤动着，"现在我到了你的身边，双修能让你的修为进境更快一些，你又有人王玉璧在手……平心而论，你到八境快，还是她到八境快？"

丁宁没有丝毫犹豫，道："自然是她。我把《续天神诀》交到了她的手里。"

长孙浅雪不解道："为什么要这么做？只是因为要得到申玄的帮助？一名大浮水牢的狱官，真的有那么重要？"

"申玄当然没有《续天神诀》重要，但是他是个很特别的人。像郑秀这样的人，绝对不会满足于现在的境地。她现在眼里最强大的敌人，不会是巴山剑场和尚且弱小的九死蚕，而是秦王。秦王能够容忍她，是因为他觉得她不会真正威胁到自己。但《续天神诀》到了她的手中，她变得越来越强大之后，秦王还会任由她发展下去吗？总体而言，我们的胜算还是会多一些。"

"那我们现在要去哪里？"长孙浅雪问道。

"东胡最西北处有一些巨大的冰川，天地元气太过稀薄，修行者极难进入。先前灵虚剑门发生了一场刺杀，安抱石通过虚空境逃生，尸体却在那里被发现。所以灵虚剑门传说中最强的那柄剑，应该就在那里。我要去取那柄剑。"继而丁宁又补充道，"我们可以顺路去见见那名杀死了东胡大王的苦行僧人，有他的帮助，再加上你对于冰雪的驾驭本领，取那柄剑应该没什么问题。"

"既然如此，为什么你还这么担忧？"长孙浅雪感觉到丁宁有所担忧，便如实问了出来。

"我得到了《续天神诀》，又有大楚最为珍贵的人王玉璧，还有你的元气为辅，帮助修行。同时，祖山的长生不死药和《孤山剑藏》，也都落在了我的手里。顾淮死了，灵虚剑门几乎只剩下一半，接下来我若是再得大刑剑，炼为本命剑，便会占尽优势。然而我却还是担心。"丁宁忧心道，"直到此时，她还没有开始反击……她一定有一颗比顾淮还重要的棋子。"

长孙浅雪想得头疼，也没想出来郑秀安排的棋子会在哪里。

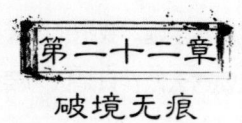
破境无痕

巨大的山体上有着自然风化生成的十字形巨大阶梯,只有在暴风雪略微停歇的时候,这些石阶才会显露出来,给人一种神迹般的力量。

那名老僧在杀死了东胡大王耶律真应之后,又回到了这座山里。此刻他一动不动地坐在苦修石窟的尽头,身体似乎和两侧石壁上雕琢出来的石头尊者变得一模一样,五官在昏暗的光线里变得模糊起来。

厉西星从外面刚走进这座石窟,一道金光便落到了他的面前。

这是一个纯金的面具,在昏暗之中泛着太阳般的光辉。上面数条独特的符文像是泪痕,从两侧脸颊一直流淌到下巴尖上。晶莹的光点在里面流动,就像是金色牢笼之中困锁着萤火虫的灵魂。

厉西星接住这个面具,目光顿时一凛,道:"这是完颜红花的面具。"

老僧笑道:"那人托你带给我的那片木片,告诉我有关我修行的真意,便是让我抛却繁华只取直。完颜红花是强烈反对耶律苍狼成为新王的人之一,所以我在回来之前,顺便去了一趟东胡边军,敲死了他。"

"顺便去了一趟东胡边军,敲死了他……"听着这句话,厉西星很无语。

东胡边军强者云集,要想在边军中杀人,甚至比去东胡王宫杀死大王还要困难。厉西星看着老僧问道:"论修为,论杀人,现在你可排第几?"

"第二?"此时这老僧有些孩子气,说了第二之后,他却莫名一凛,正色道,"至少也要第三。"

厉西星再度无语,他看着手中的面具,问道:"这算什么,送给我的礼物?"

老僧微咧着嘴,认真道:"你我有缘,我送件东西给你,也是理所应当的。几天不见，你应该炼化了某件本命物。这个面具叫作天凉泪，而你的那件本命物应该也出自天凉，两者之间原本就有联系。"

厉西星愣了愣，他感知得到手中的这个面具蕴含着很强大的元气力量，但是没有想到这东西也出自昔日的天凉。他先行致谢，然后才说道："我需要掩饰身份，这面具很适合我。你说得不错，我炼化的东西，正出自天凉祖地。"

老僧对天凉祖地四字似乎并不以为意，只是平淡说道："正是机缘。你现在来找我，又要给我带来什么机缘？"

厉西星将面具戴上，回道："托我带东西给你的人会从这里经过。"

老僧呆了呆，石窟里的光影似乎瞬间错乱了，他激动地颤声道："他现在在哪里？"

厉西星道："算时间，距离这里应该只有数百里了。"

"带我去。"老僧急切地从紫红色褥子上站起。继而，随着厉西星指点的方向，他每跨出一步，便走了数百丈。天地间的距离，仿佛在他的脚下缩短了。

他的眼睛里充满着热诚，就像是第一次领悟上师的教诲，第一次感觉到天地元气存在一般。即便是此时的厉西星，也无法理解他的心情。只有昔日到达长陵，真正经历过那一战的修行者，才能真切体会到"那人"在修行的道路上走了多远，才能体会到"那人"对于天地元气和剑道的理解有多可怕。

修行手段可以传承，修行境界却无法替代。当那一片足以指点他修行的木片传递到他手中时，他已彻底明白对方到底是谁。

因为太过激动，他甚至没有在意自己体内真元的损耗。他笔直地朝着厉西星所指的方位前行，直至感知里出现了狼群和比冰雪更寒冷的气息。他激动不能自已，在风雪之中跪拜下去。

狼群停了下来，丁宁下了车辇，对着积雪中伏地跪拜的老僧躬身回礼。

老僧这才起身，他看着奇迹一般看着丁宁安静平和的面容，惊喜道："想不到您还活着。"

丁宁的神容没有改变，平静地说道："生死很难界定。"

老僧呆了呆，真诚道："这是其余修行者毕生都无法接触的领域。"

丁宁转而说道："我有求于你。"

老僧异常简单道："有求必应。"

"你的确是个异数。"丁宁看着他，笑了起来，蕴含着常人根本无法理解的喜乐。

第二十二章 破境无痕

老僧像个后辈般恭顺地站立着,道:"我想请教上师一个困惑许久的问题。"

丁宁道:"尽可问。"

老僧道:"当年在长陵,天下所有强者都不能挡您一剑。当时您只是远远地看了我一眼,便看出了我的破绽,为什么还让我活了下来?"

"我方才便说过,你是个异数。"丁宁看着他,认真说道,"天下各国修行者汇聚长陵,都是畏惧一人太强,故而群起而灭之。但你不同,你的修行境界遭遇桎梏,来到长陵只是想看一眼自己永远都达不到的境界。你拥有这种求道问死之心,我又何必多杀你一人。"

老僧看着丁宁,说道:"我本是东胡一普通牧民家的孩子,因家里太穷才被僧众收养。经上师指点,知道了修行,感悟到了天地元气,人生这才有了意义。上师带我入山,教我修行,而您在长陵令我见到毕生难以达到的境界,这份恩德与上师无差,所以我便以上师之礼来侍奉您。"

"我要去东胡西北境那些冰川之上,取一柄剑炼为本命剑。"丁宁丝毫不掩饰自己的目的,"虽然我点通了你修行的关隘,让你距八境只差那最后的半步,但是这半步之间的玄妙,却最为关键,只能靠自己领悟。我未曾踏足八境,也不知道八境的玄妙,和你一起前去那里取剑,希望你我各有所得。"

话已至此,二人不再多言。老僧登上了用于堆放杂物的车辇,车队开始缓行。

东胡西北地势不断增高,丁宁几人很快便接近了雪线。寒意太浓,寒气凝于高处,甚至连雪都落不下来。整个天地都是明镜般的冻结,偶尔有大片冰雹砸落。

前方的车辇里,丁宁看着长孙浅雪,缓慢而详尽地说道:"每个人的人生轨迹不同,际遇不同,喜好和追求便会有所不同。哪怕是双胞胎,也会有截然不同的性格和喜好。苦行僧的枯坐禅、闭口禅等修行法,修到高深处,便会彻底看清自己。要想真正看清自己,不只是要提高精神感知能力,还要提高整个身体的高度协调能力。"

"其实修今生而不修来世之说,指的并非虚无缥缈的投胎转世,而是在强调今生修行的重要性。人之身体内里,穴位关窍如日月星辰密布,不同的修炼法与剑经,走的便是不同的窍位。我们长陵的修行者,即便修为再高,也同样需要从窍位之中释出天地元气,流通真元。我们身体的协调能力,难以和他们这种修行法相比。所以他们最强的手段是自身,而不是外物。"

"别看这苦禅师身体干瘦,他们体内能爆发出的力量却比同阶的修行者要强大得多。

他们身体内部的各个窍位，每一条经络，每一丝血肉都能高度地协调在一起，所以我告诉他要依靠自身的力量，直接达到目的。抛开各种剑术杖法招式，按照身体本能一杖击敌，便是他最强的手段。和他交手的那些七境能力虽强，却想不到他会使用这样的手段，就算有心阻挡，也无力回天。"

"过往的苦修让他看清了自身，而我过往的修行，却让我看清了别人。"丁宁接着缓缓说道，"像他这样的修行者，要见的是更多未知的风景，而申玄想要的，却是不被人像狗般看待。"

地势越来越高，天地元气越来越稀薄，即便是可以用妖兽来形容的苍狼都前行得越发困难。

丁宁和长孙浅雪偶尔谈些长陵旧事，偶尔谈论修行的问题，后方车辇之中的那名老僧，却失去了平静。

丁宁似乎并没有刻意冥想修行，身体周围也没有天地元气波动，然而这名老僧却感觉到随着时间的缓慢流逝，丁宁体内的气机在不断增长，这种增长对于一名修行者的修行进境而言，完全可以用恐怖来形容。这种感觉，就像是前面有着一座高山，丁宁走过去之后，那座高山却无声无息地消失了。

当那些苍狼体力不支，终于停了下来的时候，老僧感知到丁宁已经悄然无息地过了六境中阶，似乎距离七境并不遥远，他忍不住出声相问："真元的蓄积、对于身体的滋养和改变，都需要时间，为何能够逾越？"

丁宁抬头看着前方的冰川，他的呼吸有些困难，却笑着说道："原本我也以为修为进境毫无捷径而言，但听到安抱石的尸身在这里出现的那一瞬间，联想到那虚空境，我顿生感悟，有时候不需要改变环境，却可以辟一道捷径。人和其余生灵最大的差别，并非能够利用工具，而是能够创造。"

老僧的身体如同骤然遭受雷击，猛烈震颤了一下，问道："哪怕您能缩短六境到七境的时间，动用一部分七境的力量，但您六境的身体恐怕无法承受七境的修为，空有境界和力量而无法动用。"

"即便不能常用，偶尔动用一次，或者炼一下本命剑元，却有法可循。"丁宁看着他说道。

老僧再次一震，心悦诚服地赞叹道："不错，那样就足够了。"

东胡西北边境这些冰川山脉茫茫然不知方圆几千里，即便是这些山脉下的高原牧场，

第二十二章 破境无痕

也远远超出世间其他地方很多山峰的高度。当这些拖曳车辇的乌氏巨狼都无法前进时，天地元气已稀薄到寻常人根本无法活动的地步。

两座近乎笔直的雪峰之间，是一条如同魔王巨舌般的冰川。它的表面已被风沙侵蚀成蓝黑色，嵌在冰中的灰尘如同铁锈一般。

丁宁手中持着老僧的木杖，缓步走在这冰川上。即便是七境修行者，在这种无法正常呼吸的高度上，也需要不断消耗存积于体内的天地元气来维持体力。丁宁此时不过是六境中阶，行走起来十分困难。他此时的呼吸沉重得如同风箱鼓动，然而身体里却依旧得不到充分的空气，面孔变得越来越赤红，嘴唇渐渐发紫，神经无比鼓胀。

老僧如侍者一般赤足行走在丁宁和长孙浅雪的身侧，两只脚掌和整个腿部看上去几乎没有多少血肉，但是其中却蕴含着某种难言的力量，仿佛他用力一跺便能将这条冰川踏破。

这种冰川上蕴含着无数凶险，看似毫无异样的平地下方，却时有薄薄的冰壳覆盖着深不见底的恐怖裂缝，所以他的注意力始终高度集中着。然而随着这跋涉开始，他的眼帘中渐渐泛出讶色。

他感知得出长孙浅雪的修为远超七境，然而令他惊讶的是，长孙浅雪行走在这样的地方，似乎比他还要轻松。他平生只去过一次长陵，其余时日都是闭关苦修，所以并不知道长孙浅雪的来历。但是能在这种地方行得如此轻松，说明长孙浅雪体内的本命物，便是这冰雪世界的王者，对于这种地方的天地元气的感召，远胜一般本命物。

自己应该算整个天下最适合在这种地方行走的修行者，现在再加上这样一名强大的女修行者，他三人若是得不到灵虚剑门那柄藏匿在山中的剑，天下便无人能得到这柄剑了。

然而就在这刹那间，他和长孙浅雪、丁宁三人同时感知到了一丝危险的气机。

前方被切割成片片石林模样的冰川里，骤然涌起几道异样的寒流。数道寒光带着古怪的啸鸣，好像幽魂在哭泣。迎面而来的是五支极为纤长的羽箭，无论是尾翎还是箭杆都是金属制成的，通体篆刻着符文，其速度甚至超过了一般修行者的飞剑。

老僧伸出右手，五根手指分别弹动了几次。只见那数点空气里的雪砂变成了带着恐怖力量的雪尘，轰击在那五支羽箭上。空气里发出一声恐怖的爆鸣，这些羽箭被彻底震碎成无数片，倒飞回去。

那些石林般的冰川之后，隐约显露出数人的身影，均手持长弓，然而他们还未来得及施出第二箭，身体就已经被无数倒飞而至的金属碎片洞穿。这些带着他们体内热血的金属碎片溅射入他们身后的冰川，每一片都带起了巨大的爆炸。爆炸产生的巨大气浪将这几名身体还在溅射着鲜血的弓手往前抛了起来。

当丁宁刚刚眯起眼睛时，这几名弓手便如落石般轰然砸落在他的身前。丁宁身体微微前倾，想要将这几名弓手身上的装束和其他细微之处看得更仔细些，但也就在这刹那间，这几名弓手喉咙间微响，同时涌出带着浓烈腥臭气息的黑血，继而断了气息。

这种腥臭的味道是黑腹毒的典型气味。黑腹毒来自于山地一种蝮蛇的毒液和数种毒草的混合，毒性霸烈无比，七境之下的修行者中毒立毙，即便是再高明的医师也来不及施救。此毒虽然厉害，但极为稀少，并非人人都能用得起。

这五名弓手出手时带着一种身经百战的狠辣气息，自尽时动作整齐划一，好像是接受过严格训练的死士。

"这些是什么人？"长孙浅雪蹙着眉头看着这五名弓手口中不断溢出的黑血，问道。

"现在还看不出来。"丁宁摇了摇头，道，"这些羽箭和长弓应该是楚器。"

"楚人？"长孙浅雪明白丁宁的意思，此刻这五名弓手身上除了弓箭之外，显然没有其它代表身份的东西存在。秦国距离这里太远，最值得怀疑的便是楚人。

"有飞剑。"老僧皱眉提醒道。

在他出声的同时，长孙浅雪和丁宁同时感知到几处阴险气息。长孙浅雪没有动作，丁宁却将手中的木杖递还到了老僧手中。这根包裹了一层厚厚油泥的木杖仿佛成了老僧手臂的延续，被他砸入脚下的冰面之中。

一柄灰色小剑跳了起来。"咔嚓"一声轻响，这柄灰色小剑光芒尽黯，坠落在地。

老僧的木杖刺入下方的冰面之中。冰川内里传来一阵轰响，蓝黑色冰面层层炸裂，一条气浪奔涌前行。

"嗤"的一声轻响，一道速度极快的透明小剑破冰而出，被后方的气浪击中，瞬间弹射到上方高空之中，失去了控制。上方传来两声闷哼，接着两道风声往上而去。

老僧将木杖从冰层中提起，与此同时，他的右脚往上提起，眼看着要往前跨出。然而就在这时，丁宁摇了摇头，道："不要追。"

老僧右脚落下，脚下的风雷之势瞬间消失，木杖下方往上啸飞的冰雪也随之骤然平静下来。

那两道往上逃遁的破空风声此时未消，但就在长孙浅雪抬头往上看时，蓝黑的冰川

第二十二章 破境无痕

内里,却出现了一团耀眼的火光!下一刻,火光里便迸发出了一道惊雷。天地间陡然一震,那两名退却的修行者身下方圆数百丈的冰川,直接爆炸开来。

剧烈的爆炸直接将那两名修行者的身体撕扯成无数碎片,接着往外扩张的冲击波震荡着山谷,在周围的山坡上造成了大片的雪崩!

老僧目光微凝,木杖斜斜刺向前方。落雪未至,迎面涌下的狂风被强大的力量分成两半。

长孙浅雪转头看向丁宁。

丁宁和长孙浅雪心有默契,知道她此时心中的疑问,轻松道:"任何修行者都不是白痴。见过苦禅师的境界之后,这两名剑师还敢出手,一定有问题。"

"但是那样的爆炸不可能伤得了他。"长孙浅雪说道。

"这样的埋伏不足以杀死强大的七境,却能消耗强大修行者的真元。"丁宁揉了揉发疼的脑袋,接着道,"用生命来消耗强大修行者的力量,最终胜之,这是军队常用的手段。但是一开始便用两名五境的剑师来消耗强大修行者的力量……这样的统帅和军队,一定很变态。"

长孙浅雪想到方才那两名在爆炸中被撕裂的剑师,厌憎道:"会是谁的军队?"

"不知道。"丁宁摇了摇头,"既然有这样一支军队挡道,我们要取剑就不会那么容易。"

雪崩来得快,去得也快。千军万马奔腾般的冰雪巨浪之后,无数缕冰雪碎片飞烟在缭绕。

长孙浅雪缓缓抬头,只见上方冰川一处平缓处,一团巨大的黑影矗立在气雾般的烟雪之中。

那是一群如巨蜥般的妖兽,体型比牦牛要庞大数倍,身上覆盖着厚厚的黑色毛发。这些巨兽的颈间缠绕着玄铁锁链,锁链的一端在这妖兽背上的骑士手中。

这些骑士都穿着黑色皮甲,面部用褐色的棉布团团包裹着。

丁宁转头看着老僧和长孙浅雪,缓缓说道:"用最省力的战法。"

长孙浅雪眉头微蹙。这些妖兽是雪犼,是一种生活在北海沿岸,类豹般的雪兽。它们非但是群居,速度惊人,而且力量和耐力都极强。

此时一眼望去,在烟雪中现身的雪犼至少有百余头。以这些巨兽作为骑乘的骑士,如同移动的营帐,在此间行走根本不需要消耗多少体力,甚至可以拖曳食物和军械。什么样的军队，可以拥有这么多强大的异兽？

冰雪颗粒打在丁宁的脸上，带来针刺般的感觉，让他的眼睛不自觉地微微眯起。在他的印象里，没有一支军队以雪犼为坐骑。眼前这支军队冷漠淡然，仿佛早已将生死置之度外。而他们出现在此处的目的，便是不惜一切代价杀死自己这一行人。

老僧的眼眸深处也出现了一丝异色。此时出现的骑士修为低下，根本不是他的对手。然而在这种地方，即便这些人排着队一个个等着他去敲，他也要耗费一部分体力和真元作为代价。

他的脑海之中忽然出现了当年长陵的画面。效忠于秦王和郑秀的军队以及来自天下各国的无数修行者，都无法承受住王惊梦的一剑，但即便如此，王惊梦的脚步还是被阻挡在那一片街巷之中。

现在王惊梦似乎换成了他，蚁多咬死象的悲剧似乎又要重新发生。在接下来的一刹那，他往前踏出了一步，站到了丁宁和长孙浅雪的前方。他的脚掌落在雪地上，却没有引起一片雪花飞溅。而他前方的冰面忽然间剧烈地震动起来，那些雪崩引起的厚重浮雪，像波浪一般往下冲来。

上方的那些雪犼在背上骑者的驱使下，冲了下来。

丁宁和长孙浅雪平静地看着前方掀起的雪浪和那些轰然冲落的黑影。当浪头冲到最前方的老僧身上时，老僧才抬起头来，将手中的木杖刺了出去。"嗤"的一声，这根木杖挑开前方的雪浪，点在一头劈空而来的雪犼额头上。

这头被点中额头的雪犼瞬间死去，然而它的身体却因为一种古怪的抽搐姿势而猛烈地甩动着，身体往更高处跳起的同时，发出了"啪"的一声响，将背上握着一柄尖利青铜长矛的骑士甩了出去。

凄厉破空声和令人心悸的怒啸传了过来，数十道阴影向着丁宁三人落了下来。每一道阴影，或是巨兽的爪牙，或是背上骑者手中的长矛，或是后方骑者手中符器激发的弩箭，甚至还夹杂着飞剑。

天光变得更加昏暗，然而老僧的动作依旧极为简单，他手中的木杖只是不断地往着前方刺出。随着他的不断刺击，这些阴影一道道消失，一头头雪犼和一名名骑者抛飞在空中。

风暴席卷而过，正对着老僧的二十余头雪犼和背上骑者连续不断地砰砰落地。

看着这样的画面，那些骑者原本平静的眼眸里，顿时充满了惊惧的光芒。

丁宁的眉梢微微挑起,在四周的血腥气之中,他嗅到了一丝熟悉的气息。那是一种药草的气味,带着浓烈的土腥气,转瞬之间土腥气便化为了一股浓烈的甜香。

"龙血草。"他转头看了身旁的长孙浅雪一眼,点了点头,确定道,"是来自楚的军队。"

昔日大幽最精锐的一部分军队里,有一种丹药叫做行军丹。服用这种丹药的军队,气力和耐力都有惊人的提高,甚至可以连续数日不眠不休。对敌之时,这样的军队如有神助,可连续战斗,直至将对方绞杀干净。

大幽覆灭之后,行军丹药方失传,然而楚国却成功地发现了其中一味主药,便是龙血草。龙血草的功效虽不如行军丹惊人,但也能在数日之内刺激人体的潜能。

丁宁知道骊陵君必定和郑秀之间有着某种秘密的协议,然而楚国的控制者依旧是赵香妃,秦国的军队绝对不可能悄无声息地跨越东胡和楚边境来到这里,更不可能得到大量的秘药支持。

丁宁可以肯定这是来自楚国的军队。但他疑惑的是,这支军队为什么能违背赵香妃的命令出现在这里,还对自己一行人摆出不惜一切,必分生死的姿态。

除了他所相信的寥寥数人之外,世上其余人都认为他已经死去,更何况此时他与长孙浅雪都换了很厚的皮袄,以厚巾遮脸,这支军队根本不会判断出他二人的身份,最多只能判断出这名老僧的身份。楚军为什么会想杀死这样一名苦行僧人?

这些都是令人困惑的问题,然而眼下却来不及细细思考。刚刚从他们两侧冲过的剩余雪犰,已经再次冲杀了回来。

老僧毫不犹豫地把手中的木杖抬了起来,往四周刺出。

无论是雪犰的爪牙、身体,还是落下的箭矢、兵刃,在他的感知里最终都变成了各种粗细不一的阴影。他的木杖在这些阴影里游走,每一击刺出,最接近他和丁宁等人身体的一道阴影便随之消失。

鲜血不断地从木杖刺出的孔洞中冲出,在落地之时便已经结成冰珠。从四周飞坠出去的骑者和雪犰在落地时身体也变得无比冰冷。

第二十三章
神秘军队

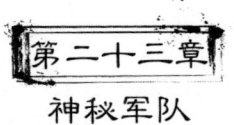

远处的一片冰川上，有一个冰窟。冰窟里停留着一支军队，不知有多少人。

这些人气息沉静，没有发出一丝声音，就像是寓居在这里的幽灵。

洞口有一名将领，身穿没有丝毫反光的黑色袍服。他微眯着眼睛，居高临下地看着老僧的杀戮，却没有让老僧和丁宁等人感知到任何异样。

他所在的这个冰窟口，就像是一道屏障，将这支军队的气息全部隔离。

所有的雪犰和背上的骑者都已经死去，然后迅速被严寒冻结成冰雕。猩红的鲜血在蓝黑色的冰川表面，如同妖异绽放的花朵，只出现一瞬，便迅速黯淡，变成一抹触目惊心的紫黑色。

杀人如插秧，农夫每插一簇秧并不会觉得劳累，但是要将一行水田插满，所有农夫都会很疲惫。老僧微微喘息着，轻轻地摇了摇头，转过身来，看着丁宁，目光极为复杂地说道："任何人都不是无敌的。"

老僧此时心中想的，是昔日长陵他所见的那一战。

对于这个时代的修行者而言，境界上的差距只存在于典籍记载之中，而王惊梦杀人长陵那一战，让许多修行者真正目睹了各个境界之间到底有多大的力量差距。同时，这一战也让天下所有人明白，哪怕是顶尖的修行者，依旧可以被缠住，被杀死。

丁宁和长孙浅雪都明白他这句话的意思和心中的感慨。然而丁宁却平静地看着老僧，道："能够被杀死，便说明并非无敌。"

老僧霍然一震。

"鹿山会盟上秦王也印证了一点，八境不足以无敌。"丁宁接着说道，"八境不足以无敌，便需九境。要想真正做到无敌，就需要超过这世间所有的修行者，达到他们永

远无法企及的高度。"

老僧呆了一呆,一息之后,他尊敬地看着丁宁,问道:"昔日我听人言,您最初所想,是要成为天下剑首。您所说的天下剑首,便是要远超出这世间所有人,任凭千万人,都不能杀死您?"

丁宁点了点头。

老僧默然片刻,道:"后来为什么改了主意?"

"那时年轻气傲,认为打遍天下容易,而一统天下,让所有人赞服难。谁料想,到头来还是走回了老路。"丁宁轻叹了一声,说道。

老僧想了想,说道:"昔日您要成为天下剑首简单,但是如今要成为天下剑首却很难。我不是说您现在修为低,而是说当时您创造了一个时代,和巴山剑场一起将整个修行者世界的境界都往前推进了一步。"

老僧说的道理实际上很简单。数名卓绝的宗师往往能够影响一个时代的兴衰。王惊梦和巴山剑场崛起之时,六境七境之上的修行者数量的确很稀少,然而在巴山剑场那些强者的影响之下,许多宗门纷纷崛起,一些原本境界不高的人也都成了足以影响时代的宗师。现在丁宁想要天下无敌,除了需要打败秦王这样的八境,还要面对着其他强大的修行者。

老僧继续问道:"您是否到了秦王的境界?"

"昔日在长陵,我的修为境界介于七境至八境之间,只比你现在略强一些。"丁宁顿顿,又道,"后来我在长陵十数年,仔细纠正着自己以往修行中做错的环节,同时思考着七境和八境之间的问题。此时若论境界,自然要比秦王高出数步。"

老僧愣了愣,自嘲般笑了起来:"是我糊涂了。昔日您便远远领先于秦王,即便让他数年,他也赶不上您。"

丁宁看着他,认真道:"光有境界是不够的。"

老僧想到来此山的目的,又看了看手中的木杖,彻底醒悟过来,道:"还有身和器,以及时间的累积。"

丁宁点了点头,没再多说。

"我想侍奉在您身旁。"老僧微躬身,以长陵礼节对着丁宁行礼,郑重道,"普天之下,只有您才有可能成为天下剑首。"

他的肌肤紫黑如漆,但是说这句话的时候,身上的肌肤却在阳光的映衬下,闪耀着淡淡的金光。

这一处的天地元气虽然淡薄，却不时有圣洁的光柱从高空中落下。

远处冰窟里，如幽灵一般伫立，静静远观着老僧的那一名将领，眼瞳里第一次出现了震惊。

他不知道丁宁和长孙浅雪到底是何方神圣，同时，相隔太远，他无法听到老僧和丁宁的谈话。然而，这老僧和丁宁进行寥寥数句对话之后，竟然隐隐要破境成功，进入八境。

到底是什么样的修行者，仅以一些言行，便能对这名苦修僧的破境形成强大的助力？

这名老僧在启程前已经说过类似侍奉的话语，但是丁宁明白这名老僧此时的话语和之前有很大不同。

他要侍奉在丁宁左右，便意味着接下来他会时刻守护丁宁，直到丁宁成为天下剑首。

那是他自己达不到，却想要看到的境界。老僧修行一生，只是想看到更高的境界，不管是他达到，还是见证别人达到。

看着这名老僧肌肤上自然泛出的淡淡金光，长孙浅雪深吸了一口气，转头看着丁宁问道："七境到八境，破境的关键，不在于汲取，而在于放？"

丁宁从未踏足八境，此时老僧临近破境，正是对他心中所想的印证。他凝重地缓缓说道："在于放，还在于不固于己身，不破不立。"

"散功？"长孙浅雪皱了皱眉头，道。

"要想达到八境，恐怕就要如此。破除所有修为，让精神意志和身体无限放空。"丁宁看着她和老僧，微苦道，"昔日我一直担心这是一个周而复始的循环。许多典籍中虽然有八境修行者的存在，甚至还提及九境，然而我们那个时代，却没有人能够真正进入八境。所以我便想着这破境应该如同生老病死一般，散功之后，又重新炼起。真元可以散尽，身体可以放空，但精神意志，又如何放空？"

长孙浅雪认真地听着，她很清楚当年的王惊梦能够远远超出当世的修行者，正是因为他敢于质疑经典，创造出与众不同的路。

丁宁微微抬首，又深吸了一口气，缓缓道："后来我想清楚了，精神意志所谓的放……便是最深的执念。无形之物如有形之物一样，也有某种最深的执念。心胸不够开阔的人，精神意志更容易收缩凝聚于一点。"

长孙浅雪看着眉眼尽是伤感和感慨的丁宁说道："所以并非那种心胸开阔，心系天

第二十三章 神秘军队

下苍生的修行者能由七境到八境,反倒是特别执念于一点的修行者,甚至是心胸极度狭隘的小人,才有可能真正破七境入八境。"

"是啊。"丁宁苦笑起来,"谁能真正做到大仁无私?但要做到小气、自私、贪婪,却极为简单。天下无真正的仁者,但却有真正的痴者。"

"走吧。"长孙浅雪点了点头,出声道,"接下来我来带路。这里的冰川亘古不化,虽然能掩埋修行者经过的痕迹,但是只要那灵虚剑门的宗师从此处经过,我就能感知得出来。"

九幽冥王剑和天地间的极寒元气有着自然的感应,即便昔日那名灵虚剑门的大宗师行进的痕迹早已被风雪和岁月掩盖,长孙浅雪依旧能找到。

至于那支军队,不管对方的目标是老僧还是那柄剑,对方先行和他们先行,都不会改变这场绞杀本身。

三人启步,老僧依旧走到最前方,丁宁手中则握着老僧的木杖。

长孙浅雪能够捕捉到那名灵虚剑门的修行者留下的一些气息残留,却不代表任何时候都能精准地把握。当那轮似乎永远都不会落山的太阳即将消失在这些冰峰后的地平线上时,她看着前方突然笑了起来。

她很少笑,此时一笑自然不同寻常。

丁宁已经有过数次要沉沉睡去的感觉。当极度的困倦袭来,身体将要失去知觉时,他体内那些看不见的细蚕便活跃起来,如吐丝般吐出元气,让他再度清醒过来。然而潜匿在他体内的九死蚕不可能无休止地往外释放元气,他积蓄了许多年的元气,尤其是在祖地那场灵雨里吸聚到的极为精纯的灵气,都在他之前的悄然破境之中消耗殆尽。

而且,他体内大部分九死蚕的力量,在镇压着长生不死药的药力,根本不能时刻补充元气。此刻看着长孙浅雪矜持的笑容,他微松了一口气,轻声问道:"快到了?"

长孙浅雪的目光落在前方平坦的冰川上,嘴角的笑意更深:"灵虚剑门的这名前辈,可真会布置障眼法。为了掩盖这片湖,他竟然直接将这片湖面冰封成了冰川。"

丁宁微微一震,看着脚下的冰面问道:"这下面是一片湖?"

长孙浅雪看着他,说道:"是一片热湖。"

走在前方的老僧微微犹豫了一下,从丁宁手中接过木杖,略微用力往冰面上刺了一刺,冰面上出现了一个垂直往下的细孔,一缕热气像喷泉般涌出。接着,热气很快消失,那一个细孔被重新冻住。

这下面的确是一片热湖。

那名灵虚剑门的修行者用强大的手段直接将这处热湖的表面用极厚的坚冰封住，便是不想让人发现此地的异处。然而他在此处所遗留的气息，对于长孙浅雪而言却浓重到了极点。那热湖与她本命剑的呼应，简直是火遇到了冰。

三人沿着冰封的湖面继续前行，在湖面的另外一端，隐隐和长孙浅雪本命剑呼应的气息，似乎就是此行的终点。

细小的冰片在脚掌下碎裂，发出"咯吱咯吱"的声音。这种声音虽然和在别处行走时没有任何的区别，但是想到脚下是一片水温很高的热湖，丁宁的心中不断生出怪异的感觉。

当丁宁、长孙浅雪和老僧的身影出现在湖面的中心地带时，一侧的湖面边缘，缓缓出现了许多高大的黑影。

那些黑影依旧是雪犼。足有两百余头雪犼，如潮水般涌过湖面边缘，朝着他们涌来。

这些雪犼的背上坐着浑身包裹着厚重黑棉袍的修行者。另外，在这些雪犼群后方，还跟着一支军队。这支军队足有三百余众，全部都是步行，像幽灵一样悄无声息。

能够在这种地方徒步而行的修行者，至少需要六境的修为。然而即便是在巴山剑场时期，世上也绝无一支军队拥有三百余名六境之上的修行者。

眼下只有一个合理的解释，这些步行的军士虽不全是六境，却能像六境一样行走。如此看来，这支无声无息的军队甚至比前方的那些身影庞大的雪犼群还要恐怖。

冰川上的黑夜来临。

此时，丁宁他们面前有一根冰柱。这根冰柱只有一两丈的高度，在这种平坦的湖面上并不显得十分突兀。然而丁宁和老僧此刻都可以清晰地感知到，这根冰柱用了很长的时间才"生长"出来。

原先这里也是一片平坦，但是那柄剑截断了这下方的某股气机，硬生生地将此处和灵虚剑门之中的法阵沟通，元气的自然波动使得冰面慢慢往上鼓了起来，最终形成了这样一根冰柱。

所以这里便是此处的阵眼。那柄剑是这里的镇物，一定在这冰柱下方。

冰层微微地震动着。他们找到了这柄剑所在之处，那支军队也随之而来，而且根本不做任何隐匿，便直接发动了进攻。

在初始的试探和消耗之后，这支军队一直到此时才开始出手，说明这支军队可能和

第二十三章　神秘军队

他们有着相同的目标——寻找这柄剑。

高空里刮过的寒风陡然崩乱，稀薄至极的空气开始颤抖。漆黑的夜空里，忽然出现了一团幽绿色的火焰，就像是魔王的一只竖眼在天空中来回移动。整个湖面的冰片在幽绿色火焰的映射下，如同绿宝石般闪闪发光。而那火焰之中，却有着许多森寒的金色光芒。

这是天戮，楚国的强大符器之一，威力足以笼罩湖面数百丈方圆。

绿光粼粼的湖面上，已经卸下了负重的雪犰，变成了一道道庞大的黑色影迹，带着一道道狂风，冲袭而来。

"我们需要破坏那些符器。"长孙浅雪蹙起眉头，看着那些庞大黑色影迹的后方。

那些雪犰拖曳着的大多数负重，已经被卸了下来，矗立在冰面上。此刻将整个湖面映射得幽绿一片的天戮，只是无数符器其中之一。

"不需要。"丁宁转头看着她，摇了摇头，"凭他们的能力，只能动用这些符器一次。"

老僧微眯着眼睛，抬头看着那片幽绿色的火焰，轻易地判断出其中哪些流束会对他们造成真正的威胁。他抬起了手中的木杖，朝着上方的天空挑动了数下。

"咄咄咄咄！"无数恐怖的沉闷撞击声在这一刻同时响起。那片遮天蔽日，令七境之上的大宗师都不可能瞬间掠出它笼罩范围的幽绿色火焰，随着他这简单的数下挑刺，变成了往上冲的无数火花。

这片往上冲的火花和后继符器袭来的各种光焰再度撞击，一刹那间在半空之中形成了一条恐怖的长河，汇聚着无数可以将人的身体轻易撕碎的各色光焰。

这些光焰明灭不定，给人一种幻灭的感觉。老僧的动作忽然出现了短暂的停顿。当厉西星带信出现在他面前时，他万般苦修但凝滞不动的境界蓦然出现了松动，每一息都处在不断破境的奇妙境地之中。此时他脑海中的时空好像被带回了昔日的长陵，无数的剑和剑意闯入他的世界，最为清晰的，便是王惊梦那一道道简单却强大的剑意。

就在此时，一柄深红色的飞剑破空而至，飞剑上焰火的影迹倒映在老僧的额头上。

丁宁轻咳一声，老僧缓过神来，手中停滞在空中的木杖对着那柄飞剑刺了过去。深红色的飞剑在极短的时间里震颤了无数次，剑锋边缘的光影旋转绕结在一起，如同一个深红色的线团。"噗"的一声，深红色飞剑上真元四射，飞剑主人的真元被尽数逼出。

这柄飞剑倒飞出去，刺入了一头雪犰背上的骑者的左肩。此时，这名骑者正在全力投掷一根长矛。飞剑刺入左肩之后，这名骑者往后翻倒，坠在地上，身体瞬间被后方的雪■踩踏成血浆，而他手中的长矛虽然投了出去，却偏了方向，直接将前方一名骑者和他身下的雪犼洞穿，钉在冰面上。

后方一头雪犼收势不及，狠狠撞在这头被钉在冰面上的雪犼身上，发出令人牙齿发酸的骨爆声，上方的骑者刹那间被甩飞出去，撞上了天空中落下的一些流焰，身体燃烧起来。

丁宁没有去看这些画面，他的目光落向老僧身前一处空处。

老僧的杖尖朝着那处刺了过去。那原本空无一物的地方出现了一柄薄薄的灰色飞剑，撞在了老僧的杖尖上。

薄薄的飞剑剑片从中折断，断裂成并不均匀的两片，斜飞出去，其中一片落在一名骑者的脖颈之上，将这名骑者的头颅轻易地切了下来。另一片则直直插到了冰层之中，入冰三分。

丁宁的目光不断落向老僧身周，老僧的木杖则随着他的目光所到之处而落。

木杖的动作顺畅自然，老僧的整个身体包括意念感知，也变得前所未有的顺畅。他把握住了昔日王惊梦杀入长陵时使用的这种剑意，用最简单、最快的手段来杀人，但是此刻他依旧有些难以理解，问道："怎么会这么快？"

"顺风而行永远比逆风而行快。"丁宁收回目光，看着他求知的眼瞳，道，"我所说的顺风而行，不只顺应天地元气的所向，还要顺应对方的势所向。你的快加上对方的快，才是真正的最快。"

老僧顿悟，笑了起来："原来是这样。"

丁宁回应道："你的修身之法加上巴山剑场的这门剑经，便是昔日的王惊梦也没有你快。"

"即便比您快，也绝对不会比您高。如果没有你在旁指点，就算我悟到了这样的剑意，也施展不出来。"老僧以长陵礼节躬身行了一礼，这才转过身去。

二人完成了简单的交谈之后，冲过来的雪犼已经倒下了大半。

丁宁的目光不再落向老僧的周围，老僧也不再需要他提带。老僧的木杖依旧简单地刺出，速度之快达到了修行者之最。

湖泊的边缘处，那支如幽灵般的军队始终没有动作。

即便是所有雪犼和骑者都变成了冰面上的雕塑，这支军队始终静静地等待着。

直至所有符器的光芒彻底黯灭，冰封的湖面上重新陷于黑暗，军队最前面那名将领

第二十三章 神秘军队

身后的一名副将才躬身行了一礼,轻声道:"没有人能抵挡这名苦修僧的一击,所以今晚会死很多人……但只要将军您能活着就好。"

老僧手中的木杖落回冰面。杖尖在短促的时间里刺穿了太多的血肉,还残留着很高的温度,在接触冰面的时候"嗤"的一声,冒起了一条白烟。

这老僧得到了昔日巴山剑场的真传,战力朝着世间最高处迈出了很大的一步,整个人正处于莫名的欣喜和兴奋之中,然而此时,他却不自觉地皱了皱眉头。

飘飞的冰屑里缓缓走出一道身影。这人的脸面用厚厚的黑布遮掩着,背负着两柄长剑,一青一红,在黑暗之中闪闪发光。此人正是那支军队最高将领旁边的副将。

"铮"的一声轻响,两柄长剑同时出鞘。只见那青色剑柄的长剑剑身是红色,红色剑柄的长剑剑身却是青色,在黑暗里显得分外诡异。

这名副将双手交叉持剑,前行的脚步越来越快。而那两柄剑在黑暗里迅速变成了两条光带。

老僧朝着前方踏出一步,手臂伸得笔直,木杖顷刻变成了一道纯粹的直线,刺向这名副将的眉心。

"噗"的一声爆响,这名副将的眉心被轻易洞穿。杖尖上的力量深入他的颅内,强烈的压力甚至使他的眼瞳往内凹陷,他却依旧进行着自己的剑势。

老僧额头上的皱纹深了数分,随着那一声轻微的爆响,自他杖尖透出的力量便已经断绝了这名副将的一切生机。然而他眼睛的余光却落向了自己的胸腹两侧。他那难分本色的僧袍上,出现了两道裂口。裂口内里是他紫黑如精钢的肌肤,肌肤上有两道浅浅的白印。

杖尖脱离这名副将的眉心,点在冰面上的同时,这名副将的尸身往后倒下。

老僧虽然不费力气便刺死了那名副将,但是那名副将却能够斩破他的僧服,在他的身体上留下印记。这说明那名副将比他在东胡王宫里遇到的修行者都强。一名副将都到了这种程度,可见这支军队的强大。

老僧的目光平视着前方,只见那支幽灵般的军队又动了一人。

一名和这名副将同样打扮的修行者越过了为首的将领,沿着这名副将走过的路,独自朝着这老僧走来。

这支军队虽然很强,却不是老僧的对手。但是他此时要尽可能地保存体力,所以,即便是轻微的空气阻力,都成了他考虑的重要方面。

第二名敌人走到老僧面前时，老僧才抬起木杖。杖尖精准地刺在对方的心脉处，天地间发出一声沉闷的轰鸣，这名修行者的身体由内向外爆炸开来。

老僧的身体上发出了无数"啪啪"的响声，他身上的僧袍再添了许多孔洞，孔洞内里他那紫黑色的肌肤上又多了许多印记。

长孙浅雪呼吸一顿，脸色渐渐发白，几欲作呕。尤其是看到老僧身上的许多印记后，她体内气海开始震动。然而就在此时，丁宁握住了她的手，对她摇了摇头。长孙浅雪缓缓吸气，气海的震动消失。

老僧自然感知到了长孙浅雪出手帮忙的打算，他没有转身，再往前踏了一步。

黑暗之中，走来第三个人。他使出的飞剑在距离老僧十余丈外飞出时，他便已经死了。这名修行者将体内所有的真元尽数逼出，灌注在了这一剑里。这一柄赤红色的小剑彻底燃烧起来，沿着笔直的线路，如陨石一般落向老僧。

老僧侧转了一下身体，这柄飞剑的力量卷飞了他身上的数片破布，越过他身后冰封的湖面边缘，刺入了后方的冰川里，然后发出了一道惊天动地的爆炸声。

第四个修行者是一个巨人，手中拖曳着一个巨大的铁锤。在这名修行者高高地举起手中铁锤之时，老僧的杖尖便洞穿了他的心脉。铁锤落下，在老僧前方砸出深坑，无数冰雪碎片溅到了老僧的身上。

接下来便是第五名，第六名……一人被杀死之后，立即有一人从军队中走出，到老僧面前受死。

这些死士的境界和老僧相距甚远，他们临死前的最后一击就是想尽可能地对老僧造成伤害。

老僧的木杖变得沉重，肌肤内里开始发烫，呼吸也渐渐灼热起来。

黑暗的一头，那支幽灵般的军队人数渐少，然而不断走到老僧身前赴死的修行者的目光却依旧冷静。那名始终站在军队最前方的将领眼眸深处闪烁着一种狂热的光焰，就像是冰面下燃起的火光。

他那蒙面黑巾下的唇齿之间鲜血流淌。在第一名副将走上前去赴死时，他便咬破了自己的唇。他拥有修行者难以比拟的视力，在这黑暗之中，他甚至可以看清老僧的每一个动作。他此时极为认真地看着老僧的每一次出击，追寻着木杖在黑暗中行走的轨迹。

这名为首的将领身后只剩数十人。蓦然间，他的双瞳愈发明亮起来。他的身体一动，身后一名正要走出的军士便敏锐地感觉到了他身上的气机变化，瞬间停下了脚步。

第二十三章 神秘军队

老僧的杖尖刚从一名修行者的胸口退出,数滴血在杖尖将落未落。他身前那两百数十具尸身堆积在一起,成了小山。

动步的将领急速地穿过了冰冷的空气,就在老僧杖尖的那数滴鲜血将落未落,将凝未凝时,出现在了这座尸山的顶端。

老僧霍然抬首,感知到这名将领身上散发出的极度危险的气息之后,他没有任何犹豫,再次跨前一步,直接到了尸山脚下。

在他的右脚掌落下的瞬间,一股强大的力量便将深不知多少丈的冰面炸裂,热气"嗤嗤"喷涌出来,所有的尸身全部被震得往上飞起。

借着这一踏之力,老僧体内涌起一股磅礴的力量,他的杖尖"轰"的一声朝着尸身飞雨间落下的那名将领刺了过去。

将领的身影在这飞起的尸身之间闪烁了一下,瞬间消失,复又重新出现在老僧身前。一片冰顺着他伸出的两指骤然加速,承受着他和周围天地间施予的力量,朝着老僧的眉心飞去。

老僧的瞳孔骤然收缩。他此时的修为仅次于秦王,在得到丁宁的传授之后,速度世所难。然而此时他却可以肯定,这片冰会比他的杖更快。

眼前之人修为在七境之上,修为境界虽然比不上他,但却能看穿他的剑招。而且他的体力消耗太过剧烈,出手速度明显比先前慢了许多。"轰"的一声爆响,老僧的左脚也迸发出不可思议的力量,已经被震裂的冰面一块块溅射出来。他的身体以一种恐怖的速度往后倒退,手中杖尖刺出的方位略变。

"嗤嗤"两声轻响,老僧的左肩上出现了一道前后通透的剑伤。

将领的左掌护在眉心前方,掌中心被洞穿。

两团血雾在空中飘洒,瞬间便被冻成红色的粉末,纷洒坠落。

老僧连退十数步,退至丁宁身前。手中木杖落地,兀自震颤着,地面上的热气和冰片不断往上飞起。

将领淡漠地看着老僧和丁宁、长孙浅雪,身体如放飞的风筝般往后飘飞出去,落向那支幽灵军队的前方。

第二十四章
剑是知己

"到底是什么人?"长孙浅雪深吸了一口气,看着面色极为凝重的丁宁问道。

"不是楚人。"丁宁缓缓说道。

先前对长孙浅雪和老僧说这是来自大楚军队的是他,此时说不是楚人的也是他。

"很强。"丁宁又说了一句。

老僧咳出了鲜血,他想将插在冰面下的木杖拔起,但是丁宁看着他摇了摇头,道:"你不要再出手了。如果你再出手的话,便回不去了。"

老僧点了点头。继而,他抬起了头,沿着那名将领破空落回形成的风流,感知着那名将领的存在。

那名将领也负了伤,但是对方依旧拥有再战之力。方才那一击,便是那名将领牺牲了那么多人,想要换到的结果。

长孙浅雪抬起头,往前跨出了一步,骄傲地挡在了老僧和丁宁的身前。

她的骄傲不只是因为她是此刻天下最强的女性修行者之一,还因为她从来都按照自己的意愿而活。

前方的风雪之中出现了一道风洞,即便在黑夜之中也可以清晰地看出那是一个人高速破空后留下的通道。

当那名将领负伤后退的瞬间,他身后的一名修行者已经替换了上来。所以在长孙浅雪抬起头时,风洞之中便出现了一截剑尖。

这道剑意很强,就像是裹挟着一片星空落下,非但速度极快,而且剑意所指如万千繁星闪烁,无法琢磨出到底哪一颗星才是真正带来死亡的星。

能够施展出这样剑意的人，在长陵也不算弱者。然而这名修行者遇到的是长孙浅雪。在长陵时长孙浅雪便能轻易地杀死跟随了白山水很多年的樊卓，更何况她本身修的便是至寒意，简直是这种极寒的冰川地带的王者。

她伸出右手，玉葱般的双指轻易地夹住了这截刺向她的剑尖，一层比这冰川上的色泽深沉无数倍的蓝黑色冰霜沿着剑身以无比恐怖速度往后蔓延，顷刻间便流淌到来袭的修行者身上。

"哗啦"一声，来袭的修行者直接碎裂成了一地的蓝黑色冰块。

在这一瞬间，浓重的黑夜似乎被冰冻住了。长孙浅雪身周飞着灰色的冰砾，刺骨的寒冷侵袭着每个人的感知。继而，她扔出了手中夹住的这柄剑。

"当"的一声，一名破风而来的修行者斩中了长孙浅雪投出的这柄剑。这柄并没有多少分量的剑被斩飞而出，然而剑身上的寒气却吹拂到了这名修行者的身上。这名修行者的身体还在急剧地前行，但在下一瞬间，他却变成了一摊碎冰冲击在湖面上。

那支幽灵般军队中剩余的修行者并未被这样的景象吓倒，然而当第三名修行者刚刚行出时，长孙浅雪伸手虚握，就像是握住了一柄剑。接着，一股强大的本命气息在冰封湖面上喷薄而出。这名修行者的眼睛直接被冻瞎，继而整个人变成了破裂的冰珠。

转神之间，长孙浅雪的本命剑真实地出现在手中。冰湖上的寒风和所有水汽全部被恐怖的寒气顷刻冻结，天地间出现了无数道冰纹，就像是无数朵雪花连接在了一起。

九幽冥王剑在沉寂无数年之后重现世间，毫无保留地施展着自己的力量。长孙浅雪挥剑，全力对着面前这支军队斩出了一剑。

这一剑名为寒潮。

风吹过，细微的冰晶形成了灰色的冰雾。冰雾里，那剩余数十人已不复存在，只有为首的那一名将领单臂横挡于前，依旧站立在湖面上。

他的手中握着一柄剑。那是一柄黑色的剑，细而长，贴着他的手臂，像臂盾一样。

"九幽冥王剑，想不到你竟然是公孙大小姐。"这名将领的动作变得缓慢，声音缓缓响起。

长孙浅雪看着这名将领问道："你是长陵人？"

"我久居长陵，也算是长陵人。"这名将领缓缓动步，朝着长孙浅雪走来，同时说道。

"是郑秀一直藏着的那支军队。"丁宁体内的九死蚕再次吐出精纯的天地元气，让他的脑海保持着清醒，他终于确定了这支军队的身份，在长孙浅雪的身后轻声说道。

长孙浅雪眉头微皱，声音微寒："杀神军，白启？"

那名将领没有回应。

在这种时候，没有回应便代表着默认。

没有什么人知道这支军队的来历，只知道秦国这支军队曾经的目的只有一个，就是杀死王惊梦。

这是郑秀无比隐秘地训练的军队，终日藏于陵区之中，就连当时巴山剑场的人都不知道他们的存在。这支军队尚未成熟，大变就已发生，王惊梦战死。王惊梦死后，这支强大的杀神军却留存了下来。

这绝对是郑秀最视若珍宝的一支队伍，方才那数百人，已足够显示其强大。现在郑秀却将这支军队砸在了这里……即便不擅长思考阴谋的长孙浅雪也已猜到郑秀想要做什么。她声音更寒道："郑秀也缺少一柄特别强大的本命剑。"

丁宁缓缓吸了口气，他终于明白这支军队为什么会比他们早一步到达这里。顾淮说这柄剑不在灵虚剑门，并不意味着顾淮从来没有猜过这柄剑的下落。他和郑秀恐怕早已怀疑这柄剑有可能在东胡最边缘的这片冰川里。所以说，郑秀发动对乌氏的战争，除了《续天神诀》和祖地之外，还有一个隐藏最深的秘密，便是这柄剑！

秦国对乌氏的那场大战，不只是要吸引乌氏和东胡的目光，还要吸引楚国、岷山剑宗的注意力，从而让这支杀神军神不知鬼不觉地到达这里！

若是没有那场刺杀，若是安抱石的尸身没有被冲到冰川下的高原冻土地带，恰好被东胡的牧民发现……那这柄剑只会落在郑秀手中。

丁宁感到一阵寒意，也感到无比庆幸。同时，他也感到不解。他略微改变了自己的声音，道："十三四年前，你才多少岁？军队里的人才多少岁？你们为什么一定要杀死王惊梦？"

这支军队之前展现出的意志，只可能来自于仇恨，而不可能来自于郑秀施加的威力。

"幸会九幽冥王剑，幸会公孙家的大小姐。"这名将领正是杀神军统帅白启，他看了一眼丁宁，目光又落回长孙浅雪身上，道，"在这种情形下，不是每个人都有兴趣向敌人倾诉往事。从某种意义上而言，王惊梦代表着巴山剑场，现在的你们也代表着巴山剑场。"

虽然他身上的伤口已经不再流血，但是老僧那一杖给他造成的伤势比一个前后通透

第二十四章 剑是知己

的伤口还要严重得多。在这种缺少天地元气的严寒之处,他浪费不起时间。

丁宁平和地看着白启,道:"巴山剑场从不怕算账,但至少要弄清楚帐出自何处。"

白启缓缓抬起头来,看着上方的夜空,淡漠道:"活人才能算账。"

白启的意思是丁宁和长孙浅雪以及这老僧都会死在这里。然而丁宁并非如此想,他对着身前的长孙浅雪,低声说道:"他现在的信心来源于郑秀。这里极寒,是你的领域;但也极高,距离星空更近,更容易让星辰元气坠落,所以这里同样也是郑秀的领域。郑秀已经得到了《续天神诀》,所以我不会干扰她的战斗,否则她将会知道我并未死去。在这里,你并不占优势,但是你很多年前就想和她一战,这些年在长陵你也一直等待着和她公平交手的机会,我对你有信心。"

"你对我有信心,我当然会胜。"长孙浅雪笑了起来。

她一贯高贵清冷,然而此时的笑容里,却绽放着狂热的味道!

早在许多年前,她便觉得自己不会输给郑秀。然而当时王惊梦已然接受郑秀,她即便比剑胜出,也没有任何意义。所以骄傲的她独自离开长陵,飘然远去。

公孙家被灭,王惊梦战死,她重回长陵潜修,日思夜想的都是能拥有和郑秀交手的机会,然后杀死郑秀!

黑色的天空里,骤然亮起了许多星光。继而,这些星光飘落下来。

一股本命气息从白启身前缓释而出,他手中出现了一柄本命剑。这柄剑狭长而透明,不见任何符文,就像极为纯净的白水晶,带着冷漠的杀意。

当白启横剑于胸时,这柄剑好像变成了一面镜子。飘落下来的无数缕苍白色的星火尽数落在他这柄剑上。

"每一次都是这样……利用这么多人,真的好吗?"丁宁想到了顾淮,想到了更多人,他冷笑着摇了摇头。

白启平静地往前推出这柄剑。他相信王宫深处那名女主人已经感受到了九幽冥王剑的气息,所以这次落到他剑上的星火才会分外炽烈!

无数束苍白星火落在镜面般的剑上,在剑锋的边缘如瀑布般流淌下来,形成薄薄一层,平行于这冰封的湖面,朝着长孙浅雪切了过去!

长孙浅雪的笑容骤然消失。她已经很多年未曾见过郑秀,但是她发现丁宁之前说的是对的,这些年来郑秀远比以前可怕,全力出手时,甚至已经超出了她的想象。

幽蓝的色泽在她的右手之中迅速地流淌、堆积。接着，她将手中这柄天下间最凶最寒的剑轻柔地往前划出，就像用眉笔画了一道，落在了迎面而来的薄薄一层星火上。

这一道剑式的名字，便是画眉。

这一剑，纠缠着无数长陵旧事，正是昔日王惊梦一剑划破陈国女公子纪青清脸的剑式。

当年王惊梦用这样一招普通的剑式在纪青清的脸上划了一道，更多的是羞辱。而此刻长孙浅雪用这样一招，是因为她真的很想……很想……用这样的剑式在郑秀的脸上也划上一剑。

她积累了很多年的剑意，代表着她最深的执念。所以这一剑的剑意至为强大，无懈可击。

"咔嚓"一声，薄薄的一层星火上骤然出线了一道蜘蛛丝般细小的晶裂。接着，无数细微的晶裂便密布在这层星火上，蔓延到白启的剑上。

白启的呼吸骤顿，他感觉自己的剑被无数的巨山硬生生地轰击了一记。一声野兽般的厉嚎从他喉间迸发而出，他的左手落在了剑柄上，右掌指间鲜血飞溅，才勉强不让本命剑脱手飞出。

星火断裂，反倒朝着星空卷去。

长陵的王宫里，响起"噗"的一声轻响。站立在灵泉前的郑秀身体往前微倾，一口鲜血从她的唇间涌出。灵泉之中的白色莲蓬上，淋洒了许多猩红的血珠，如露珠般滚动。

她的眉头深深地皱了起来，好像那一道剑意真真切切地落到了眉梢。这是她出了胶东郡之后第一次受如此的伤，但是她的眼眸深处却没有愤怒的情绪。

白启如野兽般嚎叫着，他的十指一息之间不知震颤了多少下，强行控制住手中这柄本命剑的力量，并试图将体内更多的力量疯狂地灌注进去。

长孙浅雪虽然一剑胜了王宫中的女主人，但这星火之盛，就算这名老僧全盛时都不可能全身而退。在白启的感知中，没有人能够战胜他和郑秀的联手。他控制住手中这柄本命剑的力量，然后朝着长孙浅雪划了出去。

这是一道很薄的剑意，但给人的感觉却能切开一切东西，包括这天地。

长孙浅雪缓缓收剑。她的确无法阻挡这一剑，但是她知道她不会死，因为她很熟悉这一剑。

第二十四章 剑是知己

在她收剑之时,她的身体后方伸过了一只手,接住了她这柄极凶极寒的剑。这只手丝毫没有引起她这柄本命剑的抗拒,甚至带着她的本命力量,朝着前方刺出了一剑。

九幽冥王剑发出"嗡"的一声震响,带出了一道异常明亮的剑光,将这一片晦暗的冰湖照的通亮。

白启的呼吸骤顿,九幽冥王剑是天下至凶至寒之剑,寻常的七境修行者都不可能驾驭这柄剑的力量,然而丁宁就如御使自己的本命剑一样,御使着这柄剑。更让他吃惊的是,此时丁宁施出的这一道异常明亮的剑光轻易地便破坏了他这一剑的剑意。

他的身前飞起许多冰镜般的碎片,接着,他听到自己的双腕间发出"啪"的一声爆响。继而,他的身体狠狠倒撞在冰封的湖面上,犁地般往后滑行。在身体和碎裂冰块的嘶哑摩擦声中,白启抬起头来,口中溢出的鲜血染红了他厚厚的面巾。

"原来你就是九死蚕的传人。"白启突然厉笑起来,"我这一剑是王惊梦的剑意,你竟然能够轻易破解,这只能说明你比我还懂这道剑意……原来令整个长陵畏惧不安的九死蚕传人,竟然如此年轻。"

丁宁平静地收剑,然后将九幽冥王剑交回长孙浅雪手中,缓缓道:"现在或许你有兴趣向敌人倾诉一下往事。"

白启止了笑声,嘲讽道:"你这么执着于往事,有意义吗?昔日巴山剑场大军过境时,又怎会在意流矢之下多添几具无辜的尸体?"

丁宁眉头微蹙,疑惑道:"无辜的尸体?"

白启冷漠回道:"巴山剑场率军攻城时,难道会在意城中普通百姓的死活?"

丁宁恍然大悟,微微抬头看着冰面上那些修行者的尸身,问道:"你们这支军队,全部都是因巴山剑场率军和三国交战而成为战孤儿?"

白启冷笑,却是不语。

丁宁想了想,没有说话,长孙浅雪却冷笑道:"若是如此,那你们应该去杀郑秀和秦王。巴山剑场只不过是被郑秀和秦王利用,你们把这笔账算在巴山剑场头上,不觉得可笑吗?"

"是吗?"白启的声音没有任何起伏,冷漠响起,"昔日长平之战,秦军有一支奇兵,绕汜水至长平郊野试图从后方伏击赵军。途中遇到了一支由鲁中出发的商队,那商队中有赵国的修行者,为了避免走漏消息,秦军这支奇兵便将这支商队三百余人全部灭口。那支奇兵,便是由巴山剑场王惊梦领军,军师是林煮酒。"

长孙浅雪的面容骤然苍白起来，忍不住转头看向丁宁。

丁宁的神色很古怪，他反问道："那支商队果真被全部灭口了？"

"自然会有一些漏网之鱼。"白启垂下眼睑，微讽道，"你想听往事，这便是我的往事。"

"所以说，你们这支军队的其他人，都有着这样相似的往事？"丁宁笑了起来，感慨道，"真巧。"

白启眉眼骤寒，厉声问道："你什么意思？"

丁宁看着白启，缓慢而认真地说道："你们这支军队中别人的往事我不知道，但是你的往事，我恰巧知道真相。当年王惊梦只是下令围住那支商队，让商队停留而已。困住那支商队之后，王惊梦和巴山剑场那些人便以最快的速度赶往战场。而留在最后方，有能力改变命令的，只有一个从不会正面出现在战场上的人。"

"是郑秀？"长孙浅雪忍不住出声问道。

白启的身体莫名一震，问道："你怎么会知道当年的事情？你太过年轻，根本没有说服力。"

丁宁淡淡地笑了笑，带着些许伤感，道："有没有说服力不在于年轻与否，而在于事实本身。当时那支军队在遇到你们之后，着急行军继续赶路，只留下了一小股军队。而围住你们的那一小股军队，在大部离开之后很久才开始动手。若王惊梦真想杀这支商队灭口，根本不用那么麻烦。大军过处，这支商队什么都不会剩下。"

白启从碎冰中坐了起来，身体一直在颤抖。

丁宁看着白启，接着说道："你若真的亲身经历过，或许会记得留下的那支军队在动手时发生的争端。当时有两名巴山剑场的人死了，留在那里的人说那两名巴山剑场的人遭遇了赵国的修行者，才会被杀死。但现在想来，那两人便是反对郑秀的人。另外，有件事情你恐怕也不知道，留在那里的后援军大多数都来自胶东郡。"

"巴山剑场之人都是当时豪杰，心怀天下，并非不在意大军过处寻常人的生死。他们治军严苛，经常与别国军队一决胜负，虽然不可能避免误伤误杀的现象，但是绝不会滥杀无辜。你们这支军队中的数百人都对王惊梦和巴山剑场有着刻骨仇恨，这么说来，王惊梦岂不是平均数天就做出一件类似的事情？即便是专门劫掠商队的马贼，也做不出这么多的恶事。"

万籁俱寂，白启的呼吸声几乎要停止了。

长孙浅雪冷笑起来:"连我都听懂了,你还不明白吗?栽赃嫁祸装无辜,更改军令,这都是郑秀最擅长做的事情。"

"只有了解真相的人,才算得上知道往事。"丁宁转过身去,走向那一根冰柱,他的声音在冰冷的空气里淡淡地响起,"你的命现在我留着了,你要怎么用,全在于你自己。"

随着先前的激战,冰封的湖面已经裂成无数块。底下热湖的热气不断涌出,有些裂缝越来越大。眼前这根冰柱是被剑意往上所激形成的,此时上面细微的裂缝不断透出丝丝白色雾气。同时,那股稀薄而强大的剑意也越来越明显。

丁宁感慨地笑了起来,他感觉到了这柄剑破壳而出的强烈欲望。

像这样的绝世好剑,怎会甘心永远冰封在这湖中?它原本是至为强大的剑,怎能看得上那些凡剑,又怎会愿意为那洗剑池中的凡剑服务?它一直在抗争,所以这片冰面上,才会形成这样一根冰柱。

"你为什么会知道那么多当年的事情?"就在此时,一道如野兽嚎叫般凄厉的声音,从后方骤然响起。

丁宁没有回头,只是平静而清晰地说道:"当年那些事情,既然发生了,便会为人所知。我知道当年真相,并不为奇。你现在还活着,只要你想去查,就能查到当年的种种事情。我现在将命留给你,只是给你一个选择,看看你愿意为谎言而活,还是换一种人生活着。"

白启在后方疯狂地嚎叫起来。谁也听不明白他此时在嚎叫什么,然而丁宁却能够感同身受。

"你应该庆幸,还有再次选择的机会。"丁宁在自己的心中说了这一句。然后他伸出手,落在前方已经布满裂缝的冰柱上。

"喀喀喀……"冰柱发出了无数恐怖的碎裂声。

老僧原本昏暗而浑浊的双瞳骤然发亮。

这无数刺耳的碎裂声一直穿刺到湖底深处,接着湖底那柄不知被何种方式囚禁着的剑陡然震动了一下,剑身的震动和挣扎使得湖面下方随即响起一道如同巨兽愤怒与狂热的吼声。

冰封的湖面上出现了无数条亮光。整个湖面被剑光切割成无数不规则的小块,白色的热气如同喷泉一般从湖底往上狂冲而出。水汽在高空迅速凝结，变成无数细小的冰晶，打在这湖面上，啪啪作响。

丁宁的面容依旧平静，眉头却不自觉地皱了起来。他感知到了那柄剑的位置，但同时也感受到了无数强大的力量，如一根根困龙的巨索，牢牢地锁住了这柄剑。

那无数强大的力量便是昔日灵虚剑门那名强者留下的力量，其中包含了他的本命元气，以及他布置的法阵的力量。这种力量极为强大，甚至超过七境。然而丁宁只是保持着伸手的姿势。

整根冰柱彻底碎裂，碎裂的冰片纷洒如花，往四周飞散，切过了丁宁的掌心。丁宁任凭这些冰片切开了他掌心的肌肤。没有鲜血流淌而出，却有数条苍白的流束落在他身体前方的冰面上。

无数沙沙声响起，这些小蚕以难以想象的速度到了那柄剑被捆锁之地，然后聚集在其中一根巨索上，如蚕食桑叶般将这根巨索瞬间咬断！

此时，丁宁轻声说道："现在便看你了。"

话音刚落，一道剑意从他的指尖流出，沿着这些小蚕行过的通道，落在那柄剑上。

这道冲天剑式，是御使飞剑之中最为简单的剑意。然而当这道剑意落在这柄剑上时，这柄剑却彻底地活了。

湖底其余巨索在这一刹那尽数崩断。"轰隆"一声巨响，冰封的湖面上，许多巨大如房屋的冰块往上飞了起来，就像是湖底有许多巨大的章鱼在负痛往上抽打。

这柄剑往上飞起，一道强大无比的剑意随之释放，令远处冰川和冰原地带所有传说之中的猛兽都感到无比恐惧。

丁宁的前方出现了一处圆形的深渊，无数明亮的光线超过了热气喷涌的速度，如一轮烈日升腾而起。这道强大无比的剑意往上运行的速度十分缓慢，就像被人缓缓地往上拔一样。

首先出现在明亮光线之中的并非剑柄，而是剑尖。

长孙浅雪的眼睛眯了起来，并不是因为这剑光太过刺目，而是因为她体内气海深处的九幽冥王剑感受到了极大的压力，不断震颤起来。

王惊梦和巴山剑场那些人的判断没有错。这柄传说中的大刑剑，的确是天下最为惊人的剑，是甚至能够压制九幽冥王剑的绝世好剑。

此剑缓缓而出，众人终于看清那是一柄什么样的剑。它的制式很奇特，剑身比一般

的剑宽厚，长度略短，颜色介于青色和铁灰色之间，通体不见任何清晰的符文，只有一些在锻造和冶炼之中留下的如同繁花折叠般的花纹。

丁宁感慨地笑了起来。这是他已经等待了很久，甚至可以用一生来形容的剑。他毫无保留地将此时的心意彻底放开，让这柄剑感知到。

湖底所有的声音消失不见。湖面上方被强大力量震起的巨冰纷纷坠落，到处都是震人心魄的撞击声。而那柄从湖底挣脱束缚的剑正好落在了丁宁手中。

老僧难以置信地看着这样的画面。只有像他这样级别的修行者，才能清晰地感知到挣脱那名灵虚剑门强者的束缚，同时切掉那名强者留下的本命元气何等困难。即便是他，也难以在短时间内做到。

"剑是知己。"丁宁缓缓转过身来，看着老僧，道，"唯有令其有生命，双方心意贯通，才能做到人剑合一。剑意所指，是要剑之意。修行者本身之意与剑意落向同处，才能发挥出最强的威力。"

知易行难，老僧认真想了想，问道："如何做到？"

丁宁看着他说道："赤诚之心。"

老僧沉思了片刻，道："就如天地万物皆有本来面目，修行者也有最纯真的本心。"

丁宁点了点头，目光落在了手中的这柄剑上。这柄剑此刻正在自由地呼吸，天地四方的元气被它招来，尽数涌入剑身。

这的确是一柄强大到足以统领天下万剑，刑天下的剑。

长孙浅雪体内的九幽冥王剑再次震荡不堪，然而此时她的目光却落在了热气喷涌如幕的破裂冰封湖面上。

一道蹒跚的身影正在艰难地穿过一层层白色的热气。

"他受的伤很重。"长孙浅雪看着白启的身影，皱眉道。

"既然他选择活下去，就绝对不会死在这里。"丁宁看了她一眼，接着，一道淡薄的本命气息从他的指掌间缠绕到手中的大刑剑上。

若是很多年前，在巴山场场兴起时他便得到了这柄剑，那么后来即便有长陵之变，他也不会战死。同样，这柄剑也不会被冰封这么多年。

这柄大刑剑如同清晰地感受到了丁宁的心境一般，它也散发出了一股气息。这股气息，便是相知、相守。这股坚如磐石的庄重气息，如同战场上寻常军士身前阻挡箭雨的那一面厚盾绽放的气息。

这便是本命物的接纳，在修行者的世界里，也被称为认主。这个过程对于一般的修行者而言需要很多年，然而丁宁只用了一瞬间。

苍白色的星火还在往天空倒卷，长陵王宫里的郑秀缓缓抬起头来，擦净了嘴角的一丝血痕。在她的识海里，那一柄长陵无数顶尖的修行者都想得到的剑的气息终于彻底消失。

王惊梦和巴山剑场想得到那柄剑，秦王也想得到那柄剑，她和整个胶东郡更想得到那柄剑，然而现在她知道那柄剑终究被人炼成了本命剑。潜伏在长陵的九死蚕，到此刻终于强大起来。

修行者的世界里，每一时刻都有人在炼化或者精修本命物。

老僧先前苦修的洞窟里，厉西星盘坐在老僧的榻上。他的身前有一道晶黄色的光华，不断变幻着各种剑形。然而不论变成哪一种制式的剑形，那道光华似乎都无法承载他的剑意。或者说，他或是这柄本命剑，都还差数分火候。

寒冬将消春将近。随着时日推移，长陵城中的寒意层层减退。

入冬之前，极少有人察觉秦国春将伐楚，然而到了此时，长陵城中的气氛日益凝重，连市井街巷之中的凡夫俗子都从军队的频频调动中觉察到了异常的气息。

两辆马车会于一座残桥。这座残桥位于长陵某处街巷的背阴处，上面覆盖的积雪尚未全部消融。而这两辆马车，一辆来自神都监，另一辆来自监天司。马车里坐着的人正是陈监首和夜司首。

"你为什么还不走？"神都监的马车里，身穿着崭新深红色官袍的陈监首平视着前方的车帘，目光里带着难以用语言形容的落寞。

并排的马车里，夜策冷不悦地皱起了眉头，道："如果你是问已经问过的问题，那就完全没有必要特意在这里和我相遇。"

"你不喜欢这里，我也不喜欢这里。我很多年前就想走，但是你还在这里。"光线黯淡的车厢里，陈监首的眼瞳深处燃起了亮光，"我希望我们能一起走。"

夜策冷沉默了片刻，才抬头看着旁边的马车，道："有些东西，说明白之后或许意味着彻底结束。"

陈监首也抬起头来，看着夜策冷的车厢，道："我知道你的意思，但这次我问这个

第二十四章 剑是知己

第二十五章
胶东来人

问题，和之前不同……因为胶东郡来了三个人。"

夜策冷微微一怔。胶东郡掌控了秦国的沿海一带，是秦国的最大郡属，势力之大，甚至远超月氏。胶东郡一年到头不知道有多少人往来长陵，但陈监守既然用这样的语气说来了三个人，这三个人自然和寻常的胶东郡人极不相同。

"什么人？"她蹙紧了眉头，问道。

"胶东郡的人一向神秘，所以我也不知道这三个人的身份。但是我能肯定这三个人都是她家里的人，是她的长辈。"陈监首隔着两重车帘看着夜策冷，缓说道，"你应该明白，她家里对她在九死蚕出现之后的许多表现都不满意，所以她家里的长辈很有可能不会按她的意愿行事。"

夜策冷沉默了片刻，方说道："我不喜欢长陵，却坚持要留在长陵，很多人认为是我倾慕王惊梦的原因。其实，那只是我要留下的一小部分原因。和仇恨相比，爱慕这样的情绪，可以退而居其次。昔日死在长陵的人里面，许多都是我的朋友。而有些人原先是我的朋友，却背叛了我那些朋友。这才是我想要留在长陵的最主要原因。我一定要为他，为那些朋友报仇，否则这一辈子我都不会甘心。"

夜策冷突然笑了起来，对陈监守说道："如果这些仇恨消失之后，你我还好好地活着，我便随你一起离开长陵。我们可以一起去海外，那里仙岛密布，风景旖旎，比这横平竖直的长陵要美太多……所以你要答应我，你至少要保证自己能够活着。"

说完这些话，她所在的马车便离开了。

"很难呢。"陈监守在夜策冷走后，轻声说道。

时光流逝，春还未至，长陵又下了一场雨。

对于绝大多数修行者而言，雨和水意味着阴柔，能够掩盖许多气息，阻碍修行者的感知。所以在修行者的世界里，很多大事往往伴随着大雨的到来而发生。

黄真卫站在一座角楼最顶层的雨檐下，沉默地看着一名黄袍修行者走进王宫。

自秦王即位，郑秀正式成为整个秦国的女主人之后，这种近似干燥泥土的黄色袍服，已然成为胶东郡使者的特有标志。

一开始，胶东郡只是提供丰富海产以补充军队肉食的港口。后来他们凭借着渔船运载海外的稀缺灵药进行商贸，积累了巨大的财富。紧接着，他们将财富大多用于布置耳目方面，形成了四通八达的消息源。很多隐秘的事情，能够瞒过神都监和监天司，却瞒不过胶东郡。

自郑氏门阀掌管胶东郡以来，从没有战火在胶东郡内燃起。关于郑氏门阀，外界根本不知道他们内里到底有什么样的修行者存在。就连先前一直追随着郑秀的那名黄袍修行者赵高也不清楚。

当年为了围杀王惊梦，剿巴山剑场，郑秀调动了胶东郡的无数力量，但自始至终都没郑氏门阀宗室内的修行者正式露面。

在外行走的，都是郑氏门阀的一些外围子弟，极少有姓郑的旁系血亲出现在长陵。然而今日行向王宫的这名黄袍修行者给黄真卫的感觉截然不同。

首先，这名黄袍修行者的年龄偏大，至少有五六十岁，比之前那些胶东郡的黄袍使者超出整整一辈；其次，这名黄袍修行者身上的气息隐匿在雨中，黄真卫判断不出他的真实修为，但即便这人不到八境，也不会太弱。故而，黄真卫猜测此人必定是郑氏门阀真正的家里人。

这名两鬓微微染霜，身材中等的黄袍男子进了王城，按规矩通报之后，便径直到了王后的书房前。

王后郑秀在书房门口等待着他的到来。当他在郑秀面前站定时，郑秀先行颔首为礼道："大伯，你不该来。你此刻前来，便露了胶东郡的底子。这分明是在向人示弱。"

"示弱？"这名黄袍男子笑着说道，"若不是家里对你太过失望，觉得你会无法收拾接下来的局面，我又何必来？"

郑秀淡漠地看了他一眼，问道："失望？"

黄袍男子平淡而感叹地看着她："近年来，你不但不重视家里的意见，甚至还一直在威胁家里。家里先前由着你，并非害怕你的威胁，而是因为胶东郡的地位变得越来越

第二十五章 胶东来人

不稳固……变法之后,秦国的粮草、肉食都不再紧缺,我胶东郡原本作为秦国最不可缺的肉食供应地的地位正在消失,军队对于我们仰仗越来越小。所以从某种意义上而言,我们的根基正在消失,而你便是我们胶东郡的未来。"

"平心而论,你是我胶东郡数百年来最完美的天才。你先前的一切表现都很完美,但这两年以来,你显然大不如前。你造成的变故越来越多,你的身边人一个个减少……但这依旧不是家里真正担心的。家里真正担心的,是你这次的春伐……你赌得太大,很容易将整个胶东郡都赔进去。"

郑秀白皙的肌肤上绽放着美丽的瓷光,毫无情绪地问道:"所以家里便对我没有信心了?"

黄袍男子摇了摇头,道:"不是信心的问题,而是家里觉得应该让你明白,你和家里始终是一体的。你和家里应该一起走向秦国的未来,而不是你走向未来,家里变成你的棋子。"

郑秀看了他一眼,还没有来得及说话,这名黄袍男子便转身过去,看着远处长陵街巷上方的天空,轻声说道:"我记得厉侯的儿子叫厉西星,他小时候被淹死了一条狗……你不要忘记,你小时候也被淹死过一条狗。"

郑秀微微仰起头,完美的眉头蹙了起来,她突然冷笑道:"自幼时起,我喜爱的所有东西都会被家里剥夺,喜欢的狗被杀死,一起读书修行的玩伴被安排成训练袭杀的刺客,死在我的手上……一切有可能让我修行分心,有可能让我形成牵挂的东西,都会被家里除掉。没有弱点,才能成为强者。所以就连王惊梦都会死在我手里。家里让你来对我说这些话,包括你自己,可曾真正想清楚了?"

"杀死他之前,你或许没有弱点,但是现在你的位置和你的野心,就是你最大的弱点。除非你甘心居于秦王之下。"黄袍男子感慨地摇了摇头,"我太了解你了,你根本不可能居于人下。所以,接下来这段时间,我会代表家里的意思办事。"

郑秀沉默了片刻,才看着这名黄袍男子的背影问道:"既然这样,你们至少应该告诉我你们接下来要做什么。"

"杀人。"黄袍男子异常简单地回答道,"申玄、潘若叶,还有一个人,我还没有想好。"

郑秀没有再说,转身走进自己的书房。

行走在书房外步道上的黄袍男子对于这个结果很满意。

这些年郑秀对胶东郡家里的意见不太看重，一直隐含威胁之意。对于郑秀的威胁，胶东郡一直无法给予有力的回应和反击。

郑秀离开了胶东郡，依旧是秦国的王后，然而胶东郡离开了郑秀之后，可能什么都不是。即便拥有一些神秘而强大的修行者，胶东郡在秦国始终远不如灵虚剑门和岷山剑宗重要。在收复阳山郡以及鹿山会盟之后，胶东郡在外人看来就像是一辆光辉万丈的战车，声势之隆到达了顶点。然而在胶东郡自己看来，这辆战车行驶在悬崖边缘，虽然强大，但时时面临着滑向深渊的危险。

郑秀身边那些人不断死去，她现在处于几乎无人可用的境地，只能依靠胶东郡。所以胶东郡便抓住了这个时机，插手接下来的春伐楚之战。

只可惜郑秀不会被旁人的意志左右，她看着天井下那个灵泉池中洁白无瑕的莲蓬，听着那名黄袍男子远去的脚步声，在心中冷漠道："既然你们觉得我没有弱点，那你们怎么可能战胜我？"

银月赌坊不算是长陵最显眼的赌坊，然而所有的长陵赌徒都知道这间赌坊与众不同。

看似寻常的三间平房里，摆着数十张桌子，却蕴含着可怕的生意。

对于赌徒而言，一家赌坊是否令人敬畏，首先要看这个赌坊桌面上流水的大小，其次看这家赌坊有没有传奇故事。

银月赌坊两者皆有。

很少有人能估摸清楚银月赌坊的现钱有多少。在银月赌坊，每个桌面上的押注没有上限，只要押得起，只要敢押，银月赌坊就一律接下。曾经有人将一支海外船队输在了这里，也有人在这里赢下了长陵的数十间店铺与街巷。

往日里这间赌坊数十张桌子人满为患，然而今日，那数十张桌子却显得格外冷清。只见那最中间的一张桌子，赌的是最简单的竹筹单双。

竹筹单双为长陵的一些赌场所独有，无论是荷官还是赌客的手中都有一定数量的竹筹。押定前，双方可以将任意数量的竹筹放入特制的容器之中。然后赌客押单数还是双数，最终通过数竹筹数目的方法来确定赌客押得对不对。

这种方式极为公平，竹筹和放置竹筹的容器都为特制，甚至连修行者都无法感知。

正中的这张桌子前面，一名面色微黑，颇有几分富贾态的中年男子已经连赢了二十余场，依旧安稳地坐在荷官对面，丝毫没有离开的意思。

这张赌桌上除了这名中年男子和荷官之外，没有旁人。赌坊在无法确定对方作弊手段的情况下，会选择承受一部分的损失，让对方拿着钱财离开。如果赌徒不懂得见好就收的道理，继续安坐在这里赢钱，便只有故意来砸场子这一个可能。

两名身穿黑衫的老掌柜已经在这间屋子的一个角落里凝神看了许久，最终他们决定将内里的一名供奉请出来。

从内里走出来的是一名身着青色锦衣的男子，面容俊逸，却有些憔悴。这名供奉扫了一眼，并没有走向那张还在继续赌下去的桌子，而是走向了另外一张正在小赌的桌子，在一名年轻人的对面坐了下来。他看着对面衣饰华贵的年轻人，平静地问道："还要继续吗？"

年轻人笑了笑，另外那张桌子旁面色微黑的中年男子便停了手。

"怎么看出来的？"年轻人饶有趣味地看着这名供奉问道。

"你没有赌兴，所以你不是赌徒。"供奉看了一眼那名面容微黑的中年男子，又看了一眼一名距离这名年轻人并不远，似乎是在看热闹的闲汉，道，"你的修为并不高，但是两名强大修行者的注意力却时刻在你这里，所以你才是正主。"

年轻人笑了起来，满意道："吴广，某人对你的判断果然一点都没有错。无论心智还是修为，你都是无名而有实。"

吴广眉头微挑，问道："你从何得知我的名字？"

年轻人没有回答，自顾自地说道："我的身边已经有了足够强的谋士，有了不少的修行者，甚至还有许多刺客和死士，但是我还缺一名像你这样能随时随地保证我安全的宗师。"

两名身穿黑衫的老掌柜互相望了一眼，都觉得这说法异常荒谬。其中一名枯瘦老者温和地笑了起来，声音却很寒冷："这位小兄弟，不知你是否知道，昔日长陵街巷中有个龙头叫王太虚，他得到了兵马司的支持，几乎掌管了整个长陵赌坊花楼的生意，但是我们银月赌坊却依旧在他的管辖之外……"

"我知道你们银月赌坊是正经生意，在长陵独来独往。我还知道你们银月赌坊之所以能够屹立不倒，一大半的原因在于你们有这么强的一个供奉。"年轻人看着这名老掌柜，盛气凌人道，"要不要跟我走，关键还要看吴先生自己的意思。"

这名老掌柜冷笑道："你既然知道我银月赌坊有吴先生这号人物，难道不知吴先生为何屈就在这里？"

年轻人淡然道："我自然知道他母亲身患重病，长年需要极贵重的药物治疗，所以他才会在这里。"

"你难道不懂恩义？"老掌柜听到他的话之后，陡然气结。

年轻人平静道："我当然明白什么叫作恩义。银月赌坊是我的产业，因而银月赌坊这些年来用在他身上的花销，对他所施的恩情，都应该算我的。我出口相问，只是想尊重他的意见，看他到底是想继续留在这里，还是想跟在我身边。"

他这话一出口，两名黑衫老掌柜都陷入了巨大的震惊之中。

年轻人从怀中取出了一块黝黑的犀牛角雕牌，直接放在了身前的桌上。

在外人，甚至是这赌坊之中其余人看来，这银月赌坊是这两名老人的产业，然而这两名老人却十分清楚，他们只是替人代为打理这个赌坊。这个赌坊几经易手，拥有这块雕牌的人，便是赌坊的真正主人。然而他们怎么都想不到，现在这个赌坊的主人竟然是这样一名年轻人。

吴广一直沉默地听着这名掌柜和年轻人对话，直至此时，他才深吸了一口气，准备出声。

"其实我希望你能答应，毕竟有些事情只有你这样的修行者才能应付。"年轻人收敛了笑容，庄重地看着吴广，道，"但是你跟着我会比较危险，如果你拒绝，我也不会强求于你。"

"我能看出你不是一个虚伪的人。恩义也好，生意也罢，首先便要说清楚。"吴广点了点头，道，"我跟你走。"

年轻人站起来，认真对着他躬身行了一礼，然后收起那块代表着银月赌坊主人身份的雕牌，转身就走。

两名老掌柜却慌了神，齐声唤道："东家留步……"

先前那名出声的老掌柜，边施礼边问道："方才那竹筹单双，您是怎么赢的？"

对于这两名老掌柜而言，这是他们所要关心的生意。如果竹筹单双真的可以动手脚的话，今后或许其他人也会做手脚。

"赌具不可能做手脚，但人可以买得通。今后如果有想不明白的事情，就不要从死物入手。换个想法，从人身上考虑考虑。"年轻人微微侧转身体，看了这两名老掌柜和那名荷官一眼，说道。

两名老掌柜的眼睛不可置信地瞪大。这把把能赢的局面下，竟然是那几名荷官在捣鬼？然而要买通这几名在赌坊待了许多年的荷官，到底需要付出多大的代价？

这名年轻的东家，的确很不一般。

第二十五章 胶东来人

"你是什么人?"吴广跟着年轻人走出赌坊,看着行来的数辆马车和马车上的仆从,好奇地问道。

年轻人淡淡一笑,道:"谢长胜。"

吴广顿时一怔。

"不用惊奇,我谢家的确没有这样的手段。"谢长胜好像看透了吴广此刻心中的想法,径直说道,"这和我家里无关,银月赌坊只是我一个朋友赠予我的产业。"

吴广深吸了一口气,跟着谢长胜进入马车车厢之后,问道:"你现在已经有这么多强大的门客和仆从,但你依旧特意来找我,到底是什么事情?"

"有场刺杀,牵扯到的都是大人物。"谢长胜看着车帘外的雨丝,面容变得极为严肃,"我有个朋友不方便出面,需要我出力。"

和郑秀有过一场并不愉快的对话的黄袍男子走出了王宫。

不管郑秀的意见如何,今日胶东郡都会正式踏上长陵的舞台。接下来,有些人注定会死去。

晨光里,一名浑身散发着蓬勃朝气的年轻修行者走进方侯府的一间庭院。

这间偏僻而冷幽的庭院最早是方绣幕的闭关修行之所,现在则是方饷的养伤之所。

奇怪的是,这名年轻修行者的面容和方饷有几分相似,然而方饷却从未见过此人。

坐在藤椅上,披着厚厚毛毯的方饷,将目光从池塘中收回,缓缓抬起头来。

没有他的应允,任何人都不能进入这间庭院。虽然在鹿山会盟上他的修为尽废,隐伤难愈,然而他毕竟是斩首无数获得封侯的将领,手底下有着无数忠诚的部下。能够避开那些部下,云淡风轻地走进这里,可见这名修行者的本事。

阳光将方饷的半张脸照得金黄,他在晨光里微微眯起了眼睛,沉默地看着这名和他的面目有几分相似的年轻修行者。

年轻修行者走到他身前,然后直接跪拜下去,道:"父亲。"

这名年轻修行者从走进这间庭院开始一直极为恭谨,好像是归来的游子拜见自己的父亲。方饷知道自己不可能有这样的儿子,感慨地苦笑道:"长陵真是一座很奇妙的城,一切皆有可能发生。"

他顿了一顿,又问道:"谁让你来的?"

"我叫李信。"年轻的修行者并没有抬头,"从今天起,我叫方信。"

"居然是李相的人。"方饷皱了皱眉头,不掩饰自己的鄙夷,"我方家还有人,他不怕我弟回来杀了他？"

这名叫李信的年轻修行者似乎早就知道方饷会说这样的话，他依旧恭谨道："时势所趋，这是不干涉胶东郡行事的回报。"

"如果我不答应呢？"许久之后，方饷看着依旧跪伏在地的李信说道。

"我会杀了你，然后对外宣称你伤势过重不治而亡。接下来，我会以你流落在外的私生子的身份，成为方侯府的继承人和主事者。"李信毫不犹豫地说道，"当然，我并不想见到这样的事情发生。如果您同意，我会是您的儿子，您会好好地活着，方侯府会继续承继下去。"

方饷笑了起来："难道不需顾虑其他侯府的想法？"

李信认真地回答道："您在此养伤，难免消息闭塞。我大秦春将伐楚，一定会有一批新的王侯诞生。大秦十三侯唇亡齿寒，弱者消，强者立，这是自然的更替。对于绝大多数侯府而言，多上一家两家王侯，比一家的更替要重要的多。"

方饷的目光落在池塘底里那些蛰伏不动的池鱼身上，缓声道："既然如此，我还能有什么意见。"李信再度叩首，道："父亲。"

自古只有为权势认贼作父之事，然而今日却有被逼认子之事。当真是讽刺。方饷在李信起身之时，问道："胶东郡想要做什么？"

李信毫不犹豫地回道："申玄今天会死。"

方饷轻叹了一声。大浮水牢的主人对于整个长陵而言可有可无，然而掌管刑律，定罪百官的中刑令却是新生的巨头。当郑秀身边的人逐一死去时，郑秀起用申玄，申玄自然成了郑秀的心腹。

胶东郡不愿意看到郑秀的羽翼太过丰满，两相不愿意看到这样新生的巨头，王室不愿意看到刑律置于王权之上的隐迹……即便是当年的李家，也承受不住这么多的不愿意，更何况是今日的申玄。如今看来，整个长陵都要申玄死。

第二十五章　胶东来人

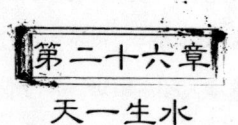
天一生水

晨光熹微,申玄正在院子里喝酒。常年处于大浮水牢深处,他的体内积攒了太多寒湿之气,饮酒有利于祛除湿气。而且,适量的酒有利于气血循环,让他的头脑更加清醒。

中刑令的府邸距离王城很近,但是离他所居的宅院却很远。

自他执掌大浮水牢之时起就不为长陵权贵所喜,成了中刑令之后更甚,所以宅院车马虽然齐备,但是手下可供驱使之人都是各司挑剩下的庸才,而且并未配足。

此时他的宅院之外,只有一辆马车在等着。马车旁站立着一名还在打呵欠的官员。

经常和死亡打交道的人对于死亡有着远超常人的敏锐,就在这个和往日似乎毫无分别的清晨,申玄骤然嗅到了死亡的气息。

那名还在马车旁边打着呵欠的官员眉心出现了一滴鲜血,就像是长出了一颗富贵的红痣。然后这名官员的呼吸便停止了,就此死去。

一名黄袍男子走了出来,推开虚掩着的院门,走进了申玄的府邸。

这名黄袍男子面容温婉,身材微胖,看上去带着几分和气。

申玄一口饮尽壶中剩余的酒。当那黄袍映入眼帘时,他已经站了起来,深吸了一口气,胸腹高高鼓起,似乎要将这庭院间所有的空气和晨光都吸入胸肺之中。他寒声道:"袭杀官员,是死罪。"

黄袍男子笑道:"纵使你定了我的罪,又能奈我何?我今天是过来杀你的,只要我能杀了你,你说的一切都毫无意义。"

听着他狂妄的话语,申玄淡漠道:"理和法都在我这一边,只要你杀不了我,我就依旧是中刑令。"

忽然之间,黄袍男子和申玄之间的晨光似乎暗了一暗。

申玄发出一声低沉厉喝之后，身影急剧地飘向左侧。一股剑气紧贴着他的脖子右方掠过，切出了一道浅浅的红线。

这是一道无形的剑气，随念而生。

"心间宗！"申玄的身影还在晨光里带出残影，声音却已经响起。

这名黄袍男子明明是胶东郡的强大修行者，然而施展的却是心间宗的心念剑！

黄袍男子的脸面上全是猫捉耗子般的戏谑神色，悠悠然道："眼光不错。我是郑白鸟，是王后郑秀的二叔。十七年前我的身份是心间宗的真传弟子，在那一辈分的弟子中，我排第九，心间宗的绝大多数修行记录都是我留下的。"

申玄的身影在此时停了下来，他身周的残影消失，带起的风却依旧在急剧地流动，使得他的身体就像在一层透明的雾气中慢慢析出。

对于郑白鸟的修行历史，申玄没有任何兴趣，但是他十分清楚，这数十年间，整个心间宗能够参悟出心念剑，并能够完美运用的，就只有寥寥数名修行者。这数名修行者都是如易心那样的天才。

心间宗的最强的剑招便是心念剑。心念剑的最可怕之处便在于随念而生，直接在对手的身外天地元气中生出，切向对手身体内里。从某种意义上而言，心念剑便是天下最快的飞剑御使之法。除非申玄能够始终以极高的速度运动，郑白鸟才不可能时时刻刻在他身边凝出无形的剑气。

然而始终以极高的速度运动，会消耗大量真元。而且，修行者的身体毕竟和飞剑不同，运动之间带着极大的惯性，想要保持始终流畅的无序无踪状态，只有传说中早已失传的几种步法才可以做到。

郑白鸟的真元修为极为恐怖，当他连续不断地全力施剑时，前面的飞剑还在空中飞行，后面的飞剑便已经生成，这些飞剑在很短的时间里组成了一张剑网。

自幽国以来，岁月更替，长陵一带不知道有多少修行地出现又消失，然而心间宗即便无法像岷山剑宗和灵虚剑门一样站上某一时期的巅峰，却始终在长陵拥有一席之地。

"你不可能逃得掉。"郑白鸟嗜血般舔了舔嘴角，嘲讽道，"你比我有名得多，只可惜，你和我同境。"

申玄这一生除了修行之外都在审问刑讯之中度过，他可以轻而易举地从对方一些话语和神色之中得到大量的讯息。就如此刻，申玄判断出郑白鸟自认为同境无敌，渴望被世人认知，从而在史书上留下浓重的光影。

第二十六章 天一生水

迎着郑白鸟的目光，申玄再度深吸了一口气，面色变得极为苍白。在这瞬息之间，他的身体表面充满了血腥刺鼻的味道。一层浓厚黏稠的鲜血，从身体发肤的无数毛细孔之中逼出，遍布在身体表面，就连脸面上也不例外。

庭院里的无数枯叶和尘土似乎被他的吸气牵引过来，如无数飞蛾扑在他的身上，瞬间形成了一件灰暗腐败般的铠甲，充满着令人心悸的凄厉气息。在这一刹那，他开始往后逃遁，试图逃向自己庭院的后方。

与此同时，郑白鸟的第二剑已经发出。一道透明的剑光带着骄傲而强大的杀意，落向申玄的左腹。

"噗"的一声闷响，剑光和申玄身体表面的血层一触，溅起数片血花和灰色的碎屑。接着，"铮"的一声轻鸣，申玄弹出一道剑光，击碎了这道念剑。

"嗯？"这一刹那的交手太快，甚至超出了思索的速度。直到这道念剑碎裂所化的气流在空中绽放出一道道好看的白痕和涡流，浑身猩红的申玄撞入后方的庭院之中，郑白鸟的眼睛中才闪过些微惊讶的神色。

申玄的身外以鲜血和天地元气以及枯败物组成的铠甲里有着一种独特的腐朽味道，正是郑白鸟的剑意无法深入的原因。这似乎便是传说中的腐败之甲。这种秘术，据说需要抽引无数朽骨中的元气才能修炼而成。

申玄的表现再次让郑白鸟感到意外，然而他并不觉得申玄能改变最终的结果。他的双脚连续轻点在地上，整个身体在申玄逃遁产生的尘雾之中带出一条长长的空洞。他追击的速度比申玄逃离的速度要快，但是为了保证心念剑的优势，他刻意和申玄保持着数十丈的距离。

申玄逃遁的方位并不是王宫，而是渭河。

既然胶东郡的人会来杀他，王后定然不会出手助他，故而他逃往王宫并无任何意义。他之前居于水牢，比绝大多数修行者更擅长借水逃遁。

郑白鸟微讽地笑着，遁入水中便是最正确的选择吗？

两道剑光出现在尘土里，落向朝着渭河方向逃遁的申玄后背。申玄如有感悟般，后背涌出两片枯败的灰色尘雾，就像是生了两片腐烂的翅膀，试图挡住那两道剑光。

一座客栈的某一间上层客房中，正好可以看到申玄的大半个庭院。

"可以应付得了吗？"谢长胜透过窗棂，看着此时的战斗，轻声问身侧的吴广。

"让他逃脱应该没有问题。"吴广轻声应道。

谢长胜面上却出现了一刹那的犹豫。面对心念剑，吴广并无必胜的把握。让申玄逃脱的代价，很有可能是吴■被留下。

以命换命，对于谢长胜而言不是最好的选择。

"计划有变。"就在谢长胜犹豫时，一道沉稳的声音响了起来。

这声音来自于谢长胜身后坐在轮椅上的长发男子，这男子双足皆断，正是谢长胜请来的军师孙病。

"你不用去阻止这名使用心念剑的人，你只需杀死沿途阻碍申玄逃遁的修行者。"孙病转过头对吴广说道。

谢长胜眼睛微亮，先于吴广问道："为什么？"

"我们和这名胶东郡的修行者一样低估了申玄。"孙病继续说道，"申玄此时并非在逃命。如果我没有看错的话，他只是想找机会甩掉这名胶东郡修行者的同伴，从而单独杀死这人。所以我们只需要杀死这名胶东郡修行者身边有可能出现的帮手，给他创造出单独对敌此人的机会。"

申玄能够单独战胜这人？这明明就是疯狂逃窜，哪里看得出不是亡命而逃？谢长胜不可置信，但是他知道孙病此言必有道理，遂说道："既然如此，就按先生所言行事。"

吴广点点头，在走出这间房间之前，对着孙病行了一礼，道："请问先生名号。"

孙病微苦一笑，据实道："有人称我为孙病，有人称我为孙鬼。"

吴广身体一震，惊道："魏上师鬼谷先生？"

孙病自嘲般说道："魏还在时我便已被逐，现在魏已被灭，我还能算魏上师吗？"

"我们怎么办？"一道沉重的声音从长陵的角楼声响起，震得檐角上挂着的铜铃叮叮作响。

数名角楼守将看着黄真卫，等待着他的回答。

申玄的院落虽然处于角楼最难观测的区域之一，然而七境之上的宗师交手所引发的元气震动，强大的修行者不可能感知不到。此时申玄穿巷破墙朝着渭河逃遁，又怎会逃脱角楼上诸多守将的视线。

长陵之所以建造这些巨人般的角楼，便是为了及时发现在长陵城中出手的强大修行

第二十六章 天一生水

者。先前白山水和赵剑炉的修行者们，始终对长陵感到敬畏，最大的原因便是有这些可以迅速察觉他们动向的角楼存在。

每座角楼上都布置了强大的符器，守将都是修为不弱的修行者。这些闯入长陵的修行者如果不能以最快的速度杀出长陵，就会被角楼上的守将阻而杀之。眼下中刑令申玄被人刺杀，这些角楼守军第一时间等待着黄真卫的命令。在他们看来，黄真卫和申玄显然是郑秀培植出的两大新生巨头。唇亡齿寒，那胶东郡来人现在刺杀申玄，接下来就有可能刺杀黄真卫。

然而黄真卫却摇了摇头，道："不要动。"

"为什么？"这些守将都不能理解，依旧是那名为首的将领出声问道。

黄真卫回道："我和他不同，胶东郡杀他，圣上不会有意见，但圣上不会容许胶东郡杀我。"

这几名守将同时想到了鹿山会盟中发生的事情，瞬间明白了黄真卫的意思。

"仅此而已吗？"为首的将沉默了片刻，说道，"圣上不会永远需要，更不可能永远对某人有依赖。"

黄真卫面容平静道："就算要动，圣上也会选择适当的机会，而不是现在。"

水雾长龙里，不断有无形的长剑生成。这些长剑不住落在带出这条水雾长龙的申玄身上，一蓬蓬腐土般的灰意和猩红的血花时不时喷溅而出。

郑白鸟负手在风雨中飞掠。在他的感知里，此时的申玄就像是龙头，而他就是随意地站在长龙背上的修行者。

长陵郊野的一条小河里，停着一叶小舟。河水轻轻荡漾，船沿轻擦着芦苇。一名身穿青衫的道人，安坐在乌篷里，等待着那条烟雨长龙冲出长陵。蓦然之间，这名青衫道人骤然色变。在他的感知里，有一道气息如烈火陨石从空投射而来，其势竟比长陵城中往外逃遁的烟雨长龙快了不止一倍。

青衫道人手中亮起一道羊脂白玉般的剑光，坐着的这叶小舟顷刻化为无数的碎片。随着他的剑势往上指出，天空中发出轰隆一声，水中芦苇尽数折断，如箭矢般"嗤嗤"往上射出。如山般不断涌来的天地元气，令这些芦苇奇迹般发绿，竟然在半空中形成了一片绿幕。

与此同时，他手中羊脂白玉般的本命剑上，生出了无数青色的剑光，如无数藤蔓无尽地往天际生长。

"轰"的一声爆响，从天空中坠落的修行者冲破了绿幕，带着狂暴的冲击波和这道人手中的本命剑相交。

这名道人发出一声闷哼，半截身体狠狠砸入下方水面，本命剑发出致命一挥，将这名修行者反震出去。

"何必要和我一决生死！"连用两道世所罕见的秘术阻挡住来人的这一击，这名道人体内气血翻腾不已，强行出声厉喝道，"不管你和申玄有何关系，你应该明白，今日在这里阻他的修行者决计不只我一个！你如此赶来，体内真元早已燃掉大半，即便你能杀了我，你能走得掉吗？"

"春意浓！你是何春意！厉侯府镇守长陵的供奉。"吴广的身影在飞洒的青色碎屑之中强横定住，衣衫已经被强劲的天地元气扯碎，但是手中通体金黄的剑却分外耀眼，"昔日厉侯为了讨好权贵，连唯一的儿子都送到了关外。现在他又倒向了胶东郡，真是大秦十三侯中最没有骨气的王侯了。"

青衫道人正是厉侯府在长陵镇府的供奉何春意，自军中跟随厉侯成长起来的宗师，也是厉侯留在长陵镇守侯府的七境修行者之中的最强者。此时听到对方这样的言语，这名厉侯府的供奉眼中顿时燃起幽幽的怒火，冷笑道："你以为其他侯府很有骨气吗？若他们真有骨气，长陵城中怎会如此安静？"

"旁观也比帮凶好很多。"吴广双脚踏落水面，横剑于胸，看着何春意，庄重道，"请。"

在长陵，这便是决斗的相邀。

何春意的嘴角略微抽搐一下，直接出剑。他体内真元如决堤的湖水狂暴地涌入手中白玉长剑，但是从白玉长剑上析出的剑意却柔和到了极点，带着独特的圆融之意。

天空中引落的天地元气落在远处，却急速地从地下冲到他的身侧。数百道青色的剑光在他的周围飞旋起来，如生长的藤蔓穿插在了一起。

他这一剑取的是守意。

他虽是七境之中的强者，但今日他只是一颗无足轻重的棋子。在他看来，对方以燃掉大半真元为代价赶到此处，绝对不耐久战。只要他拖住这人，自然会有人拦下申玄。

在他出剑之时，吴广也已出剑。

当青色藤蔓般的剑光编织成茧，将何春意牢牢护在中间时，他看到吴广的剑上飞起

第二十六章 天一生水

两道金光，就像两片巨大的翅膀。接着，这两片翅膀在他的视界里变得越来越大，竟瞬间充斥了他身外的所有天地。

下一瞬间，这两片巨大的金色翅膀拍了下来。"轰"的一声，这条野河之中河水尽干，何春意连带着包裹着他的剑光，被继续往地底压去，一息之间便不知深入多少丈。

"竟然有如此恢宏的剑意！"何春意面色剧变，身外的剑光已经承受不住压力，顷刻崩裂开来。"喀喀喀"数声之后，他的身体像石头一样炸裂开来，砸入周围的泥土里。

"鸿鹄剑？"郑白鸟微微眯了眯眼睛，神情无比凝重。他和长陵城中很多修行者一样，看到了那两道如巨大金翅的剑光。

对于长陵而言，鸿鹄剑只是很多年前一道涟漪，一道流星的光芒，不算是剑名，也不算是剑经的名字，只相当于某位宗师的独特印记。

很多从外地远道而来的宗师在长陵只出现了短短的一瞬，以至于长陵的修行者对他们的了解很少，甚至不知道他们的姓名、他们所用的剑、所修的剑经。这鸿鹄剑便是如此。即便是消息最为灵通的胶东郡，也只知道昔日那名强大的宗师出身于阳山郡，剑一出手，剑光便如鸿鹄冲天，气势磅礴。

昔日商家在巴山剑场的支持下变法，阳山郡并非第一个推行，却最先完成变法。之所以会有如此结果，和这鸿鹄剑有着密不可分的关系。

当年阳山郡反对变法的旧权贵门阀在用铁血的手段镇压某一村的丈地之时，便遇到了这鸿鹄剑。那名宗师在之前毫无声名，却连斩两名七境，将那旧权贵门阀的势力几近铲除。

后来秦楚大战，秦国战败，阳山郡被割给了楚国。阳山郡人多有反抗之举，而那名出剑如鸿鹄的宗师，便死在了反抗楚人镇压的战斗里。

十几年过后，此事已经成为鲜为人知的旧事。令人吃惊的是，昔日那名阳山郡的宗师居然留下了传人，而且这传人的修为境界丝毫不亚于当年那名宗师。

郑白鸟感慨地看着那两道剑光表现出来的实力，但是他并不觉得吴广能改变什么。

申玄正在穿过一间寻常人家的庭院。他此时心中所想和郑白鸟截然不同。在成为中刑令之后，他去见过夜策冷。夜策冷身为监天司的司首，严格意义上而言并不算长陵的巨头，然而他很清楚，现在的夜策冷不只代表监天司，还代表巴山剑场，她已然成了巴山剑场在长陵的主事人。即便她不能出手,也一定会想办法改变他的必死之局。现在这鸿鹄剑的剑光,在他看来便是一个极好的征兆。

这不仅仅是他这个羽翼未丰的新生巨头和胶东郡的战斗,还是长陵所有新生巨头、巴山剑场和胶东郡的博弈。

角楼上的黄真卫自然不知道申玄和夜策冷之间的联系,然而对这场战斗的本身,他和申玄有着同样的看法。

站得高,便看得远。他接替了墨守城的位置,便是长陵的眼,是此刻长陵看得最清楚的人。

在他的感知里,除了那两道夺目的剑光之外,长陵的其他地方也有许多剧烈的天地元气在流动着。

强者之间的战斗不止一处,长陵正在悄然发生着变化。有能力调动这么多强大修行者,彻底影响这一局的人……必定也是一个巨头。

所以说,此时的长陵除了他和申玄之外,还多了另外一个新生的巨头,而且这个新生的巨头所拥有的力量恐怕远远超过了他和申玄。

郑白鸟微微皱眉。迎面而来的水雾凝结在他的眉梢,在刚刚形成的刹那,就被风吹走,顺着他的脑侧往后飞出。

申玄已靠近郊野,与何春意先前守候的那片芦苇荡距离不远,与渭河也已没有多少距离。然而何春意并未出现,这便意味着即便是厉侯府留在长陵的最强修行者,也败在了鸿鹄剑的手中。

除了何春意之外,那些应该补上空缺的修行者也未出现。

"是谁敢插手?"郑白鸟的面色越来越寒,迎面而来的水雾全部被他身上震荡的元气震开,再也无法接近他的身体。他的身外形成了一个不规则的透明气团,气团表面不断往外刺出长刺,长刺的最尖端微微发亮,犹如星光。

好像是和他身外气团遥相呼应一般,极高的天空中,许多星辰亮了起来。

申玄抬头看了一眼,却没有停下前行的脚步。数十个呼吸间,他已至渭河。天空中落下了雨,浓厚的水汽扑在面上,带着水腥气,正是他所熟悉的味道。

他踏在浪上,行至渭河中央。四周茫茫,水汽和雨雾的阻隔让他看不到渭河的两岸。

第二十六章 天一生水

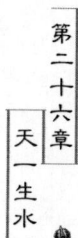

然后他停了下来，转身正对着追来的郑白鸟。

"原来胶东郡的修行手段和这星辰元气有联系。"申玄看着郑白鸟，表情有些奇怪，"看来她从一开始接近巴山剑场就并非偶然。"

"世上本来就没有什么偶然和必然。"郑白鸟的面上出现了嘲讽的神色，他微微侧转过头，看着王城的方向，接着说道，"在她的恩赏之下，你才能坐上这中刑令的位置。然而听你方才那句话的意思，你对于她并非那么一心一意。她所培植出来的心腹不过如此，真让人觉得讽刺。"

申玄摇了摇头，看着郑白鸟，冷笑道："你说错了。我能成为中刑令，不是出于她的恩赏，而是交换。若我真是她的心腹，今日她就不会由着你来杀我。就如当年她接近巴山剑场的那些人一样，我对于她来说，只是有可以利用的地方而已。"

"既然有这样的认知，又何必痛苦挣扎？"郑白鸟平静地看着申玄问道。

申玄身上腐烂的铠甲在雨水的冲刷之下慢慢消失，首先消失的是那些黏附在鲜血上的枯叶烂枝及尘土，接着才是那一层粘稠的鲜血。因为大量失血，现在的申玄面容苍白，浑身冰冷，就如在渭河中泡了很久的尸体。

申玄看着郑白鸟，缓缓说道："长陵的掌控者是秦王和她，要想好好地在长陵生存下去，要么证明自己对秦王有用，要么证明对她有用。现在的胶东郡，对她而言只是枷锁。她所能依仗的，还是对她有用的人。"

话音刚落，申玄的身上忽然出现了一些"新鲜"的剑意。这股剑意刚刚释放，他脚下的渭河水流便像热粥一样沸腾起来。

郑白鸟的目光剧烈一闪，他莫名地嗅到了一丝危险的气息。向来寡言少语的申玄说了这么一通话，似乎唯一的目的便是让身上的腐铠尽数褪去。这样一来，他的身体才能更好地释放元气，从而召唤这水面上充沛的水意。郑白鸟不明白的是，失去了腐铠的保护，申玄凭借什么阻挡他的心念剑？

"你以为自己同境之内无敌，以为自己可以像她一样一旦出现便光辉万丈，继而一直在长陵这样闪耀下去，只可惜你和很多来到长陵的强者一样，注定会成为过客。我今天会让你明白，我之所以逃到这里，并不是因为我怕你，而是因为我想单独打败你。"申玄的声音方落，剑意已经彻底释放，其身影彻底淹没在席卷而来的风雨之中。

郑白鸟面上血色急剧褪去，出声问道："这是什么剑意？"

他的出手比申玄更快，但是在他心念动时，他的念力和释放的真元，以及感召而来的天地元气，却都被这风雨吹得扭曲凌乱。承托着他心念的真元和天地元气，在流往申玄身边的过程中，四处飘摇。

速度慢下来的瞬间，心念剑的一切优势不复存在。在这一刻，心间宗的心念剑已经被申玄这无双风雨的剑意所破！

郑白鸟不是没有想过心念剑可以用这样的招数破解，但此时申玄所施展的剑意可召唤漫天风雨而且锐意无双，覆盖的范围广到可以切割高空中落下的天地元气和星辰元气，简直远远超出了他平生所见。

这样的力量，绝对不是从长陵的剑经中学来的。细思极恐，郑白鸟终于明白申玄方才所说能打败他的话并非虚言，同时他也明白，申玄之所以花费如此代价逃到渭河之上，不是要借水逃遁，而是想靠这渭河的水雾和风雨，遮掩自己真正的力量！

郑白鸟的眼瞳最深处出现了一抹恐惧的意味，一声厉啸之间，他体内的真元毫不吝啬地疯狂喷涌而出。那一道在无双风雨之中飘摇的念剑前行速度快了数分。同时，他的整个身体如倒飞向天的陨石一样，朝着上方的天空以惊人的速度弹射出去。

只要能冲出这片被风雨覆盖的区域，他的心念剑便能恢复原本的威力。而且，在高空之中，申玄只要出手，就不可能不让其他修行者看到。

在他的视界之中，天空急剧发亮。只差一息，他就能冲出这场无双风雨。然而就在此时，他的身体下方出现了两道光。这两道光充满决然和暴戾的气息，并非剑光，而是申玄的目光！

"嗤"的一声，一片水花凝结成一柄薄剑，直接在郑白鸟的脚底处生成。紧接着，郑白鸟的脚背上出现了两道红线。他的两只脚掌在这一瞬间竟然被这道水剑齐齐切断！

"天一生水！"一声极其凄厉的惨嚎，带着极度的震惊和不可置信从郑白鸟的唇齿间迸发出来。

天一生水是夜策冷的师门绝学。夜策冷无疑是现在长陵修行者之中最为接近巴山剑场的权贵，即便她真的效忠于秦王，也不可能与申玄有过多的接触。然而无比真实的惊痛，却提醒着他这是绝对的事实！

郑白鸟的双手往下齐齐挥出，在这局促的空间里，两股从他掌间挥出的磅礴真元舍弃了心念剑的剑理，直接融合着天地元气变成了两道如冰柱般的晶莹大剑，朝着申玄的目光刺去。

第二十六章 天一生水

245

　　锋锐的剑意直刺申玄的双瞳，发现了申玄秘密的郑白鸟已不再想杀死申玄，只想逃出渭河。

　　申玄幽冷的双瞳间再次涌现出绝厉的意味。他不退反进，身体略微扭转往上，右手衣袖往上拍起，带着一片水浪和风雨硬生生拍碎了郑白鸟施出的一剑。接着，在刺耳的裂帛声中，他用自己的胳膊撞上了郑白鸟的另外一剑。

　　"当"的一声爆响，郑白鸟这道剑并未刺入申玄的身体，而是在剧烈的碰撞中，碎成了无数片！

　　一片带着独特金属反光的幽冷光芒充斥着郑白鸟此时的感知世界。申玄的右臂早在大浮水牢那一役中被斩断，然而根本没有人会想到，他竟然在这截空荡荡的衣袖中藏了一截玄铁！此时他便用这截玄铁阻挡了郑白鸟那一剑！

　　剧烈的震荡使得申玄的眼睛里瞬间布满了血丝，然而他的动作依旧冷漠稳定。他的手指间夹着一片水花，顷刻拉细成丝，变成一柄细长的水剑，刺入郑白鸟的气海。

　　"啪"的一声，郑白鸟的整个身体像羊皮筏子一般，往外炸了开来。血肉被暴走的真元和天地元气瞬间摧毁成雾，无数气流不断往外穿梭。

　　申玄剧烈地咳嗽着。他的身体弓了起来，往下坠落着，"扑通"一声坠入了下方的渭河中。

　　目力难至的高空之中，刚刚亮起来的星辰迅速消隐。长陵城里，有三个人最先感知到了这一战的结果。

　　王后郑秀缓缓抬头，她的目光穿过灵泉上的迷离光线，似乎看到了那些星辰的幻灭，然后她的嘴角出现了一抹异常艳丽而妖异的笑意。

第二十七章
实为家变

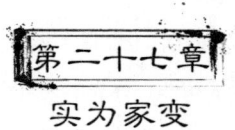

和郑白鸟一起离开胶东郡来到长陵的那两名黄袍修行者也在此时仰起了头。其中一名不久前刚和郑秀进行了一场并不愉快的对话,感知到郑白鸟的陨落,他瞬间陷入了强烈的震惊里。

另一名黄袍修行者此时并不在长陵。他戴着一顶竹笠,正站在船头顺流而下。

他这条小船的前方,还有一条船。那条船上的人正是王后郑秀另外的一条臂膀——未央宫宫主潘若叶。

他已经跟了潘若叶数天,之所以不急着出手,是想熬掉潘若叶的锐气,然后毫不费力地杀死她。

在他和郑白鸟,以及长陵城中那名黄袍修行者看来,申玄和潘若叶都只是猎物,他们则是手持利器的猎人。然而,现在作为猎人的郑白鸟却死了。郑白鸟的死,让他此时的信心出现了些微动摇,心中陡然生出不祥的预感来。

就在这时,前方那条顺流而下的小船停了下来,横在浅水岸的水草里。

淅淅沥沥的小雨里,一直安静地待在小船船舱里的潘若叶走到了船尾,等着后面那条船到来。

泛着淡淡水雾的河面带着一种朦胧而梦幻的色彩,使得身穿淡黄色衣衫的潘若叶犹如水中的仙女。上游漂流而下的小船船头上站立着的黄袍修行者身姿挺拔,与潘若叶倒像是一对久别重逢的情侣。

"其实我并不喜欢杀人。"黄袍修行者的小船缓缓定于水中央,他微蹙的眉头缓缓松开,自行慢慢说道,"在我幼年刚开始修行时,不理解故事书中那些必须分出生死的双方为什么喜欢说一大堆废话。等我长大后真正杀人时,我才明白,杀人终究不是什么

快事，对话可以缓解这种并不愉快的情绪。所以，在开始之前，我们不妨说会儿话。"

说完这些，这名黄袍修行者对着潘若叶躬身行了一礼，补充道："在下郑惊城。"

"我知道你的身份。"潘若叶看着郑惊城，道，"胶东郡最厉害的刺客，郑秀最忌惮的胶东郡四名修行者之一。秦国的舰队开辟海外航道时，那些海外岛屿上的不少强大修行者都死于你的刺杀。若论军功的话，你的军功至少不会少于梁联。你行事最为谨慎，从不放过任何一处妨碍自己出手的可能。你先前一直跟着我，现在又和我说这些话，都是因为你不想让我对你的出手造成任何影响。"

"你很坦诚。"郑惊城抿了抿嘴，接着说道，"正是因为你太过了解王后，也太过了解我们胶东郡，所以你才一定要死。你明明知道我的意图，在我跟着你的这几天里，你为什么不寻找抢先出手的机会？"

潘若叶神情微冷，出声道："因为我在思考。"

郑惊城顺着她的话问道："思考什么？"

潘若叶冷冷道："我不抢先出手，是在等着看郑秀会不会设法做些什么，从而阻止你杀我。然而郑秀并没有出手的打算，只能说明我的一些猜测是正确的，她知道真正的事实隐瞒不过去，所以便借你们的手除掉我。"

郑惊城认真地听着她的话语，甚至带着一丝同情道："你的猜测应该是正确的。"

"你的情绪有些波动，显然你们在长陵城中的刺杀失败了。现在，你和我说了这么多，就是想确定我无路可走，但这次谈话恐怕不会对你的出手有好处，反而会更加影响你的情绪和信心。"潘若叶看着郑惊城，冷笑了起来，"你们胶东郡修行者，和我们相比，永远缺少一些东西。"

郑惊城的眉头跳了跳，他沉声道："什么东西？"

潘若叶看着他，缓缓道："郑秀和我第一次相遇，带我进长陵之前，我只是巴山外一处山镇的一个孩子。当时，正逢大军和巴山剑场交战，一支马贼逃亡时经过我们所在的村落，便顺势将我们周遭数个山镇洗劫了一遍。山镇之中的大人几乎全部被杀死了，只有小孩躲匿在一些隐蔽的角落得以存活。为了争夺一些仅有的吃食，这些小孩互相残杀，但是我是最终活下来的人。"

"此时想来，此事有许多巧合之处。郑秀手下的宫女为何偏偏在只剩我一个人的时候才出现？"潘若叶笑了起来，"你们胶东郡的修行者想要活下来，也需要经历一个自相残杀的过程。你们在开始修行时就知道会遭遇这样的事情，所以有足够的时间去克服恐惧，为打败对手做准备。但是我们不同……我们突然遭遇这样的事情，只能凭借着本能去生存。所以你们并没有我们身上与生俱来的悍勇之气。后天用狗群养出来的狼，和天生的狼王是不一样的。"

郑惊城皱了皱眉头，但是潘若叶并没有给他说话的时间，接着说道："你想要磨灭我的气势，从而选择最合适的时机将我打败，但是对于我而言，越遇绝境，越能激发出锐气。此外，这些天以来我还在思考剑经上的一些剑式。"

郑惊城面容骤僵。

潘若叶看着他，重重说道："我在参悟《陈王剑经》上的一些剑式，现在我已经理解得差不多了。"

郑惊城深深地皱起了眉头，毫不犹豫地捏碎了手心里的一件符器。接着，他手中释放出大量的天地元气来，使得周围的空气变得极为沉重。悄无声息之中，他所在的这叶小舟和下方的水面猛烈地凹陷下去。

在下一刹那，这些天地元气不断往外绽放，化为团团白云。一片白色的云海原本应该浮现在天上，然而此时却填充在这片河域之中。晃眼之间，郑惊城的身体和所有气息都消失不见了。

潘若叶置身云海之间，然而她的神色没有丝毫改变。当这些白云生成时，她所做的应对也只是将真元涌入左手紧握着的一件符器之中。

先前她和郑惊城对话时，她的左手便一直隐于衣袖之中，紧紧握着那件符器。

那是一颗晶球，准确来说，是一颗表面篆刻着许多符文的海兽内丹。这颗内丹表面呈现出橘黄色的光泽，其上篆刻的符文极为繁复，好似锦簇的花团。内丹整体呈微蓝色，好像包含着一汪海水。

事实上，这才是潘若叶真正等待的时机。她手中的这颗内丹一直等待着郑惊城的符器出现。此时，当她的真元顺着符文涌入这颗内丹内里时，内丹发出"嗤"的一声轻响，所有的色泽尽数消失，变得完全透明。无数缕凝聚如水流的天地元气，从她的手中迸发出去，在白云之间穿行。白云瞬间消失，化为重重光影。

郑惊城的身影出现在潘若叶前方一侧的岸上，重重光影似乎吸聚着光线，使得她和郑惊城所在的这片小天地变得更为明亮，也使得郑惊城的身影在她的眼中变得更为清晰。

然而郑惊城却看不到她。郑惊城骇然失色，他所施的符器是沧海白云符，为胶东郡所独有。他修行多年，才能拥有这件珍稀至极的符器。然而潘若叶不知激发了何种强大

第二十七章 实为家变

的符器,反而抽引了他这件符器喷发的天地元气,在他的身外结成了各种光影。这些光影包含着海面、巨船、高大的岛屿,还有飘浮悬定于空中的城市,分明就是海域航行之中极为罕见的海市蜃楼。

郑惊城忽然明白,潘若叶的这件符器,是用传说中一些深海巨兽的内丹制成的。即便是胶东郡,都没有这样的巨兽内丹。最让他恐惧的是,这件符器只有遇到沧海白云符时才会发挥作用。

"你怎么知道我有沧海白云符,你怎么确定我会用这件符器!"郑惊城惊恐地看着周围的虚幻光影,大叫起来。

扫一扫,
更多精彩等着你

一息之前,潘若叶无法看到他的身影所在,而此时却异位而处,他的视线和感知都被这些虚幻光影阻挡,反而变成了他看不见潘若叶。

回答他的是一道薄而轻渺的剑光。

郑惊城手中出现了一柄艳红色的本命剑。他这柄本命剑是用深海中的一种血珊瑚制成的,这种血珊瑚数万年才长出一寸,非但质地极为坚实,而且本身便是由无数珊瑚虫的骨骸和海水中的物质堆积而成,带着独特的天地元气。这道本命剑刚刚出现,便倾泻出一道如潮汐一般的剑气。

郑惊城挥剑,轻易斩碎了袭来的这一道剑光,却无法撕碎他身外的虚幻光影。

又一道剑光从他前方的一艘巨船光影中透出,并急速袭来。郑惊城挥剑,将其斩落之后,再次有剑光袭了过来。剑光源源不断地朝着他袭过来,笼罩着他的这些海市蜃楼似乎永远也不会消失。

他唇上血色悄然褪去,变得无比苍白。

就在此时,潘若叶的声音在四周虚幻的光影之中响起:"这些年来,你们胶东郡的修行者在郑秀的荫蔽下享受着权势和风光,早就成了长陵修行者的公敌。"

"长陵修行者的公敌?是夜策冷?"郑惊城从潘若叶寥寥数语之中便敏锐地抓住了某些讯息。

他的心中生出无穷的寒意,双手变得冷僵起来。自他和郑白鸟等人正式进入长陵行走之后,长陵的权贵全部都保持着沉默,监天司司首夜策冷也不例外。然而夜策冷在海外十余年,斩杀了诸多强大的深海妖兽,只有她才有可能拥有那样的内丹制成的符器!

先前他已经感受到了郑白鸟的陨落,但是他依旧有信心杀死潘若叶。而现在,他发现自己步步落入了对方的算计之中。长陵看似平静,实则卧虎藏龙。他今日之败,全在于自己低估了对手的实力,轻视了长陵的本领!

郑惊城和潘若叶这场战斗发生的地方距离长陵很远,但并非所有修行者都不能感知。

因为所修真元功法相同,修为又足够强大,坐在马车里,行走在长陵细雨间的黄袍男子虽无法感知郑惊城和潘若叶之间的交手过程,却感知到了这一战的结果。

胶东郡对于天下所有具有修行天赋的修行者都有着一定的关注。胶东郡有着数间库房,存放着他们关注的修行者的详尽资料。尤其是对于七境之上的宗师,胶东郡有着颇为细致的评估。在胶东郡的评估里,郑白鸟杀申玄和郑惊城杀潘若叶都是万无一失。

胶东郡将申玄定为第一个目标,是为了让长陵的那些权贵对他们胶东郡接下来的行为保持沉默。

申玄是新生的巨头,损害了长陵很多人的利益,然而他是王后的臂膀,除了胶东郡之外,其余人都不敢动申玄。胶东郡原本便不想王后郑秀过于强大,杀死申玄对于胶东郡和长陵权贵来说,双方都有利益。

潘若叶被胶东郡定为第二个目标,首先是因为潘若叶曾是王后身边的心腹,知晓胶东郡太多的秘密;其次是因为在离开王后之后,她便变成了无主的浮萍,杀死她不会引起任何一方的不满。

然而现在,申玄和潘若叶还活着,郑白鸟和郑惊城却死了。

在陈监首和夜策冷的那次秘密谈话里,陈监首对夜策冷提到胶东郡来了三个人,然而胶东郡开始正式踏上长陵的舞台,自然不可能只来了三个人。之所以说是三个,是因为这三个人的分量,已足够影响到长陵的格局。

现在只剩下这马车里的黄袍男子一人了。

潘若叶和郑惊城的战斗是修行者之间单对单的决斗,但是在长陵杀申玄,胶东郡却做了无数的安排,破解这个杀局的人,暗中也不知道调动了多少力量。郑秀的力量很大部分都来自于胶东郡,她的动作不可能瞒得过胶东郡,那么这个暗中破局的人会是谁呢?长陵何时出了这样一个拥有强大力量的巨头?依照眼前的局势,又该如何将现在的局面彻底扭转过来呢?

身为胶东郡最可怕的修行者,这黄袍男子有一个很强悍和霸气的名字——郑虎鲨。胶东郡临海,以海为生,而在海中,凶残的虎鲨就是霸主,是杀戮的代名词。

马车依旧缓缓地在长陵的细雨中行进,郑虎鲨敏锐无比的感知世界里,出现了一丝杂音。

第二十七章 实为家变

当这丝杂音响起时,他便已经"看到"了那丝杂音的源头。

百丈之外,一名剑师正靠在茶楼窗口。一把轻薄的无柄飞剑从那名剑师的衣袖中落下,坠入窗下的水沟之中。接着,这柄剑在水流之中急剧穿行,剑意直指郑虎鲨所在的这辆马车。

郑虎鲨皱了皱眉头。这种修为的剑师偷袭甚至让他提不起太多的兴趣。他伸出手,握了握拳,远在百丈之外的剑师身前的空气里,陡然出现了一个旋涡。紧接着,那旋涡旋转的力量直直透入了剑师的心脉之中,整个心脉被一股强大的力量拧结成了一团。

剑师无力地垂头而死,鲜血从他的心口处喷涌而出,顺着茶楼的墙壁落入下面的水沟之中。那一柄飞剑距离马车还有数十丈,此刻失去了支持,在水中漂了一阵,便无声地沉入水沟的淤泥里。

郑虎鲨轻而易举地击杀了那名刺客,然而他心中却没有丝毫快意。他缓缓收回手,抬起头来。

马车前方的道上,站立着一名铁塔般的布衣男子。那男子双手抱着一根数人合围大小的玄铁柱,发出了一声惊雷般的暴喝,然后直接将这根玄铁柱凌空朝着马车横掷过来!

这名铁塔般的布衣男子天生神力,这一刹那的投掷几乎爆发出了体内积蓄的所有真元和天地元气。这样的修行者是军队中的宝贵财富,在战场上绝对能起到强大的破阵作用,甚至可以在一瞬间杀死数名御使飞剑的剑师。

先前那名剑师,再加上此刻这名正式阻路的布衣男子,让他确定一个恐怖的杀局正在围绕着自己展开。他不知道到底是谁布置了这样的杀局,但是他知道当郑白鸟和郑惊城死后,从胶东郡进入长陵便不可能有着温和的收场。

对于他而言,若是此时逃离长陵,便意味着胶东郡永远无法再在长陵取代郑秀的位置。

他决定拼着性命赌一赌,看看最终是自己被杀死,还是布置这杀局的人胆寒。

"到底是谁?"

当这名铁塔般的布衣男子公然在长街上出手时,肯定长陵又出了一个新的巨头的人远不止郑虎鲨一人。最为震惊的是神都监的陈监首。神都监的职责便是督察长陵城中的修行者,若是有这样一个新的巨头诞生,他应该是第一个察觉的人。然而他并不知道到底是谁破了胶东郡杀申玄的局,也不知道这些公然刺杀郑虎鲨的修行者从何而来。

庞大的玄铁柱在空中飞行,令许多人心中生出冰冷的寒意。

当这根庞大的玄铁柱前端的阴影笼罩在马车的车头上，带起的狂风令整辆马车嘎吱作响时，面容冷漠的郑虎鲨再次伸出了手。他的左手轻柔地在空中虚按了一下，似乎不带任何强大的力量，然而那根迎面而来的玄铁柱前端却骤然一沉，狠狠砸入街道的砖石之中。

恐怖的冲力使得大块的地面如脆弱的纸片一般往上掀起。然而被掀起的地面却在距离车头一尺处停了下来，崩裂成烟尘和碎屑。

郑虎鲨虚按着的手并没有就此落下，他的手指轻轻地弹了弹。

一片碎屑急速穿过烟尘，继而燃烧起来，带着耀眼的亮光，朝着那布衣男子飞去。"噗"的一声闷响，这片亮到耀眼的碎屑在空中带出长长的光丝，顷刻穿透了那名布衣男子的额头。下一刹那，这名布衣男子的头颅便炸了开来，只剩下一具无头的尸身站立在道间。

这布衣男子体内的真元在方才的一击之中便已耗尽，根本没有再战之力，郑虎鲨本不必浪费真元来杀死他这样的敌人，但是他还是出手将其杀死。这分明是在向那些布局之人示威。

那布衣男子刚死，一道箭光便从西方而来，没有落向车厢里的郑虎鲨，而是落向了马车车头上的车夫。

车头响起一声厉啸，车夫的手中涌起本命气息，一道猩红色的剑光斩向了这道箭光。那道猩红色的剑光在箭光残留的光影中穿过，却未能斩中。车夫惊恐不已，身体往外炸裂开来。

"轰"的一声爆响，马车往前翘起，车夫和车头全部都消失了。

郑虎鲨的左眼皮微微跳动着。在那一刹那，他已经感知到这一箭的强大，想要出手阻挡，却没来得及。他的左手手指轻颤了一下，指掌间的元气颤动往外释放而出，车厢如纸片一样被轻易撕裂，变成一蓬飞灰往外飞去。

郑虎鲨站在街中，仰起了头。

一道箭光带着无比刺眼夺目的光辉，再次袭来。

郑虎鲨眯着眼睛看着这道箭光，脸上突然绽放出一丝冷笑。他伸出左手，朝着箭光一握，一股磅礴的力量从他的掌中喷涌而出。

令人耳膜刺痛的尖啸声在箭光周围发出，如鬼哭狼嚎一般。箭光前行的速度慢了下来，在距离他掌心还有数尺时，骤然一顿，继而往外绽放开来，露出了箭矢本身。

第二十七章 实为家变

这是一支深蓝色的箭矢，通体由精金打造而成，连尾羽也不例外。箭尖处不断爆开一团团肉眼可见的波纹，然而却无法寸进。下一刹那，箭矢后部的力量不断冲撞向箭尖，这支精金箭矢节节裂开，在郑虎鲨掌心中涌出的强大元气的挤压下，如尘埃悬浮在空中。接着，随着他的五指收缩，碎片被挤成一团，变成一颗滚圆的球体。

郑虎鲨虚握着这颗精金圆球，就像是抓住了一颗星辰。然而他此时的面容却很古怪，轻声自语道："竟然还有楚人？"

此时手握星辰般的郑虎鲨犹如天神，威猛强悍到了极点。从胶东郡前来的这三人都是非同一般的七境宗师，是令王后郑秀以及两相都极为忌惮的存在。

纯粹以修为而论，这三人代表着胶东郡最强大的力量，甚至超过了鹿山会盟之前的白山水和赵四。而这三人之中，郑虎鲨是最强者。郑白鸟认为自己同境无敌，是因为他并没有将郑虎鲨当成同一境界的修行者，哪怕郑虎鲨并未踏入八境。

面对方才那一箭，郑虎鲨完全可以选择丝毫不伤及自己的应对方式。但是他需要令许多奉命前来刺杀自己的修行者在这短短数个呼吸之间看到他的实力，从而退出战斗。蚁多咬死象，他不愿看到那些和他修为相差甚远的修行者纷纷加入战斗，消耗他的真元。他只想让那名暗中布局的巨头在看到他所展现出来的力量之后，彻底打消想要杀死他的念头。但此时他心中亦明白，这来自于楚的箭师力量之强远远超出了他的想象。

手中精金圆球上的光线迅速消失，郑虎鲨前方视线的尽头，细雨笼罩着的街道远处，响起了清晰的脚步声。

明明只有一个人缓步而来，但是这片街巷之中所有的房屋却都颤抖起来。

郑虎鲨眉头深皱，双唇微启。地面的震颤顺着他的双脚不断传入身体，身体中每一条细小的血肉都在随之震动。他的心脉被牵动，隐隐有些不适。

当他刚准备呼吸吐纳，来缓解这种不适时，天空黯淡下来。那名令他颇为忌惮的箭师再次出箭。这支箭矢构造独特，箭尖在自由地高速旋转时，箭身却无比稳定。在急速的飞行之中，箭身上的符文引聚的天地元气不断爆开，每爆一次，箭矢便在空中跳跃般消失，然后又骤然出现。

郑虎鲨深吸了一口气，将手中虚握着的那颗金属圆球投掷出去。圆球在他身前炸开一道螺旋般的气浪，然后瞬间消失。

在距离郑虎鲨极远的一处屋脊上，一名高瘦的青衫箭师手持着深蓝色的长弓，弓弦还在以极高频率震动着。

郑虎鲨的左手投掷动作刚刚完成，那颗金属圆球便"轰"的一声出现在了青衫箭师的身前。这一刹那金属圆球如同凝固在空中，四周荡开的元气泛出金黄的色彩，如一朵巨大的向日葵在盛开。

正对着这名青衫箭师的空气，在这颗金属圆球绽放的力量逼迫下，形成了一柄透明的元气长剑，剑尖无比精准地刺向了他的胸口。

青衫箭师看着刺向自己胸口的气剑，瞳孔急剧地收缩着。"砰"的一声震响，他手中的深蓝色长弓被震飞出去，一股他难以匹敌的力量落在他的身上，令他的身体往后倒飞出去，狠狠撞破屋面，堕于一片残墙断瓦之中。

青衫箭师咳出大口的鲜血，但他毕竟还活着。

就在这一刹那，郑虎鲨身前长街上持续响起的清晰脚步声骤然消失。一道身影就像是直接从天上跳了下来，身周带起的狂风在天空中形成了一个巨大的空洞，将这片街巷之中的雨丝都卷拂到了远处。

先前的箭光使得雨中原本就惨淡的光线变得更加黯淡，而此时这人的到来，却使天空中少了遮掩，迅速明亮起来。

"四叔？"郑虎鲨的呼吸骤然一顿，从唇齿间挤出了这两个字。

来人是一名老者，脸上满是皱纹和黑色斑点。然而此时这名老者身上降落的剑意，却是强大到犹如天罚。

"原来是自己人……弄了半天，竟然是窝里反。"郑虎鲨嘴角浮现出自嘲的意味，他的右手在这一刹那抬了起来，当空虚握！

"轰"的一声巨响，天空变得一片金黄，郑虎鲨的上方出现了一只金色的龙角。金黄色的光芒如瀑布倒卷往上冲去，老者的身躯瞬间被弹飞，在空中变成了一点细小的影迹。

"龙角剑！你果然是胶东郡最强的修行者。"清寂的王宫里，郑秀抬着头看着那片金色的光亮，低语道。

她的声音响起之时，甚至连胶东郡的修行者都无法感知到的极高高空里，一颗苍白的星辰闪耀了一下。接着，一条细细的星火落了下来。一股淡薄的天地元气就此生成，在这一瞬间沁入这片街巷的水沟淤泥里。

这片街巷的水沟淤泥里，静静地躺着一柄飞剑。这柄无柄飞剑来自于那名一开始便被郑虎鲨杀死的无名剑师。

第二十七章 实为家变

当郑虎鲨挥出金色龙角，一击斩飞那名老者时，这柄轻薄小剑飞了起来，带着难以想象的速度，瞬间落在郑虎鲨的后背上，然后从他的胸口穿了出来。

"嗤"的一声，一股气浪伴随着血雾从郑虎鲨的胸口喷出。

金色龙角落在地上，发出"叮"的一声。与此同时，郑虎鲨微苦一笑，头垂了下来。他的双腿渐渐承受不住自身的分量，缓缓跪在地上。

这条街巷彻底安静下来，一切天地元气的湍动彻底消失，淅淅沥沥的雨声统治了此处。这一战不知道惊动了多少人，然而战斗结束后，却没人敢走进这条巷落里。

雨水冲掉了血迹，郑虎鲨正对面的那具无头尸身上的鲜血也被冲刷得干干净净，血肉变得如柳絮般苍白。

分外死寂的巷落里终于传来了脚步声。一顶黄油纸雨伞绕过那具无头尸身，飘然而来。

持伞的是一名黄袍童子，伞下还有一名老者。这老者正是郑虎鲨口中的"四叔"。他不断咳嗽着，唇齿之间的鲜血将捂着嘴的锦帕渐渐染红。

"吊着一口气不死，辛苦吗？"老者走到垂着头的郑虎鲨刚刚能够看到他脚尖的位置，感慨道。

"辛苦。"郑虎鲨无法抬头，他看着这老者的脚尖，微苦道，"四叔，有些话不说明白，我死不瞑目。"

老人沉默了数息，道："在长陵死不瞑目的人不知道有多少，不差你一个。你应该明白，我现在还愿意和你说话，是因为你刚刚那一剑对我留了手。"

"我对你留手，是因为我们是一家人。您是家中的主事人，而且我幼年时一直跟在你的身边。"郑虎鲨眼中的光芒再黯淡数分，"郑秀的布局很巧妙，只用了两名修行者，便成功地将我除去了。但如果今日来的人不是你，我的心神也不会如此震动，更不会感应不到她那一剑。郑秀能够用出这样一剑，必定是得到了《续天神诀》……但四叔，你应该明白，不论如何，我从未想过要杀她。"

老者沉默了片刻，然后才道："你太强，如果你不死，很多事情只要你不同意，便不可能成功。"

郑虎鲨没有再争辩，艰难地轻声道："我死了，郑白鸟和郑惊城也死了，这就是你们想要看到的结果？原本强大的胶东郡，因此变得越来越弱小。"

老者摇了摇头，道："胶东郡只会更加强大。要让郑秀和胶东郡真正连为一体，有两种选择，一种是你的选择，一种是我们的选择。今后没有郑秀和胶东郡，只有郑秀。"

"真是一群疯子。"郑虎鲨笑了起来,"如果最后你们全部死光了,只有她一个人坐享其成,你们也不在意吗?"

老者点了点头,认真回道:"若想成就大事,必定要有所牺牲。从某种意义上而言,我们胶东郡这次虽然损失了许多强大的修行者,但是从此以后所有的力量都会重新归于一点,不再有其他的意见。在我看来,这才是我们胶东郡有史以来最强的时候。"

话罢,他看着最后一口气彻底散去的郑虎鲨,颔首为礼。

"您终于死了。我是您一手教出来的,但是您却死在了我的手上……您不应该愤怒,应该骄傲才是。"清冷的王宫深处,王后郑秀缓缓自语。

她的面容依旧冷酷,但是眼睛里却荡漾着欣喜。

自她开始修行之时,她的头顶便笼罩着无数的阴影。这些阴影规划着她的人生,凌驾于她的意志之上,让她时时刻刻都不能自由行事。直到她进入长陵,成为王后之后,这些阴影渐少,然而修为和战力比她强大,在胶东郡拥有极大话语权的郑虎鲨,却依旧是笼罩在她头顶上方的最大一片阴影。

现在,终于连这最后一片最大的阴影也都消散了。

从今天开始,她就是胶东郡,胶东郡就是她。她的意志,便是胶东郡的意志!

黄真卫站在角楼最高处,远远地看着郑虎鲨死去。跟着他看完这全部过程的,还有那些冷峻如铁的角楼守将。

除了那名阻止了郑白鸟杀死申玄的新生巨头之外,长陵城中并没有多出第四名新生的巨头。

郑虎鲨的死亡只是一场家变。一名如此强大的修行者以这样微小的代价被当街杀死,所有人恐怕都不会觉得胶东郡的力量大为削弱,只会感慨长陵这名女主人的强大。

在去年的冬天里,她遭受了很多的打击,但所有人都没有看到她反击。有些人甚至认为她除了发疯之外,已经失去了反击的能力。然而她的反击早已开始,先安内,再攘外,在春伐即将开始之前,她彻底一手掌握了胶东郡!

黄真卫保持着沉默,但是他的呼吸却有些紊乱。他似乎感觉到一头巨兽彻底挣脱了牢笼。

第二十七章 实为家变

第二十八章
谁来领军

春将至,当秦国不再刻意掩饰军队的频繁调动时,秦国和楚国之间的战争就已开始。

"不让赵沐领军,恐怕难以服众。"楚王宫的深处,赵香妃安静地看着坐在自己前方的林煮酒,说道,"虽说后方比前线更为重要,但他毕竟是最适合统领大军的帅才,百万大军的归属不可能交予别人,更不可能由你们领军。"

林煮酒已不复水牢中的模样,此时的他身穿青衫,说不出的干净清爽。他看着赵香妃,微微一笑,道:"我们当然不可能领军,因为领军的会是你。"

赵香妃怔了怔,蹙眉道:"我在前线亲征,赵沐稳定后方,但向焰金戈军未归之前,按照你的计划,会有不少败绩。这样一来,军心便会不稳,从而生出许多乱事。"

林煮酒不紧不慢地说道:"不管过程如何,只要你能在具有决定性意义的战斗里取得胜利,你便会拥有至高的威信。"

赵香妃想了想,道:"如果一些战役注定会败的话,就让那些一直反对我的人出现在那些战役里。"

林煮酒愣了愣,感叹道:"女人狠起来,果真比男人还要决绝。"

"不让我领军,让我留在后方帮她杀人,凭什么?"楚国的某处军营大帐里,身穿乌黑色战甲的将领冷笑起来,"就算我同意,就算我放心,其他人会同意,会放心吗?"

这名面目冷峻,身材修长的将领,正是楚国公认最会行军打仗,统御大军的将军赵沐。

他也姓赵,却是楚国土生土长的袁阳郡人,在出身上和赵香妃没有任何关系。

在过往的很多年里,他一直是楚国很多将领的信心来源。从某种意义上而言,赵香妃的命令需要得到他的同意才能施行。然而就在他对着几名心腹部下冷笑出声时,他感受到了一股熟悉的气息临近。他惊愕地收敛了笑容,对着掀开帐帘的那人深深躬身行了一礼，道："老师。"

来人是一名须发尽白的老人。

看着这老人，营帐里的数名军方高阶将领同样震惊难言。这人正是赵沐的老师——昔日楚军军神李缚。更令人震惊的是，这名老人此刻身上穿着的并非便服，而是沉重的战甲。

赵沐看着李缚道："若是老师您领军的话，弟子自然信服。"

李缚回道："至前线领军的不是我，我和你一起留在后方帮她杀人。"

"为什么？"听到出乎意料的回答，赵沐霍然抬头，不解地看着自己的老师，不加掩饰道，"为什么要留在后方？弟子不放心，并非只是因为战事的胜负。那巴山剑场的人，原本就是天下最会打仗的人。但眼下的大楚，到底是谁的大楚？"

李缚看着自己最为得意的弟子，训斥道："蠢材！"

赵沐愣了，这营帐里的数名将领也愣了。

"连你都知道她和巴山剑场的关系，难道先王会不知道？"李缚用看着白痴的目光看着赵沐，声音微冷，道，"你还不明白吗，先王传位于骊陵君，不是因为相信骊陵君，而是相信赵香妃！"

赵沐浑身一震，一时说不出话来。

"既然先王放心地将大楚交到了她的手里，你还有什么不放心的？"李缚冷笑道，"先王不会被女色所蛊惑，只有真正的爱意才能打动他。先王会让她坐上那样的位置，与她的出身、修为、力量无关，只是因为先王爱她，她也同样爱先王。"

李缚微微眯起了眼睛，看着赵沐，接着缓缓说道："她为先王和这个王朝付出的绝对不会比你少，所以你……尽可放心。"

"只听说过逼良为娼，从来没有听说过逼人领军打仗的！"

"我只会赏鱼观花，逛烟街柳巷，游手好闲才是我最大的本事。"

"我要见赵香妃！"

"赵妖妃，你竟敢这样对我！"

一间被重兵团团围住的深宅大院里，不断响起厉吼声，渐而变成凄厉的尖叫声。一名身穿锦服的白胖中年男子周围飞绕着十余柄飞剑，白皙的脸上尽是拍打出来的伤痕，鲜血四处乱溅。

"不要叫了。"一道轻淡的声音从这间厅堂外响起。

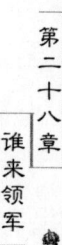

第二十八章 谁来领军

白胖中年男子的叫声戛然而止,他看着出现在眼前的赵沐,惊喜道:"赵沐,你来了便好,快帮我……"

"我不会帮你。"赵沐摇了摇头,打断了他的话,"不是只有你一个人会去边境,都城里很多人会像你一样去边境。"

"什么意思?"这名白胖中年男子呆了呆,反应过来,勃然大怒,叫出声来,"赵沐,你竟然跪倒在赵妖妃的裙下了。"

赵沐没有理会,转过身去。

白胖中年男子大骂道:"赵沐,你母亲是婢女,妖妃的母亲窑子里的姐儿,怪不得你们狼狈为奸。"

"斩了。"赵沐出声道。

当他的这两个字出口之时,跟在他身旁的一名高阶将领便提起剑来。"嗤"的一声轻响,白胖中年男子的脖子上出现了一道红线。

"怎么可能?你怎么敢杀我?"白胖中年男子瞪大眼睛看着赵沐的背影,喉咙里咕噜一声,头颅便掉了下来。

"刚开始的手段越是严苛,越能服众。只可惜身为杀鸡儆猴的鸡,却不自知。"赵沐没有转身看那白胖中年男子死时的模样,只是对着身旁跟着的将领,轻声说道,"若谁有异动,直接杀了。"

暮色四合,楚国王宫金銮殿微启的大殿殿门内里透出昏黄的光亮,就像一只怪兽微微张开的嘴。

一名细腰宫女从内里走出,恭谨地请凝立在门外的一名官员走进大殿。

楚器天下第一,精美瑰丽,王宫建筑亦然。这金銮殿外观并不宽宏,然而内部空旷开阔,使得尽头处那一张龙椅看上去分外遥远。龙椅上的骊陵君以手撑着下颌,似乎在沉思。

这名官员从长陵便跟随在骊陵君左右,在骊陵君正式成为楚王之后,被封为清藏。在楚国,清藏一职主要负责清点藏书,官阶不低,而且很清闲。这样的官员在这种时候,原本是不会有什么事情需要面圣的。

那名细腰宫女退出大殿之后,除了这一君一臣,空旷的大殿里再无一人。

殿内无风,垂着的珠帘却被某种气息吹动,轻轻地撞击着,发出了清脆的声音。骊陵君终于缓缓抬头,看着这名很是文弱的官员,面无表情道:"郑秀的意思能够这么快传递到这里？"

这名官员保持着恭谦的样子，却并未应声。

不知过了多久，骊陵君才问道："她想和我说什么？"

这名官员安静地抬头，道："她说，她会再给您一次机会。"

看着这官员如此安静的神态，骊陵君顿想到某人，一股烦躁之意从胸肺间涌了出来。然而听到这名官员的话语，他的呼吸骤然一顿。他猜测过很多郑秀会对他说的话，然而却没有想到这名官员会带来这样一句话。

"什么意思？"他沉默片刻之后，声音微冷道，"要我改过，否则便杀了我？"

这名官员摇了摇头，道："王后的意思是，这次的事情过后，她会再多给你一次机会。"

骊陵君没有再说，放在龙椅上的双手却不可察觉地微微颤抖起来。

大洞山是楚中一座名山，景色旖旎，山下到处都是桃园。之所以名为大洞山，是因为这里有许多湖泊连在一起，水面可达万顷。大洞山山南脚下，遍地桃园之中，却有一处竹林。竹林深处一道篱笆墙内，除了数间草庐，周围遍植银杏和枇杷。

一名军士此时正敬畏地站立在院中。他的面前有四五人，身后还有数人，均为身姿挺拔的男子，一举一动间都流露出铁血坚韧的气息，显然都是军中修行者。

这名军士将一封函书交给坐在竹椅上的中年男子之后，便不再停留，告辞离开。

中年男子看着书中内容，面上带着不置可否的笑意。

"大将军，赵沐自己不去，却推荐您去，此番又特意令人传书过来，不知到底安的是什么心。"中年男子身旁一直板着脸的黑色布衣男子忍不住寒声说道。

"你们看看他写的是什么？"中年男子感叹地摇了摇头，手指弹动之间，函书便平平地悬飞起来，上面的四个大字映入了众人眼帘。

"名垂青史？"黑色布衣男子一怔，又皱了皱眉头，面色不善道："他这是什么意思？"

中年男子呼出一口气，站了起来，负手而立。只是这一立，他的身体似乎骤然变得高大无比，带着沙场点兵的气势。他缓缓道："世人都知我唐眛和赵沐不合，才会归隐山林。昔日周山关一战，他虽然赢了，但是却牺牲了一支友军。那支友军里有我的许多爱将，也有许多和你们一齐出生入死的兄弟，所以我和你们一样，对他怀有诸多恨意。然而说起那一战的结果，我却极为佩服赵沐。他用兵如神，在领军打仗方面无人能出其

第二十八章 谁来领军

右。既然赵沐愿意听从赵香妃的安排留在郢,那便代表他对赵香妃的安排和这战的结果有着很大的信心。"

"在他看来,我是最强的领军将领,是除他之外的最佳统帅。"顿了顿之后,唐眛感慨地笑了起来,"既然他有必胜的信心,又举荐我代替他为统帅,难道你们还不明白这四个字的意思吗?这样上百万大军交战的胜局……必定能名垂青史。他是将这名垂青史的机会,给了我。至于私愤,理应放到国仇之后。为我大楚,虽死不辞。"

他身后的部属身体同时一震,齐齐深吸一口气,沉声道:"为我大楚,虽死不辞。"

当这样的声音响起时,在后院劳作的数人也都站直了身体。

"刀都生锈了,恐怕要磨一磨。"一人抱怨道。

"恐怕时间有些来不及。"一名正在摘野韭菜的文士模样的人严肃回答道。

长陵城里,当第一朵迎春花开始绽放时,秦国开始伐楚。在楚秦交界的阴山一带,秦国聚集了超过六十万众的军队,而在巫山和阳山郡一带,军队的数目犹有过之。

同样,楚国的军队在这一条漫长的边境线上也远远超过了百万众。

这一场大战看似仓促,然而双方投入军队的数量,却超过了秦国历史上的任何一次战役。在灭赵的最艰苦的一战里,秦国以五十余万众的军队灭掉了赵国的四十余万众,远没有如此规模。

楚国在之前对秦国的小规模战役之中连连获利,现在的国力远超当年的韩、赵、魏三国。多年以来,秦国国力也大为提升,在此次交战之中,秦国任用十三侯之一的司马错为主帅,连波、方启麟和魏无咎为副帅,一共聚集了足足四名王侯。

这四人之中,司马错原本就是军师出身,是昔日秦国除了林煮酒之外最为优秀的军师。此时他和连波正值壮年,而方启麟和魏无咎则是两名老将。方启麟稳重,魏无咎机谋善变,无不是打仗的好手。

老将历经百战,可用经验与智谋指点壮年将领的不足,壮年将领雄心勃勃,适宜冲锋陷阵,鼓舞士气。这样的阵容,堪称完美。

令无数人不解的是,楚国最终的统帅却是在很多年前便已经赋闲的将领唐眛。在唐眛还未解甲归田时,尚且算不上楚国最高阶的将领之一,眼下如何能够挡得住秦国这些善战的侯爷?

一支军队的最高统帅往往对战争的胜负有着决定性的作用。这不只关乎修为、胆魄,还关乎性情。军中统帅若是优柔寡断,便会影响士气,在关键性的战役中容易全军覆没;

而坚毅果敢的统帅则会鼓舞士气，带领将士一起冲锋陷阵，出生入死，永不言败。

秦国的军队在很多年前便以悍勇闻名天下，尤其是在巴山剑场诸多将领领军时期。他们军中将士的数量虽然处于劣势，但却依靠强大的修行者，多次创造出以少胜多的奇迹。到了秦王十三年，巴山剑场虽然早已湮灭多年，然而秦国强大修行者的数量依旧稳稳压倒别国。

在和乌氏的战斗里，即便乌氏一开始以疯狂的全攻姿态打得秦国军队措手不及，赢得了巨大的胜利，但是随着长陵的大批修行者赶到，乌氏的军队只能退到荒原深处。

在这场大战中，没有人看好楚国。最直观的反应便在楚秦漫长的边境线上。

两国边境一带，军队和马车无法通行，唯有马帮能够通过一些秘密小径在两国境内通行。秦国每天都能迎来大量从楚返回的商队，然而返回楚境的商队却寥寥无几。

在这些商队和一些边境线上的住民看来，当战争开始之后，战火会朝着楚境内蔓延，楚国的军队势必抵挡不住秦军的入侵，所以把家当搬回秦国军队身后的疆域比较保险。

红盐镇是阴山北境楚国最北端的山镇之一。这处山镇周围没有良田可以耕种，交通极为不便。唯有沿着悬崖峭壁上开凿出的秘密山道行进才能到达外界。之所以能够成为边民的定居点之一，是因为地下含有大量的红色卤水，可以用来制盐。

盐对于人和牲口都极为重要，红盐镇周遭百里，没有其他可以产盐的地方，所以红盐镇依靠妇女抽、背卤水和制盐田晒盐的工作已经持续了上千年。外面的牧民和农户通过马帮运送风干肉类和粮食到达这里，用以交换大量的红盐。红盐镇因此成了一个极为隐秘的集贸地，同时还成了马帮休整、补充物资之地。

战争即将来临，大多数牧民已经驱赶着牲畜躲避到阴山腹地的高山草场，到此处的马帮也变得极为稀少。沿着东胡边境而来，到达此处的丁宁、长孙浅雪和苦修老僧三人绝对是异类。

在红盐镇的寻常民众眼里，绝大多数苦修僧都拥有非凡法力，他们经常动用珍贵的元气替边民祛除病痛，所以苦修僧在这些边民眼中便是法王。边民们会自发地用自己最好的东西奉养这些苦修僧人。

越是年迈的苦行僧，在这些人眼中拥有的功德越高，所以当这名苦修老僧引着丁宁和长孙浅雪到达此处时，便受到了最高的礼遇。

红盐镇里的民众为老僧奉上了雪盐——一种极为纯净的盐霜结晶，凝聚于盐井深处的顶端木条上，凝聚着对修行者有用的天地元气。除此之外，听闻老僧只是途经此处，

第二十八章 谁来领军

这些民众还奉上了数匹最好的马匹、足够的饮水和食物。

至于向导，则被老僧回绝了。老僧早年修行时，足迹踏遍了阴山大多数地方，本人便是最好的向导。

这些虔诚的边民挑选出来的马匹对于峭壁上的羊肠小道司空见惯，行走得极为稳定。丁宁的身体随着马背的颠簸上下如浪波动，双手却极为稳定地打开了盛放着雪盐的一个大刻花银盒。他的右手食指和中指探入雪盐正中，从中捻出一张函书，看了起来。

红盐镇对于他而言是必经之路，原因有二。其一，这里是最快进入楚境的捷径；其二，这里其实是乌氏的一处军情中心，从四处汇聚而来的马帮里便有乌氏的人，他们会将一些重要的军情汇聚到此处。

丁宁细细地将这函书上密密麻麻的字迹看完，然后转身递给了长孙浅雪。

长孙浅雪粗略地扫了一遍，看着他的背影点了点头，道："越是身居高位的人，知道的越多，便越不看好楚国这一边。短短数日时间，燕、齐又有数次动乱。虽然之前的大乱和现在这些不成气候的动乱都是郑秀故意展露出来给人看的，但这却让所有人知道她在燕、齐有着长久的布局。虽然楚、燕、齐三国有共进退的盟约，但恐怕燕齐并不会尽全力相助楚国。最强大的修行者，燕王和齐王都会留在自己身边。"

"郑秀的确很擅长暗杀，但这并不是形成这样处境的最关键因素。"丁宁转头看了她一眼，道，"我也认为燕、齐不会派出强有力的援助。从他们的角度来看，这场仗大楚自然是打不赢的，但楚国并不弱，秦国想要打败楚国，必定会折损大量的军队。而楚国一旦战败，便会割地求和，元气大伤。秦、楚相争，两败俱伤，正是燕、齐崛起的机会。"

长孙浅雪皱了皱眉头，直接说道："这样看来，即便金戈军按期到达，也不一定会有转机。毕竟现在大秦投入的力量比你之前想象的多出太多。"

长孙浅雪话中之意，便是说即便丁宁竭尽全力，也未必能帮助楚国赢得这场战争。然而丁宁并不这样认为，他摇了摇头，道："四侯对唐昧这名赋闲多年的将领，看似占尽优势，实则不然。"

长孙浅雪想不明白。

丁宁转过头看了她一眼，道："大秦十三侯，每个都是巨擘，然而他们和巴山剑场的人不同。巴山剑场领军时，大多数将领都是生死之交，有着共同的作战目标，是心心相印的战斗，但这些王侯各怀私心，他们并肩作战反而像楚、燕、齐之间的联盟一样。"

长孙浅雪想了想，道："就算如你所说，我们取胜的机会还是很渺茫。秦王在鹿山会盟上已经展示过军中符器的威力，楚器的优势最多体现在寻常修行者身上，最多只能弥补相对秦军而言的修行者数量不足的问题，并没有办法与秦国那些强大的修行者对抗。"

"赵沐和唐眛都是很好的统帅。赵沐比唐眛更强的地方，在于他能够看淡生死。在战场上，死亡和牺牲是没有办法避免的事情，赵沐将生死看淡，自然不会因为将士的生命而束手束脚。"丁宁捻起一些雪盐加入随身的水壶里，摇晃一下喝了几口，接着说道，"唐眛与赵沐正好相反。他很注重一兵一卒的生死，所以在领军打仗时，他会小心谨慎，尽量减少伤亡。赵沐善用人才，正是看清楚了此点，才会任用唐眛为帅。"

"速战速决，硬碰硬的战斗，完全是力量上的互相碾压，楚军很难获胜。但如果这是一场持久战，楚军制胜的机会就会多上许多。"丁宁敬佩地微笑起来，"赵沐心里很清楚，要打赢这场仗他们很大程度上要依赖外部的力量，比如巴山剑场。而现在楚国内部最为担心的，便是巴山剑场是否会控制楚国。如果这场战争只进行一两次大规模的战斗，那么，在这一两场战斗中但凡出现林煮酒的身影，楚国的人都会反对到底。"

"如果一两场大规模战斗变成数百战的话，哪怕林煮酒出现在某几场战斗里，也不会引起楚国内部强烈的反对。"长孙浅雪明白之后，缓缓说道，"从纷杂的局面里找出胜机，这本来就是你所擅长的。"

丁宁看了一眼最前方的老僧，道："除此之外，我们有一名仅次于秦王的强大修行者。郑秀擅长刺杀，我们也可以擅长此点。"

秦楚交界的很多地方，原本是不适合人生存的荒芜地带。然而当秦楚双方的军队开始在这条边境线上活动时，这些极为荒芜的地带却吸引了整个天下的目光。

一行七骑在大梁郡的旷野里急驰。

大梁郡是楚国最北端的郡守之一，属于阴山脚下的丘陵、河谷地带。在数十年之前，大梁郡并不属于楚国，而是一个独立的王国——梁。梁国太过弱小，在楚国的庇护下艰难生存着，楚国早有将其收归囊中之意，然而碍于面子不好下手。当年秦国和韩、赵、魏进行征战时，秦军不费吹灰之力踏过了梁，随后楚国便出兵，收复失地一般接管了梁。梁的王族在秦军过境时已全部消失，大楚便安排了梁王的一个远亲做了这里的郡王。

这种巧取豪夺的故事在历史的长河里时常会出现，翻不起多少浪花。然而大梁郡对于楚国的战略意义却十分重要。楚国有三分之一的战马和用于战斗的走兽都出自这里，而且大梁郡一带到处都是密集的河谷和丘陵，可以用于设立要塞，还可以布置很多精巧

第二十八章 谁来领军

的战役。大规模的战役无法在这里展开，但是这大梁郡之后，却正是楚国的双河平原，直通楚国腹地。

所以在双方都投入了上百万军队的边境线上，西线一侧最为重要的争夺之地是阳山郡，而北线这一带，则是这大梁郡。

大梁郡正是楚国北境军队的中军驻军、指挥中枢所在。在大梁郡中心地带的剃刀崖和巨石林一带，驻扎着二十万以上的精锐军队。

此时这支七骑位于大梁郡南部边缘，距离剃刀崖还有两日的路程。七骑中三骑在前，一骑居中，三骑在后，居中的一骑面容恬静，时常陷入沉思，正是楚国统帅唐昧。

这南部旷野是一片望不到头的草场，七骑任由骏马往前方自由狂奔。春光明媚，青草气息不断涌入鼻腔，让人有种沉沉欲睡之感。

此时距离傍晚还有足足一个时辰，然而前方的河畔低洼处却冒起了一缕炊烟。那炊烟越来越浓，如一条条青色的丝带徐徐上天，遮住了这七骑眼前的天地。

地面轻微震动起来，唐昧缓缓抬起了头，只见一支骑军从低洼处往上奔来，出现在他们面前的旷原上。

"虽然已是名义上的统帅，但归根结底还要到了中军统帅大营，坐在那帅位上，才是真正的统帅。看来还是有人不想我们到那里。"

"唐折风，怪不得你的刀怎么磨都磨不快，看来光用磨刀石磨是不行的，还需要用血肉磨一磨。"

"说的对。眼下这时机倒不错，到剃刀山大营前就可以把刀磨快了。"

"唐折风，你能不能不要这样分裂，老是自说自话。"一道冰冷而带着隐约无奈的呵斥声响起。

最后一句是唐昧正后方的一名骑者发出的。这人黑色长发及腰，再加上肤色白皙，面容秀美，若非身形个头高大，倒像是个女子。

前面三句，却是一名粗犷男子发出的。只见那男子杂草般的头发用一根布带随意地扎起，脸上长着络腮胡子。最为引人瞩目的是，他背着一个很大、很平的布包。

前面那三句话听上去像是三个人在交谈，但实则都是他一人所说。此刻听到身旁这长发男子呵斥，他挤了挤眼，道："唐折风，这么多年来，你这一兴奋就分裂的毛病怎么都改不了。"

"要是改得了，还叫毛病吗？"

"对啊，高兴就好，改了就不痛快了。"

接下来，他又连说了两句，然后放声大笑。

在他说话间，无论是他这方的七骑，还是迎面而来的骑军都没有停下，两者越来越近。

从河谷低洼地带涌出的骑军有上千骑，为首的将领三十如许，五官平平，但是神色却分外冷峻。他身穿如蛇鳞般的黑色铠甲，铠甲甲片上细微的符文之间引聚着天地元气，不断流淌出一丝丝阴寒的冻气。他的双手十指被细细的鳞甲所覆盖，左手拈着一朵紫色野花，然而这朵野花却迅速地被他十指上鳞甲流淌出来的冻气冻得灰败，一片片花瓣瞬间枯萎凋零。

他迎着风，一缕缕从鳞甲符文之中流淌出来的冻气在他身后飘洒，就如一条条长长的尾翎。

第二十八章 谁来领军

第二十九章
以剑服众

唐昧先看清了这人的鳞甲,接着才看到这人的面目,不由得微微一怔,诧异道:"居然是你?"

"我也没想到是你。"当野花的所有花瓣枯萎凋零时,这名将领手中的花枝粉碎如霜从指间飘洒,身后的千骑随之停了下来,他缓缓抬头,道,"昨夜间已发生十七次战役,阳山郡一带未动,战役全部集中在阴山中段至阴山北段。最为纵深的一支是魏无咎座下萧宴统帅的先锋军,数量在三千至五千左右。他们攻破了玉天关,车迟将军战死。"

"除此之外,石林一带失守,陈家寨粮仓被夺。司马错的大军已经进入我国边境二十里,军队人数在二十万左右。而魏无咎本人出现在距离玉天关不远的河谷地带,预计是要抢占绿河子草甸,控制野马群以及那一带的部落。"这名将领连说了许多句,都是在汇报最新发生的军情。

这些消息传到长陵,传到燕齐,为世人所知恐怕还需要数十日。消息的传递永远隔着时间的距离,外界还在等待着谁先发难的时候,秦楚之间的战争已经拉开了帷幕。

唐昧思索了片刻,问道:"然后呢?你还想说什么?"

"你是领了帅印前来做统帅的人,我的军情汇报完了,帅位也空在那里,就看你能不能坐到那帅位上去。"这名将领看着唐昧,漠然道,"很多人不相信你。"

听着这句话,唐昧身前身后的六名骑者身上多少都散发出了冷意,但是唐昧却淡淡地笑了起来:"洗封河,很多人不相信我,但你却信我。否则的话,你就不会带这些人过来,而是会直接布置针对我们的杀局,尽早将我们这一行人杀掉。"

"洗封河?"听到这个名字,唐昧前后的六名骑者都大为震惊。

洗封河是北境最重要的大将之一,曾经是唐昧的部属。只是在他们六人先后追随唐昧时，洗封河已经被贬职到了边军。

洗封河看着唐昧脸上淡淡的笑意，点头道："你说得不错，虽然早些年我和你不和，被你谪边，但我对你统军的能力没有异议。"

唐昧收敛了笑容，看着他说道："我对你统军的能力也没有异议，只是在我部下任职，便要按我的军令和规矩来。我这次坐上帅位之后也是如此。不只是你，哪怕是那些位置比你高的人，也必须按我的军令和规矩来。"

"严格意义上而言，后来我一直是赵沐大将军的部下，我相信赵沐大将军的眼光不会有问题，然而全军统帅的位置太过重要，不能出半分差错。你死在统帅的位置上，和你现在死，对于战局的意义全然不同。"洗封河迎着他的目光，冷淡道，"你至少要表现出能好好活着的能力。"

"可惜是朋友，不是敌人，还是不能用鲜血来磨刀。"

"唐折风，到了战场上，还怕没有血肉磨刀？"

当洗封河的余音还在空气中缭绕时，唐昧身后那名喜欢自说自话的修行者又说了两句。

洗封河和他身后的千骑听清楚了他的对话，许多人的面色都是微微一变。

一道强大的符意在此时从洗封河的指尖流淌出来。许多丝灰色的强劲真气往外绽放，同时，许多细小的飞屑沿着这些灰色符线飞起，落向指尖。那朵早已在他指尖凋零消失的野花重新出现，他身上鳞甲之中那些冻气全部涌入这朵野花里，野花竟变成了一朵晶莹的灰色冰花。

感知着这朵冰花荡漾出的强大气息，即便是一直说要用鲜血磨刀的唐折风，面色也不由得一肃，身后的布包无声地炸裂了开来。

布包里只有一柄格外宽大的刀。这把刀十分老旧，甚至没有开锋，就像铺子开门时拆下来的一块块门板中的一块。

"你应该就是传说中的拙刀。"洗封河看了唐折风一眼，目光又汇聚在唐昧的面上，"没想到你座下有这样一名高手。然而我并不想让他这柄刀来接我这一朵花，我想让你接。"

"这不公平。"唐昧身前的一名骑者冷声道，"你身上穿的是寂灭蛇鳞甲，是先王用过的符器，你借用了它的力量。"

洗封河嘲弄地看了他一眼，没有回应。

第二十九章 以剑服众

战场上何来公平一说,那些有可能出现在唐眛面前刺杀他的人,绝对不会追求出手的公平,身上或许会带上更致命、更强大的符器。

唐折风长呼了一口气,反手摸了摸刀背,身体却往后缩了缩。

唐眛抬头,极为简单地说道:"我接。"

洗封河没有废话,松开了拈花的手指。"轰"的一声闷响,四面八方移来的天地元气引着洗封河手中飞出的这朵冰花内里的元气,顷刻在唐眛的头顶上方汇聚成形。一道灰色的光柱如星海中某个巨人的目光,朝着唐眛的身体落了下来。

唐眛下马,他的双脚落在地面时,整个地面的泥土都波动起来,像往外扩张的涟漪。接着,他的双掌朝上方翻起,掌纹亮了起来。

寻常人的手掌都有数道清晰的掌纹,但是唐眛的掌心却只有一条清晰的掌纹。这两道光亮的掌纹就像是脱离了他的手掌,像两道闪电往上飞起,和天空中落下的灰色光柱撞到了一起。

空气里充满了烧焦的味道。没有任何声音响起,两道闪电般的光亮和那道灰色的光柱同时消失,一圈空气被强大的力量挤压成各种各样的晶纹,在天空之中蔓延。接着,无数晶莹的冰珠从空中落下,映射着阳光,把这一片荒原照耀得五光十色。

刹那之间,"嗤嗤"声不断爆响,冰珠全部化为一道道灰色的冻气,如无数的花朵在空中绽放。

洗封河下了马,垂首、躬身,朝着唐眛行了一礼。很多年前,唐眛比他强大;很多年后,他变得强大起来,但唐眛依旧比他强大。他行礼,便代表认可唐眛的实力。然而这军中只有唐眛一个人拥有这样的实力,远远不够。

"我想看看除了唐大将军和拙刀之外,还有没有人。"一道霸道的声音从洗封河身后的千骑中响起,"我这一剑谁来接。"

当这声音响起之时,一道剑光已经涌了出来。这道剑光无比霸烈,就像是一座火山骤然迸发。

洗封河代表着整个军方的质疑而来,他的实力超出同阶七境的水准,此时在他身后出剑的修行者,无论是从气势、信心,还是这一剑的真正威力来说,都不弱于洗封河方才那一击。

感受着这道炽烈霸道的剑意,很多年前曾经依靠着一柄拙刀清理了乌兰山一带所有马贼的唐折风，余光瞥见身旁面容冰冷的长发修行者不悦地挑起了眉毛，他反而莫名地兴奋起来。

灼热的气浪先于真实的剑意喷涌而至，吹起了这名修行者的长发。他白皙的面容和发丝的边缘，都被镀成了红色，然而在下一刹那，他的整个身体好似燃烧一般，冰冷尽去，化为难以想象的火焰！

天地间"轰"的一震，好像有一座巨大的烘炉凭空立了起来。和这座巨大的烘炉相比，霸烈如火山迸发而来的剑意最多就像一道火焰。

唐昧这一方的人显然都很清楚这名长发男子出剑会是这样的结果，眼瞳之中都涌现出赞叹的神色，但是洗封河以及身后的千骑，却是尽皆失色！

"赵剑炉！"先前那无比霸道的声音变成了一道不可置信的惊呼。

在惊呼声响起的瞬间，两道剑意已经相遇。"轰"的一声爆响，往外轰卷的狂风骤然变成了赤红色烈火。一条条红链般的火焰往两侧喷卷出数十丈，开始缓缓消失时，那名长发修行者不知何时已经站在了唐昧等人的前方，依旧保持着往前挥剑的姿态。

他手中握着一柄吞吐着火焰的赤红色长剑，发出轰轰的鼓风声。他这一剑从地上往上撩起，剑尖在地面上切过，留下一道剑痕。剑痕周遭完全被恐怖的热力融化，变成了一条岩浆地带。赤红色长剑的剑身上，一道道弯曲游动的符文也如同岩浆在流淌。

这名男子一头黑发此时在赤红的剑光里好像变成了红色，散发着某种动人心魄的魅力。他原本平静冰冷的双眸，也成了赤红色，闪耀着一种亡命无我的光芒。

普天之下，只有赵剑炉才能培养出这种气度的修行者，也只有赵剑炉的剑，才能施出这样的剑意！

千骑之中，那名出剑的修行者身上衣甲尽碎，虽然依旧保持着站立，但是双脚却在地上犁出了深深的沟壑。他手中的剑也是赤红色的，一朵朵火焰般的符文是纯正的金黄色，但此时他手中这柄剑却在不断地震动着，剑锋上出现了灼烧的黑色痕迹。被一剑震退，这名修行者眼瞳里却没有愤怒，只有深深的震惊和难以理解。

"你怎么会是赵剑炉的人？"有人忍不住叫出声来。

"我师尊收了不少徒弟，赵剑炉又不是只有赵一赵四。"这名长发男子缓缓收手，随着本名气息的回涌，这柄剑就此消失在他的手中，然而他身上流出的不可一世的气息，却依旧令人心悸。

洗封河深深地吸了一口气，眼神复杂地看着这名长发男子问道："为什么你会一直

"跟着他？"

他自然是指唐昧。

赵剑炉的每一名弟子都是枭雄，在过往很多年里，哪怕是那些战死的人，都留下了许多令人赞叹的故事。时至今日，当赵剑炉第七徒赵斩在长陵被夜策冷杀死之后，在世人眼中，赵剑炉的修行者便只剩下了赵一和赵四。况且，赵剑炉的巨枭，又怎会甘心随着退隐山林的楚国将领隐居不出？

"我师尊让我修的是忍。我师尊很认同唐大将军的用兵之道，所以他让我追随在他的身边。"长发男子的面容依旧冰冷无比，眼瞳之中猩红的亡命光芒未退，给人分外妖异和强大之感。

他说了这两句，然后看了洗封河和他身后的骑军一眼，问道："还有什么问题吗？"

"不会再有任何问题。"洗封河认真地回答着，然后不再多说，策马转身。

显而易见，没有人觉得自己的修为能够高过当时赵剑炉的那名宗师。哪怕是在现在，绝大多数修行者也都认为当时那名赵剑炉的宗师甚至要强过那时的王惊梦。赵剑炉的修行者同样这样认为。在赵剑炉的修行者眼中，王惊梦欠他们的师尊一次公平的决斗。

如果说拙刀这样富有传奇色彩的修行者跟随唐昧只是偶然，那么这一名赵剑炉的修行者跟随唐昧，绝非偶然。而且，唐昧身周其余数名骑者，看起来都并非弱者。大秦那四名统军的王侯，身边未必有这么多强大的修行者。

千骑拥着唐昧等人，开始沉默而急速地行军。

夜色来临时，这支军队在一处河谷换了早已准备好的马匹，继续全速前行。

在楚国的另外一处荒原里，还有一支骑军在奔行。

狼嚎声声，为首的一名将领抬头望月，一阵阵空虚和急需补充食物的可怕感觉开始充斥在他的识海之中。这名将领这才反应过来距离上一轮休憩和吃饭的时间已经隔了太久。于是，他当即下达了原地休憩和埋锅造饭的命令。

当一堆堆篝火燃起时，他下了决定，让所有的军士除下自己和负重兽身上金光闪烁的盔甲，就地深埋，填平所有痕迹。很少有人会质疑他的命令，然而他的这个命令却让这个临时营地的气氛骤然压抑到了极致。

一名将领响亮的质问声马上响了起来。这是这支军队的传统，也是这支军队的经验，任何动摇军心和意志的事情，都要在公开的情况下解决。

"大将军,我们都知道您急着赶回北境战场,但是金焰重铠一直以来都是我们金戈军最强的武器,我们早已经习惯了凭借着铠甲难以被刺破和可承受强大的元气冲撞的优点冲锋陷阵。如果卸掉战甲,我们还能这样勇猛吗?我们还是金戈军吗?"

这支军队是金戈军,为首的将领正是楚国另一端镇守疆域的强大将领向焰。

向焰沐浴着月光,缓缓地在篝火旁边穿行,目光坚定地扫过每一名看着他的军士,声音不大,却异常清晰:"哪怕我们此刻埋藏金焰铠甲,轻装上阵,到达北境时,这场大战也已经到了中后期。所以从某种意义上而言,我们金戈军最大程度上的影响并不是能够杀死多少秦军,而是给北境的军队带来信心。我们到了之后,恐怕也只来得及打一两场关键性的胜仗。"

"我们金戈军,要在关键的时刻到达,而并非以完美的状态和战力到达。一切的作战习惯都可以改变,从我们这里到北境还有很长时间,我们一定能形成新的作战方式。没有了金焰铠甲,我们就拿自己的血肉做铠甲,来赢得战斗。"向焰的这最后几句话中蕴含着舍生忘死的勇气,话音刚落,便听到了无数铠甲落地的声音。

金甲卸除,缺少了体温而渐冷,然而热血已沸腾,如此时的篝火般熊熊燃烧。

阴山地势很高,头顶上方的星辰仿佛触手可及。

阴山很多地段都是秦楚疆域的分界线,这片山坡近楚一侧,属于楚国的疆域,但是此刻山坡上驻扎着的却是秦军。一个个黑色营帐在山坡上星罗棋布,自成阵势。

在这片山坡下方二十里的河谷和荒漠地带,无数篝火比天上的繁星还要密集。黑色的营帐和红色的篝火连成一片,直到寻常人目力的尽头。

山坡上秦军的中军大营里,用黑色牦牛毛编织而成的毛毡撑起的巨大营帐如同黑色的天穹,数十枝粗如儿臂的蜡烛照耀着一个十分庞大的沙盘,只见那山川河流之间一面面代表着军队的小旗星罗棋布。

将领作战部署的议事已经结束,当明天的太阳升起之时,这上面的一些小旗会移动到新的位置,或者彻底消失。

偌大的营帐里,只剩下了司马错和扶苏。

站立在晃动的烛影里,看着这些小旗上标着的一些记号,扶苏的心情跌宕起伏,久久不能平静。这些小旗看似微不足道,然而小旗消失之处,无数条鲜活的生命都会变成冰冷的尸体。

司马错看着他的模样,阴冷的嘴角慢慢浮现出微讽的意味。他伸出了一根手指,点

第二十九章 以剑服众

了点身前这个巨大的沙盘,问道:"这是什么?"

扶苏身体微微一震,下意识地应道:"这是无数人的生死。"

司马错嘴角微讽的意味愈加浓重了些,摇了摇头,道:"这是整个天下,整个秦国。"

扶苏呆了呆,无法理解司马错这句话的意思。

"大多数统帅都是强大的修行者,但强大的修行者,却未必能够成为统帅。"司马错缓缓说道,"统帅和寻常的强大修行者看待事物的方式不同,是因为他们所站的高度不一样。你是圣上和王后最看重的王子,只要你不犯大错,今后秦国的王位必定会交到你手中。所以你必须从统帅的角度,从整个帝国的角度来看待事物。"

"这场大战倾尽举国之力,大战的结果,会决定帝国的命运。和整个帝国相比,数千甚至上万人的生死,太过渺小。"司马错的目光脱离了扶苏的面容和眼前的沙盘,投向营帐外的夜空,"从某种意义上而言,赵沐才是我最忌惮的对手,因为他只在乎最后的胜负,不在意过程。唐眛这个人,和你的性情有些相似,太过在意这些人的生死。"

"每个王朝都有诸多强大的修行者和无数能征善战的猛将。作为统帅和王子,你所要把握的,是整个全局的走向。仗自然会由那些修行者和猛将去打。"司马错笑了起来,"就如现在,你需要确定唐眛统军会有什么问题。你现在能否看得出来,由他来领军,楚军已经存在了一个致命的弱点?"

"弱点?"扶苏怔怔地看着沙盘,却始终无法看出司马错所说的楚军已经存在的致命弱点在哪里。

"战线越复杂,拖的时间越长,变数就越多。随着燕、齐以及巴山剑场那些人的进入,局势对我们会很不利。赵沐自愿留在楚都稳定后方局面,推举唐眛为统帅,自然便是考虑到了此点。"司马错收敛了笑意,缓缓说道,"但这样一来,楚军存在的致命弱点便是粮草。越是细碎的战斗,粮草运送和储备的路线便越多,也越容易出现问题。只要能够发觉这一点,我们所有的命令便只需针对这一点。"

扶苏呼吸一顿,茅塞顿开。

司马错淡漠地接着说道:"粮草粮草,有粮也需有草,今夜下达的所有命令,我方看似连波亲率的五万虎贲军动向最大,但他们只是为了牵制楚军大部。关键在于那些小旗,小旗所到之处,楚军储备的许多草料都会付之一炬。即便是魏无咎所率军队朝着绿河子草甸行进,也不过是一招诱棋。许多强大的修行者在战局之中的作用,往往是用于牵制和保护一些将领。有些时候,这些聚集了无数强者的战斗并不一定能取胜,反而是一些不起眼的军队收割胜利。"

雪谷关是沙盘上很不起眼的一处。与阴山一处背阴的山谷相同，即便到初夏时分，这个山谷内里也都覆盖着一层白雪。

这处关口位于大梁郡北部的偏远地带，平时只用于防范一些关外流寇，所以只是在山谷出口位置建立了一座石城。这里原本只有四百驻军，然而就在数日之前，一些楚国的贵族及其随从到达了此处，加上督军一共七百余众。

这些贵族来自楚都郢周遭地区，他们所在的家族门阀都拥有一定的权势，但是赵香妃却丝毫没有手软，将这些贵族里所有可以参加战斗的人员全部整编成军。只有那些老弱妇孺留在了都城之内，被妥善"照料"。

到前线之后，这些贵族整编成的军队又被分派到各处。派到雪谷关的这一批人战力极差，远不如这里的四百驻军。这里的驻军对这些贵族原本就没有好感，又生怕他们叛逃，所以他们到达雪谷关之后，又被重新整编，五人一组，每一组都由此处的老军统御。而这里的许多寻常老军，顿时成了伍长。

这夜负责前哨守望的伍长名叫宋惟。所谓的前哨，只是在雪谷一侧山坡上安扎的一个隐蔽营帐，堪堪容纳六人团坐。为了抵御寒意，他六人挤得很紧，但是宋惟依旧能够清晰地感觉到其余五人的敌意。

"这谷里的风声足以掩盖我们的说话声，即便是厉害的修行者，也听不出来。夜里容易犯困，不如聊聊？"这名面上的肌肤被风霜和高原的日光摧残得如同树皮一般的老军搓了搓手，主动说道。

没有人应声。

宋惟不以为意，接着说道："人人都想过安生日子，谁愿意到这里来受罪？我知道你们心中有着诸多不满，我和你们一样不满。我又不是修行者，根本没有夺得军功的本钱。"

"那你为什么从军？"数息之后，一道声音响了起来。

"没有选择。"宋惟自嘲地笑了笑，"我家境贫寒，没有田亩，交不起兵赋，家中自然要有人从军。父亲年迈，弟弟自幼体弱多病，我不来谁来？你们都出身于贵族之家，与我不同，但是你们现在也没有别的选择。既来之则安之，既然没有选择，我们就努力在这里好好地活下去。只有挺过这场大战，我们才有可能和家人团聚。"

营帐里再度沉默下来。

很明显,宋惟的话得到了大家的认可。他笑了笑,道:"所幸我们这里属于偏远地带,秦军应该不会劳师动众地到这里偷袭,我们活下去的可能……"

他自然是想说,我们活下去的可能当然要大一些。然而他这句话却戛然而止。他的喉结僵住,整个脸面也僵住,瞳孔却是剧烈地收缩起来。

雪地里出现了数条如鬼魅一般的白色人影,紧接着更多的白色身影密密麻麻地朝着后方的山谷里蔓延。

这些白色身影全部都是身穿白色棉袍的秦军。棉袍很粗糙,白色内里夹杂着星星点点的浅灰色,和此时这雪谷的色泽极为相近。

这些身穿白衣的秦军腰间挂着黑色的剑鞘,行进间井然有序,散发着沉默冷峻的铁血气息。

夜守前哨的职责便是在第一时间发现敌情的时候以最快的速度示警,然而此时宋惟看着这些沉默行进的白色身影,脑海之中充斥的念头却是:即便示警,还有用吗?

片刻之间,出现在他视线里的白色身影已经远超两千。而且那白色身影还在不断地涌现。宋惟难以理解为什么会有这样数量的秦军以这里突破口,但他可以肯定,这支秦军必定背负着更为重要的使命。在接下来的一刹那,他用尽全身力气,将手心里紧攥的瓷瓶往这隐蔽的营帐外狠狠砸了出去。

这瓷瓶的瓶口用蜡封着,内里装着的是经过特殊手段制作的红磷丹砂,只要这瓶一碎,空气中立马会燃起明亮的火焰。

然而宋惟只是做出了这个狠狠投掷的动作,瓷瓶却并未脱手飞出。一股极为寒冷的风吹入这营帐内里,沿着宋惟的手沁入他体内深处。宋惟惊骇地张开了嘴,却发不出声音。不只是他,和他挤挨在一起的其余五人同样在一瞬间被这一股寒风"冻结"。

他眼睁睁地看着如幽灵般的秦军在下方道路上无声地行过,直至军队的尾端不再出现白色身影,这支秦军的总数已经超过了五千之数!更让他骇然的是,在他之后的数个哨卡,同样没有发出任何声息。这支秦军顺利压向沉睡中的雪谷关。

"不用示警,你们雪谷关里的人已经知道了。"当这支秦军渐渐远离视线时,一道陌生而年轻的声音骤然传入宋惟耳中。

营帐外数尺之处,不知何时出现了一名年轻人。这名年轻人身穿普通的黑色棉袍,面目都用黑布遮掩着。他平静地站立着,和此时秦军压向雪谷关的压抑气氛截然相反。

"什么意思?你是什么人?"宋惟发现自己能出声之后,强忍着心中的震骇,喝道。

仅凭对方的口音,他便能肯定对方绝对不是楚人。

"不用紧张,如果我和那些秦军是一伙的,你们现在早就已经死了。"年轻人缓缓转过身来,看了宋惟一眼,说道。

宋惟将信将疑,用力吸了口气,颤声道:"里面的人真的已经知道了?"

"来这里之前,我已经通知了关里的人。"年轻人并未打哑谜,径直道,"只有让秦军觉得你们毫无防备,他们才会放手进攻,你们雪谷关才有可能守得住。"

敌众我寡,敌强我弱,如何能守得住?这是第一时间浮现在宋惟脑海之中的念头。然而看着眼前这名年轻人平静的眼神,他却没有将内心的疑惑问出口,而是下意识地问道:"五千余秦军暗夜偷袭雪谷关,到底有何目的?"

"大永关。"年轻人干脆利落地吐出了三个字,然后解释道,"这支秦军将用最快的速度突袭大永关,只要能够烧掉大永关的草料场,在十余日之后,你们这一带的四五万军队就会陷入极为不利的境地。"

宋惟并非将领,但他在这里服役多年,也明白大永关的重要性。大永关的草料场在战时会向巨庸、逐山两个边城提供草料,而那两个边城则是楚军边境极为重要的运送粮草的中转边城。若是这两个边城的大量军马得不到足够的草料,哪怕这两个边城没有失守,依旧有着足够的军粮,也极难有效地运送出去。

若是雪谷关一破,秦军速袭大永关成功,恐怕瞬间就会对整个战局造成极大的影响。在此之前,楚军的上峰将领应该没有察觉到这支秦军的动向,所以才没有做出任何的防备措施。

想到这里,宋惟竟出了一身冷汗。

"你现在可以燃丹砂了。"年轻人在此时转头看着他说道。

宋惟呆了呆,才明白这年轻人是要让他丢出手中的瓷瓶。

"快!"年轻人急促地吐出了一个字,带着令人心悸的力量。

眼看着那支秦军距离雪谷关关墙不过十丈,宋惟一咬牙,将手中的瓷瓶丢了出去。"轰"的一声,山坡上涌起了一道火光。这道火光呈紫色,被风一吹便如无数紫红色的萤火虫漫天飞舞。

第二十九章 以剑服众

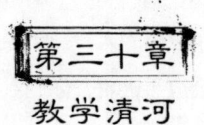

第三十章
教学清河

雪谷关的关墙高处,数十名楚军将领如石般凝立着,心情紧张到了极点。

他们的身前,站着一名女修行者。这名女修行者清冷地凝视着前方涌来的秦军,当后方远处山坡上火光涌起之时,她的目光依旧集中在下方的秦军身上。

幽灵般的秦军中,许多人在这一瞬间转过了头。但只有她从这些人里面找出了第一个发现后方山坡上异状的人,也就是第一个转头者。此人即便不是这支秦军的主将,也会是这支秦军中修为最高者。

夜风骤消,这名女子伸出了手,精纯至极的本命气息从她的指尖喷薄而出。"喀喀喀喀"数道声音如冰面破裂般撕裂了整个夜空的寂静!

空无一物的空气里,有无数蓝黑色的冰砾生成,以难以想象的速度在她手指前方聚集、堆叠。这些冰砾堆砌成剑,随着她的感知不住往下延伸。

在下方秦军之中的修行者反应过来的瞬间,一道长达数十丈的蓝黑色冰剑已经形成,带着恐怖的杀意,如洪流一般冲向她感知锁定的那人。

数道凄厉的嘶鸣声和破空声响起。秦军之中方才最先转头的那名修行者体内的真元疯狂地往外喷涌着,白色棉袍直接炸裂成无数朵棉絮溅射而出。这名修行者以身体为剑,往后斩去,丝毫未顾忌自己身后那些军士的生死。

数道飞剑凄惶地飘飞而至,迎上那道蓝黑色冰剑。冰剑径直冲过这些飞剑,直接敲中那名倒飞的修行者,继而将其身体狠狠地锤入下方的地面之中。

"轰!"接下来的一刹那,剑意四溢,地面往外炸裂开来。以这名修行者身体落地处为中心,数十名秦军直接伴随着碎石和泥土,往外炸飞出去。

数道飞剑凄凉地坠于泥土之中,再也无法飞起,只有残余的辉光在闪耀。那名被冰剑砸入泥土之中的修行者的身影已经消失得无影无踪。

"放！"女子手中的冰剑消失之后，地面所受冲击引起的震荡传至雪谷关的城墙，城墙缝隙里的寒霜簌簌而落，她身后的数十名楚军将领直到此时才反应过来，一声厉啸从其中一名将领的唇齿之间发了出来。

无数破空声响起，数百支箭矢出现在空中，继而数十颗金属圆球映入眼帘。这数十颗金属圆球都有成人头颅般大小，在夜空之中闪耀着鲜艳的绿色，离地数丈时，纷纷裂了开来，数百片鲜艳的绿色碎片往四处飞溅。

军士的厉啸和惨呼声、剑锋和金属的撞击声、金属切割皮甲和血肉的沉闷响声，瞬间连成了一片。这数十颗金属圆球的正下方，秦军齐刷刷地倒下了一片。这一瞬间爆发出来的一击，至少杀死了六七百名秦军。鲜血飞溅之中，最让这支秦军中许多人心寒的是，并没有任何军令发出。

原本应该在这混乱场面发号施令的将领，已被杀死！

"退！"当第二轮箭雨破空洒落时，秦军之中才有人发出了军令。整支军队如潮水般往后退去。

雪谷关关城上的女子已经收回了手，但是空气里依旧飘洒着蓝黑色的霜花，散发着惊心动魄的意味。这种强大的余韵给人的压力甚至超过了方才造成恐怖杀伤的数十颗金属圆球。

"御！"随着一道新的军令，退却了五十步的秦军停顿下来，重新结成了阵势。

山坡上的宋惟将这一切看在眼里，他看到秦军数十步之间便重新稳定了阵型，不由得泛出一阵阵寒意。在当年和韩、赵、魏三国的征战之中，秦军便展现出了令天下诸国震惊的悍勇和如铁的军纪，而现在的秦军，比那时还要厉害！

"九幽冥王剑！公孙家大小姐，你不要忘记，你是秦人！"当退却的秦军停顿的刹那，发出军令的人厉喝出声。

雪谷关内更加沉寂。九幽冥王剑是天下至寒之剑，无人能避其锋芒。拥有此剑的公孙家大小姐先是杀死了这支军队的主将，继而又斩杀了六七百名秦军，显然表明了她与楚人站在同一战线的态度。

充满着无畏和愤怒气息的厉喝声在寒冷的空气里回荡着，就像有数千数万个人不断地呵斥着城关上的长孙浅雪。

第三十章 教学清河

然而长孙浅雪却出声反问道:"我还算秦人吗?"

那名出声的将领骤然一滞。

"公孙家只剩了我一个。"长孙浅雪语带嘲讽,"就算我是秦人,我与王宫里的那些人也是仇人。总有一天,我会将那些人全部杀光!"

"那是你与他们的恩怨。现在是大秦与楚国的战争,你一定要帮着楚人屠戮秦人?"那名将领仰头看着城关上长孙浅雪的身影,寒声道,"这雪谷关的符器极少,方才那些绿金杀球应该是雪谷关的全部库藏。即便你今夜能杀光我们所有人,恐怕这雪谷关里也不会剩下多少活人。"

"关键要看你怎么选择。"长孙浅雪微微蹙眉,声音微冷道,"如果你想死,想让这些人陪你一起死,我不介意多杀一些人。"

那名将领沉默不语,双手微微轻颤。

雪谷关内外的空气变得更加沉重起来。

山坡上的宋惟几乎能听到自己的心跳漏了几拍。他知道这名秦军将领说的是事实,若是秦军全力进攻,在一瞬间动用所有符器,哪怕长孙浅雪再强,也不可能抵挡得住。雪谷关里的那些将士,能够存活下来的估计只有寥寥数人。

两军僵持,只等这名将领发令,战争便会开始。

就在此时,宋惟发觉一直凝立在前方帐外的那名年轻人已经朝着坡下走去。

这名年轻人来时无声无息,然而此时却并未掩饰自己的脚步声。万籁俱寂,他踩踏着积雪的声音格外响亮。

那名秦军将领霍然回首,看到了这名年轻人。

"明知必败,还要令全军赴死,这不是悍勇无畏,而是不负责任。"年轻人走到这支秦军的后方,平静道,"早在秦国征伐韩、赵、魏三国时,所有的秦军将领都明白,如果杀一部分关键人物就能获得最后的胜利,就不要搭上更多人的性命。此外,如果可以通过与修行者对决的方式取得胜利,更不需要将手下军士的性命填到战争之中。"

出声的年轻人便是丁宁。他看着那名将领,道:"你我不妨来一场公平对决。若是你胜了我,我就让你们过雪谷关。若是你败在我手中,你便退军。"

那名秦军将领的面目在黑夜里看不分明,他沉默了片刻,道:"我们这些人的生死,对于这样的一场大战而言微不足道。"

丁宁眸中神色坚定,道:"人人都只有一条命,没有谁的命是微不足道的。在我看来，人人都有回到家乡的权利。"

秦军将领缓缓抬起头来，然后点了点头，道："好，就以你我对决为注，若你胜了我，我便下令退军。"

丁宁赞许地看着这名秦军将领，接着，他的目光落到了这名秦军将领的剑上。

那是一柄轻薄的青色小剑，上面带着金色和黄色的符文，好像是一片被放大了的蜻蜓翅膀。方才被长孙浅雪击落的数柄飞剑之中，便有这柄青色小剑。它是唯一一柄还能重新飞回手中的飞剑。

秦军整体未大动，中间微分，让出了一条道。这名秦军将领从道中走向丁宁。

借着点点星光，众人在此时才看清这名秦军将领的面目。他三十如许，面上没有多少风霜的痕迹，虽然面色冷峻却散发着一股书生气息。

丁宁对这名秦军将领颔首为礼，道："看你的佩剑，应该是清河剑院的修行者。"

这名秦军将领同样颔首还礼，道："清河剑院，余言衫。"

丁宁没有报上自己的名号，只是接着说道："既是清河剑院的修行者，应该来到战场不久。"

余言衫很敏锐地捕捉到了丁宁话中之意，声音微沉道："虽然和长陵许多修行地一样，被迫听从王城调遣，但到了前线，却体会到了军队之中修行者的稀缺。"

"其实你很在意军队，尤其是你的这些同伴的生死。"丁宁话音刚落，身侧的空气里响起了一声尖锐的嘶鸣。一片深绿色的金属碎片从地上飞了起来，悬浮于半空之中。这片深绿色的金属碎片来源于先前雪谷关之中投出的金属圆球，而这金属圆球正是楚器绿金杀球。依靠上面篆刻的符文，这绿金杀球一旦飞行速度达到一定程度便可破坏符器上的元气平衡而产生剧烈的爆炸。

这种金属碎片虽然坚硬，但和剑胎有着很大的区别，上面篆刻的符文并不利于飞行，然而此刻丁宁竟然将其中一片碎片当成了飞剑来用。

"你想以此为剑？"余言衫的眉头深深皱了起来。飞剑之间的厮杀在刹那之间就能分出高下，眼下来看，这样一片金属碎片与他的飞剑碰撞之后，恐怕会立马变成齑粉。

"简单的符文，配合直接的剑式，反而会有意想不到的效果。"丁宁看着这名不肯在决斗开始之前占他便宜的长陵修行者，毫不避讳道，"我不想让人看到我的佩剑。"

余言衫深吸了一口气，庄重道："请。"

第三十章 教学清河

紧接着,一声清脆的剑鸣自他身侧响起,他手中那道如蜻蜓翅膀般的轻薄飞剑带出一道锋利的弧光,横在他的身前。

丁宁也不多言,继而右手食指和中指并拢,朝着余言衫虚空一指。一股真元从他的指尖无声地流淌出来,消失在周遭的空气里。而那片不甚规则的金属碎片骤然加速,"砰"的一声爆鸣,如在水面飘行的瓦片一般,连带出五六个飘忽的影迹。

"乱萍踪?"余言衫的呼吸一顿,双目深处尽是不可置信。这分明是他师门清河剑院的一式剑招,但此时对方信手施出,流露出的剑意灵动完美,甚至比清河剑院的绝大多数人都要厉害。

这一瞬间的极度震惊,让他的反应比平时慢了数分。当金属碎片距离他的咽喉只有数丈时,他才缓过神来。横在身前的飞剑猛地一震,轻薄的剑身上竟然发出了一道巨浪般的轰鸣声。接着,这一道飞剑横着往上砸去!

这一招便是清河剑经中的"大拍岸",具有大浪拍岸、粉身碎骨浑不怕的意味。

丁宁的食指与中指依旧并在一处。随着那二指往下划去,朝着余言衫疾刺的金属碎片骤然往上一跳,凌厉之意在刹那间变成了一股随风而荡的轻柔意味,反而顺着余言衫这一剑剑气的边缘一滑,从浪尖跳了起来。

"浮光掠!"看着这样精巧的一剑,瞳孔剧烈收缩的余言衫直接呼叫出声!这一剑,依旧是清河剑经中的剑式!

在他的失声惊呼之中,他的腰间发出一声震响。一柄寻常的百炼玄铁剑被他的右手拔出,剑身刚刚脱鞘的瞬间,便随着剧烈的震荡而溅射出数十道细细的青炼,击向距离他眉心只有数尺之遥的金属碎片。

长陵很多善使飞剑的修行者都会有两柄剑,其中一柄随身的佩剑基本属于摆设。因为在飞剑相争失败后,若非有近侍帮助,即便再有一剑,也很难跟得上对方飞剑的速度。余言衫进入军中之后,发现很多符器都是趁着剑师发动飞剑之后才激发出来,所以才会配了这样一把普通长剑。

丁宁只是转换了一招剑式,他的备剑都被逼了出来。而且对方用的还都是他师门清河剑院的剑式!

"噗"的一声轻响,金属碎片好像失控般暴散出数道气流,往上空弹射出去,正好避过他这柄备剑上震射而出的数十道剑气。

余言衫吼出一声厉啸,往上空横飞出去的飞剑发出一道凄厉的破空声,如流星般追向那片金属碎片。与此同时,他的双足狠狠践踏在地上,地面猛然凹陷下去的瞬间,他的整个身体如陨石般朝着丁宁砸落。

只是一个呼吸之间的交手,他已经肯定在飞剑的造诣上,自己与丁宁相差甚远。既然如此,唯有近身才可能寻得一线胜机。

丁宁没有看暴然掠起的余言衫,他只是凝视着那片在空中旋飞的金属碎片,右手食指和中指依旧并指为剑,往下划去。

天地间仿佛有一根无形的线在牵引着那片看似失控的金属碎片,它骤然一沉,稳定地往下切去,一处最为锐利的尖角极为精准地切入了飞剑剑身中的一处符文。

"砰"的一声爆响,金属碎片被轻易地震碎了,然而切入飞剑剑身符文之中的那一处尖角却嵌入了符文之中。

飞剑上流通的元气顿时中断,从剑身上喷流出来的元气顷刻间就将这柄飞剑往夜空中卷去。

余言衫的身体微微一震。瞬间失去了和飞剑的联系,元气的反冲对于他体内真元的运行产生了些许影响,然而却并未影响他的心境。他这柄飞剑本来就是用于牵制那片碎片,现在那碎片再也无法为丁宁所用,他那飞剑也算达到了效果。

"噗!"余言衫强行控制住体内真元的震荡。接着,一股股真元以奇妙的韵律,在一瞬间尽数注入了他手中的玄铁长剑之中。黝黑的剑身上荡漾起了青色的涟漪,片片涟漪又变成了无数剑影,将丁宁笼罩在内。

丁宁手中无剑,但是随着他的左手抬起,指掌间却出现了一些金属的反光。不知何时,他已经用真元摄取了坠落在地上的不少金属碎片。这些金属碎片更加细小,甚至连一小段完整的符文都没有,根本不能算是符器,也不能像刚刚那片金属碎片一样作为飞剑使用。

然而看着此时迎面洒落的众多剑影,丁宁左手翻掌轻弹。"嗤"的一声,一片金属碎片被他弹了出来,一股笔直的锋锐之意随之而出。

片片剑影骤然破碎,双脚刚刚踏地的余言衫发出一声厉喝,朝着一侧翻飞出去。他的左肩上冒出一道血光,竟是被这片金属碎片切出了一道伤痕。

余言衫身体里不断涌起凛冽的寒意和难以置信的意味,丁宁以指弹碎片,没有使用任何招式,刺的竟然是他方才这一剑之中唯一的一处破绽。甚至可以说,在被丁宁刺中

第三十章 教学清河

之前,他根本便没有意识到自己这一招竟然存在这样一处破绽!

此时,丁宁没有借机抢先出手,只是静静地看着他。

余言衫深吸了一口气,再发一声厉啸,继而一剑上挑,数道剑影如水中乱舞的水草,从下往上袭向丁宁的胸腹处。

丁宁往后退了一步,左手再次弹出一片碎片。

余言衫进势顿止,持剑的右臂上再次多出一道伤口!他咬牙再进,一剑化三,三道剑光走着纯正的中路,朝着丁宁当头斩下。

"嗤"的一声,一道金属光芒破空而出,余言衫的三道剑光全部消失不见。接着,"当"的一声爆响,余言衫手中的玄铁长剑已经横在心脉处,剑身上暴起一团耀眼的金色火花。

雪谷关内外一片死寂。无论是城关上的那些楚军修行者,还是秦军阵中的修行者都沉默不语,有些人的双手甚至微微颤抖起来。显而易见,丁宁比余言衫强出太多。最令人心悸的是,丁宁从头至尾都并未在真元修为上压制对手,而是用清河剑院的剑招对付余言衫。在有些人的眼睛里,这场战斗简直就像是清河剑院的前辈在调教后辈!

余言衫的身影顿住,手中的剑身不断震荡。他身上的伤口都属于轻伤,但是此刻心情的激荡却让他的身体止不住地发抖。

他和丁宁距离数丈而立,就在此时,他感到了一股淡薄的本命气息正在前方生成。而这股淡薄的本命气息,来自丁宁手中。

丁宁缓释出一股本命元气,他左掌掌心之中握着的那些碎片被本命元气吹拂起来,继而与本命元气交缠在一起,变成了一柄由金属碎片和本命元气交缠而成的剑。接着,他朝着余言衫施出一剑,数道如涟漪一般的剑影出现在空气之中。

这一道剑招,正是余言衫方才用过的清河剑院的一式——濯清涟。

余言衫胸口处如压了数座重山般难受,往后连退十余步!对方稍稍更改了一下剑锋游走的线路,不仅使这一招再无破绽,而且使这些荡开的涟漪更具威力!

丁宁不断向前,再出一剑。漆黑的夜色里陡然布满了粼粼波光,绚丽的光彩之下,剑影如水中盛开的一朵艳丽的花。

余言衫的心脏不可遏制地剧烈跳动起来。这一式名为水中花,依旧是清河剑院的剑式。此时在对方手中,呈现出前所未有的完美之境,多了数分变化,威力更是足足大了不止一倍。

他无法阻挡，再次往后连退。此时，他的脑海中一片空白，无惊无怖，只是回旋着一个念头：原来我清河剑院的剑式，还蕴含着这样的变化，还可以这样变化。

丁宁收手。那一股淡薄的本命元气消失，原本就不甚稳固的"剑"瞬间散碎。片片金属碎片落地，偶尔撞击在山石上，发出清脆的响声。他抬头看着退到秦军边缘才站定的余言衫，平静地问道："还想死吗？"

这句话没有提及胜败，也没有提及退军，似乎是一个很奇怪的问题，然而此刻，一些人却听明白了。

从一开始，余言衫就没觉得自己能胜。他之所以选择和丁宁决斗，就是想为这支秦军找到一个回去的理由。按照赌约，他落败之后，这支秦军就会离开。

很显然，丁宁并不想让他死。丁宁用清河剑院的剑招打败了余言衫，同时也在指点着余言衫，让他看到那些剑招更为精妙和强大的地方，从而指引着他去探索新的天地。余言衫有心用自己的死，来让这支秦军活着回去，然而此时他看到自己所在剑院的剑经有着这番天地，怎会甘心就此死去？

余言衫的胸膛剧烈地起伏着，一时没有回话。

丁宁并不着急，只是负手安静地看着他。

足足十几个呼吸之后，余言衫才极其艰难地调匀了呼吸，缓缓躬身，庄重地对着丁宁行了一礼，答非所问道："希望今后能够知晓先生的名字。"

丁宁躬身回礼，有如默许。

接下来，秦军带着所有在雪谷关前被杀死的同伴遗体撤退。如潮水般从丁宁两侧经过时，其中不少人沉默地对着丁宁躬身行礼。既然他和长孙浅雪一起出现，又对长陵的剑经如此熟悉，必定是巴山剑场的修行者。

与昔日巴山剑场有关的所有记载都已被焚毁，但是秦人，尤其是秦国的军人心中自有公论。巴山剑场和秦王、郑秀之间的恩怨，他们现在无法评论对错，但对于巴山剑场的修行者，他们一直抱有极高的敬意。就今夜而言，丁宁是他们的敌人，却也是足够让他们折服的敌人。

丁宁和余言衫这一场比剑不仅让秦军折服，也让雪谷关里的楚军心悦诚服。将楚器的碎片当成飞剑来用，这在修行者的世界里闻所未闻，见所未见。

当秦军撤退的脚步声还隐约可闻时，雪谷关城门大开，数名楚军将领走出城门，行

第三十章 教学清河

到丁宁的身前致谢。

然而丁宁却看着这数名楚军将领，直接说道："如果你们信任我，就以最快的速度支援安扈关。"

"支援安扈关？"这数名楚军将领齐齐一怔。

"为什么？"为首的一名将领回过神来，问道。

丁宁摇了摇头，道："不要问为什么。"

这名楚军将领沉默了片刻，道："安扈关原本有五千驻军，我这里仅有一千七百余众，需要分出多少军力合适？"

丁宁冷静道："越多越好。若是让我来领军，我会带上雪谷关全部的驻军。"

"全部？"这几名楚军将领又大吃了一惊。

"有时候决定战斗胜负的，不是军队的数量，而是诡兵之道。"丁宁平静地点了点头，道，"安扈关只有五千驻军，然而赶往那里的秦军有一万余众。就算你们雪谷关里的驻军全部赶去，安扈关也不可能守得住。但若是你们作为援军赶去之时，能故布疑阵，造成有数倍援军赶去的假象，或许能保住安扈关。"

直到此刻，这数名楚军将领才明白丁宁用意，不知不觉之中浑身冷汗淋漓。其中那名为首的将领深深地吸了一口气，颤声道："您的意思是，有一万秦军正突袭安扈关？"

丁宁认真道："要拿下大永关，接着拿下巨庸、逐山两个边城，并非今夜出现在这里的这支秦军所能决定的。"

"你为什么要骗他们？"长孙浅雪走到丁宁身侧，看着不远处彻底沸腾起来的雪谷关士兵，轻声问道。她和那苦行老僧很清楚事实上并没有所谓的一万秦军在往安扈关赶。

"这一带秦军的统帅是莫萤。这支秦军退败之后，他会派出数量更多的大军踏平这里。"丁宁朝着雪谷的方向走去，同时耐心解释道，"这些楚人留在这里必死无疑，而且死守雪谷关毫无意义。今夜只要将这支秦军阻在这里，时机一过，雪谷关丢不丢都没有意义。既然如此，还不如直接让他们撤到大永关附近。"

长孙浅雪接着问道："那我们现在去哪里？"

丁宁轻声回道："我们去杀莫萤。他将会派出数倍军力带上强大的符器来这里，他的帅营会比平时空虚，我们要杀他会容易得多。"

长孙浅雪眉头微蹙，大秦十三侯中的每一名王侯都不只是军功的象征，还代表着一个庞大的势力。每名王侯的座下都有许多谋士、死士，以及强大的修行者。魏侯魏无咎的座下有两名可怕的宗师级人物，其中一名是统领着魏无咎前锋军的萧宴，另外一名便是丁宁所说的莫萤。萧宴座下有三千死士，皆是他的同乡；而莫萤本人足智多谋，统领着比萧宴更多的军队之外，据说还拥有各种各样的刺客。要杀这样的人，纵使比平时容易，也绝不简单。至少在她看来，这是件很冒险的事情。

"依旧不让他出手？"长孙浅雪看了一眼左侧的峡谷，她感知得到那名苦行老僧正在那里随着她和丁宁的脚步行走。

"不用。"丁宁摇了摇头，道，"他是我们最后一道保命符，现在不能让人发现他出现在战场上。"

长孙浅雪点了点头，轻轻"嗯"了一声。这是她之前从来不会有的举动。当她知道丁宁的真正身份之后，她的一切都在改变。无形之中，她似乎又变成了很多年前那个隐藏着修为，偷偷躲过公孙家守卫的感知而翻墙逃入长陵街巷之中的少女。

战争，尤其是秦、楚两大王朝之间的战争，尸横遍野的场面不会少得了，就连一向算无遗策的丁宁都需要在许多场战役之中寻找胜机。这样的环境无疑让人的心情十分沉重。然而长孙浅雪的这些变化，却让丁宁的心情变得无比愉悦。

想着这些年来在长陵梧桐落中共同隐修的时日，想到为防止自己的记忆消失而画的那堵墙，丁宁转头看了长孙浅雪一眼，轻声道："在我的计划里，早晚都是要除去莫萤的。若不是我在鱼市里得知了梁联的消息，我第一个想要杀的人，就是莫萤。"

长孙浅雪微微一怔，问道："为什么？"

"嫣心兰。"丁宁深吸了一口气，缓缓吐出，道，"嫣心兰曾经悉心教导过他剑术，严格意义上而言，他应该算是嫣心兰唯一的真传弟子。"

长孙浅雪沉默下来。相对于当年巴山剑场的许多名人，大多数时间都留守在巴山剑场的末花剑主人嫣心兰并不算出名。但是在灭巴山剑场那一战时，天下所有人都知道末花剑主是巴山剑场最强的数人之一。

"其实有没有莫萤都一样，她既然做出了那样的选择，就一定会在巴山剑场战死。"丁宁看着前方的夜色，慢慢说道，"但若是莫萤没有提前将嫣心兰所修剑经的一些秘密透露给郑秀的话，至少她能够在那一战里再多杀几个人。"

第三十章 教学清河

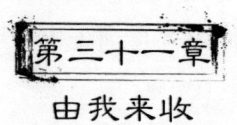
由我来收

　　天气晴好,阳光从帘缝里穿进来,落在营帐里莫萤的脸上。他有着一张很刚毅的脸,身上散发出来的铁血气息和梁联非常像。他和梁联都属于军中少壮派的将领,都是在巴山剑场领军时代成长起来的青年才俊,拥有冷峻、刚毅、悍勇、无畏等普遍气质。

　　在成长经历上,莫萤和梁联有着极为类似的际遇。

　　梁联曾经是一名寻常车夫,而莫萤则是一名普通药师,只负责调配一些基本的止血药剂。他二人都是因为接触了巴山剑场的强者,才日益强大起来。然而最为相似的是,他二人都背叛了巴山剑场,才在军中坐上了高位。

　　梁联掌管着长陵周遭防军一半左右的军力,距离封侯只差最后一步;而莫萤则是魏侯座下最倚重的将领,权势仅次于魏侯。

　　梁联身在长陵,而莫萤一直在边军领军。莫萤得过巴山剑场的亲传,无论是战斗经验还是个人修为,都高出梁联。

　　连梁联都在谋求成为秦国第十四位王侯,这样一位比梁联还要强出许多的军中权贵自然也有封侯的可能,然而这么多年来莫萤一直甘心屈于魏侯之下,替魏侯领军。真正的原因大概只有他自己才知晓了。

　　阳光虽暖,风却寒冷。莫萤放下已经看过数遍的军情简报,抿了口温在旁边炭炉上的茶水,垂首之间看到营帐内里一侧角落的地上有数点黄色,原来不知不觉间数朵黄色的野花已经破土而出。

　　暖意袭来,莫萤感到有些疲惫,揉了揉微微胀痛的太阳穴,发出了一声叹息。

　　终究是老了,精力不复十余年前。一瞬间,他眼里的黄意消失,那数朵生机勃勃的黄花变成了淡淡的白,就如一个人染霜的鬓角。

寒风之中骤然加剧的冷意，不只将空气里的水汽迅速凝结为霜，还带着一种诡异的味道，将绿草和花朵之中的水分都挤了出来，冻结在表面。这样霸道和暴戾的元气侵袭，只可能来自强大修行者的杀意。

莫萤刚毅的面容上多了数条皱纹，他放下了微烫的茶水杯，伸手再抬起时，身前案上已经多了一柄短剑。

这柄短剑只有大秦制式长剑长度的三分之一，剑身和青草嫩芽的颜色极为相近，剑身至剑柄上到处都是细碎的白色符文，就像是青嫩的草丛中长出的一簇簇白色花朵。这柄剑已经封存了许多年，此刻没有元气的注入，色泽尤为黯淡。

莫萤注视了这柄剑一息的时间，继而抬起了头。一道锋锐的剑意自他身前的空气里形成，"哗啦"一声，厚重的帐帘从上沿被整齐地切断，掉落在地。大片的阳光闯入他眼帘的同时，一对男女从营门外走了来。

他所在的这处营地是这一带秦军指挥中枢的所在，周遭布置着无数岗哨暗卡，然而直到这一对男女朝着大营正门而来时，营中的修行者才发现这两人的身影。

女子身材修长，身穿普通的青色粗布袍服，面前似乎有风雪萦绕，让人无法看清她的容貌。和她并肩而行的男子身穿普通的玄色衣袍，面上笼着黑巾。

莫萤在看到这名女修行者时，便已经确定了对方的身份，身前案上的短剑轻震了一下。作为一军的统帅，看到不速之客出现，他应该发令阻止，但他却一动不动，保持着静默。"止！"一道充满威胁的厉喝声在军营之中响起。

即便不知这两人的来历，但此时正值两国战时，军营之中必须对所有靠近者保持警惕。

这一男一女两名修行者似乎完全没有听到这一道洞金裂石的喝声，依旧按原有的步速往前行走。

"放！"又一道厉喝声伴随着许多凄厉的破空声响起。

数百支箭镞上带着幽幽火焰的箭矢坠落如雨，灼烧着营门口这一带的天地元气，但最具威胁的，却是隐匿在这其中一支箭矢后方的一道飞剑。这道飞剑在涡流之中飞行，完全没有发出响声，甚至没有对前方的这支箭矢造成任何影响。

当这柄飞剑距离这两名修行者头顶上方仅有数丈时，那名女修行者身周忽然多出了一些飞舞的冰砾。这些冰砾在阳光下闪耀着深沉的灰色和蓝黑色。

"噗噗噗噗……"落向这两名修行者身体的箭矢纷纷破碎，那柄隐藏在箭矢后方，看似悄无声息，实则蕴含着强大天地元气的飞剑，也破碎开来。

第三十一章 由我来收

289

在这一瞬间,军营中一片死寂。

"咔嚓"一声爆响,营门破开,木片如碎裂的冰片洒落一地。那一男一女在破开的大洞中直直走入营区。

五名修行者第一时间迎了上去,将体内的真元毫无保留地尽数压迫而出。五道不同的元气,如五条瀑布喷涌,砸向这两人。

女子没有左右四顾,只是伸出手做了个挥剑而斩的动作。

狂风骤停,一切都被冻结。

整个军营再次沉寂下来。那女子手中蓝黑色的本命剑出现在众人的视野之中。接下来,五名修行者全部从腰间断为两截,坠落在地。

这一切发生得太快,军中所有眼见这一幕的人还没来得及恐惧,整个军营里便又卷起了一阵狂暴的寒风。靠近营门口的军士与那些用铁钎牢牢固定在地的营帐一起被掀飞到半空之中。

手持蓝黑色本命剑的女子,已经在一息之间前进了数十丈!那些朝着她身体坠落的军械和符器纷纷落在她身后,两侧与她相距较近的军士全部被冻结在地。

寒风向前,剑意直指莫萤所在的中军营帐。十余名修行者从营区的各个角落出现,站在她前方的寒风里。这些修行者站立的方位看似散乱,但身上涌出的力量却切割着周围的天地元气,隐隐形成了一个特殊的阵势。

一些军队和宗门都布置着阵法,对抗强大的修行者。此时组成阵势的这十余名修行者都并非弱者,只要能够缠住对方,将对方困在某一个区域之中,军队便会有更多的杀招对付这种入袭的修行者。

这十余名修行者来自不同的宗门,此时看着那柄蓝黑色的本命剑,瞬间明白对方就是传说中的公孙家大小姐,而那柄剑便是天下最暴戾的名剑九幽冥王剑。

面对着这阵势催发的强大力量,长孙浅雪脚步微顿,前方的路在视线之中变得漫长起来。一名修行者并不在这十余名修行者之列,他站在一架符器的后方,感知牢牢锁定了脚步正在变缓的长孙浅雪。他身前这件符器有一丈多高,篆刻着许多玄奥符文的青铜色圆柱体的底座上,站立着一尊金属人偶。金属人偶伸出右手食指,往前点去,好像是在指路。

"不要动。"在这名修行者体内的真元已经狂暴地流动起来,就要激发这件大型符器的威能时,他听到了一道恳切的声音。

那名先前和公孙家大小姐并肩入营的修行者，不知何时已到了他身后不远处。

这名身穿玄衫的年轻修行者自然便是丁宁。

看着微微侧转过身体的修行者，丁宁再次出声道："不要动。"

这名军中修行者真切地感受到了对方这句话中强烈的警示之意，然而他却并未因此放弃出手。在一瞬间的迟疑之后，他体内狂暴流动的真元自右手衣袖中疯狂涌出，没有落向那件符器的底座，而是注入了袖中的一柄飞剑。

"轰"的一声爆响，这名军中修行者的衣袖炸得粉碎。一道灰色的剑影，如疾电般落向丁宁的胸口。

丁宁微微蹙眉，继而抬起右臂，一指点向那道飞剑。

震耳欲聋的爆鸣声中再多一道凄厉的啸鸣，一道剑气自丁宁的指尖射出，准确无误地和那柄飞剑撞击在一起。

只是一道从本命剑上流淌出来的剑气，竟然让那名军中修行者紧绷着的面目一刹那有些发黑，一条条褶皱如水波一样荡漾开来。接下来，那名修行者再也无法控制住自己的飞剑！他的飞剑被那一道剑气击得往上飘飞而起，剧烈地震颤着。

丁宁身体微弓，避开后方射来的三支箭矢。紧接着，他的身体带着重重残影，穿过寒风到了这名修行者身前。这名修行者呼吸一顿，发出了一声闷哼，然后右手两指带出了一朵繁花般的剑气，落向丁宁的双目。丁宁的眉头依旧微微蹙着，只见他右手轻弹，一道剑气"嗖"的一声自那朵繁花般的剑气中穿过。

那名修行者发出的剑气散裂开来，带出一道道白色气流，从丁宁两侧脸颊飞过。丁宁弹出的剑气则直直刺在这名军中修行者的胸口。一蓬血雾涌出，这名修行者的整个身体往后倒飞出去。然而当这名修行者狠狠坠地，感觉力量从自己的身体里尽数流出时，他惊奇地发现自己还活着。莫莹的目光落在这名伤重而未死的军中修行者身上。

和那十余名强者组成阵势联手对抗长孙浅雪的战斗而言，这场战斗在一开始显得有些微不足道。然而当丁宁仅凭剑气击飞那名军中修行者的飞剑时，他的注意力反而集中在了这场战斗上。决定这一战胜负的关键，在于破招。

那名身穿玄色袍服的年轻修行者，一道剑气破了飞剑，又一道剑气破了对方的指上繁花。这两道剑气都是在看似毫无破绽处找出了对方剑式本身存在的破绽。

万般剑式藏于胸，无招不破，这样的修行者在很多年前的巴山剑场也曾出现过。现在，他从那名玄衣年轻人的身上看到了"那人"的影子。眼前这人应该就是"那人"的

传人。九死蚕的传人，终于出现了。

"原来是真的。"他微苦一笑，提着身前案上的那柄剑站了起来，看着远处的丁宁，自语道，"该来的终究还是来了。"

十余名修行者散乱地站立在长孙浅雪前方的风雪里。他们的身影渐渐被更加肆虐的风雪遮掩，然而长孙浅雪的步伐却更加缓慢。

这些修行者身上释放出来的力量形成了一道道青色的风柱，这些风柱的顶端延伸到高空，奇异地连接在一起。

长孙浅雪感知着这十余名修行者的动静，对着其中气机最弱的那名修行者刺了一剑。寒意骤消，这一片天地间似乎骤然暖了起来。然而所有的寒意却都汇聚在她这一剑之中，笔直地刺向那名修行者。

十余名修行者同时发出一声厉叱，一条条如长龙般连接在一起的青色风柱之中骤然生出青色的火线。一片片晶莹的冰砾在长孙浅雪剑尖所指的方向急剧地聚集，形成一道长达数丈的冰刺朝着那名修行者刺去。而十余道青色的风柱里，无数条青色的飞火朝着这根晶莹的冰刺落了下来。

青色飞火"噗噗"消失，冰刺表面溅起的冰片渐渐缩小，在那名修行者身前数尺处化成了水汽。长孙浅雪眼眸深处似乎有猩红的火烬燃起，整个人再往前进了一步。

十余名组成阵势的修行者身体剧震，同时往后连退十余步，那名被她剑尖直指的修行者身上出现了数道红线，鲜血从中涌出。

莫萤很清楚那十余名修行者所组阵势的威力，事实上这十余名来自不同宗门的修行者十余年来都在衍化这个大阵，就是为了防止巴山剑场强者的刺杀。

九幽冥王剑是天下至凶至寒之剑，长孙浅雪没有被这柄剑的凶煞所吞噬，反而成功地驾驭了这把剑，可见其修为境界已在当世最强的数人之列。

莫萤的目光很快从长孙浅雪身上离开，落向那名身穿玄衫的年轻修行者，沉声道："我知道你不想多杀人。你应该是九死蚕的传人，今日来便是向我讨昔日巴山剑场的旧账。"

整个军营万籁俱寂，人人几乎都听到自己的心跳声。九死蚕三字如有魔力一般，钻到了每个人的心窝里。

"好。"丁宁简单地说了一个字。

长孙浅雪停住了前进的脚步，军营里其他人也都停了下来。所有人的目光都聚集到了丁宁的身上，很多人的身体不由得战栗起来，包括那十余名组成阵势的修行者。

"谁动，谁死。"莫萤看了一眼握着九幽冥王剑的长孙浅雪说道。

莫萤这话这不只是命令，同样是在提醒他们，整个军营除了他和结成阵势的那些修行者，其余人都不能抵挡住长孙浅雪一剑。

"我欠巴山剑场的。"莫萤看着朝他正前方走来的丁宁，接着说道，"我原先只是军中一名药剂师，在前线和修行者接触得多了，才学到了一些修行的手段。后来在押运药物的途中偶然遇到了嫣师，她觉得我天赋不错，便传了我剑道。她对我有再造之恩，我无法报答，自然亏欠于她，也亏欠巴山剑场。"

说到此处，莫萤抬起头看着丁宁的双目，道："只是，徒弟未必要和师父做一样的选择。即便当年我返回巴山剑场，也于事无补，嫣师依旧会战死，巴山剑场依旧会灭。更何况我并不认为嫣师的选择是正确的。我是修行者，得技于巴山剑场，但我还是一名军人，忠君爱国是我的责任。在我看来，昔日圣上即位已成定局，巴山剑场之变根本无益于我大秦发展。我所做的和昔日巴山剑场所要做的是一样的，我不想平白死去，我想要看到大秦更加强盛，所以这些年来，我不回长陵争夺权势，只在边军为将。"

"难道巴山剑场和你师尊所做的一切都绝对正确吗？"莫萤重重地说道，"难道不遵从巴山剑场想法的巴山传人，就一定要死吗？"

"不遵从巴山剑场想法的巴山传人，不一定要死。"丁宁点了点头，继续说道，"但是属于巴山剑场的东西，巴山剑场一定要收回去。你可以不认同自己师尊的选择，但是你学了她的剑经，还将她的剑经透露给郑秀……你这种行为是背叛师门。我今日便替她将你逐出师门，废了你的修为，取回她传给你的剑和剑经！"

莫萤深吸了一口气，眯起眼睛，看着长孙浅雪，声音微冷道："公孙家的大小姐，算不上昔日巴山剑场的人。想要收巴山剑场的东西，就要由巴山剑场的人来收。"

丁宁淡淡一笑，道："我来收。"

满营俱静。

军营里所有的修行者都确定丁宁不到七境，尤其是那些联手和长孙浅雪抗衡的修行者，还判断出丁宁的本命气息十分青涩，也就是说，他晋阶六境本命时间不久。

六境本命，七境搬山，两境之间有着明显的差距。七境之上方为宗师，一人可匹敌万人。且七境的宗师之间有高下之分，例如梁联当年输了薛忘虚一剑，赵斩死在夜策冷手中，白山水和赵四之流能够战胜世间绝大多数七境，参加鹿山会盟的一些七境大宗师有杀死数名七境的实力……莫萤是得了巴山剑场真传的七境，属于七境中上层者。

第三十一章　由我来收

六境要胜七境，本身便是妄言，更何况还要胜七境之中上层者。然而此时丁宁说出这句话时，整个军营里却没有任何一人觉得可笑。

因为他是九死蚕，代表着王惊梦的传续。昔日的王惊梦，本身便有着越境而胜的无数战例。

莫萤的瞳孔微微收缩，看着丁宁问道："由你来收？"

丁宁没有重复先前的话，他平静的目光落在了莫萤手中提着的那柄剑上，淡漠道："这柄剑是巴山剑场之物，今日我既然代表巴山剑场将你逐出师门，这柄剑首先要还给我。"

莫萤微微垂首，看着手中短剑，沉默了一息，道："大军出袭，中军空虚，公孙大小姐又在此……你们的确有杀我的把握。这笔账既然由你来收，我把剑给你，倒也公平。"

说完这句话，他抬起头，一道柔和的气息从手中涌出，包裹着这柄短剑飞起，落到丁宁身前。

丁宁伸手，接住这柄短剑，沉声道："自你将剑经的一些秘密告诉郑秀之后，你就怕自己被郑秀控制。从那以后，你再也没有信心用这柄剑，更不用说将这柄剑炼为本命剑，所以这柄剑才会如此黯淡。由此可见，这柄剑留在你手里也是无用。"

丁宁目光复杂地看着手中的剑，当他的声音响起时，细碎如万蚕啃噬桑叶的声音在他身体里泛开。军营里无数声沉重的呼吸声同时响起，连成潮水！

没有强烈的天地元气波动，却有苍白的光焰从丁宁握剑的右臂上渗出。苍白的光焰起先如同淡淡的水光，继而无数细小的束流从丁宁肌肤里渗出，透出衣衫，流入他手中黯淡的短剑中。

那十余名结成阵势的修行者心情激荡不已，眼瞳深处充满了惊惧。

当年，所有人都认为九死蚕落入了王惊梦之手，但王惊梦从未展露过九死蚕，以至于从没有人知道九死蚕功法到底有何奥妙。这是九死蚕第一次公然出现在阳光下，这些修行者的心中都掀起了难以想象的波澜。

九死蚕现，苍白的束流带着和寻常真元不同的特质，涌入黯淡的淡绿短剑的符文里。剑身似乎兴奋得要战栗狂颤起来，但在丁宁的手中却稳定到了极点。

当剑身上所有的白色符文被苍白色束流充斥时，黯淡的色彩如薄薄的冰雪消融，迅速褪去。淡绿色的短剑瞬间绽放惊人的光彩，剑身上流淌出来的元气化为朵朵黄色的繁花，浓烈至极。"这柄剑名为暖春。"丁宁缓缓横剑于胸。

他的目光里也有无数色彩。这柄剑对于他而言，是重逢，所以他的心情久久不能平静下来。

当丁宁接过这柄剑，身体里开始流动着万蚕啃噬般的声音时，莫萤的面容变得异常冷肃。对方虽只是六境，但却是"那人"的传人，修的是九死蚕，根本不容小觑。而且丁宁此时心情波动，对他而言是绝佳的出手时机。

"嗤"的一声爆响，莫萤手中涌出强烈的本命气息，一道长长的影迹随后出现。他修的是剑，但是出现在他手中的本命物，却是一柄枪。

那是一柄黑色的长枪，周身喷吐着黑色的烟气，烟气里漂浮着朵朵红色的火焰，就像是地狱里盛开的花朵。"魔龙枪。"长孙浅雪的目光剧烈一闪，眉头顿蹙。

这是昔日旧门阀权贵家的兵器，源自幽国某个宗门遗迹。在兵器本身凝聚的元气威力方面，这柄枪绝对不会亚于昔日巴山剑场的诸多名剑。

莫萤双手持枪，指间飞起一些细小的血珠。许多年未曾这么强劲地催发真元，他双手的肌肤有些难以适应，纷纷破裂。这柄长枪刚刚在他手中显出影迹，一道狂暴的气息就已经朝着丁宁袭了过去。

四周的天空里响起山岳移动的声音。这是搬山境的宗师出手时海量天地元气带起的自然响动。与此同时，那道狂暴的气息形成了一座山砸了下来。

大量的天地元气和枪上喷涌而出的黑色烟气以及朵朵红火凝结成山的虚影，锁死了丁宁身上任何一个可以闪躲的方位。

这座山的力量远超莫萤修为的极限，但是莫萤这一枪是撬杆。一根撬杆，能够撬起原本根本不可能搬动的重量。

丁宁身上的衣衫猎猎作响，眼看着巨大的阴影就要将他的衣衫和身体一起撕碎，碾压成粉，然而他并未因此恐慌，只是顺着心意，将无比波动的心情传递到了剑上。

他这一剑的剑式，便是重逢。

许多年后的重逢，恩怨情仇与生死交织在一起，这种情绪根本无法用言语来形容。那些流淌于剑身的束流剧烈地震动起来。他手中握着的这柄浓烈而艳丽的剑，也开始剧烈地震动着。

第三十一章 由我来收

第三十二章
末花旧事

剧烈而复杂的震动让丁宁这柄短剑上散发出数百道色彩不同的剑气。这些剑气往上飞起，迎向从天空中砸落的山影。

莫萤手中的魔龙枪开始震动，紧接着他的身体也开始震动。他肃杀至极的眼眸深处瞬间被一种复杂神色充斥着。丁宁那一剑并不十分强大，但是那一剑所带的情绪，完美地传递到了他的感知和精神世界，让他的内心深处不再平静。

在这一瞬间，他就像一柄飞剑被带离了轨道。他的脑海之中出现了许多相逢的画面，许多年前他第一次遇见嫣心兰，见到这柄暖春的情景历历在目。

那的确是一个很暖的春。在南方的某片战场上，高低的土丘上绽放着无数金黄色的油菜花。他提着一桶染血的绷带，穿过花田，来到溪水旁边。恰巧，有一名女子正在洗脸。

那女子便是嫣心兰。她腰间两侧分别佩着两柄剑，一柄是末花，一柄便是暖春。

嫣心兰和巴山剑场其余的剑师一样，身上散发出来的气息如同一柄锋利的剑。她明显感知到了他的到来，却依旧不紧不慢地洗着脸。

很多年后，他知道这是心定，同时也是她不因外人而改变的倔强。

当时他呆在当地，嫣心兰却不以为意地转头道："听你的步伐、呼吸以及提这木桶时所施之力，你应该修了黄崇剑院和白鹿书院的某些修行手段。学的杂，非嫡传，却能够修到这种境界，也算是奇才。"

他愣了很久，最终问道："那您能教我吗？"

她不置可否，最后还是教了。

漫天金黄的色彩，是当年相逢的画面。莫萤心神震荡，出现了一瞬间的失神。

丁宁方才那一剑，要是便是他失神。紧接着，一道剑影带着丁宁从山影下冲出，地面无声地炸裂开来。

丁宁毫不费力地破了莫萤这一枪。

一片抑制不住的惊呼声如潮水般响起。军营中那些修行者都不敢相信自己的眼睛。世上竟然真的有人能够以招破招，化解修为境界的差距。

"这真是奇迹。"莫萤深吸了一口气，眼眸中荡漾的情绪尽数散去。

枪尖垂地，枪尖上残余的力量轻易地破开了地面传过来的震荡，除去了元气的波震对于他的身体和体内真元造成的所有不利影响。他没有急着出手，而是看着丁宁，面无表情道："昔日王惊梦战遍各个宗门，熟知各宗各派招数，他不仅会用天下绝大多数招数，更会以招破招，所以他拥有越境而战的能力。你作为他的传人，竟然也能做到如此地步。"

丁宁微微抬起头，看着他回归漠然和肃杀的双瞳，反而抬起剑，轻声问道："你有没有想过，她为什么会收你做弟子？"

"为什么？"莫萤下意识地问道。

就在此时，丁宁松开了剑柄。这柄短剑"嗤"的一声，脱手飞出。在接下来的瞬间，这柄剑所走的轨迹和绽放出的剑意让它变得更加轻渺。而那轻渺的味道，就像在初夏微醺的夜晚，一个人来到枫桥柳树下，正好遇到了心仪却不知何踪的女子。

而这一剑的剑名，便是见缘。

莫萤的枪上发出了宏大的声音，犹如龙吟。随着他体内强大力量的喷涌，枪尖喷出了比岩浆还要灼热的红流。这一枪便是昔日那个旧权贵门阀从古修行地的修行典籍中得到的秘招——魔龙吟。

这一招不仅绽放着传说中龙息的威力，枪势强横无匹，而且宏大的声音还带着蛊惑修行者精神和感知的力量。然而此刻，他这一招并没有对丁宁造成影响，丁宁先前所说的话反倒让他的精神再次陷入了剧烈的震荡之中。他的潜意识里，原本已经思考过丁宁的那个问题。只是答案如沉没在水中的鹅卵石，此时方被丁宁的剑意带起，浮出水面。

他的确是有天赋的修行者，否则即便是得了巴山剑场的传承，也不可能在很短的时间里便变得如此强大。当年嫣心兰之所以会传他剑法，是因为当时的她还很年轻，心中对缘分二字颇为相信。人生中的大部分时间，她都留守在巴山剑场。当她外出之时，在春暖花开的时刻遇到了眼神澄澈的他，他开口请她教自己剑技，从未生过收徒想法的她，认为这是悠长岁月之中难言的缘分，于是便答应了。

第三十二章 末花旧事

莫萤得到了答案,心情更加剧烈波动起来,魔龙吟的声音里也出现了一丝紊乱。一道轻渺的剑光就此穿过猩红的气焰,落向他的额头。

在这刻不容缓之际,他还处于惊醒和微愠之间。他的眉宇间闪过一丝戾色,左手已脱离了枪身,双指堪堪夹住了剑光。

"唰"的一声轻响,剑身如滑不溜手的泥鳅强行脱离他的手指。他的整个身体往后倒滑出去,鞋底和地面急速摩擦与飞剑和手指摩擦发出的声音一模一样。他的眉心之中出现了一道剑痕,深可见骨。鲜血顺着鼻尖流淌下来,溅落在脚下的浮尘里,如朵朵早春的红梅。

莫萤垂首看着脚下鲜血和尘土混为一处,沉默不语。眉心这道伤口不足以影响他接下来的战斗,却足以影响他的心境。

阻拦在长孙浅雪前方的那十余名修行者,是这个军营之中除了莫萤之外修为最高的存在。即便是面对长孙浅雪这样的敌手,他们也能保持着绝对的冷静。然而此时看到莫萤眉心中这道伤口,这十余名修行者都震骇不已。

在真元修为和莫萤相差极大的境地下,丁宁竟然仅凭着剑式便在莫萤眉心斩出了这样一道伤口。那完美的剑意,让这些修行者都忍不住顶礼膜拜。

关于王惊梦的许多记载都在秦王即位之后被焚毁,但是留存在心中的记忆却不能被磨灭。他们忽然想起王惊梦在赵地平湖和一名赵剑师比剑的记载来,当时王惊梦只是施展了一剑,对方便已认输。

剑之帝王,天下万剑俱皆膜拜。现在九死蚕正式出现在阳光下,早已消亡的"那人"重新变得真实。

丁宁身体里那无数看不见的小蚕第一次得到全数释放,欢快细碎的声音清晰地传入莫萤的耳中。那柄绽放着浓艳色彩的短剑此时围绕着丁宁的身体一圈圈地旋转,在空气里带出一道道耀眼的光痕,尽显放肆和张狂。

感受着丁宁平静的气息,莫萤缓缓说道:"你是想立威。"

他的声音在军营里传开,所有人马上明白了他的意思。

这些年来,九死蚕一直隐于暗处,徘徊于传说和现实之中,让人难辨虚实。如今九死蚕既然要现身,无论是九死蚕这样无敌的功法,还是那个曾经无敌的巴山剑场传奇的传人,出场的方式和时机都绝对不会平庸。越境而胜莫萤这样的对手,便是最好的出场。

当年很多人站在巴山剑场的对立面,只是因为"那人"死了,而且认为"那人"并无传人。当确定"那人"留下传人,而且像昔日的"那人"一般强大时,很多人或许会改变做法。

"战胜我,宣告九死蚕正式归来,开始拿回巴山剑场的东西……并且让天下人都知道你的存在,这才是这一战的深远意义。"莫萤慢慢抬起头来,"但是我并不相信招式能够超过修为本身,也不相信你会胜过我。"

当他这句话响起时,他的枪尖脱离了地面,挑飞而起。他的身体也像是被这柄魔龙枪撬起,与这柄枪一起飞向了丁宁。

四周天空里隆隆作响,如山移动而来的天地元气,全部滚滚注入了他的身体和他手中的长枪。他和整个枪势合为一体,极为霸道地朝着丁宁撞去。

莫萤没有使出任何招式,只是简单的相撞。然而,越是简单,就越难破。看着莫萤出手,丁宁自然知道其中的凶险,然而他的眼眸里连丝毫的涟漪都没有,似乎早就料到了莫萤会这样出手。

"嗤嗤嗤嗤……"丁宁身体周围空气里,那柄飞剑带出的一道道浓艳而耀眼的光痕之中,迸发出一道道薄如纸片的剑光来。那些剑光紧密地贴在一处,急速地旋转着,就像是万千道小剑在同时旋转,将他的身影完全包裹在了内里。

顺着一个方向旋转的剑光,在这一瞬间,既像个很大的陀螺,又像是一块石磨。

喷吐着红炎和黑烟的枪尖狠狠地撞刺在了旋转的剑光上。剑光包裹着丁宁的身体,往后不断倒退,但是枪尖却不能进!

剑光磨着枪尖,枪尖上的红炎和黑烟四散,迸出无数的金星!

"《磨石剑诀》!"那十余名修行者中,有人惊叫出声。

莫萤双唇紧抿如线,手中的魔龙枪开始震荡。《磨石剑诀》和九死蚕一样,同为王惊梦的标志。其中,《磨石剑诀》关乎无数剑光流转的细微控制,被誉为天下防御最佳的剑经,同时也是最能磨死人的剑经。昔日王惊梦碰到一些真元修为比自己强的对手时,很多次便是用这部剑经将其杀死。

整个巴山剑场,只有王惊梦一个人掌握了这门剑经。而今,《磨石剑诀》再现,他至简的魔龙枪无法再进。这一剑,不只是破了他的枪,还破了他的信心。

剑光和飞火里,一口逆血涌到丁宁的喉间,但是丁宁却硬生生将其吞咽下去。与此同时,他左手五指再次动了动,如同牵动了数条看不见的琴弦。数条如丝的剑光就此在莫萤身后出现,分袭他后背的数处窍位。

莫萤霍然醒觉,发出一声怪叫。枪势还在相持,他整个人却已往上空飞起。"噗噗"数声,他的双脚上再多几道伤口,涌出数道鲜血。

丁宁抬首,他平静的眼眸在这一刹那绽放出怒火来。他身外旋转的飞剑"轰"的一声急速追向在上方空中变成一个黑点的莫萤。

这一剑为天怒。

扫一扫,
更多精彩等着你

丁宁体内的真元尽数喷涌,牵引着四面八方涌来的天地元气。体内的无数小蚕疯狂地涌动着,吐出内蕴的力量。一道道九死蚕束流往上空喷发,看上去就像是一道道伸向天空的蚕丝。

"怎么可能!"军营里那些修行者仰首望天,惊叹道。

他们无法理解丁宁为何会采取这样的剑式。即便是追击,也有无数种手段可用,然而丁宁这一剑用的却是极为刚猛的力量。纵使六境的力量再强,又怎能与七境硬拼?

莫萤的嘴角微微抽搐着。剑丝切断了他脚上的数根筋肉,剧烈的痛楚让他的脑海之中甚至出现了眩晕。感知着下方追来的剑,莫萤将这种许久未体验到的痛苦化为了一声怒喝。响雷般的怒喝声中,他双手持枪,往下砸去,正中脚下而来的飞剑。

一道漆黑的元气如魔龙现身,和飞剑相交处形成一个耀眼的光环,急剧往外扩张。丁宁猛然往下一挫,发出一声闷哼。随着地面往下凹陷,他的肌肤表面溅射出一蓬血雾,骨骼响起近乎爆裂的声音,整个身体几乎要分解开来。然而游走在他身体里的无数小蚕却极为顽强地吞噬掉了涌进来的大部分元气,甚至承受了震动和冲击,支撑住了他的身体。

在他头顶上方,那一个急剧往外扩张的光环之下,那柄光艳浓烈的飞剑刚刚被击退数丈,此时瞬间又注入了全新的力量,反而开始加速!

莫萤的枪势还在往下,在他看来,这一枪的硬拼,必定会以丁宁的重创收场。然而当感知里清晰地出现这一柄剑此刻的动静时,他的眼角却微微抽动起来。

丁宁这一剑,比他快!此时他体内的真元还在震荡不堪,枪势还在继续,但是丁宁的第二剑已至。他唯有收枪,才能挡住丁宁这一剑。

魔龙枪强行收住去势,陡然崩散开来,化为一团浓厚的黑色元气,接着往前一击!

"嗤"的一声爆鸣在高空之中响起。丁宁这一道飞剑并没有真正飞向莫萤,而是刺向了莫萤上方空处。

莫萤一枪击空，身体往前一弯，一口鲜血喷了出来。

丁宁这一剑只是虚招，逼得他强行收枪，再重新出枪。强大的力量回收，和他体内喷涌出来的力量相撞，就如两个和他修为同等的修行者，在他体内硬拼了一记。

音爆声在空中团团响起，冲击波如一团团巨大蒲公英般四处散开。莫萤的身体往下坠落，数口鲜血喷涌而出。

军营里那十余名组成阵势的修行者目瞪口呆，他们知道丁宁方才那一下强拼受了不轻的伤，然而莫萤所受的伤显然更重，以至于他此时甚至无法趁着丁宁的飞剑还在高空时发动抢攻！

这一场较量，依旧是丁宁胜出。

丁宁挑眉，深吸了一口气。即便有着很多类似的经验，但是越境而战始终如在悬崖边上行走，带着诸多不可预知的凶险。他的眼眸瞬间变为深红，体内那些逆血和一些紊乱游走的气血，被他的许多真元丝牵引，瞬间燃烧起来！

"轰！"他的身体再次如重锤般往下一沉，体内一部分九死蚕的力量被尽数逼出，和这气血燃烧引动的天地元气融为一处。他身上的玄色衣服瞬间变成了苍白色，好似有一层苍白的波浪在他的身外湍动。

天空上方再次出现了一股宏大的剑意。那柄色泽浓艳的暖春好像瞬间变成了一轮烈日。在那明亮炽烈的光线照射下，大营中所有人的眼睛都无法看到任何光影。

莫萤发出一声厉喝，随即闭上了眼睛。他的手没动，枪尖却不知在一刹那间动了多少次。漆黑的枪尖影迹如同一场暴雨，迎向他上方的那轮烈日般的剑。

这是巴山剑场的秘剑之———日灼。

剑气形成诸多的镜面，引聚着阳光的热力，形成了夺目的光明。而这一招真正的威力则藏于剑意所指的光束中蕴含的恐怖热力。

莫萤这一枪刚施出，那柄剑却在感知里消失了。极度的光明过后，他的感知里一片黑暗。

丁宁这声势浩大的一剑日灼竟也是虚招！

莫萤的心脏剧烈地跳动着，随着血脉的偾张，他身体内里的潜力被尽数逼发出来。电光石火之间，他终于感知到了一道淡淡的影迹。他的双手发光，气海玉宫深处一股精纯至极的真元从掌间喷涌出来。接着，他横转枪柄尾端，像拿着一个勺子一样朝着这道

淡淡的影迹砸了上去。

就在此时,他听到了一种不应该出现的声音——那是巨山在天空移动的声音。

这声音是七境搬山境的象征,是海量的天地元气在虚空里行走、汇聚、撞击、落下才产生的回响。然而此时军营里除了他和丁宁之外,再也没有旁人出手。这声音不是由他引动,还能有谁?

他心中刚刚生出这样不解的念头,枪柄尾端已经砸中那道隐匿在光明之后的淡淡影迹。淡淡的影迹顿时如薄薄的蝉翼一样碎裂开来。

"蝉蜕!"一招剑式的名字清晰地冲走了莫萤此时脑海之中的所有念头。在下一刹那,他感觉到身体骤然一沉,然后下意识地往气海处望去。一蓬气浪正从他的腹部往外冲出,闪耀着猩红的光彩。然后他听到后背发出"啵"的一声轻响,一道冰冷之意,刺穿了他的血肉从后背飞出。

他手中的魔龙枪忽然变得比山还要沉重。"砰"的一声,这柄长枪掉落在地上,溅起一蓬烟尘。

莫萤失神而立,他感觉到自己的身体空了。

原来那日灼之后跟着的一剑竟然不是真正的杀招,而那真正的杀招是蝉蜕!对方明明不是七境,这最后这一剑竟然带着七境的力量!

丁宁负手而立,停了下来。

莫萤发出了一声惨叫。鲜血与真元一同迅速缺失,使得他的身体瞬间萎缩。他双颊凹陷,仿佛在刹那间老了十几岁,极是骇人。

丁宁心中生出一股快意,他的目光落在那柄正在往后自由飞翔的色彩浓艳的剑上,嘴唇微微启动,道:"巴山剑场的东西,我收回了。"

这声音在军营里回荡,如一柄柄小锉刀锉着人心。

十余名组成阵势的修行者都沉默无语。其中一名修行者看着此时的画面,蓦然想起很多年前自己在长陵的情景来。一日黄昏,他师尊指了指某处修行地,鄙夷一笑,道:"那处修行地已经死了。"

他不解,那处修行地弟子众多,明明都活得好好的。

"魂没了。"他的师尊当时回了这三个字。

许久以后他才知道他师尊说的"魂没了"三个字代表着一个宗门的规矩和精气神的消亡。

如果一个宗门不存在可以让门下修行者用生命去坚守的东西，那这个宗门早已名存实亡。巴山剑场被灭多年，然而今日九死蚕出现，以这样的方式收回属于巴山剑场的东西，则说明巴山剑场的魂还在。

丁宁收起暖春，挂在腰间，再也没有说一句话，和长孙浅雪一起走出了军营。

莫萤仰面摔倒在尘埃里。他的身体周围有很多死士，却没有人上前。

整个军营都陷入了一种诡异的静默里。直到丁宁和长孙浅雪的身影彻底消失在他们的视线中，一名年轻的军士才跑到莫萤身侧，为莫萤施药。

这是一名年轻的药师。他看着莫萤腹部的伤口，下意识地洒了止血的药物，却不敢动手缝合。

莫萤的呼吸变得紊乱。他看着这名年轻的药师，想到了以前的自己。恍神之间，自己似乎重新变成了很多年前那名不懂修行的药师。再看现在的自己，腹部破开，血肉萎缩，裸露在外的皮肤就像是军中用来磨刀的老牛皮。

"简直像个笑话。"他对着踌躇、惶恐的年轻药师说道。

年轻药师一呆，不知道他是什么意思，更加慌乱。

"你知道我犯的最大的错误是什么吗？"莫萤看着这名年轻药师，认真问道。

年轻药师当然不知道。

"我犯的最大的错儿，就是明知道自己不是天下最顶尖的那些人，却还总想站到那些人中去。等到大错酿成的时候，才开始感觉到害怕。"莫萤看着这名年轻药师，就如看着自己最亲近的后辈一般，真挚道，"人活于世，一定要清楚自己有几斤几两。你以后好好地当个医师，不要学剑了。"

这名年轻药师不知道莫萤怎么会说这些，也不知道该怎么回应，只是下意识地点了点头，根本没有察觉到莫萤的目光已经落在了他腰侧挂着的一柄剑上。他虽然不是修行者，但在必要的时候依旧会战斗，所以他也佩着一柄寻常的铁剑。

莫萤朝着这柄铁剑伸出了手。

这名年轻药师霍然一惊，终于意识到莫萤想要做什么。

虽然莫萤失去了修为，但他毕竟拥有宗师的所有记忆和经验。

"嗤"的一声轻响，这名年轻药师的脸被鲜血染红。他腰侧的剑已被莫萤拔出，斩到了自己的脖子上。

"啊！"这名年轻药师发出了最后一声尖叫。

第三十二章 落花旧事

距离营地很远的丁宁和长孙浅雪都听到了这声尖叫。长孙浅雪大体上能猜出军营中发生的事情，但是心里却没有多少快感。

复仇产生的快意，往往只能持续很短的时间。更多的时候，复仇会带来许多不快的记忆。

"怎么样？"长孙浅雪担心丁宁的伤势，毕竟丁宁体内还压着祖山里的诡异不死药。

"感觉很好。"丁宁看着她轻声说道，"终于不再生锈了……有些事情不做，会忘记那种感觉。其实我没有以前那样强。"

长孙浅雪点了点头，道："既然你已经展露了九死蚕的身份，出手的时候就不需要再刻意隐瞒。用剑这件事，对于你而言只是本能。"

丁宁也点了点头，继而抬起头看着东边的天空。极远处的天边，有许多黑点在上下飞舞。

那些黑点是秃鹫。

秃鹫出现的地方，意味着尸横遍野。

阴山一带，秦楚的边境线上，每天都有许多战斗爆发。除此之外，战斗最激烈的是阳山郡。

阳山郡作为割地，被楚统御多年，虽然在鹿山会盟之前被大秦军队突袭而强行收回，但楚国的军队对于阳山郡的熟悉程度远远超过秦军。

许多城池之中，混有大量的楚人。这些楚人甚至和秦人组成了家庭，即便阳山郡被大秦军队强行收回，他们的生活状态和生活方式也没有发生太大改变。然而谁也没有料到，一道冷酷的军令很快传到了阳山郡——清查户籍。

军令到达之时，阳山郡内所有被清查出来的楚人都被清查出来都被驱赶出境。数日之内，有七万余众楚人，被秦军大军押解，朝着楚国境内驱赶，或者说，朝着战场驱赶。

这支庞大的楚流民队伍都只带着一些从家中离开时的口粮，在途中根本得不到军队的任何补给。数日之后，已有大量的虚弱者承受不住，倒地而亡。

秃鹫往往是十余只一群。阳山郡境内，越来越多的秃鹫群嗅到了死亡的气息，朝着这支队伍飞去。

第三十三章
伐心为上

春季气候变幻无常，时而温润，时而湿冷，对于放逐中的人而言，简直像是一场噩梦。

被军队押解而被迫每日不断行进的楚流民，处境比寻常的难民还要艰难，不仅没有食物和药物，且根本得不到休憩。

原本那些人还只是少量的死亡，但随着传染病人群的出现，越来越多的人被推到死亡的阵列。

从强行驱逐阳山郡内所有楚人的命令下达开始，就注定这是一场残酷的屠杀。从某种意义上来说，用这种手段杀死这些寻常民众，比直接屠城更残忍！

而这道残酷命令的下达者，便是郑秀。

此刻在她书房外的长长甬道里，跪着很多官员，他们都是来请求她收回成命的。在他们看来，太过残暴的统治往往只会导致王朝覆灭。他们了解她，知道言语不可能阻止她，便用沉默绝食来死谏。

书房的门紧闭着，郑秀安坐在书案前，她看不到这些官员的表情，但却能感知到跪在外面的每一名官员的状态。

她闪耀着瓷光般的完美面容上，始终挂着一丝嘲讽。在外人看来，从岷山剑会开始，她似乎遭遇了太多的失败。殊不知，一切都在按照她的心意向前发展。只要能达成最终目的，过程如何她并不在意。就如同两名棋手下棋，一名棋手看似先期失去了很多子，但实际上大局却已布置完成。

在杀死那三名家里人，彻底掌控胶东郡时，她才真正开始落子；驱赶阳山郡的楚人，便是她下的第二颗子。

命令原本便是要撤回的，但何时撤回却有技巧。在合适的时间撤回，便可将一场驱

逐转化为漂亮的杀招。

用兵为下，伐心为上，任何的杀伐，最终不都是感情上的杀伐吗？！

书房外的官员已经跪拜了一天一夜，此时若让他们得到想要的结果，既可获得他们的感激，也能让他们产生更多的敬畏。于是郑秀站了起来，面无表情地穿过灵泉，推开了书房的门。

"我可以收回成命，但我有一个要求。"她看着那些跪拜在地的官员，用平淡却带着强大威严的口吻说道，"给我传遍整个长陵，要想那些阳山郡的楚人不被放逐，便用一名足够分量的楚人来换。"

"若是没有足够分量的楚人站出来呢？"为首的一名官员忍不住颤声问道。

郑秀摇了摇头，道："若是连他们楚人自己都坐视不理，我们秦人又担什么心？"

这名官员顿时一滞，说不出话来。

"能否先让那些楚人停下来？"一名官员深吸了一口气，看着郑秀问道。

长陵附近或许隐匿着足够分量的楚人，但谁都不知道那人什么时候出现，而接下来的每一天，那支流放的队伍里都会有大量的人死去。

郑秀淡淡地说道："有些人的生命经不起等待。有分量的楚人晚出现一天，就会有更多的人死去。如此才能逼得以一人之命换众人之命的人不再犹豫。"

听到这儿，许多跪拜着的官员不由得再次愤怒，然而他们却敢怒不敢言。

这本身便是她最惯用的手段。在很多年前，她不止一次用过这样的手段，无耻，但有效！

当这样的旨意传遍长陵时，长陵角楼上的修行者全都提高了警戒，生怕错过任何一个细节。

王宫深处有数条沟溪通向宫外最近的一条河流，沟溪的源头是几口方井，其中一口方井旁堆积着需要浆洗的衣服、被褥等物。

当王后郑秀的旨意传到这里时，一名年老的宫女放下手中正在洗的脏衣，慢慢地站了起来。

宫中地位比她高的人连喝了她数声，她却恍若未闻。这时，那些呼喝她的人才反应过来：她可能就是那名有分量的楚人！

一阵凄厉的警鸣声，在王宫里响起。

这名宫女看上去五十岁左右，身上的衣服很脏，散发着难闻的气味。她头发散乱，但双眸明亮，炯炯有神。

一道飞剑出现在她前方，直噬她的心口。

这名宫女微微一笑，简单地理了理头发。随后，用手指夹住了这柄飞剑，接着便将飞剑掸了出去。

这柄飞剑当即刺穿了沿途数名侍卫的心脉。

"既来应命，何必还要杀人？"一道冷酷而威严的声音在前方道路的尽头响起，是郑秀！

"不杀人，怎能让你明白我足够分量？"这名宫女抬起头，笑道，"倒是你，这么急着来见我，是生怕我死得太快吗？"

郑秀眉头微皱，极为不悦。

一道道强大的气息不断在王城周围的巷道里绽放，此刻不知有多少修行者围聚此间，其中不乏一些此前从未在长陵展露过修为的七境修行者。

这里是秦国的中心，即便这名老宫女的修为再高，也绝对不可能安然离开。然而老宫女的笑容里却蕴含着可怕的自信，散发着一种完全放开生死的超然。

郑秀微微仰头，声音微寒道："秦王十二年新年大宴，我有一名贴身宫女叫李晚珠。"

她的声音并不响亮，却分外清晰，这片王城巷道里的人身体都一寒。他们中的大部分人都没听说过李晚珠的名字，但却都知道郑秀的贴身名宫女做了件惊世骇俗的事。

在那年秦国的群臣宴会上，郑秀的贴身宫女当众称赞扶苏王子像极了"那人"，她用名扬暗讽的说法，暗指扶苏是郑秀和"那人"的儿子！

然后，那宫女自杀身亡，连遗体都被秦王用强大的天地元气碾压至完全消失。

在大宴上，用自己珍贵的性命说出那样一句称赞着实让人心惊，但恐怕她不只是为了提及旧事那么简单，背后肯定大有隐情。

"那宫女是我的弟子。"这名老宫女笑了笑，直接说道。

"出了那件事之后，神都监查出了李晚珠很多隐秘的事情。自那以后，我便一直怀疑她身后还有强大的修行者存在。"郑秀冷漠道，"但我没有想到你竟然是楚人，且就藏在王宫里！谁能想到这样的一名大宗师，竟然甘心漂洗肮脏的衣物许多年。"

"郑秀就是郑秀，只从我出手的一些气机，就判断出了我和李晚珠的修行之法有共

同处。"这名老宫女笑容变淡了一些,道,"看来你很在意秦王的感受,否则你何必暗中花那么大的功夫追查一名宫女?"

郑秀面无表情,道:"身为妻室,自然需要在意夫君的感受。"

老宫女十分放肆地大笑道:"身为妻室?你到底是谁的妻室?需要在意谁的感受?"

郑秀玉葱般的手指在这一刹那变得有些僵硬。

"你只是怕而已!"老宫女嘲弄地看着她,"可你在怕什么?难道扶苏真的是'那人'的儿子?"

当老宫女的这句话响起时,这片王城里的空气莫名地一滞,一片压抑着的倒吸冷气声响了起来。

"你擅长玩弄人心,但你不要忘记,每个人都有感情,秦王和你也不例外。"老宫女又笑了起来,接着说道,"玩火者容易自焚。此刻你大概在后悔,原本想要逼一名楚人出来送死,没想到却逼出了一个和李晚珠有关的人。不妨告诉你,虽然我是楚人,但李晚珠却是秦人。而且她在大宴上说出的那些话,没有受任何人指使,完全是她自己的选择。就如今日,我走出来也纯属自愿。"

郑秀沉默着,不知道在想些什么,最终她微微垂下头,正视着这名宫女,问道:"你到底是谁?"

这名老宫女想了想,数息之后,才说道:"我是楚人,也是巴山剑场的人,同时也是昔日的赵香妃,现在的大楚王太后的师尊。"

王城里的空气更凝重数分,这些身份……的确太过惊人!

郑秀的眉头微挑,道:"如此说来,楚国的王太后也算得上是巴山剑场的人。不知那些楚人知道这件事后,会有何感想?"

"有些事情,承认与不承认没什么区别;但有些事情,即便当事人不承认,众人也都心知肚明。"老宫女又笑了起来,道,"就如你,明明是王惊梦的女人,却又偷了秦王这个汉子,还要装出冰清玉洁的样子,天下人谁不是心知肚明?只是没几个人敢当面点破罢了。若你在背叛王惊梦之前,没有和王惊梦同床,还会怕别人说扶苏是他的儿子?"

郑秀缓缓转身,这意味着她不想再和这名老宫女谈话,不想再看到这个人。

然而就在这一刹那,老宫女却再次出声:"我知道,我今天难逃一死,但我死得其所!今日我站出来为楚而死,今后也会有更多的人站起来为楚而死,这才是我甘心死在这里的原因!"

说完这句话，当这片王城里那些强大的修行者尽数绽放自己的杀意之时，老宫女已将自己体内的真元和天地元气全部释放。

她并没有将之化为摧毁性的力量和杀意，只是将之尽可能地往上空释放，化为美丽的光影。

"轰！"

老宫女的身体如李晚珠一样消失了，而她的真元和天地元气却尽数化为缤纷的虹光。

长陵中许多人都震撼地望向王城方向，只见一道色彩绚烂的光柱直冲云霄，仿佛将天空戳了一个大洞，流散的光辉像无数彩色的蝴蝶从云层里冲出，往外飞洒而去。

在寻常人看来，这是异象；但在修行者眼里，这是一名大宗师一生修为的燃烧。

长陵城的一些不起眼的角落里，有些人正默默注视着这样的异象，然后沉默地垂首致礼。

这名老宫女一生默默无闻，然而随着郑秀那道和那数万楚人生死相关的命令，不只是她的事迹，就连她的弟子李晚珠，都被天下人记在了心里！

那名老宫女用自己的性命挽救了七万余众阳山郡楚人的性命。当这件事传到楚境时，楚境内的无数民众便自发地为这名宫女进行祭奠，许多楚人的家中甚至为这名老宫女设立牌位，当成神佛牌位一样供奉。

而对军队而言，这名老宫女的死更具有震撼人心的力量。

秦国的军队以悍勇著称，但最近在楚境内爆发的很多场战斗里，几乎所有的楚军表现得比秦军还要悍勇无畏。

就拿赫赫有名的阴山邓堡一战来说，邓堡驻扎有一千余楚军，其中有小半是平时操练不多的邓堡住户，却硬生生地挡住了两万余绕道突袭的秦军的数次冲锋。

虽然这支楚军最后全军覆灭，但每一次秦军冲锋时，所有的楚军都嘲讽地大笑："你们的王子扶苏到底是王惊梦的儿子，还是秦王的儿子？"

就算打不过，也要往对方的脸上吐一口含血的唾沫，这原本是秦人的精神，现在却变成了楚人的。

让秦军难受的是，他们只能愤怒，却无法和对方在这个问题上开骂。所以很多秦军高阶将领，都认为逼一名楚国大宗师换命是郑秀走的一步错棋。

第三十三章 伐心为上

"那名老宫女是谁?"长孙浅雪看着丁宁问道。

此刻她和丁宁,以及一直追随着丁宁的老僧距离邓堡只隔了数道山丘。

在此之前,丁宁已判断出有一支军队会走这样的路线,但他们却依旧慢了不少,邓堡早已被夷为平地。

战争就是如此,有些事哪怕预料得到,也来不及改变结局。

丁宁的神情有些复杂,道:"她是赵香妃的师尊。从师门辈分而言,她也是我的师叔辈。讽刺的是,她原本是巴山剑场安置在王宫里负责守护秦王的人。虽然她是楚人,却一直在巴山剑场学剑。"

长孙浅雪很清楚那段历史,当变法开始时,有许多人想要杀死秦王,而巴山剑场的职责则是负责秦王安全。

"有传言她已经死了。"丁宁看着长孙浅雪补充道,"现在来看,当年的传言应该是她造成的假象,目的是隐匿得更深。"

"李晚珠,那名宫女呢?"长孙浅雪深吸了一口气,问道。

"李晚珠自幼父母双亡,曾有个病重的弟弟。早年我来长陵时,恰好碰见她和她弟弟在沿街乞讨。当时有个市井之人落井下石,以为她弟弟治病作要挟,让她做小妾。我看不顺眼,便将那名市井之人杀了,然后将那人的钱财给了她。"丁宁沉默了片刻说道,"之后我和她再无交集,甚至不知道她何时成了郑秀的侍女。"

长孙浅雪恍然明白过来,李晚珠的行为竟是为了报恩!她轻声道:"她故意在大宴上说出那些隐射性的话,不只是要让秦王对郑秀产生怀疑,也是在告诉天下人,其实郑秀和秦王并没有那么亲密无间。这是她在王宫里待了许多年得出的结论,以命为引,不可能出错。"

"你我都很了解郑秀。"丁宁点了点头,异常凝重道,"她能从李晚珠身上隐约猜出我这名女师叔没有死,而且不惜一切代价逼我师叔出来,说明她根本就不怕接下来会发生的事情。她不管秦王是否在意,执意做出这些疯狂的举动,便说明她已经开始反击。"

顿了顿之后,他看着深深皱起眉头的长孙浅雪轻声接着道:"阳山郡的那七万余楚人,她不会就那么轻易放过。楚国也不可能对那些楚人坐视不管……她是想逼楚国尽快在阳山郡决一胜负。"

"所以阳山郡一带的战役是决胜的关键?"长孙浅雪理解了丁宁的意思,道,"那我们要尽快去阳山郡!"

"我们不用去。九死蚕在阴山一带，反而能牵制更多的强大修行者。"丁宁摇了摇头，"我们绝对不能被她掌握确切的行踪，所以接下来我们要断绝和乌氏方面的军情往来。"

"到底是什么让你拥有这样的信心？"和长孙浅雪说完这些，丁宁遥看着已经变为废墟的邓堡，自言自语道。

他太了解郑秀，所以只是她的这些举动，就让他感到了她对于这场大战的强烈信心，那种信心就像是强大的捕食者吞噬猎物时的势在必得。

丁宁的一些猜测极为准确。

秦军在接到长陵传递来的军令后便迅速撤离，将这七万余没有食物和药物补给的楚人直接丢在了荒原里。

这支七万余人的楚流民现在只有两个选择——要么步行返回自己的家园，要么朝着楚境内行进。

然而无论是前进还是后退，他们都需要带着足够粮草的楚军前来接应。

押解这些阳山郡楚人的秦军中有大半是方侯府的部下，这些军队先前大多数是巫山沿线的驻军，对阳山郡一带的情形十分熟悉。

秦国兵马司的许多军情显示在阳山郡统领全局的是方启麟。然而阳山郡和巫山一带超过六十万秦军的真正统帅，却是魏无咎！

魏无咎的部下都在阴山一代征战，而出没于阴山玉天关的的魏无咎只是一个替身。

在玉天关的"魏无咎"穿着千山寒雪甲，带着一种令人窒息的威压。而在阳山郡的魏无咎，却只是身着军中寻常幕僚的薄麻袍，看上去就像是一个平庸的老年谋士。但当他触及一些关键性的情报或是命令时，昏暗的眼瞳里会骤然流露出冷血的寒光，令人不寒而栗。

令魏无咎隐瞒身份藏匿在阳山郡的前线，并不是郑秀对方启麟统军不放心，而是因为这场战争的重点在阳山郡。

大量的粮草调动和扶苏亲至阴山前线，都只是用来迷惑对手的手段。为了配合她的那些手段，阳山郡需要一名铁血无情，像她一样冷酷的统帅。

魏无咎在修为和谋略上未必有司马错出色，但只要能够确保胜利，不要说是牺牲一些楚人的性命，哪怕是牺牲数万秦人的性命，他也绝对不会犹豫。

第三十三章 伐心为上

将那些楚人丢弃在荒芜的原野里之后,迅速撤离的秦军其实并未走远,而像是一群饿狼始终注意着虚弱疲惫的羊群。

他们在等待六十万余秦军的到来,然后一举歼灭前来援助楚流民的楚军!

被秦军驱赶时,那些楚流民心中还有个明确的目的地,但被秦军陡然抛弃在荒原之后,这七万余楚人却不知何去何从,慌乱、绝望的情绪肆意蔓延,痛哭声随处可见。

一些年壮的人准备离开,一名身穿素色袍服的中年男子也准备离开。

他随身携带的行李大多是书籍,但实际上他是一名修行者。

突然有一名女子走到他的面前,轻声问道:"你想离开这些人?"

中年男子微微一怔,此时周围的人群十分混乱,能够第一时间察觉他心意的人,肯定是在一直观察他。

于是他忍不住仔细打量起这名女子来,她很年轻,肤色有些发黄,面容憔悴,穿着普通的蓝布衣衫,但依旧很好看。

在他的印象里,他似乎从未见过这名女子。虽说这支队伍有七万余人,他不可能全部看过,但修行者的本能会让他观察行过途中的所有人,哪怕是不经意地扫过一个轮廓,都不可能感到如此陌生。

虽然心中微诧,但他还是点了点头,回应道:"是的。"

这名女子轻声问道:"你准备去哪里?回阳山郡,还是去楚地?"

中年男子没有隐瞒自己内心的想法,道:"回阳山郡。"

这名女子道:"有放不下的人?"

中年男子微微犹豫了一下,道:"有一名相好的女子在阳山郡。我想回去看看她愿不愿意和我一起去楚地。"

"这是一支很庞大的队伍。"这名女子的语气突然变得很奇怪,"哪怕押送这七万余人的秦军数量再多一倍,也不可能严加看管每一个人。以你的修为,平时队伍宿营或行进山林地带时,你完全有机会逃走。事实上也的确有不少修行者一开始就伺机离开了,但你先前不离开,为什么现在却要离开?"

中年男子抬头看了一眼四周许多绝望的面孔,深吸了一口气,这才轻声道:"先前被秦军围困驱赶,大家只知道往前走,没有其他想法。而且,那时候我们七万人很集中,我军自然会派人来营救。但现在秦军撤离,大家重获自由后反而会各自走散。七万人的队伍四分五裂，这里流落几千人，那里流落几千人，让楚军怎么去营救？"

女子有些不耐烦地摇了摇头，道："简单的事情何必说得这么复杂。你就是担心七万人走散了之后，我楚军根本不会再拼尽全力来救，而会任由这些人自生自灭？"

中年男子沉默了片刻，道："是的。如果人群分散后，楚军又不来营救的话，那么这些人就会逐渐死去。我不想看到这种惨状，所以此刻我选择离开。"

"别人离开或许不算什么，但是你一离开，这七万人会散得更快。你是姬杏白，是阳山郡耳城里很有贤名的书坊先生。最为关键的是，在这支队伍行进的这些天里，你用你的真元救治了不少濒死的人。所以你的举动能够影响这里的绝大多数人。"女子用一种不容置疑的语气继续说道，"你见识不凡，应该懂得人多力量大的道理。哪怕身陷困境，只要大家聚在一起，总会想出办法来。所以现在你要做的，便是让这七万余人不要散掉！"

中年男子心中充满无奈和感伤，若是他能做到，还需要这女子来告诉他这个道理吗？

"距离这里一个时辰的地方，有一片小湖，可以设法捕鱼。"女子径直说道。

姬杏白呆了呆，马上又苦笑道："又能捕得到多少鱼？捕上来的鱼如果不够分，反而会引起混乱。"

"溺水将亡的人只要有一根稻草都会设法捞住。这个时候要稳定这些人，只需要一个希望。"这名女子沉冷地看了他一眼，道，"告诉他们，只要到达那里，到了夜间，就会有楚军先行送来一部分食物和药物。"

姬杏白的面容微白，轻颤道："若是希望破灭，将会更不可收拾。若是到了夜间他们发现并没有食物和药物送达，这些人将会彻底崩溃，到时候谁也不可能收拾这局面！"

"夜间会有食物和药物送达！"女子冷峻而斩钉截铁地说道，"一定会送达，这不是借口！"

第三十三章 伐心为上

第三十四章
以何胜之

姬杏白看着她,不明白她为何这么坚定。

这名女子没有解释什么,只是伸手在他的肩上轻轻地拂了拂,似乎只是在帮他拂去污迹。然而他却感觉到这只手沉重无比,比世上的任何精金都要坚韧。这是一种极为古怪的感受,同时也让他瞬间明白了她的身份。

他的呼吸骤然一顿,数息之后,他才将自己的声音压到极限,颤声问道:"您怎么会在这里?"

女子不再看姬杏白,而是看着楚境的天边,安详地说道:"作为修行者要找时机离开容易,要找机会进入也不难,最为关键的是,没有人会想到我会来这里。"

姬杏白深深地吸气,他的心脏剧烈跳动着,苍白的面上渐渐泛起病态的潮红。

的确没有人会想到她会混进这些被驱逐的人群里。

现在的楚王是骊陵君,然而楚国最强有力的统治者却是曾经被称作赵妖妃的王太后,而现在这名传奇般的楚国统治者便在他的眼前。

这绝对是险到极点的招数,因为从某种意义上而言,只要杀死了她,楚国便很快会分崩离析。

长陵的修行者们会关注楚国军方任何一名强大的修行者的动向,却不会关注她的动向。

赵香妃看着天边,像这支队伍里那些孤独无助的妇女一样坐了下来,双手环抱在膝前,下巴垂在膝盖上。

有些时候,孤独和悲伤并非她装出来的。哪怕是在楚国的王宫里,她也很孤独。就在秦军撤离之时,她得知了远在长陵的那名师尊的死讯。她以为她的师尊早在秦王登基前那数年的腥风血雨之中已死,而现在她知道这些年她的师尊一直隐匿在长陵的王宫里,最终为了这些阳山郡的楚人而死。所以保全这七万余名楚人的性命,便相当于是她师尊的遗命。

"冥冥之中如有天意,你要想在这里和我决战,我就在这里奉陪到底!"她看着天边的落日,在心中对着长陵王宫里那名不会为任何人悲伤的女主人说道。

暮色将至,若是不能让这七万余名楚人顺利达到湖边,当夜色笼罩之时,他们便会彻底被绝望击垮。

所幸她这些天的观察没有问题,姬杏白虽说只是一名六境的修行者,但他的确成了这支队伍里许多人心中的精神支柱,此刻他站出来,比外来七境的鼓舞更有效果。

夕阳的最后一抹余晖消失之前,他成功地令这支队伍到了她所说的那片小湖边。

这是一片浅湖,水面只到一个成人胸口的深度。很快水声四起,借着燃起的火光,一些壮年人开始设法捕鱼。

筋疲力尽的姬杏白走到赵香妃下首的河岸上,沉默地坐了下来。

有事情做可以分散一些人的注意力,带来希望,但在明天天亮之后,这七万余人是否还会听从他的建议,只在于今晚楚军有没有送来食物和药物。

七万余人所需的口粮不是少数,即便此刻有了她的承诺,那些楚军又如何能够躲过秦军的耳目,安然到达这里?他心里不免有些怀疑,只是他不敢去质疑,甚至不敢再去看那名女子,以免旁人注意到她。

赵香妃和寻常妇孺一样,选了块干草地坐着,目光看似停留在浅湖里那些捕鱼的人身上,实则落向湖面对岸。

突然,姬杏白的呼吸变得急促,他感知到地面开始颤动,而这颤动来自于这片浅湖的对岸。

只是数息之间,他便肯定这是无数铁骑在奔跑。他们仿佛完全不顾身下坐骑的安危,超过极限去压榨坐骑的生命力,旨在让速度快到极限。

这种速度和频率,让他感到了一种不顾一切的气息,他陡然明白了什么,站了起来,喉间哽咽,眼中热泪满盈。

如果他没猜错,这是为他们送食物和药物的楚国军队。

在他站起来之后,那些站在湖水里捕鱼的壮年人也感觉到了异样。他们看到了水面

第三十四章 以何胜之

泛起的异样涟漪,接着听到了黑暗中四野涌起的杂音。

那是另外的军队在狂奔,铁蹄暴烈地敲打着地面,却比不上那支楚军的速度。

姬杏白难以控制自己的情绪,于黑暗之中转过头去,看了一眼身后湖岸上的赵香妃,面上尽是肃穆。

"哧哧哧……"如暴雷般的蹄声骤然被无数剧烈的破空声掩盖。

空气中忽然出现无数道流火,其中伴随着许多细小的黑影。那些黑影有的是箭矢,有的是符器,还有的是飞剑。

空气里刹那间充满了血腥的味道,那支朝着浅湖疯狂冲来的楚国军队中响起了无数吼声,然而铁骑前行的速度更快!

忽然湖岸的芦苇丛被一道道轰然而至的黑影劈开,枯枝折断的声音和骨骼碎裂的声音交织,让湖对面的楚流民骇然瞪大了眼睛,身体瞬间石化。

那些黑影狂暴地从湖岸冲出,劈开芦苇丛后,狠狠砸入前方的湖中。无数金铁的光芒随之坠落,而更多的金铁光芒在他们落马之时,已然刺入他们的身体。

一批又一批的楚军倒下,接着一批又一批楚军往前冲,完全置生死于不顾。

这样的画面持续了很久,直至整个浅湖的湖水全部被鲜血染红。

当呐喊声和怒吼声终于消失,不再有狂暴的铁骑栽入湖里时,那些追踪而至的金铁也不见了,唯有一些暴躁不安的马蹄声在四周响起。

这个时候很多楚流民才开始缓过神,竟"哇"的一声哭了起来。他们看着满湖的马匹和军士的遗体,身体不断地颤抖着。

姬杏白的双手也不停地颤抖着,他从未想过,这数千骑军竟以这样的方式为他们运送粮食和药物。

他望向湖对岸,残存的火光里映射出一些身穿玄甲的骑军撤离时的身影。他的双手冰冷,但身体里却异常燥热,仿佛鲜血在体内燃烧。

"让人打捞这些马匹和军士的遗体。遗体需要尽快处理掉,否则会污染水源。他们随身携带的粮食不能撑很久,需要尽快熏制这些战马……放弃无用的悲伤!这七万多人一定要释放出比这四千军士更多的力量,才能对得起这四千军士的性命。"湖岸上,赵香妃垂着首,一字一顿地对姬杏白说道。

这是楚国最精锐的骑军之一,无论是这四千骑军的骑术,还是英勇无畏的气势,抑或是堪比闪电的奔跑速度,都让人心生敬畏。这样一支骑军,即便不穿战斗时的甲衣,战斗力也远超寻常百姓。

若纯粹论战力,那名老宫女和这四千骑军的生死,更胜于这七万余人。然而,有些东西,不能这样简单地衡量。

被血染红的湖面上,很多先前已经上岸的年轻人重新下水,自发地打捞这支军士的遗体。在他们的感染下,越来越多的人下水,其中不乏先前因为绝望而痛哭的人。

军士的遗体、粮食和马匹从湖中被打捞起来,这是贯穿大半个湖面的艰难跋涉,然而却无人觉得疲惫。

先前为了让这些人凝在一起,跟随着他来到这片湖边,姬杏白动用了一切可以动用的手段,但是此刻他根本没有说任何话,大家却自发自觉地干着同一件事。

很多妇孺在清洗这些军士的遗体。除了开始处理粮食、药物和马匹之外,很多人沉默地将这些军士所携带的一些武器佩在身上。

队伍里依旧有许多压抑的哭喊声,但是一股伟大的力量,却在人群中蔓延。姬杏白知道,今夜过后,这样的力量不只在湖岸边的这些人心中蔓延,还会在楚境更多的地方蔓延。

"唐折风,黑夜里看山是黑乎乎的一团,看得见什么东西?也太过无聊了吧!"
"夜里什么东西都看不清楚,本就很无聊啊,又不是只有看山才无聊。"
"说得也对,反正无聊,还不如陪兄弟透透风。"

阴山一带战场上,夜色里裹映着无数楚军的营帐,而这些营帐中的一座山丘上,静静地矗立着七条身影,其中六人都不说话,只有一个人很怪异地在自言自语。

他身边的这些人都早已习惯他自言自语的怪癖,并没有出声阻止。他们都跟随着唐昧隐居了很多年,对彼此了如指掌。

就如今夜,即便是楚国名将身边的军师和谋士们,也丝毫不知唐昧下达的一些军令有何用意,然而此时站在唐昧身周的这些人,却只靠唐昧一些细微的神色变化,便明白唐昧接下来要做什么。

"会不会太冒险?"神情冷淡,长发飘飘的赵剑炉修行者赵策,没有去管唐折风的自说自话,转头看了一眼唐昧,问道。

问这句话的时候,他身外的气息突然灼热了一些,肌肤甚至泛起红意。

第三十四章 以何胜之

"所有人都认为我统军的风格太过保守。"唐昧笑了笑，看着远处秦军军营里的火光，接着说道，"但这次我偏偏要反其道而行。"

"前面那么多次调兵遣将，那么多场战役，让人觉得你要这样一直保守下去……原来你是故意这样打给司马错看的。"这次唐折风没有自言自语，而是看着唐昧说道。

唐昧淡淡一笑，道："如果连巴山剑场的人都认为我要慢慢打下去，那司马错和魏无咎一定也是这样认为的。这样一来，就不会有人料到我会马上发动决战。而且我们确实没有多少选择，我们的军粮运送虽然没有出问题，但是只有我和王太后知道，有几个未启的粮仓，实际上早在先王时就已经是空的了。"

"但就算我们这边能够小胜，最终决胜的关键还是在阳山郡。所以你这计划里有个致命的漏洞。"一道低沉的声音响起。

出声之人名叫晋流风，是楚国最好的军师之一。在唐昧身周这数人之中，他最沉默寡言，然而此时他一开口，却说出足以让众人惊呆的言论。

"假若阳山郡那边，我军不能挡住秦军的反扑，后果将不堪设想。"他低着头看着脚下的泥土，道，"只要我们这边发动决战，秦军会很快发现你将大部分力量调集到了这里，那么他们一定会做好准备全军突袭阳山郡。一旦他们反扑成功，便会从阳山郡入楚，攻下沿途十余个城郡。如此一来，这场仗我们就没办法再打了。"

"你说得很对，只要我军在阴山一带发动决战，那阳山郡的秦军势必会乘虚而入，全线猛攻我阳山郡的楚军。但是，我阳山郡的楚军一定会挡住秦军的反扑。"唐昧慢慢地说道。

他这句话说得很是霸道，却没有解释原因。然而熟悉唐昧的这些人，却是从这句话里，听出了一些非同寻常的味道。

楚王宫的深处，骊陵君辗转难眠，时刻处于紧张和焦虑之中。

他身为修行者却每夜盗汗，已经很长时间没有睡过好觉，所以他的眼眶凹陷得更深，面容也异常苍白。他知道赵香妃不在宫里，因为她已经很多天没有和他亲近过，但是他不知道她去了何处，而且他没对任何人透露过这个讯息。

他很清楚郑秀的那招隐棋并非他，那么郑秀后招到底是什么？人们对于未知的事儿总有莫名的恐惧和敬畏，他也不例外。

同样的这个夜里，有一名在夜间很少睡觉的男子，正行走在阴山战场之中的某一条山峦上，如鹰隼般孤高地俯瞰着秦、楚两国的连营。

日出而星隐，黑夜消失。

阴山郡内，一名秦军钻出了营帐，从不远处的大锅中取出肉糜汤，掰碎几块干馍，美美地饱餐了一顿。吃饱喝足后，他才缓慢爬上箭楼，接替前面的岗哨。他看着天启城，脸上却带着一丝同情的神色。

天启城是阴山边境楚国的重要边城之一，然而被连波座下的数支精骑连番突袭后，已然变成了一座孤城，所以许多秦军开玩笑般将这座城称为天弃城。

被秦军围困了多日之后，这边城中的楚军几乎弹尽粮绝，死伤惨重。

而秦军的军力却有增无减，不仅军中修行者的数量变多了，就连伙食也变得比以前丰盛。

想着自己的第一餐可以吃得这么丰富，而那些楚人却只能用树皮或草根来果腹，这名刚登上箭楼的秦军岗哨便泛了同情。

然而即便如此，这座边城里的楚军依旧顽强到了极点。在过往的数日里，军力雄厚的秦军已经对楚军发动了十余次猛攻，但楚军仅依靠着一些符器却稳稳地守住了这座城。

想到这点，这名秦军岗哨眼里的一丝同情消失了。下一刹那，他的面容骤然发僵，眼里充满震骇之色。

远处地平线上出现了许多异样的反光和烟气。

金黄色的反光和冲天的烟柱是秦军的通信手段，应该秦国的先锋军。然而，为何那金黄色的反光后面，还有许多黑色和银色的反光？

很快，黑压压的楚国骑军开始充斥他的视线。原来那黑色反光来自骑军的甲衣，银色反光则来自于他们手中的兵刃以及符器。

这意味着至少有上万楚国精骑正快马加鞭朝着这座边城行来！不仅如此，借助着箭楼上可以提升目力的符器，他看到这上万楚军精骑的后方，跟着一望无垠的战车。

更让他震撼的是，许多战车的后方都拖曳着极为罕见的大型符器。这些符器或矗立如小山，或横卧如船舶，在地上有序地前行。

这名秦军岗哨奋力示警，但此时秦军中的所有人都不用他告知，也都能感应得到这并非一支小规模的楚军，而是真正的大军！

天启城的角楼比秦军临时搭建的箭楼高，所以上方的楚军比这些秦军看得更清楚。此刻看着这些声势浩大的己方大军，尤其是看到那高达六丈的金属塑像群时，这些楚军都忍不住陷入深深的震撼之中。

第三十四章 以何胜之

这些塑像是天女之相,青铜色胎体,身上全部都是密密麻麻的宝蓝色线条。每一尊金属塑像下方都围绕着九辆战车,每辆战车上都有数名修行者,而这些修行者又每人手持一件短棍状的青铜色符器。

这便是举世闻名、天下最强的楚国符器——飞天。

每一尊这样的符器都需要九名六境的修行者联合激发才能发挥威力,所以每一击都会爆发出惊人之威!

这样的符器,一共只有十六尊,都只存在于楚国的主军之中。所以这并不是什么战略性的反攻,而是带着疯狂气息的大军决战!

在刚刚燃起金黄色狼烟的地方,秦军的先锋军已经和楚军的先锋部队展开了厮杀。秦军大多是玄衣玄甲,而楚军大多穿青甲,此刻陷入激战中,黑青混杂,场面颇为壮观。

无数箭矢、符器的流焰,血肉残肢和金属碎片在空中飞舞。

秦军显然准备不足,因此在楚军的疯狂进攻下竟节节败退!

此时秦军中军营帐中站满了高阶将领和谋士,大家都在等待着司马错的命令。

司马错面沉如铁,目光扫过很多处地方,最终停在天启城上。

沉默许久的他终于下达了命令:"天黑之前,我们的中军营帐一定要搬至这城中!"

"为什么?"虽然不会违抗军令,一名秦军将领还是忍不住问了一句。

"楚军军粮不足,却这般凶猛突进,后继粮草不可能跟得上。"司马错抬起头来,接着说道,"我没料到唐昧竟会会正面攻击。假若楚军势如破竹,连战连捷,我们的粮草便会变成他们的。从目前的形势来看,我们已处于不利状态,唯有竭尽所能挡住楚军的进攻,才能为我军争取调度军队的时间,否则我们会全盘皆输。天启城是这方圆百里最能用以防守的地方,所以我们必须在天黑之前攻破天启城。"

司马错只有在单独教导扶苏时,话才会比较多。此时他如此反常,显然是极为紧张。

"我自荐去攻打天启城。"一名长发披肩的修行者从这营帐的一角出声,他身穿玄色的衣袍,领子极高,阴影遮住了他的面目。

在他出声之时,这营帐中阴暗的角落骤然涌起团团阴冷的气息,且无端生出许多黑色的花朵,让这营帐里一些并不认识他的七境修行者瞳孔不自觉地一缩。

司马错点了点头,道:"有劳先生。"

"这人是谁?"等这名修行者离营,一名兵马司的官员忍不住在司马错身后低声问道。

"巴山剑场的弃徒不多，他是其中杀人最多的那个。"司马错看了一眼这名兵马司的官员，道，"但他不是看我的面子才到这里的。"

"鬼……"周围的许多官员面色骤变，那名兵马司官员脸色也苍白无比，一时竟说不出第二个字来。

"这些楚人，到底要干什么？"魏无咎走出了营帐，一脸阴沉地看着远处的楚国境地说道。

阴山郡和阳山郡相隔很远，这意味着两个战场之间不能及时互通讯息。当阴山郡一带的楚军疯狂行进展开决战之时，阳山郡一带还暂未收到相应的军情汇报。

然而若是有人能够实时地纵观全局，将会发现阳山郡一带的秦军和楚军的决战，爆发得比阴山一带还要早。

那夜，杀光楚军那支精骑的部队，便是秦军主力左翼的一支先锋军。

在那之后，楚军主力一直在后撤，大有将秦军引入楚境纵深处的打算。然而一日前，楚军却不退反进，正式跨过了边境，进入了阳山郡，以往日数倍的速度朝着那些楚人所在的小湖推进。

秦军早已在此严阵以待，他们如一张张开的巨口，在兵力上形成了一口将对方吞下的优势。

魏无咎虽然不明白楚军为什么要这么做，但是在今日清晨日出之时，他发布了全军全速推进迎敌的命令。若是楚军没有后撤，那最迟到正午时分，阳山郡的决战就会彻底爆发。

"为什么会这样？"不只是魏无咎不能理解，就连姬杏白也不能理解。

"没有为什么。"赵香妃看着那些越来越接近的军队，用唯有他才能听到的声音回应道，"这本身便是约定好的事儿。"

"约定好的事儿，以何胜？"姬杏白更无法理解。

赵香妃没有回答，就如根本没有听到他这句话一样，只是静默地看着她所面对的楚境天空。

第三十四章 以何胜之

图书在版编目(CIP)数据

剑王朝.6,旧事 / 无罪著.
—武汉：长江出版社,2019.6
ISBN 978-7-5492-6521-3

Ⅰ.①剑… Ⅱ.①无… Ⅲ.①长篇小说－中国－当代 Ⅳ.①I247.5

中国版本图书馆 CIP 数据核字(2019)第 109876 号

剑王朝.6,旧事 / 无罪 著

出　　版	长江出版社
	(武汉市解放大道 1863 号)
选题策划	多乐图书编辑部 李 鹏 杨 帆
市场发行	长江出版社发行部
网　　址	http://www.cjpress.com.cn
责任编辑	钟一丹
特约编辑	刘 敏 张 君
封面绘画	董绍华
封面设计	青空工作室
装帧设计	汪 雪 彭 微
印　　刷	中印南方印刷有限公司
版　　次	2019 年 6 月第 1 版
印　　次	2019 年 7 月第 1 次印刷
开　　本	787mm×1092mm　1/16
印　　张	20.5
字　　数	390 千字
书　　号	ISBN 978-7-5492-6521-3
定　　价	39.80 元

版权所有　盗版必究(举报电话：027-82926804)
(如发现印装质量问题,请寄本社调换,电话 027-82926804)